CLAUDIA WINTER
AUSGERECHNET SOUFFLE

Claudia Winter

Ausgerechnet Soufflé

Liebesroman

AAVAA Verlag UG (haftungsbeschränkt)
Quickborner Str. 78 – 80, 13439 Berlin

www.aavaa-verlag.de

1. Auflage 2010

Cover: Grundlage ist das Bild
„Abgeschmeckt"
der Autorin Claudia Winter

Printed in Germany
ISBN 978-3-941839-27-4

Alle Personen und Namen sind frei erfunden.
Ähnlichkeiten mit lebenden Personen
sind zufällig und nicht beabsichtigt.

1. Schokoladenseiten

Rrroooah!! Diese unbändige Lust auf Schokolade. Das Verlangen überfällt einen immer völlig unerwartet und vor allem dann, wenn man es überhaupt nicht brauchen kann. Schokolade steht nämlich definitiv nicht auf der Zutatenliste Ihrer Eiweißdiät. Auch nicht beim zweiten Durchlesen. Möglicherweise hat der Hund die kostbare Tafel vom Couchtisch geklaut, sie im Garten verscharrt und weigert sich nun, Ihnen das Versteck zu verraten. Im Supermarkt zieht der Kunde vor Ihnen die letzte Packung Ihrer Lieblingssorte „Mandelcrisp" aus dem Regal, weil Sie mal wieder zu lange zögernd vor den zahllosen Butterpackungen in der Kühlabteilung standen. Sie finden im Vorstandsbüro partout keine Ausrede, um mal eben die Powerpoint-Präsentation zu unterbrechen und Ihnen liegt etwas an ihrem Job. Schlimmstenfalls haben Sie eine Kakao-Allergie.

Schokoladengelüste sind leicht auszumachen. Man erkennt sie an plötzlichem Zittern, Gedankenkreisen und diesem merkwürdigen Zusammenziehen der inneren Gaumenwand, meist gepaart mit pawlowschem Speicheln. Sie sind fiese, kleine Geister, die unentwegt kichern. Meine fallen zu den unmöglichsten Zeiten aus dem Dunkel auf das Bett und kriechen unter die Decke. An den Füßen bin ich ziemlich kitzelig. Mitten in der Nacht schlage ich also die Augen auf und mein erster Gedanke ist, na? Richtig. Schokolade. Zur Bekräftigung malt das Mondlicht den Weg zum Kühlschrank verführerisch auf den Teppich. Es soll ja Menschen mit ausgesprochen eisernem Willen geben. Die können sich grunzend umdrehen, das Ganze auf den nächsten Morgen verschieben und einfach weiterschlafen. Leider gehöre ich nicht dazu. Ich schleiche nachts um drei in die Küche.

Eine richtig leckere Schokoladenmousse braucht wirklich keine immense Kunstfertigkeit und nur wenige Zutaten. Vergessen Sie komplizierte, klassische Zubereitungsmethoden, wie in einschlägigen Kochbüchern beschrieben. Ich trenne vorsichtig ein paar Eier, stelle das Eigelb für das Frühstücksrührei beiseite und schlage aus dem Eiweiß einen schönen, fluffigen Eischnee. Einen kurzen Moment bedauere ich die Nachbarn von nebenan, als das Handrührgerät in die Masse taucht.

Wenn ich den Becher umdrehe und sich der weiße Schnee beharrlich oben festhält, ist er perfekt. Dasselbe widerfährt der Sahne. Auf dem Herd schmilzt Zartbitterschokolade dahin und flüstert unzüchtige Dinge mit dem Wasserbad. Ich zeige den beiden einen mahnenden Finger und kann nicht anders, ich tunke ihn in die heiße, schwarzbraun glänzende Flüssigkeit.

Was Schokolade angeht, bin ich davon überzeugt, dass sie das universelle Mittel gegen allerlei seelische Leiden ist. Ich huldige dem räuberischen Columbus, der in einem Anfall von Habgier ein Handelskanu der Mayas vor der Küste von Honduras kaperte, welches sich unter der Fracht von Kakaobohnen bog. Nicht umsonst nannte man Schokolade früher das braune Gold und benutzte es sogar als Zahlungsmittel. Kakao galt bei den Azteken als Quelle der Weisheit und gesteigerter sexueller Potenz. Und so ist es - der süße, sinnliche Geschmack auf der Zunge lässt einen so ziemlich alles vergessen, was schlecht ist und so ziemlich an alles denken, was schön und unanständig ist.

Verboten simples Mousse au Chocolat

Man nehme:

10 (Bio-) Eier,
1 Becher Schlagsahne,
1 Zartbitterschokolade bester Qualität.

Zuerst die Schokolade in einer hochwandigen Tasse im Wasserbad schmelzen. Wer mehr Erotik möchte, bevorzugt gleich eine Chili-Schokolade, oder gibt eine scharfe Schote hinzu. Währenddessen die Eier trennen und aus dem Eiweiß einen stichfesten Schnee schlagen. In einem zweiten Gefäß die Sahne steif schlagen. Die flüssige Kostbarkeit gemächlich unter Rühren in den Eischnee geben. Am Schluss die Sahne vorsichtig unterheben.

Das Ganze circa zwei Stunden kaltstellen, um eine optimale Konsistenz zu erhalten. Wem es jedoch eilt, dem reichen auch 30 Minuten im Gefrierfach.

Mein Küchenstuhl wippt leicht nach hinten, während meine Füße auf der Heizung liegen. Ich wackle mit dem großen Zeh. Noch brennt Licht in einigen gegenüberliegenden Häusern und ich denke mir mit jedem Löffel, den ich mir in den Mund schiebe, ein anderes Dasein.

Glauben Sie nicht, dass ich mir eines ausmalen müsste, weil meines etwa gähnend langweilig wäre. Oder gar freudlos und anstrengend. Das ist es durchaus nicht. Es ist eben nur unspektakulär normal.

Als 28-jährige Singlefrau lebe ich in einer Großstadt. Allein aufgrund dieser Tatsache bin ich ein statistischer Durchschnittswert in Person. Ebenso mittelmäßig sind mein Job samt Einkommen und demnach auch der Inhalt meines Kleiderschranks. Aus rein existenziellen Beweggründen arbeite ich tagsüber in einer Rechtsanwaltskanzlei. Und damit ich Grund habe, mich am Montagmorgen wieder auf das Wochenende zu freuen.

Abends shoppe ich in der wunderbaren bunten Welt des World Wide Web nach einem neuen Kleid. Manchmal fahnde ich mittels Kontaktseiten nach meinem Mr. Mac Dreamy, der nur entfernt etwas mit Eiscreme zu tun haben sollte. Allerdings hätte ich nichts dagegen, wenn er so schmecken würde.

Ich sehe leidenschaftlich gerne fern. Leistet mir meine Freundin Britta Gesellschaft dabei, so bereichert mich ihr Besuch um eine Tüte Kartoffelchips sowie einen guten Rotwein, immerhin zirka tausend Kilokalorien. Grob geschätzt. Sie geht sodann ihre ausladenden Hüften schwenkend mit einer leeren Flasche heim und lässt mir das schlechte Gewissen da.

Samstags gehe ich aus. Wie jeder Single in Köln. Dabei habe ich Unmengen Spaß. Meistens. Mal mit und mal ohne Kerl. Mit den Männern verhält es sich wie mit Schokolade. Man verspürt erst unheimlich Lust darauf, verspeist dann leichtsinnigerweise zu viel davon und danach ist einem übel.

Ich liebe meine Stadt. Und ich hasse meinen Job. Echt. Das Anwaltsbüro liegt auf der angesagten Mittelstraße. Das ist jene Straße, die man beim Shopping garantiert meidet, wenn man an dem kargen Inhalt seines Portemonnaies hängt. Aber die Anwälte und Notare Dr. Hennemann, Frentzen & Partner legten Wert auf eine angemessene Adresse für ihren beeindruckenden Briefkopf. Selbstredend. Freilich haben sie Räume im obersten Stock gemietet. Wegen des Doms. Den sieht man nämlich nur von da oben, genauer gesagt aus dem Panoramafenster in

Dr. Hennemanns Büro. Das Vorzimmer eröffnet nur den Blick auf die hässliche Seitenfassade von Starbucks nebenan. Dort stehe ich übrigens täglich, um Schlag zehn vor acht, mit der Order von einem „decaf light vanilla flavoured latte". Natürlich habe ich die fett- und koffeinfreie Variante nicht im Mindesten nötig. Ich mag sie nicht mal sonderlich. Es klingt nur so ungemein amerikanisch, seinen Kaffee so zu bestellen. Manchmal gönne ich mir auch einen Frühstückssnack. Ein belegtes Brötchen mit einem Loch darin. Also, eigentlich ist so ein Bagel nichts als Betrug. Die Amis wollen einen glauben lassen, man kaufe was ganz Tolles. Um einem dann zu einem überzogenen Preis ein ausgehöhltes Teigbällchen anzudrehen, das ein bisschen wie Pappe schmeckt.

Aber bleiben wir bei Dr. Johannes Hennemann. Der Boss. Der Blödmann. Der, der sich jeden Tag aufführt, als sei Köln New York und er der Staranwalt Ed Fagan. Für normal Sterbliche erübrigt er morgens ein Nicken und abends ein erstauntes Zucken seiner Augenbraue, wagt man es, Feierabend zu machen. Der Typ diktiert täglich fünfundzwanzig Bänder und spricht nebenbei auf zwei Leitungen gleichzeitig. Er hat im wahrsten Sinn des Wortes immer alle Hände voll zu tun. In der Rechten hält er einen Telefonhörer, in der Linken meist einen Becher lauwarmen Kaffee. Ich habe es in den sechs Jahren meiner Laufbahn kein einziges Mal geschafft, vor ihm zu kommen oder nach ihm zu gehen. Er ist grob geschätzt Anfang vierzig mit beginnender Halbglatze auf dem kantigen Gesicht. Rasiert, natürlich. Seine eisblauen Augen werfen ebensolche Blicke über den Rand seiner metallenen Designerbrille. Immer wieder bewundere ich seine absolute Temperaturresistenz. Er trägt stets ein langärmliges Hemd mit Haifischkragen und eine korrekt gebundene Krawatte. Der aus feinstem Garn gewebte Anzug stammt von einem namhaften Textilhersteller, dessen Website ich mich nicht mal traue, zu besuchen. Und er besitzt mindestens zwanzig davon. Sein Outfit trotzt Minusgraden sowie Hitzewellen gleichermaßen und stellt quasi eine Art Ganzjahresbereifung dar. Lediglich die geschmackvollen, wenn auch gedeckten Farben variieren. Ich gebe beschämt zu, dass ich Buch führe. Bisher habe ich vierhundertsechsundvierzig verschiedene Kombinationen notiert.

Für sein Alter sieht er blendend aus. Dr. Johannes Hennemann wäre mit Sicherheit ein Frauentyp, hätte er neben seiner Arbeit noch andere Hobbys. Wie seine unsichtbare Gattin das wohl findet? Frau Hennemann habe ich tatsächlich nie gesehen. Gehört allerdings des Öfteren. Es ist erstaunlich, auf wie viele unterschiedliche Arten ich sagen kann:

„Tut mir leid, Dr. Hennemann ist derzeit in einer Besprechung, soll er Sie zurückrufen?"

Falls er gerade nicht diktiert, telefoniert oder sich in einer Konferenz mit Schnittchen am Leben erhält (er hat grundsätzlich keine Zeit zum Mittagessen), geht mein Chef seiner Hauptleidenschaft nach. Mir den Büroalltag so schwer wie möglich zu machen. Nicht nur, dass er mir jeden Morgen einen nicht zu bewältigenden Berg an Schreibkram beschert. Das ginge ja noch. Nein, dazu besitzt er die anstrengende Angewohnheit, mich etwa alle zehn Minuten zu sich ins Zimmer zu rufen. Ich muss Blumen gießen, Kaffee brühen, eine Akte suchen, den Tisch wischen, ein Hemd aus der Reinigung holen ... Kurz, er betrachtet mich als Putzfrau, Praktikantin, Butler, Chauffeur ... und nur sekundär als Sekretärin. Dabei ist er noch nicht mal freundlich. Seine Anweisungen klingen wie militärische Befehle und niemals ziert der Hauch eines Lächelns seinen schmalen Mund. Inzwischen notiere ich auch seine Höflichkeitsbekundungen. Bislang komme ich auf sechs Mal Danke. Meinen Geburtstag vergaß er ebenso oft. Der Boss würde mich bei einer zufälligen Begegnung auf der Straße vermutlich gar nicht erkennen. Und ich bin mir nicht sicher, ob mich das freut oder frustriert.

Meine Kollegin Elfi traf es da bedeutend besser. Die arbeitet hauptsächlich für den Frentzen. Der Junganwalt besitzt keinen Doktor vor seinem Namen und darf nur die Bußgeldsachen bearbeiten, weswegen er sich nicht traut, unfreundlich zum Bodenpersonal zu sein. Objektiv betrachtet ist er ein arroganter Schnösel mit Profilneurose, der dem Chef in den Hintern kriecht. Aber seitdem ich ihn beim Klebstoffschnüffeln im Lagerraum erwischte, ist er immerhin berechenbar geworden. Darüber hinaus fällt der junge Mann auf jedes strahlende Frauenlächeln herein. Was man vom Hennemann nicht behaupten kann. An dem prallt mein weiblicher Charme ab wie ein Regentropfen an einer frisch polierten Kühlschranktür.

Ich bin ungeduldig. Ich gebe es unumwunden zu. Warteschlangen aller Art machen mich rasend. Oder sobald jemand nicht sofort versteht, was ich will, obwohl ich mich mehr als deutlich ausgedrückt habe. Langsame, bedächtige Menschen bringen mich zur Weißglut. Beruflich ist das im Grunde mein Tod. Wer hat jemals von einer Behörde gehört, die ein Anliegen prompt bearbeitet? Haben Sie einmal versucht, eine direkte Auskunft von einer städtischen Stelle zu bekommen? Genau das meine ich. Die enervierende Warteschleife im Ohr - und dann den Hennemann im Nacken, der mich gestern fragt, ob ich die Aufgabe von morgen schon erledigt habe.

Es wäre gelogen, zu behaupten, dass ich besonders unter meinem Job leide. Schließlich habe ich ihn mir ja ausgesucht. Ich zweifle allerdings in letzter Zeit immer öfter daran, so recht an diesen Schreibtisch zu passen, auf dem sich unzählige graue Akten türmen. Ehrlicherweise hat eine Elfi trotz geringerer Schulbildung, doppelter Masse und wesentlich gemächlicherer Arbeitsweise im Vergleich die Nase vorn: Sie sieht einen Sinn in dem, was sie tut.

Ich betrachte meinen wackelnden Zeh und genehmige mir ein letztes Häppchen Mousse. Der zarte Schmelz zerfließt auf meiner Zunge und ich muss lächeln. Schokolade macht eben glücklich.

Und da ist es plötzlich.

Kennen Sie das? Dieses: Warum tu ich nicht einfach was ganz anderes? Ein in losgelösten Momenten spontan Verrücktes: „Ich wandere aus, ich mach 'ne Kneipe auf" oder „ich geh noch mal zur Uni"? Dieses Verzweifelte: „Was zum Teufel soll ich hier?!"

Der Stuhl wackelt gefährlich, als ich mich noch weiter zurücklehne und an die Decke starre. Was macht mir eigentlich Spaß? Ich schiele auf die leere Schale mit dem einsamen Löffel darin. Mein Blick wandert durch das Zimmer und bleibt an dem aufgeschlagenen Kochbuch auf dem Küchentisch hängen. Eine Vision! Bevor ich nach dem Geistesblitz fassen kann, ertönt ein unschönes Knacken und ich verliere das Gleichgewicht. Mit rudernden Armen und einem erschrockenen Quieken gehe ich zu Boden.

2. Krähm Brülle

Ich bin fest davon überzeugt, dass gutes Essen uns zu besseren Menschen macht. Ein wirklich hervorragendes Mahl zuzubereiten und zu genießen, bedarf der ganzen Person. Es erfordert alle Sinne, Gewürze passenden Speisen zuzuordnen und die Ingredienzien fein aufeinander abzustimmen. Manchmal entscheiden nur winzige Nuancen über Erfolg oder Misslingen. Der sensible Tastsinn der Finger dosiert empfindliche Kräuter und ermöglicht kunstvolles Zubereiten und Anrichten. Wer versucht, das Rezept eines Gourmetkochs zu lesen, sollte klaren Verstandes sein und Konzentration und Geduld mitbringen. Körperliche Fitness und motorisches Geschick sind die Basis von Schneiden, Kneten, Rühren und dem flinken Hantieren mit mehreren Gegenständen gleichzeitig. Und bitte vergessen Sie vorläufig die Küchenmaschine und unbedingt Fertigprodukte, wenn Sie in das wahre Nirwana dieser Kunst eintreten wollen. Ferner spielen Gefühle eine erhebliche Rolle. Der Vorgang des Kochens lässt uns nicht losgelöst von den alltäglichen Sorgen, sie fließen vielmehr in unser Tun ein und nötigen uns dazu, uns hinterfragen zu lernen. Das kommt manchem nicht gelegen. Im besten Fall jedoch verspürt man angesichts eines gelungenen Soufflés so etwas wie Demut.

Das perfekte Gericht möchte den Menschen ganz, mit seiner Lebensgeschichte und seinen Erfahrungen. Es bringt uns immer wieder an persönliche Grenzen, bereitet uns unvergleichliche Freude oder unsäglichen Kummer. Ein gutes Essen braucht aber vor allem Herz und Seele. Nur die Liebe bietet jenen einzigartigen Geschmack, der vollkommen ist.

Meine Putzfrau hat auch jede Menge Liebe. Sie singt. Olga nimmt sich einmal in der Woche meines Refugiums an. Dabei singt sie, wie gesagt. Immer und unablässig. Ich kenne sonst niemanden, der so begeistert Staub wischt. Es macht nichts, wenn ich ihre Lieder nicht verstehe. Olgas schräge Melodien trieben vermutlich jeden Musikexperten in den Freitod, doch in meinen Ohren klingen sie heimelig nach Schnee, Bollerofen und reichlich Wodka.

Ich liege unter meinem Federbett vergraben. Der Wecker hat noch nicht geklingelt, und als ich mich aus meiner Bauchlage auf den Rücken drehen will, fährt ein stechender Schmerz in mein Kreuz. Dunkel erinnere ich mich an den nächtlichen Sturz vom Stuhl und muss trotzdem grinsen. Gefallenes Schokomädchen um Mitternacht. Wie blöd auch. Die Schallwellen von Olgas Gesang durchbrechen die Schlafzimmertür, als rase die Transsibirische Eisenbahn durch die Wohnung. Wie jeden Freitag frage ich mich, ob ich sie dafür hassen soll, weil sie um Punkt sieben mit der Arbeit anfängt und dabei „Korobeiniki" röhrt, oder sie vergöttere, da sie großartigen Kaffee brüht. Olga intoniert nicht nur russisch, sie spricht es natürlich auch. Ausschließlich. Wirklich, von meiner Putzfrau habe ich selten ein deutsches Wort vernommen. Sie kommuniziert äußerst erfinderisch mit Händen und Füssen und strahlt fortwährend. Manchmal nickt sie oder schüttelt den Kopf. Letzteres tut sie häufig, wenn sie meine Wäsche sortiert. Warum, kann ich bis heute nur erahnen.

Möchte ich Olga etwas Wichtiges mitteilen, so muss ich ihren Mann anrufen. Reichlich kurz angebunden sagt dieser meistens nur ja oder nein. Danach reiche ich Olga den Hörer und nach wenigen Minuten, in denen ein regelrechter Wortwasserfall aus ihrem Mund sprudelt, legt sie auf. Üblicherweise lächelt sie mich dann an und nickt. Manchmal schüttelt sie auch den Kopf. Wir verstehen uns einfach prima.

Ich habe nicht den blassesten Schimmer, was sie in den Kaffee tut. Sie kocht ihn mit dem gleichen Wasser und mit demselben Espressopulver, welches ich ebenfalls benutze. Es ist mir schlichtweg ein Rätsel, wieso dieses duftende Getränk viel besser schmeckt, als das, was ich zuzubereiten vermag.

Irgendwann im Laufe der Zeit werde ich ihr Geheimnis lüften. Sie macht ihn „orientalisch", das heißt, sie schüttet heißes Wasser in das mit Zucker vermischte Kaffeepulver. Wenn der Satz sich unten ablagert, seiht sie die oben liegende Flüssigkeit vorsichtig ab. Es ist übrigens Nonsens, dass die Russen alkoholische Getränke in ihren Kaffee kippen. Nur am Rande bemerkt: Wodka trinkt man da pur zum Essen, nicht gepanscht und schon gar nicht in Heißgetränken.

Das Innere eines Individuums offenbart sich in seiner Wohnungseinrichtung. Da ist was dran. Ich betrachte das eher differenziert. Den von Holzwürmern zerfressenen Kleiderschrank der bayerischen Oma sollte man nur so ideell sehen, wie ihm sein Inhalt gleichkommt. Dasselbe gilt für Hi-Fi-Schränke und CD-Regale. Kaum entspricht der äußere Schein dem tatsächlichen Blick hinein. Mit Menschen verhält es sich genauso. Ich hingegen finde, der wahre Eindruck von einer Wohnung wird durch etwas völlig anderes geprägt. Nämlich lange vorher. Haustüren werden gnadenlos unterschätzt. Meine Haustür beispielsweise ist rot. De facto war diese Tür der ausschlaggebende Grund dafür, die Mansarde überhaupt zu kaufen. Sie ist aus Holz und sehr alt. Es stört nicht, wenn die Farbe schon ein wenig abblättert. Im Gegenteil. Gerade das macht diese Tür mir so ähnlich. Katharina Lehner steht auf dem Klingelschild. Dieser Name auf dem messingfarbenen Rechteck sagt, dass die rote Tür und ich unwiderruflich miteinander verbunden sind.

Der Mensch ist von Natur aus faul. Logisch, dass mein zugegebenermaßen hochtrabend klingender Vorname im Laufe meiner Kindheit und Jugend bis hin ins Erwachsenenalter sämtliche Verunglimpfungen über sich ergehen lassen musste. Man glaubt gar nicht, wie viele Abkürzungen und Koseformen es von „Katharina" gibt. Erstaunlicherweise schrumpften die Buchstaben mit zunehmendem Lebensalter dahin. Wie bei den zehn kleinen Negerlein. Katharinchen, Kathrinlein, Katjuscha, Kätchen, Katinka, Karina, Kathi, Kitty, Katta, Kat. Sollte mich irgendwann jemand K. nennen, werde ich mein Testament verfassen. Mir blieb aktuell und hoffentlich letztendlich „Katta". So als hätte man aus einer Crème brulée einen schlichten Vanilleflan gemacht. Ich habe mich damit abgefunden.

Besagte Süßspeise gelangte reichlich unspektakulär zu ihrem Titel. Tatsächlich ist ihr Französisch jedoch reine Protzerei. Ihr Herkunftsland ist nicht Frankreich, sondern England. Nach einigen Quellen stammt die Speise aus Cambridge, wo sie angeblich im 17. Jahrhundert am Trinity College erfunden wurde und unprätentiös „burnt cream" oder „trinity cream" hieß. Irgendein Professor ließ seinen Nachtisch versehentlich anbrennen. Das ist auch schon alles. Ich persönlich assoziiere mit Crème brulée wenig Schmackhaftes. Ich meine, für ein deutsches Ohr klingt das Ganze nach einem gepeinigten Pudding, der mit einem Bunsenbrenner gefoltert wird. So wie Haustüren unterschätzt werden, wird dieses Dessert eindeutig überschätzt.

Äußerst amüsant stellte sich folgendes Erlebnis in einem meiner Lieblingsrestaurants dar: Ich dinierte dort mit einem jungen Mann, der in meinem Leben so bedeutend war, dass ich seinen Namen vergessen habe. Ich erinnere mich lediglich daran, dass er recht annehmbar aussah. Der erste Eindruck überdauerte exakt fünf Minuten. Er redete unablässig. Von sich. Ausschließlich. Von seinem Job, seinem Auto, seinem Meistertitel im Karate sowie seinen Urlauben auf Sylt. Ich hätte mir eine Papiertüte über den Kopf stülpen können, vermutlich wäre ihm das nicht einmal aufgefallen. Mit gewichtiger Miene bestellte er den teuersten Wein auf der Karte, ohne mich um meine Meinung zu fragen. Zu meiner Fassungslosigkeit beraubte er mich weiterhin des einzigen Vergnügens des Abends - mir mein Essen selbst auszusuchen. Nach einem geistigen Haken hinter seiner Person begann ich jedoch, das Ganze lustig zu finden. Zuerst sah ich gebannt auf seine beginnende Halbglatze. Dann eine Weile scharf rechts an ihm vorbei. Da ich nicht die geringste Reaktion erhielt, senkte ich betont langsam den Blick und starrte auf seinen Schritt. Er palaverte ungerührt weiter. Schließlich betrachtete ich das Paar am Nebentisch und rührte demonstrativ gelangweilt in meinem Milchkaffee. Noch immer erklärte er mir die Welt. Ich überlegte gerade, ob ich laut schnarchend mit dem Kopf auf die Tischplatte knallen sollte, als mich der Kellner erlöste. Dieser fragte freundlich nach der Bestellung für das Dessert.

„Ich möchte einen Nachtisch mit zwei Löffeln bitte“, sagte mein Begleiter nebst einem süffisanten Lächeln in meine Richtung, noch während ich Luft holte, um ein Tiramisu zu ordern, „meine zauberhafte Gesellschaft achtet mit Sicherheit auf ihre Figur.“

Fassungslos sah ich den Kerl an. Spinnt der?! Der Kellner verzog keine Miene.

„Wir hätten also gerne einmal die Krähm Brülle.“

Jetzt brüllte ich. Vor Lachen. Und das ganze Restaurant schreckte auf. Es liegt wohl auf der Hand, dass aus einem Date gleich zwei wurden: das Erste und auch das Letzte.

Crème brûlée

Man nehme:

250 ml. Sahne,
250 ml. Milch,
125 gr. Zucker,
eine halbe Vanilleschote,
6 Eigelbe.

Den Ofen auf 125 Grad vorheizen.

Die Milch mit der Sahne vermischen und zum Kochen bringen, die Vanilleschote auskratzen und hinzugeben. Die Eigelbe mit Zucker vermischen, dann unter Rühren in den Topf geben. Die Vanille-Crème in eine feuerfeste Form füllen und im Wasserbad etwa eine halbe Stunde im Ofen lassen – bis die Oberschicht leicht fest geworden ist. Die Crème abkühlen lassen und mit Zucker bestreuen.

Das Ganze noch mal kurz im Backofen bei Oberhitze karamellisieren oder mit einem kleinen Bunsenbrenner überkrusten.

Nochmals zur Erinnerung: Bei Crème brulée brüllt keiner. Außer, der Koch hat nicht raus, wie der Bunsenbrenner funktioniert …

Das Viertel, in dem ich wohne, gilt nicht gerade als die beste Adresse in Köln. Das liegt vor allem an der zunehmenden Anzahl unserer eingewanderten Mitbürger, die eben gerne unter sich bleiben. Zugegeben, ich komme mir zuweilen vor, als schlendere ich durch Antalya. Aber ich mag es. Meine türkischen Nachbarn begegnen mir ausgesprochen freundlich. Was ich von manchem meiner Landsleute nicht behaupten kann. Mit weiteren Ausführungen möchte ich mich hier nicht in die Nesseln setzen. Ein jeder nach seiner Fasson. Unpopuläre Stadtteile besitzen jedoch einen unschlagbaren Vorteil für Leute wie mich. Man bekommt zu zahlbaren Konditionen ein hübsches Domizil in einer ruhigen Straße direkt am Rhein.

Wer durch meine rote Haustür tritt, setzt seine Füße auf bunte Mosaikblumen. Man geht eine steinerne Wendeltreppe hinauf. Und das, je nach Ausdauer, zirka fünf Minuten. Zu meiner Verteidigung muss ich sagen, dass Stadtwohnungen an Qualität gewinnen, je mehr Treppen man steigt. Unten residiert es sich dunkel und kalt. Oben genießt man Licht und Weitblick. Ich sitze Stunden auf meinem Balkon, zähle die Häuserdächer und bilde mir ein, Karlsson vom Dach vorbeifliegen zu sehen. Mitunter höre ich das Knattern seines Rückenpropellers. Besonders abends, wenn überall Lampen brennen und ich mich in die Wohnungen denke, finde ich das spannender als Marienhof. Ich habe mir den Luxus geleistet und Parkettboden verlegt. In Honigbraun. Eine wunderbare Farbe, die sogar nach Bienen riecht. Mein Reich ist nicht groß. Zwei Zimmer genügen meinem kleinen Dasein.

Die Menschen besitzen viele Dinge, die sie für sich als wertvoll erachten. Sie bezeichnen entweder den zweiundfünfzig Zoll Plasma-TV oder die Stereoanlage von Bang & Olufsen als ihnen lieb und teuer. Man steckt sein Geld in eine Designercouch von Le Corbusier, vielleicht auch in ein scheußliches Gemälde, das sich mit einer berühmten Signatur herausredet.

Mein kostbarster Schatz heißt Küche. Ich betrachte sie nicht nur als das Herz meines Heims. Sie drückt schlicht meine Persönlichkeit aus. Hier steht mir alles zur Verfügung, um selbst Jamie Oliver vor Neid erblassen zu lassen. Zum Beispiel penibel gepflegte Töpfe und Pfannen jedweder Art. Meine Geschirrtücher tragen handbestickte Initialen und sogar für

Linkshänder findet sich das passende Schälmesser in meiner Besteckschublade. Wenn ich mir also den rechten Arm bräche, so hinderte mich das nicht am Zwiebelschneiden. Ich kann kunstvolle Kleeblätter aus Butter stanzen oder Herzchen aus Melonen. Was ich allerdings nie mache. Ich finde das ausgesprochen albern. Köche, die enormen Aufwand auf Dekoration verwenden, wollen den Gast nur von einem mittelmäßigen Gericht ablenken. Aber ich könnte. Mein Müsli schmeckt immer perfekt und nie nach Knoblauch, da ich für jedes Lebensmittel ein spezifisches Messer und Schneidebrett benutze. Ich arbeite ausschließlich mit Gas. Der unscheinbare Herd kostet so viel wie mein Auto. Was Letzterem nicht schmeichelt, ist mir klar. Wer sich jedoch einmal mit meinem Gasherd vergnügte, will im Regelfall nichts anderes mehr. Er ermöglicht die absolute Kontrolle über das Gelingen einer Speise. Egal, ob es Wokgemüse oder Rumpsteaks betrifft. Dreht man den Hahn auf, wird mit dem Aufflammen der blauen Zunge die Pfanne unmittelbar heiß. Langsames Erwärmen von Öl, bis es die richtige Temperatur erreicht, ist passé. Kein Verkochen oder Anbrennen, weil das Ceranfeld noch übermäßig Hitze abstrahlt. Mit Gas zu Werk zu gehen, bedeutet schlichtweg ehrlich zu kochen.

Als Kind besaß ich ein Puppenhaus, das mein Vater geschreinert und meine Mutter liebevoll mit weißen Möbeln und Miniaturnippes ausgestattet hatte. In der winzigen Kochzeile klebte eine grüne Tapete mit Gänseblümchenmuster. Tatsächlich fand ich einen solchen Wanddekor im Baumarkt. Das Holzhäuschen landete längst auf dem Sperrmüll. Sehr zu meinem Leidwesen. Ungeachtet dessen - meine Puppenküche ist heute Wirklichkeit. An dem Zweimeter-Eichenholztisch findet mein gesamtes Leben statt. Ich arbeite sogar hier. Wenn der Platz es zuließe, würde ich meine Couch hineinstellen. Wer braucht schon ein Wohnzimmer. Zumal mein erster großer Schwarm Morten Harket, Leadsänger der Boygroup AHA, in Realgröße als Starschnitt an der Küchentür haftet und einem immer so lasziv lächelnd die Klinke zeigt. Da tritt frau doch gerne ein. Oder?

Freitags erspare ich mir das Gedrängel im Coffeeshop. Dank Olgas Kaffee springe ich hellwach und mit wunderbarer Wärme im Bauch die Stufen im Treppenhaus hinunter. Meine Laune ist allein deshalb ausgesprochen gehoben, weil schon heute Mittag das Wochenende beginnt. Daran ändert sogar der Regenguss nichts, der hämisch wartet, bis ich schirmlos aus der Haustür trete, um sich dann an mir schadlos zu halten. Da es nur ein paar Meter bis zur Bahnstation sind, sehe ich es ihm nach.

Die Untergrundbahnen malen die wahren Stimmungsbilder der Großstadt. Es gibt in Köln kaum einen Ort, an dem so viele Menschen einander begegnen, ohne auch nur das Geringste gemeinsam zu haben. Ich finde es unheimlich spannend, mit der Linienbahn zu fahren. Vom Stadtviertel Mülheim, wo ich wohne, zähle ich elf Haltestellen bis zum Rudolfplatz. In diesen zwanzig Minuten reise ich bildlich ausgedrückt vom Sozialamt über Istanbul das Kleine, Afrika hinter Gittern, zur Sorbonne der Künste und weiter bis zur Wall Street. Mit den einzelnen Stationen färbt sich der Waggon in immer neuen Farben der menschlichen Auren. Wie ein Gericht, das vor Gewürzen und Geschmack explodiert. Ich sauge mit meinen Blicken jeden Eindruck in mir auf. Manchmal entsteht daraus eine bleibende sinnliche Erinnerung. Neulich saß eine junge Frau mir gegenüber, die unablässig Kaugummipapierchen faltete. Ich nehme stark an, sie hatte an diesem Tag schon einiges anderes als Pfefferminze konsumiert. Sie machte Schiffchen, Hütchen und einen Frosch, immerzu aus demselben Papierquadrat. Dabei murmelte sie lautlos vor sich hin. Ihre Finger arbeiteten äußerst geschickt und ich schaute fasziniert zu, wie sie Kunstwerke aus drei Mal fünf Zentimetern Silberfolie bastelte. Plötzlich hielt sie ein. Sah mir direkt ins Gesicht, sodass ich ertappt und verlegen zur Seite blickte. Sie stieg einen Halt vor mir aus. Im Vorübergehen ließ sie einen kleinen minzeduftenden Schwan in meinen Schoß fallen. Seitdem ist in meiner Vorstellung der Geruch von Minze untrennbar mit Origami verbunden.

Tabouleh mit frischer Minze

Man nehme:

1 Tasse Bulgur, mit heißem Wasser quellen, dann etwas abkühlen lassen-
1 große rote Zwiebel; gehackt,
4 Tomaten, gehäutet; entkernt, gewürfelt,
1 Bund glatte Petersilie; gehackt,
1 Bund frische Minze; fein gehackt,

etwas abgeriebene Zitrone und den Saft von zwei Zitronen, eine halbe Tasse Olivenöl, Salz, Pfeffer.

Alles gut durchmischen und eine Weile durchziehen lassen.

Dr. Johannes Hennemann ist schlecht gelaunt. Im Laufe der Zeit habe ich eine Art Sensor dafür entwickelt, welche seiner ausdruckslosen Mienen ich wie interpretieren muss. Dazu gehört meist irgendeine Bewegungskomponente in seiner sonst beherrschten Haltung. Heute klopft er leicht und unablässig mit dem Daumen gegen den Tassenrand. Kein gutes Zeichen. Die Luft steht irgendwie im Büro. Elfi lächelt mich kurz an (sehe ich da Mitleid in ihrem Blick?) und tippt sogleich konzentriert an ihrem Band weiter. Keine Hilfe zu erwarten. Sie hätte mich ja mal vorwarnen können. Per Rauchzeichen oder so.

„Frau Lehner, kommen Sie doch bitte in mein Besprechungszimmer."

Spricht's und verschwindet in seinem Refugium. Ups. Hätte ich ihm mal besser was von meiner Mousse von letzter Nacht übrig gelassen. Nix zum Bestechen griffbereit. Ich wage den Angriff nach vorn.

„Soll ich Ihnen gleich noch einen Kaffee mitbringen?", rufe ich ihm gezwungen fröhlich hinterher. Er geht nicht mal auf meine Frage ein.

„Ich habe mit Ihnen zu reden. Jetzt!" motzt es anstelle einer Antwort zwischen dem Spalt der Tür heraus.

Okay. Dann eben keinen Kaffee. Auf einer Es-gibt-Ärger-Skala von eins bis zehn eine glatte Elf. Ich schleiche schicksalsergeben in die Höhle des Löwen und schließe die Tür in meinem Rücken. Sodann rutsche ich auf den Besprechungsstuhl. Meine gute Laune ist wie weggeblasen. Dabei begann dieser Tag so gut. Er sagt nichts. Stattdessen knallt ein roter Aktenordner vor mir auf die Tischplatte. Ich runzle die Stirn. Die Akte kommt mir vage bekannt vor. Dr. Hennemann sieht mich schweigend an. Ich starre äußerst begriffsstutzig zurück. Es ist so still im Raum, dass ich glaube, die Funkuhr an der Wand ticken zu hören. Schließlich richtet er doch das Wort an mich:

„Kennen Sie Frau Bothe-Gehring?"

Ich überlege kurz und bejahe seine Frage. Das ist unsere Mandantin aus dem Fall Gehring gegen Bothe-Gehring. Eine Schlammschlacht von einem Scheidungsmandat.

„Nun", dieses NUN klingt sehr gedehnt. Gefährlich gedehnt. „haben Sie schon einmal mit Frau Bothe-Gehring telefoniert?"

Allerdings. Die Alte hat Haare auf den Zähnen. Ein fürchterliches Weibsstück. Leider gehört sie zu der Sorte Mensch, die sich für Geld alles kaufen kann. Auch einen Dr. Hennemann. Ich nicke.

„Dann wissen Sie ja, wie unangenehm sie werden kann. Und ich habe gerade mit ihr telefoniert."

Der Boss tönt sehr unheilvoll. Plötzlich fällt es mir wie Schuppen von den Augen. Die Akte lag bis gestern noch auf meinem Schreibtisch. Auf dem Fristenstapel. Ganz unten. Mir wird heiß. Zu heiß.

„Ähm ... Ja."

Ich spüre einen Frosch im Hals und ahne, was jetzt kommt. Ich habe die Einspruchsfrist gegen den Pfändungs- und Überweisungsbeschluss bezüglich des gemeinsamen Kontos verbummelt. Das heißt auf gut Deutsch: Ihr Exmann hat die Kohle abgeräumt.

Dieses Versäumnis bedeutet nicht nur einen unverzeihlichen Anfängerfehler. Das darf einfach nicht passieren. Nie. Unter keinen Umständen.

„Ach du Scheiße!"

„Das können Sie laut sagen."

Seine Miene ist undurchdringlich und seine Stimmbänder klirren wie Eis.

„Es bringt wohl wenig, Ihnen anzubieten, es auf mein Gehalt zu verrechnen ...", versuche ich eine lahme Wiedergutmachung.

Er holt scharf Luft und brüllt los:

„Dann arbeiten Sie die nächsten fünfzehn Jahre umsonst in meiner Kanzlei! Was ist das hier für eine verfluchte Schlamperei?! Sind Sie denn wahnsinnig?! Wofür haben Sie die Ausbildung gemacht?! Wenn Sie nur in der Lage sind, Kaffee zu machen oder die Auskunft anzurufen, stelle ich mir lieber eine Studentin ein, die besitzt mehr Grips und kostet halb so viel!"

Ich glaube es nicht. Ich erlebe Emotionen. Dr. Johannes Hennemann flippt zum ersten Mal seit sechs Jahren aus. Sein Gesicht läuft hochrot an und gleich stößt Rauch aus seinen weit geblähten Nasenflügeln. Und das ist ausgerechnet meine Schuld. Mein Magen dreht sich nach außen und mein Kopf verwandelt sich in ein luftleeres Vakuum. Ich vermag keinen klaren Gedanken zu fassen. Ich habe einen der wichtigsten Fälle versiebt und vermutlich die zahlungskräftigste Mandantin der Sozietät verschossen. Zweifellos ein Kündigungsgrund. Und ich sehe das sogar ein.

Ich bin wie gelähmt. Ein unangenehmes Prickeln klettert meinen Nacken hinauf. Plötzlich streikt mein Gehörsinn. Jemand bläst auf einer Trillerpfeife in mein Ohr und ich starre auf Hennemanns Lippen, ohne das Geringste von dem zu verstehen, was er sagt. In Zeitlupe beobachte ich mich selbst. Als ich schweigend den Stuhl zurückschiebe und aufstehe. Auf einmal halte ich den Türgriff in der Hand. Durch einen merkwürdigen Schleier fange ich einen erschrockenen Blick von Elfi auf und einen nicht minder verblüfften vom Frentzen. Dann habe ich sie alle im Rücken. Wie in Trance schwanke ich in das dunkle Treppenhaus, taste mich am Geländer entlang bis zur Eingangstür, um schließlich auf den Steinstufen nach draußen zu verharren. Ein Schwall frischer Luft mit kühlen Regentropfen fährt mir ins Gesicht. Jetzt endlich traue ich mich, zu atmen.

3. Masala Salam

Was macht man an einem Freitag um neun Uhr morgens? Sinn- und ziellos durchquere ich die Stadt. Meine Beine schreiten weit auf dem regennassen Pflaster aus. Legen einen zügigen Schritt nach dem anderen zurück. Die Kilometer schrumpfen dahin. Es müssen etliche sein. Türen, Ladenfronten, Fenster und ganze Häuser ziehen an mir vorbei. Ich nehme nur das gleichmäßige „Tatam Tatam" in meiner Brust wahr. Überquere eine Straße, eine Zweite, einen Zebrastreifen. Weiter über den Bordstein, um die Ecke, in die nächste Gasse hinein. Atme fortwährend tief ein und aus. Konzentriert und so lange, bis ich nur noch allein das tue: Gehen und Atmen. Ein und aus und von vorn. Der Regen läuft mir mittlerweile zwischen den Brüsten herunter. Ich bin klatschnass. Und total verloren. Meine Bluse hängt wie ein nasser Sack an mir. Meine Jacke blieb zurück, vergessen an dem Garderobenhaken im Flur. Ach, Scheiß ´drauf. Ich mochte das hässliche Ding sowieso nie.

Ich bleibe stehen. In dem Schaufenster spiegelt sich eine Frau. Sie steht einfach da und sieht mich an. Ihr Gesicht ist schmal und Schatten liegen unter den Augen. An den Rändern des weißen Kragens machen sich rötliche Flecken breit. Ihre Haartönung löst sich in Wohlgefallen auf. Die Hände vergräbt sie in ihren Hosentaschen. Ihre Schultern beugen sich vornüber, als trüge sie eine Last auf dem Rücken. Oh je. Sehe ich übel aus. Ich wende mich schnell ab und beschleunige meinen Gang.

Es ist ein bisschen so, als erwachte ich aus einem bösen Traum. Benebelt und orientierungslos. Die Häuserreihen rechts und links von mir öffnen sich trichterförmig. Ich gelange auf einen Platz und befinde mich unvermittelt in einem Menschengewusel. Unter den bunten Planen biegen sich Tische mit Gemüse und Obst aus ganz Europa und Übersee. Dort stapeln sich Melonen vom Umfang von Medizinbällen. In den Vitrinen liegen Käse und Wurst. Der Fischverkäufer hängt Räucherforellen an einen Haken. Aus einem Bäckerwagen dringt der Duft von ofenwarmem Brot herüber. Mein Blick verfängt sich in den Windungen einer Brezel und verliert sich haltlos darin. Jemand rempelt mich an, ich taumele. Eine kurze Entschuldigung, und die Gestalt verschwindet mit ihren Einkaufstüten in der Menge. Allmählich dämmert es mir. Freitags ist Wochenmarkt.

Mein Finger zeigt selbsttätig auf einen Strauß Sonnenblumen, ich bezahle und nicke stumm, als sie mir den Sommer reicht. Es hat aufgehört, zu regnen. Am nächsten Stand kaufe ich eingelegten Schafskäse in Chili und mit Mandeln gespickte, große Oliven. Der Verkäufer schenkt mir ein zahnloses Lächeln und sagt etwas auf Türkisch. Ich lächle zögernd zurück. Beim Bäckereiwagen erstehe ich ein Möhrenvollkornbrot. Dann wandern drei Pink Ladies, zwei Kiwis und eine Schale Erdbeeren in meine Tasche. Hinzu gesellen sich Zuckerschoten, ein Bund Möhren und eine Babyzucchini. Am Käsestand probiere ich einige Sorten italienischen Käse und entscheide mich für ein Stück Fontina und einen Parmigiano Reggiano. Die Bäuerin packt mir einen kleinen Mini-Ziegenkäse dazu ein und endlich kann ich sprechen. Danke. Von dem Südtiroler Schinkenspeck möchte ich gleich mehrere Lagen. Der schmeckt göttlich, vor allem zu einem vollmundigen Rotwein. Das Huhn sieht nackt und frierend aus. Aus Mitleid nehme ich es mit. Die Nässe klebt auf meiner Haut und überflüssigerweise beginne ich, zu zittern. Ich werde mir eine ordentliche Erkältung einfangen. Doch in meinen Händen trage ich ungefähr sechs Tüten voller Trost.

Bis in die Südstadt haben meine Beine mich getragen. Die Füße in den Absatzschuhen spüre ich schon lange nicht mehr. Der Heimweg zieht sich unendlich. Ratlos bleibe ich an irgendeiner Straßenecke stehen. Wie eine Spielzeugpuppe zum Aufdrehen, der die Batterie ausgegangen ist. Ich schlottere vor Kälte. Zum Handheben reicht es gerade. Ein Taxi. Bitte.

Im Auto fliegt die Stadt an mir vorüber. Es kratzt im Hals. Mir kommt die Welt so unwirklich vor. Nach Hause. Ich betrachte die Sonnenblumen im Arm. Sie sehen wunderschön aus. Und dann friere ich nicht mehr ganz so sehr. Stattdessen lache ich eine Spur zu gezwungen. Der Taxifahrer schaut prüfend in den Rückspiegel. Seine Haut schimmert kaffeefarben mit einem winzigen Schuss Sahne darin. Die glänzende Pomade seines Haarzopfs riecht nach Kokos. Wie wohltuend ist der plötzliche Gedanke an Sonne und Strand.

Da ist sie wieder. Diese schüchterne Regung von gestern Nacht. Heute lauter, nicht so zaghaft und verborgen. Tatsächlich kriecht so etwas wie ein Gefühl von Freiheit zwischen meiner Verzweiflung hervor. Es stupst mich leise an und flüstert.

*

Als ich aufwache, ist es finster. Das Telefon schrillte unablässig irgendwo hinter meinen wirren Träumen. Es gelang mir nicht, aufzuwachen. Ein nackter Dr. Hennemann jagte mich mit gefletschten Reißzähnen durch den Wald. Dauernd bimmelte sein Handy. Eine irre lachende Hexe mit Elfis Gesicht schlug mit Stöcken gegen Bäume, deren krallenartige Äste nach mir griffen.

Ich brauche einen Moment, um zu realisieren, das Klopfen nicht zu träumen. Jemand randaliert an meiner Tür. Das Zimmer dreht sich ein wenig, als ich mich aufrichte und erst den linken, dann den rechten Fuß prüfend auf den Boden stelle. Ein fieser Geschmack liegt auf meiner pelzigen Zunge und der Hals tut mir weh.

Brittas Gesichtsausdruck spricht Bände. Sie hat diese vorwurfsvolle Körperhaltung angenommen, die sie ganz groß und andere winzig klein macht. Gerade holt sie zu einem erneuten Schlag gegen das schuldlose Holz aus. Ich ducke mich rechtzeitig und ihre Faust saust ins Leere.

„Sag mal, spinnst Du? Ich versuche schon den ganzen Tag, dich zu erreichen!"

Wortlos drehe ich mich um und schleiche in die Wohnung zurück. Sie folgt mir, fasst mich an der Schulter. Unerbittlich zärtlich. Eine Träne kullert meine Wange herunter. Ihre Arme öffnen sich einladend. Mit einem Schluchzen schmiege ich mich hinein.

Eine halbe Stunde und etwa fünf Zigarettenlängen später senkt sich betroffenes Schweigen über das Halbdunkel der Küche.

„Das ist ja echt ein dicker Hummer."

Unter Gourmets „vergenießbart" man sogar Sprichwörter. Sie mustert mich konsterniert und greift nachdenklich nach dem Dornfelder Rotwein.

Meine Freundin Britta ist Sozialpädagogin. Sie ist das durchaus aus Überzeugung, also mit Absicht. Mit vollem Vor- und Zunamen heißt sie Britannia Cordula Kern. Ihre Eltern zeugten sie in einem walisischen Einmalzweimeterbett und beschlossen in einem Anfall von Flitterwochenromantik, ihrer unglückseligen Tochter diesen Vornamen zu verpassen. Außer ihnen, zwangsläufig ihrem Mann Andreas, und meiner Wenigkeit kennt vermutlich nur der Sachbearbeiter der Personalausweisbehörde ihren richtigen Namen. Britta arbeitet in der Familienberatungsstelle einer karitativen Einrichtung. Dort lebt sie das aus, was sie ihre wahre Berufung nennt. Britta berät alles und jeden. Am liebsten die, die völlig beratungsresistent sind. Es nützt nicht, ihr widerstehen zu wollen. Jeder Ansatz wird im Keim erstickt. Sie verfügt über eine bemerkenswerte Ausdauer. Diese Frau umweht eine Aura, der sich niemand entziehen kann. Ihre Augen saugen dich zunächst mit braun-grünen Farbsprenkeln in den Bann, ihr Lächeln klebt dich an ihrem üppigem Busen fest und dann öffnet sie den lieblichen Mund, um dich ganz zu verschlucken. Hat sie dich erst mal in sich, kommst du nicht mehr raus. Vor allem stellst du fest, dass du das auch gar nicht willst.

Ich muss zugeben, sie macht ihren Job verdammt gut. Manchmal allerdings geht sie ein wenig zu weit. Ich kenne eines ihrer Opfer. Beziehungsweise kannte. Ich glaube, er wanderte nach Schweden aus, Lachs fischen. Oder nach Irland, Border Collies züchten. Ich bin mir nicht sicher. Vielleicht ist er sogar tot.

Faktisch änderte sich sein Leben radikal, als er Britta Kern traf. Er begegnete ihr zunächst völlig unverfänglich auf einer Internetplattform. Genauer gesagt, in einem Forum für Gartenfreunde. Britta hat übrigens keine Ahnung von Pflanzen. Der Mann, nennen wir ihn Carl, fahndete arglos im Chat nach Saatgut für eine seltene Gattung Orchideen. Wirklich, es gibt Leute, die tun so was. Dabei geriet er an meine Freundin. Es dauerte keine zehn Minuten, und man sprach über alles andere als Grünzeug. Carl brachte es in seinem fünfzigjährigen Dasein zu drei Kindern und einer unsichtbaren Ehefrau. Diese Sorte Frau kenne ich. Sein Leben bestimmten etwa zu achtzig Prozent sein Arbeitgeber und zu fünfzig Prozent seine Kinder. Die Frau gehörte eh zu „unter ferner liefen". Carl brauchte sechzig Minuten, um zu erkennen, nicht glücklich zu sein. Binnen kurzer Zeit hasste er seinen Chef und seinen Job erst recht. Achtundvierzig Stunden später war Carl verknallt. Mächtig. Allerdings nicht in seine unglückselige Ehefrau. Kompensation, meinte Britta dazu und machte ihm klar, dass er sich gewaltig irrte. Eine Woche danach trennte Carl sich von seiner Vaterrolle und der des Ehemanns. Er zog nach Berlin und schrieb auf einer Postkarte, nun herausfinden zu wollen, wer er sei. Nach sechs Monaten kaufte er sich ein Flugticket. Bis dato sein letztes Lebenszeichen.

So ist meine Freundin eben. Ein wahrlich barmherziger Samariter. Mir erspart sie die guten Ratschläge. Sie sieht das nicht beruflich. Zum Glück. Stattdessen stellt sie mir ihre rechte Schulter zur Verfügung und reicht mir mit ihrer linken Hand ein Glas Wein. Ohne zu kleckern, während ich meinen Kummer ausschütte, der feinsandig ihre Arme herab rieselt. Irgendwann bleibt nichts mehr übrig, das verstreut werden könnte. Ich fühle mich besser. Leichter.

„Willst du zurück?", fragt Britta knapp.

„Nein."

Ich muss gar nicht lange nachdenken.

Sie lehnt sich nach hinten und wippt mit dem Stuhl. Eine schmale Rauchfahne steigt aus ihrem gespitzten Mund an die Zimmerdecke. Sogar auf einem wackeligen Holzhocker schafft sie es, sich lasziv zu räkeln.

„Dann sollten wir uns was überlegen."

Die Qualmwolke zieht von der rechten in die linke Ecke des Raums und nebelt die kleine Spinne ein, die dort ihr Netz webt. Ich schwebe hinterher. Unwillkürlich fülle ich meine Lungen mit Luft. Wie damals, als meine Mutter mich ermutigte, zum ersten Mal im Schwimmbad vom Beckenrand in das für eine Sechsjährige beängstigend tiefe Wasser zu springen. Mit zusammengekniffenen Augen schmecke ich Chlor, als ich gedanklich mein früheres Leben loslasse.

Britta stupst mich leicht an. Der zweite Korken ploppt an diesem Abend aus dem Flaschenhals. Bedeutungsvoll erhebt sie ihr Glas und rezitiert:

„Denn jedem Anfang wohnt ein Zauber inne …" Mein Lieblingsgedicht von Herrmann Hesse verzaubert mich nach wie vor. „... der uns beschützt und uns hilft, zu leben", ergänze ich und zerdrücke eine winzige, sentimentale Träne.

Ein paar Worte zerren die alte, unbekümmerte Katta ans Licht. Ich betrachte die Schale mit den angeklebten Resten meiner Schokoladenmousse. Wieder rumort etwas in meinem Hinterkopf und drängt sich fordernd in mein Bewusstsein. Leider verscheucht Britta das scheue Gedankentierchen, noch ehe ich ihm einen Namen geben kann. Sie rutscht von der Stuhlkante und macht sich ungefragt an meinem Kühlschrank zu schaffen.

„Was kochen wir?"

Das Ereignis eines Neuanfangs, - wie auch immer geartet - braucht ein erhabenes Gericht. Will man Gefühle kulinarisch umsetzen, wende man sich am besten an die Nation, die in puncto Emotionen jedweder Art ganz weit vorne liegt. Wer sich an Farben, Gerüchen, Musik und herrlich kitschigen Liebesgeschichten berauschen möchte, schaue sich einen Bollywoodfilm an. Und wer diesen bunten Taumel der Sinne in der Pfanne auszuleben gedenkt, wähle ein indisches Rezept. Fragt man nach Assoziationen für die indische Küche, dächten die meisten Menschen vermutlich an Curry, Reis und Elefanten. Zwar haben die Dickhäuter nichts mit Essen zu tun. Aber mit Indien sehr wohl. Außerdem hatte Britta bereits einen im Tee. Viele Leute meinen durchaus von Garam Masala oder Baghar gehört zu haben, während sie blind nach dem Taschentuch fischen, weil der Sharuk Khan so schön singt. Haben jedoch keine Ahnung, was das überhaupt ist.

Tatsächlich sind Masalas unverzichtbarer Bestandteil der indischen Küche. Es handelt sich dabei um Gewürzmischungen, die als Pulver oder Paste hergestellt werden. Es gibt sie in mild, duftend und scharf. Die einzelnen Komponenten werden für ein besonders intensives Aroma vorher ohne Fett geröstet. Es ist nicht schwer, eine solche Mischung selbst herzustellen. Garam Masala („heiße Gewürze") besteht aus Kardamomkapseln, Korianderkörnern, Kreuzkümmel, Gewürznelken, Pfefferkörnern, Lorbeer, Zimt und Bockshornklee. Man streut es in Nordindien über fertige Speisen.

P.S. Sharuk Khan ist so was wie Brad Pitt, bloß auf Indisch. Zum Glück wissen wir ziemlich genau, was wir uns vorstellen, wenn wir an Indien denken. Masala haben wir ebenfalls. Und dank meiner Kopflosigkeit auch massenweise frisches Grünzeug. Ich fische nach dem Wok. Britta zieht das große Haiku-Messer aus dem Block. Im Kühlschrank friert das arme Huhn noch immer. Ich werde ihm eine schöne, heiße Pfanne anbieten. Absprache ist nicht nötig. Ohne Worte macht jede den Teil, den sie am besten kann. Ich zerlege das Geflügel und kümmere mich um den Reis, Britta schneidet Gemüse und gießt Erdnussöl in den Wok. Innerhalb von einer halben Stunde durchdringt ein herrlicher Duft die Küche. Wir schwitzen im Aromanebel, der von den Töpfen aufsteigt. Ich wische mir die Stirn. Meine Freundin nickt mir gut gelaunt zu. Dabei quietscht sie wie die singende Schauspielerin, die in den Sharuk verliebt ist und wackelt mit ihren Hüften. Jetzt geht es mir blendend.

Salam.

Indisches Hähnchencurry mit Masala

Man nehme:

4 Hähnchenbrustfilets oder die Teile eines zerlegten Hähnchens,
Erdnussöl, Chilipulver,
2 Möhren,
1 Handvoll Zuckerschoten
1 Babyzucchini,
2 Zwiebeln, Knoblauch,
1 Dose Kokosmilch,
Ingwer, Kurkuma
und die Gewürzmischung Garam Masala.

Die Hähnchenteile mit etwas Erdnussöl, Chili, Garam Masala, Salz und dem klein gehackten Knoblauch etwa eine Stunde marinieren.
Die Zwiebel in der Pfanne glasig dünsten. Mit Wasser auffüllen und die restlichen Gewürze unterrühren. Dann das in Würfel geschnittene Gemüse hinzugeben und die Kokosmilch einrühren, sanft aufkochen.
Erst jetzt das Fleisch in die Soße geben und bei milder Hitze ziehen lassen, so wird es butterzart.

Dazu genießt man Basmatireis in Safran- oder Kurkumabutter und/oder Chapatis.

Natürlich nutzen wir es schamlos aus, den indischen Gepflogenheiten entsprechend, mit den Händen zu essen. Die hauchdünn aufgebackenen Fladenbrote tunken wir genüsslich in den köstlichen Sud. Die Finger werden gelb vom Reis, den ich in Salzbutter und Kurkuma geschwenkt habe. Ich lecke mir jeden Einzelnen ab.

Ein paar frühe Sterne erscheinen am Himmel, um den Tag zu verabschieden und mit dem Mond gemeinsame Sache zu machen.

„Kippe?"

„Hmhm."

Fast bin ich versöhnt mit mir und meinen Geistern. Unaufgefordert gieße ich noch etwas Rotwein in Brittas Glas. Wir sitzen einträchtig und satt auf meinem kleinen Balkon und genießen die wunderbare Sommernacht über den Dächern von Köln. Das leichte Baumwollkleid auf meiner Haut freut sich an dem lauen Wind, der die gespeicherte Wärme der Häuser mit sich trägt. In der Wohnung gegenüber geht das Licht aus. Wie gewohnt, pünktlich um Elf. Ich linse auf meine Armbanduhr und schaue schnell einem imaginären Raumschiff am Nachthimmel hinterher, bevor Britta meinem Blick folgen kann. Sie lauscht gebannt den Geräuschen der Stadt, mucksmäuschenstill, mit vorgebeugtem Oberkörper und großen, nachtschwarzen Augen. Der Schein der Kerze flackert in ihren Pupillen. Sie sieht nachdenklich aus.

„Ich hätte gern eine Katta-Geschichte."

„Was?"

„Erzähl mir noch mal von Mr. G."

Geehrte Leserin oder geehrter Leser. Natürlich haben Sie sich bereits ernsthaft gefragt, warum es keinen Mann in meinem Leben gibt. Erlauben Sie mir, den Sachverhalt zunächst ein klitzeklein wenig zurechtzurücken. Ich habe nicht keinen Mann an meiner Seite, sondern viele drum herum. Faktisch konnte ich mich bisher nicht entschließen, bei einem zu bleiben. Beziehungsweise hielt es noch niemand länger als ein paar Monate mit mir aus. Erschwerenderweise besitze ich außerdem ein absolutes Händchen für den sprichwörtlichen Griff ins Klo, was die charakterliche Ausstattung eines männlichen Wesens angeht. Warum, entzieht sich meiner Vorstellungskraft. Britta sagte mal scherzhaft, ich bräuchte keinen Mann an meiner Seite, sondern einen Spielkameraden. Wie sie das meint, ist mir schleierhaft. Ich finde mich ganz pflegeleicht.

Die Tatsache, dass die Männerwelt da anderer Meinung ist, trage ich mit Humor. Britta aber liebt meine unglückseligen Männergeschichten und kann nie genug davon bekommen.

„Na gut. Lass uns über böse Jungs sinnieren."

Es gibt Männer, die verdienen einen besonderen Namen. Man nennt sie böse Kerle. Das ist die Sorte, die sich im Grunde genommen einzig und allein für sich selbst interessiert. Um einen solchen Mann sollte man nach Möglichkeit zum frühestmöglichen Zeitpunkt des Erkennens einen weiten Bogen schlagen und eine flotte Gangart bei der Flucht einlegen. Die Frau, die diesen Moment verpasst und gar in die bedauerliche Lage kommt, sich in ein derartiges Exemplar zu verlieben, verfügt über ein echtes Problem. Böse Kerle wissen genau, wie man eine Frau zuerst um den Verstand vögelt, um sie dann wie eine heiße Kartoffel fallen zu lassen. Ich weiß, wovon ich rede. Ich war mal die Kartoffel.

Mr. G. setzte sozusagen das Sahnehäubchen auf die Torte meiner unseligen Männererfahrungen. Wie immer fing alles relativ harmlos und beglückend an. Ich lernte Mr. G. im Internet auf einer Kontaktseite kennen. Ja, wirklich. Nein, ich finde das durchaus nicht peinlich. Ich war jung, frustriert und einsam. Mr. G. ließ rasch seine um meine Gunst konkurrierenden Mitstreiter hinter sich. Wir flirteten an einer virtuellen Theke, begannen mit unverfänglichen Floskeln und endeten tief philosophierend. Aus Minuten wurden Stunden und plötzlich brach der Morgen an. Er sprühte vor Witz und Intelligenz. Nach wenigen Tagen war ich in ein Foto und in ein paar schöne Ausdrücke verliebt. Und zwar richtig. Zu meiner Verteidigung muss ich anmerken, dass er wahrhaft großartig mit der deutschen Sprache umzugehen wusste. Stufe zwei unserer Annäherung vollzog sich mittels Telefon. Seine Stimme ertönte tief, männlich und fühlte sich wie Samt an. Mr. G. mutierte zum Traummann, dem ich in nächtelangen Ferngesprächen das Innerste meiner Seele preisgab. Und er mir das der Seinen. Zumindest glaubte ich das.

Er verkaufte sich perfekt. Brachte exakt jene Attribute mit, die eine Frau mit Torschlusspanik sucht. Alleinstehend, im heiratsfähigen Alter, mit einem soliden Bankjob und kinderlieb obendrein. Drei Wochen nach dem ersten Klick stand er vor mir. Er brauchte genau zehn Minuten, um mich ins Bett zu kriegen. Zugegeben, meine Verzückung war blind und taub. An seinen Worten und seinem Gebaren hegte ich nicht den geringsten Zweifel. Und meine Gehirntätigkeit reduzierte sich eindeutig auf meine Vagina. Ich genoss den göttlichsten Sex meines Lebens. Mr. G. entfachte ungeahnte Leidenschaften in mir und führte mich und meinen willenlosen Körper direkt in den siebten Himmel. Dort weilte ich tagelang auf Wolke Sieben und lief mit einem dümmlichen Grinsen im Gesicht durch die Welt, die aus rosafarbenen Wattebäuschen bestand. Doch dann fiel ich da irgendwie runter auf den harten, unbequemen Boden der Realität. Der Satz, der mich von meiner Schäfchenwolke schubste, lautete in etwa so: „Ich arbeite gelegentlich für den Bundesnachrichtendienst."

Ich war einem Psychopathen auf den Leim gegangen.

Leider blieb ich da kleben. Mr. G. spann ein geschicktes Netz aus Lügen, Wahrheiten und Manipulationen um mein verlorenes Herz und brachte mich genau dorthin, wo er mich am liebsten sah. Nackt in seinem Bett. Nein, in meinem, da sein Haus mit Abhörgeräten gespickt war. Logischerweise. Er versprach mir die Welt und den Himmel gleich dazu. Bekommen habe ich nichts. Stattdessen verwirrte er mich dermaßen, dass ich an meinem Verstand zweifelte. Ob merkwürdige Anrufe, abgestochene Reifen oder Außenaufnahmen von meiner Wohnung im Internet, alles passte irgendwie zu den irrwitzigen Dingen, die er mir erzählte. Drei Tage, bevor die Zwillingstürme in den Staaten fielen, bat er mich mit erstickter Stimme, öffentliche Plätze zu meiden. Etwas werde geschehen, das den Weltfrieden gefährdete. Ich fand das ziemlich witzig. Danach habe ich dann nicht mehr gelacht.

Unglücklicherweise verpasste ich sogar jetzt noch den Absprung und fieberte seinen Besuchen entgegen. Die ihn umwitternde Gefahr lieferte Feuer und Dynamit für unsere körperlichen Begegnungen. Nach zwei Jahren hatte eine gute Freundin die Faxen dicke. Sie konnte mein Gejammer nicht länger ertragen. Die Polizeikommissarin hackte sich unter Vernachlässigung jeglicher Datenschutzbestimmungen in den Computer ihrer Behörde. Auf dem schlichten Ausdruck seiner Akte stand, dass Mr. G., während er mit mir schlief, eine andere Frau geehelicht hatte. Seitdem habe ich von Geheimagenten die Nase gestrichen voll.

Britta kichert in ihr Glas. Ihr Alkoholpegel gelangt inzwischen, um es milde auszudrücken, an das Maximum des Eichstrichs. Sie kippelt bedenklich mit dem alten Stuhl, der mich beinahe Kopf und Kragen gekostet hätte, sodass ich sicherheitshalber an die Lehne fasse. Ein bisschen schwindlig ist mir auch schon, ich gebe es zu. Britta rumst mit allen vier Stuhlbeinen auf den Boden und schnellt mit dem Oberkörper nach vorne. Erstaunlich zielsicher greift sie nach meinem indischen Kochbuch, welches noch aufgeschlagen auf dem Tisch liegt. Liebevoll streichelt sie den Einband und wischt – leider ehe ich es verhindern kann - mit Spucke über die kleinen Fettflecken auf dem Curryrezept. Sie schüttelt bekümmert den Lockenkopf, da ihre Bemühungen ohne Ergebnis bleiben. Behutsam nehme ich das kostbare Buch an mich. Manchmal meine ich sogar, Safran zu riechen, wenn ich in diesen Seiten blättere. Allein deshalb ist dieser Rezeptband irgendwie ein Heiligtum. Sorgsam stelle ich es an seinen Platz zurück.

„Es sollte Läden dafür geb'n. Nur mit Kochbüschern. Un falls einer mal nischt waisss, wie er das Reschept in einem davon kochen soll, kann ma das dann gleisch ma da ausprobiern…", lallt Britta.

In meinen Ohren plätschert es. Keine Ahnung, wo das herkommt.

„Sag das nochmal."

Dabei wage ich es nicht, mich umzudrehen. Ich verharre mit ausgestreckten Armen, die Finger halten noch den Buchrücken umschlossen. Nun lausche ich konzentriert auf die Stimme in meinem Innern, die immer lauter und deutlicher wird. Bis ich sie verstehe.

„Du machs 'nen Kochbuschladn auf …"

4. Mission Melone

Mein erster Gedanke beim Aufwachen ist niederschmetternd: Ich kann mir Olga nicht mehr leisten. Mit einem Wimmern ziehe ich die Bettdecke über den Kopf. Nie wieder Freitagsgesinge. Zum Glück. Leider auch keinen Kaffee. Wie tragisch. Es lohnt nicht, aufzustehen. Wenn ich die Augen nur lange genug zukneife, könnte ich so tun, als wäre nichts passiert. Der Wecker wird klingeln und ich werde wie jeden Morgen ins Büro fahren. Der Wecker gibt keinen Mucks von sich. Allmählich wird's ganz schön warm hier unter dem Daunenbett. Mein letzter Gefährte nannte diese Decke liebevoll den Walfisch, als er nach minutenlangem begehrlichem Wühlen im Federberg lediglich meinen Fuß fand. Schließlich gab er schwitzend und entkräftet auf. Bedauerlicherweise verzichtete er auch auf die unanständige Handlung, die ihm vorschwebte. Ich gebe zu, der liebestötende Walfisch war ein Fehlkauf. Wer ahnt schon, dass das auf 40 x 40 Zentimeter eingeschweißte Sonderangebot beim Kontakt mit Sauerstoff massemäßig explodiert und sich seither einbildet, die Zugspitze zu sein. Davor besaß ich ein Plumeau aus schwarzen Gänsedaunen, das ich abgöttisch liebte. Olga hat mein geliebtes Stück gewaschen. Genau dreimal. Und sagte dann völlig verzweifelt und wild gestikulierend in mein entgeistertes Gesicht, „Ist ihhmmärr noch schmuuutzig!“, während ich den harten Klumpen Federbett in den Händen hielt und ein Trauertränchen zerdrückte. So viel zu teurem Gänseflausch. Geschenkt.

In der Kuhle zwischen meinen Brustansätzen sammelt sich ein See. Ich schnappe nach Luft und werfe den Wal auf die leere Seite meines Doppelbetts. Der erste Morgen meines neuen Lebens blinzelt träge. Er gähnt mich an und fängt direkt an, endlos anzudauern. Ich könnte mich ja mal vorsichtig aufsetzen. Vielleicht kann ich sogleich die geniale Idee von gestern zu Papier bringen ...

Na gut. Eventuell später. Ohne Kaffee und ein Frühstück im Magen geht es ja auch nicht so gut. Mein Kopf braucht meistens länger. Ich schwinge die Beine aus dem Bett und achte sorgsam darauf, mit dem rechten Fuß zuerst den Boden zu berühren. Nicht, dass ich abergläubisch wäre. Doch man sollte das Schicksal nicht herausfordern. Nur so zur Sicherheit.

Der Spiegel meint, dass ich schon mal besser aussah. Ich muss ihm widerwillig beipflichten. Abgesehen von einem Haarschnitt steht Farbe an, damit das hässliche Straßenköterblond nicht mal ansatzweise eine Chance bekommt. Ein sonnengebräunter Teint wirkte sich bestimmt ebenfalls vorteilhaft aus. Unter der Unterlippe am linken Kinnansatz ertaste ich den monatlichen Periodepickel. Die Leserin wird mir zustimmen: Dieses lästige Ding erscheint zuverlässig immer zur gleichen Zeit an derselben Stelle. Dem Drang widerstehend, an der erbsengroßen Beule herumzudrücken, betrachte ich lieber den erfreulicheren Rest meines Körpers. Der besticht zwar nicht durch Größe, lässt klassische Problemzonen jedoch vermissen. Das kleine Bauchröllchen zählt nicht. Wenn ich den Bauch einziehe, verschwindet es sofort. Meine Fitness verdanke ich meinem Sportstudio und dem horrenden Beitrag, den sie einem dort abknöpfen. Die monatliche Summe lässt sich erst bei mindestens drei Trainingseinheiten in der Woche vor meinem Gewissen rechtfertigen. So pilgere ich artig von Pontius zu Pilates. Sprich, von Kurs zu Kurs. Inzwischen gehöre ich sogar zu den Fortgeschrittenen. Für Brüste Körbchengröße A gibt es bedauerlicherweise kein Trainingsangebot, das einen Aufstieg in Gruppe C ermöglicht. Andererseits, wer will schon große Möpse. Um ihre Rückenschmerzen beneide ich Britta weiß Gott nicht. Stattdessen beneidet die mich um meine wirklich wunderschönen braunen Rehaugen, die ziemlich viel Platz in meinem Gesicht benötigen, sodass es nur noch für eine kleine Stupsnase gereicht hat. Die Sommersprossen hätten allerdings darauf verzichten können, sich dazwischen zu schummeln.

Leider verpasst mir deshalb jeder Mann das Prädikat „niedlich“ oder „süß“.

Als ob es erstrebenswert wäre, so genannt zu werden. Ich bin nicht süß! Ich bin vielmehr ... äh ... geheimnisvoll. Genau. Eine Vollblutfrau mit einer Menge Leidenschaft und verborgenen dunklen Seiten. Blöderweise schüttelt man(n) dann nachsichtig den Kopf und ich höre so etwas wie: „In dir liest man wie in einem offenen Buch, Schatz.“ Manchmal auch: „Du bist eine ausgesprochene Frohnatur und besitzt bestimmt keine dunklen Seiten, Darling.“ Ich weiß überhaupt nicht, was das heißen soll. Darling! Ich biete dem Spiegel mit einem verführerischen Augenaufschlag Paroli und strecke ihm die Zunge raus. Ich jedenfalls finde mich schön. Geheimnisumwittert und erotisch. Ab heute setze ich den ersten Schritt in mein neues Leben. Ab sofort mache ich Pläne. Garantiert ohne den Hennemann und bar aller übrigen, spießigen Anwälte dieser Welt.

Meine Mutter meinte schon immer, aus ihrer Tochter hätte etwas Besseres werden sollen. Ihre Hände gestikulieren beständig ihr Missfallen angesichts meiner beruflichen Nichtentwicklung. Die Sätze, die sie mit flinken Fingern in die Luft schreibt, wimmeln vor grammatikalischen Fehlern. Aber sie drücken emotionale Wahrheiten aus. Martha Lehner kam aufgrund ihrer Gehörlosigkeit nie über eine Sonderschule mit wenig engagiertem Lehrpersonal hinaus, welchem sie ihre rudimentäre Schulbildung verdankt. Dennoch reifte sie in gewisser Weise zu einem klugen Menschen. Ihre sparsamen, reduzierten Worte vermögen mit dem Scharfsinn reiner Herzensbildung die Realität auszudrücken. Meine Mutter hat Liebe ohne Ende. Taktgefühl hingegen geht ihr völlig ab. Man verzeiht es ihr, stellt man fest, ihr entzieht sich das Wissen darüber. In ihrer stummen Welt sieht und fühlt sie dort, wo andere hören. Nimmt ebenso ungefiltert wahr, wie sie ihre Meinung kundtut. Als ungeduldiger, von Minderwertigkeitskomplexen geplagter Teenager hasste ich es. Pardon, Heranwachsende. Anglizismen und komplizierte Wortkonstrukte wie beispielsweise eben „Teenager" vermeide ich, seit Mutti mich einmal verständnislos fragte, was der Genuss eines Heißgetränks mit der Jugend von heute zu tun hätte. Wohlwollend wies sie mich darauf hin, dass man Tee wohl tränke und nicht daran zu nagen beliebe. Ein Mensch sei ja schließlich kein Eichhörnchen.

Mit dem Synonym „Backfisch" erlitt ich ebenfalls eine Niederlage. Mutti guckte mich verzweifelt an, als spräche ich koreanisch. Denke ich genauer nach, fällt es auch mir ehrlicherweise schwer, ein fetttriefendes Pressfischrechteck mit einem Mädchen in der Blüte seines Lebens zu assoziieren.

Mutters rechte Hand reckt sich in die Höhe. Dabei bilden Daumen und Zeigefinger einen Kreis. Sie lacht und sieht aus wie ein junges Mädchen. Im Jahre 1971, so erzählt sie mir alle paar Monate und immer mal wieder, wurde sie sogar zur Schönheitskönigin erkoren. Bloß zur Heidekönigin, wohlgemerkt, gewählt von einer Hundertseelengemeinde irgendwo in Westfalen. Aber darauf kommt es nicht an. Ihre Augen leuchten, wenn sie auf das gerahmte Foto im Wohnzimmer zeigt. Von der elfenhaften, dunkelhaarigen Schönheit mit der hellen Haut blieb nicht allzu viel. Mutti isst gerne, was wirklich nicht zu übersehen ist. Die Haare trägt sie praktisch kurz. Die unsäglichen Dauerwellen, zu ihrer Zeit modern, hinterließen deutliche Spuren. Sehen kann sie auch nicht mehr so gut. Gerade hebt sie das Kinn über den Rand ihrer goldgefassten Brille und wiederholt ihre Geste.

„Gut!"

Das ist ihr einziger Kommentar zu meiner zusammengebrochenen Existenz. Das war ja einfach. Jetzt hadere ich mit dem schwierigen Teil. Es geht um keine geringe Summe und ich kann nicht garantieren, das Geld jemals zurückzahlen zu können. Diesbezüglich besitzt Mutti wenig Humor. Mein Vater beging den Fehler, sie zum einen schlecht zu behandeln und zum anderen gnadenlos zu unterschätzen. Ein Irrtum, für den er bezahlte. Und zwar viel. Es kostete ihn das Haus, das Auto und ein dickes Bankkonto. Dennoch lebt Martha Lehner heute in Verhältnissen, die den Betrachter täuschen. Sie ist eben eine bescheidene Frau.

Meine Mutter trägt die Verantwortung für jenen Teil meines Erbgutes, der mich ständig ans Essen denken lässt. Ihren emotionalen Reichtum kompensiert sie seit der erleichternden Trennung von ihrem Mann (der sie mit „Taschengeld" und „Haushaltsgeld" kurz hielt) mit Geschmacksweltreisen, ohne je ein Flugzeug zu betreten. Es wurde zu ihrem Hobby, den Duft aller Länder in ihren umfangreichen Küchenschränken einzufangen. Inzwischen übertrifft ihre Sammlung an Gewürzen jedes Sortiment eines Feinkost- oder Asialadens. Immer, wenn ich in ihrem Refugium eine Schublade öffne, riecht es wie Weihnachten. Unzählige Gläschen, Dosen und Fläschchen recken mir verlockend ihre Deckelchen entgegen und wispern köstliche Versprechen. Man möchte Stunden mit diesen Schätzchen verbringen.

Nur kochen will sie nicht. Das mag merkwürdig klingen, doch Mutti liebt eben das kulinarische Reisen an sich. Sie braucht den Flieger nicht zu steuern. Das überlässt sie anderen. Dass sie ihre Kochkunst an den

Nagel hing, bedauere ich zutiefst. Denn der Geschmack von perfekten, klassischen Rouladen ist der Geschmack meiner Kindheit. Natürlich kann ich mir heute in jedem beliebigen Brauhaus welche bestellen. Aber diese Rouladen schmecken nie so, wie zuhause bei Mutti. Vergleiche ich jedoch meine selbstbewusste Mutter mit der Schattenfrau von damals, die nur für Mann und Kind lebte, finde ich es in Ordnung, den Rouladenteil meiner Jugend nur in guter Erinnerung zu behalten. Muttis Finger sprechen weiter. In meinem Kopf werden ihre Zeichen zu Buchstaben. Ich muss aussehen wie eine Kuh, während mir klar wird, was ich da lese. Und mit einem Mal habe ich den Geschmack von Rouladen im Mund.

Wie auf Wolken verlasse ich am Spätnachmittag die kleine Wohnung einer einfachen Frau. Soll ich weinen oder lachen? Meine Mutter ist soeben um 50.000 Euro ärmer und eine Teilhaberschaft reicher geworden. Zuhause habe ich Mühe, die Tür zu öffnen. Ich hatte heute Morgen die Wochenzeitung achtlos auf den Altpapierstapel im Gang gelegt, der wohl damit sein Maximum erreichte und entkräftet zusammenbrach.

Muttis Rouladen (3 Portionen)

Man nehme:

3 Rinderrouladen,
6 Scheiben Speck,
3 TL Senf,
3 Gewürzgurken,
3 Möhren,
Pflanzenfett zum Braten,
1 Bund Suppengemüse,
Knoblauch, Lorbeer,
1 große Zwiebel,
1 viertel Liter Rotwein (nicht den Billigsten, denn Qualität schlägt sich auch in der Soße nieder),
etwas Brühe oder Fleischfond nach Bedarf.

Die Rouladen ausrollen, leicht salzen und pfeffern. Dann mit jeweils einem Teelöffel Senf bestreichen und mit je 2 Scheiben Speck und in Scheiben geschnittener Gewürzgurke belegen. Zu Rouladen rollen und mit Metallspießen gut zustecken. Mutti nahm immer Faden. Ist aber lästig zu öffnen. Entweder verbrennt man sich die Finger beim Aufdröseln oder das Röllchen glitscht aus den Händen.

In Pflanzenfett kurz sautieren, dann das Fleisch herausnehmen und warmstellen. Das Gemüse waschen und klein schneiden und mit dem restlichen Fett im Topf (oder Bräter) anbraten. Die Rouladen auf das Gemüse geben und den Rotwein angießen. Das letzte Drittel der Flasche selbst austrinken und jeden Schluck genießen. Offen aufkochen, bis etwas Flüssigkeit verdampft ist. Knoblauch und Gewürze hinzugeben. Anschließend das Ganze bei niedrigerer Temperatur und geschlossenem Deckel etwa 1 ½ Stunden schmoren. Die Rouladen herausnehmen und das Gemüse pürieren. Eventuell mit etwas Brühe verdünnen. Das Fleisch in der Sauce erwärmen.

Dazu servierte Mutti immer Salzkartoffeln und Rotkohl.

Der ganze Flur ist von alten Zeitungen, Zeitschriften und sonstigem Schriftkram überflutet. Auch wenn mir der Gedanke äußerst missfällt: Ich komme womöglich nicht umhin, den Müll zu den Papiercontainern hinunter tragen zu müssen. Warum ich das unangenehm finde?

Kennen Sie den Film, der in den 80ern durch alle Frauenherzen seufzte? Richtig. Dirty Dancing. Natürlich fällt Ihnen dazu unwillkürlich jene Szene ein, in der die süße, unschuldige Jennifer Grey dem scharfen Patrick Swayze begegnet. Der tolle Typ wirbelt ihre pubertären Hormone dermaßen durcheinander, dass von ihrem Verstand nicht viel mehr übrig bleibt als folgende Worte: „Ich hab´ eine Melone getragen."

Jede Frau um die Dreißig kennt diesen Satz. Ich hab ihn erlebt.

Es war ein Freitag. Das weiß ich genau, da ich nämlich üblicherweise an Olgas Putztag immer meinen Papiermüll runter trage. Ich stolperte also auf dem Weg zu den hausgemeinschaftlichen Tonnen über leere Umzugskisten und allerlei Gerümpel, das an diesem Tag überall da rumlag, wo es nicht rumliegen sollte. Ich rieb mir fluchend das Schienbein und setzte an, die Person, welche da ungerührt ihre Kisten ablud, verbal ordentlich zusammenzufalten. Ich sah das Meer. Türkisblau. Mit Spiegelungen von goldenem Sonnenlicht darin. Es verschlug mir nicht nur den Atem. Gleichzeitig saugte ein überdimensionaler Gefühlsstaubsauger fein säuberlich sämtliche Gehirnzellen aus meinem Kopf. Ich starrte in diese wunderbaren Augen, dachte ans Vögeln und stammelte im Geiste den Satz aus meinem Lieblingsfilm:

„Ich hab´ eine Melone getragen."

„Wie bitte?"

Oh mein Gott. Hatte ich das etwa laut gesagt?

Ich drehte mich um und ergriff mit hochrotem Gesicht die Flucht.

Später stellte ich fest, dass das Objekt meiner Begierde genau gegenüber, mitsamt Panoramablick von meinem in sein Küchenfenster, eingezogen war. Mutti bewunderte kurz darauf das Muster meiner blickdichten Vorhänge und fragt sich bis heute, wie ich im Dunkeln arbeiten kann. Für meinen Balkon fiel mir noch nicht die optimale Lösung ein.

Nun. Seitdem meide ich auch den Hinterhof. Ich vermag dem Mann unmöglich unter die Augen zu treten, nachdem ich mich dermaßen lächerlich gemacht habe. Mit den natürlichen Folgen muss ich eben leben. Ich holte mir quasi den Papiercontainer in die Wohnung und sehe mich seither gezwungen, meinen Hausmüll heimlich nachts woanders zu entsorgen. Ja, ich weiß, dass das nicht die feine Art ist.

Etwas unschlüssig taste ich nach meinem Schlüssel auf der Anrichte. Der unwiderstehliche Nachbar wird schon nicht mitten in der Woche zur Mittagszeit da unten auftauchen.

*

Fast bin ich ein bisschen enttäuscht. Meine Zeitungen landeten ohne Zwischenfall im Container auf dem Hof. Auf dem Rückweg begegne ich im Hausflur dem zwar freundlichen, aber reizlosen Postboten. Leider überreicht er mir weder Fleurop-Blumen von einem unbekannten Verehrer und auch nicht das ersehnte Päckchen vom Onlineshop. Sondern ein Einschreiben mit persönlicher Zustellung. Noch Minuten später und längst in meiner Wohnung angekommen, drehe ich den schmalen, eleganten Briefumschlag unschlüssig in den Händen. Das Briefpapier ist mir wohlbekannt. Besonders der Geschmack der Klebestreifen beim Anlecken. Ein wenig Vanille vereint mit einem Hauch Mandarine und Fensterreiniger. Mein Blick sucht unauffällig nach einem Ort, wo ich das Kuvert diskret ablegen und vergessen kann.

Ich bekam noch nie eine waschechte, schriftliche Kündigung. Während meiner Schul- und Ausbildungszeit jobbte ich in diversen gastronomischen Lokalitäten. Man begnügte sich dort, mir mit unbewegter Miene eine Rechnung für das zerschlagene Porzellan auszustellen und mich höflich zu bitten, am nächsten Tag nicht mehr zu erscheinen. Dabei ging ich regelrecht beflügelt ans Werk. Vielleicht habe ich ein kleines bisschen übertrieben. Im Fernsehen funktioniert das stets, wenn der coole Barkeeper die Cocktails meterweit die blank polierte Thekenfläche entlang sausen lässt. Bei mir klappte das leider nicht so gut. Der Maître meinte auch, es sei in einem 4-Sterne-Lokal nicht üblich, dem Gast sein Champagnerglas absichtlich über den Armani-Anzug zu gießen. Ich schwöre, ich hatte den unflätigen Kerl vorgewarnt. Zweimal bat ich ihn freundlich, seine Hand von meinem Hintern zu nehmen, die er dort versehentlich ablegte. Meiner dritten Aufforderung verlieh ich lediglich mittels Inhalts seines Glases etwas Nachdruck. Ich gebe zu, dass diese

Methode nur bedingt der Etikette entspricht. War aber sehr wirkungsvoll. Danach stellte ich sowieso fest, dass die Gastronomie nicht mein Ding ist. Der Maître teilte meine Meinung. Ich kam ihm bloß zuvor.

Ich öffne den Brief der Kanzlei Dr. Hennemann, Frentzen und Partner betont langsam. Beim Herausziehen des Schreibens blinzelt mir der vertraute, großspurige Briefkopf entgegen und treibt mir glatt die Schamesröte auf die Wangen. Meine Handinnenflächen werden feucht und meinem Magen behagt das Ganze auch nicht sonderlich. Ich überlege es mir kurzfristig anders. Der Umschlag samt ungelesenem Schrieb darin fliegt aus Versehen auf den Kühlschrank, um Staub und Spinnweben Gesellschaft zu leisten. Und ich wende mich meinem viel erfreulicheren Milchkaffee zu. Ich halte es da wie der berühmte Vogel Strauß: Nix gesehen. Nix da. Natürlich streift mein Blick nur zufällig den gegenüberliegenden Balkon. Beinahe hätte ich das wohlschmeckende Heißgetränk ausgespuckt.

Ich kannte mal jemanden, der sowohl vitamin- als auch sportresistent war. Er hielt Brokkoli für eine tschechische Biersorte und Aerobic für ein Beatmungsgerät. Todsicher sah dieser Mensch nie in seinem Leben ein Sportstudio von innen. Ich schaute an dem Abend, als ich in den Genuss seiner Bekanntschaft kam, entweder nicht genau hin oder stand unter dem Einfluss alkoholischer Substanzen. Jedenfalls bemerkte er auf mein entgeistertes „Oh!", das mir entschlüpfte, als ich seines mächtigen Bauches ansichtig wurde (man erspare mir, auszuführen, wieso ich überhaupt in diese prekäre Lage kam):

„Wozu brauche ich ein Sixpack, wenn ich doch ein Fass haben kann?"

Und seine Plauze waberte und bebte, als er über seinen eigenen Witz lachte.

Keine Ahnung, warum mir jetzt dieser Spruch in den Sinn kommt. Das hier ist eindeutig kein Bierfass. Nicht mal ein Kleines. Das ist der Prototyp eines perfekten Abdomens aus einem Lehrbuch der Sportmedizin. Und die passende Brust und Oberarmmuskulatur wird gleich noch der Einfachheit halber exemplarisch mitgeliefert.

Dieser Nachbar besitzt die Dreistigkeit, mit nacktem Oberkörper in seiner Küche zu stehen und an seinem Mixer rumzufummeln. Ich weiche in den Sichtschutz meines Vorhangs zurück den Impuls unterdrückend, mir das Haar zurechtzustreichen und an meinem Kleid zu zupfen. Er sieht mich ja gar nicht. Ich ihn allerdings schon. Aus rein anatomischem Interesse greift meine Hand nach dem Fernglas, welches ich neulich zufällig erworben habe. Es war ein Schnäppchen, ehrlich, und ich hätte es bestimmt irgendwann bereut, wenn ich nicht zugegriffen hätte. Nicht im Geringsten stand mir beim Kauf der Sinn danach, es auch tatsächlich zu benutzen. Andererseits besteht just die Gelegenheit, es auf seine Funktionalität zu überprüfen.

Seine Muskulatur ist von Nahem betrachtet weitaus beeindruckender, als erwartet. Mit einem kleinen Schwenker findet der Sucher der Linse sein Gesicht. Offensichtlich war die Zeit heute zu knapp, sich zu rasieren. Der Feldstecher erfasst präzise jedes Fältchen seiner Haut. Wie alt er wohl sein mag? Nicht älter als Mitte, Ende dreißig. Cognacfarbene Strähnen durchziehen sein dunkelblondes Haar. Gewiss riecht es nach Zitrone oder etwas anderem, frischen, wie Minze. Aus der Ferne vermag ich seine Größe schwer einzuschätzen, aber ich gebe ihm über eins achtzig. Seine langgliedrigen Finger, die soeben lieblos an dem gläsernen Mixeinsatz rütteln, sind gepflegt und ohne sichtbare Schwielen. Vermutlich arbeitet er nicht damit. Gerade gießt er einen Liter Milch in den Becher und schneidet Bananenstücke hinein. Er macht sich einen Shake, grinse ich und neige mich weiter nach vorne, um den Sucher genauer auszurichten. Die Zungenspitze erscheint zwischen seinen Zähnen, als er konzentriert den Deckel auf den Aufsatz dreht und den Hebel umlegt. Irgendwie süß. Dann trifft er mich zum zweiten Mal. Der ozeanblaue Blick aus diesen lang bewimperten Augen. Ich halte unwillkürlich den Atem an. Hinter dem dichten Vorhangstoff sieht er mich garantiert nicht. Trotzdem fühle ich mich ertappt, sowohl von ihm als auch von meinem moralischen Gewissen.

Katharina Lehner ist ein Stalker.

Schnell lege ich das Fernglas zur Seite. Leider werde ich zukünftig nie mehr rein zufällig aus dem Fenster schauen.

Nur so zum Zeitvertreib schreibe ich die Dinge auf, die ich über ihn erfahre. Wann er aufsteht. Wann zur Arbeit geht. Wann er Feierabend macht. Ich wünsche ihm einen guten Morgen und sage abends liebevoll Gute Nacht. Inzwischen überblicke ich den Inhalt seines Kleiderschranks samt der genauen Anzahl an Hemden und Jeans. Und amüsiere mich stets königlich darüber, wie lange er braucht, bis er sich für eine

Kombination entscheidet. Meist zieht er sich währenddessen mehrmals um. Erstaunlicherweise trägt er keine Socken. Nie. Auch nicht in Lederschuhen. Schokocreme mag er besonders. Er schmiert sie zweifingerdick auf sein Frühstücksbrötchen und lächelt dabei. Er lächelt oft. Ab und an erwische ich ihn sogar nachts am Kühlschrank, wenn er das sündige Nougat-Zeug löffelweise direkt aus dem Glas nascht. Kochen scheint nicht sein Ding zu sein. Stattdessen isst er aus Schachteln. Unzählige Pizzakartonagen und diese niedlichen, viereckigen Schächtelchen vom Chinesen stapeln sich in seinem Mülleimer. Man denkt nicht, wie viele Informationen in einer Mülltüte stecken können. Inzwischen kenne ich die Adresse seines Fitnessstudios, die Höhe seiner Telefonrechnung und den Sachbearbeiter seiner Krankenversicherung. Ein wirklich netter Mann mit einer angenehmen Stimme. Ich rate Ihnen, liebe Leserin, kaufen Sie sich einen Schredder.

Mein Nachbar telefoniert permanent und trinkt währenddessen schwarzen Kaffee aus einer apfelgrünen Tasse mit Henkel. Ab und an liegt eine Spiegelreflexkamera auf seinem Küchentisch, die er oft in die Hände nimmt und eingehend betrachtet. Meine Recherche im Internet ergab, dass das Fabrikat des Geräts zur teuren Gattung eines namhaften Herstellers gehört und ausschließlich von Profis benutzt wird. Er reinigt die Kamera regelmäßig und verbringt Stunden damit, sie auseinander zu schrauben und wieder zusammenzusetzen. Ebenso häufig und liebevoll beschäftigt er sich mit seiner Zimmerpflanze, einem Philodendron, den er mit Hingabe wässert. Weitere Sozialkontakte zu Lebewesen scheint er nur außerhalb seines Refugiums zu pflegen. Er empfängt selten Besuch, nur montags und donnerstags holt ihn stets derselbe Kumpel zum Training ab. Bisher wurde ich bloß der schlaksigen Gestalt des Besuchers und dessen Hinterkopfs mit kreisrundem Haarausfall ansichtig. Wähnte ich mich nicht auf verborgenem Posten, so könnte man meinen, der Fremde entzieht sich bewusst meinen neugierigen Blicken. Aber das kann natürlich gar nicht sein.

Meine Aufmerksamkeit richtet sich an diesem Tag auch vielmehr auf den Zeitpunkt seiner Rückkehr vom Sport. Beim Hereinkommen zieht er sein T-Shirt aus, um es in den Wäschekorb unter der Spüle zu stopfen. Meine Aufzeichnungen brechen an dieser Stelle stets rapide ab.

Was ich nicht kenne, ist sein Parfum und sein voller Name. Der ergab sich auch nicht aus seiner Post. Auf dem Klingelschild steht F. Sander. Draufzudrücken traue ich mich nicht.

*

Eine Woche später gewährt man mir eine private Unterredung in der Bank meines Vertrauens. Der Filialleiter hört mir eine Weile schweigend zu, runzelt die Stirn, verschwindet im Nebenzimmer und kommt mit einem Kollegen zurück. Ich meine – die sehen ja alle gleich aus. Hätten die noch Sonnenbrillen auf, könnten die sämtlich in Hollywood als Bluesbrothers anfangen. James und Elroy beugen sich über mein zweiseitiges Konzept und die halbe Seite Finanzplan. Zu meiner Verteidigung muss ich sagen, ich habe mich nie ernsthaft mit solchen Dingen beschäftigt. Britta hat auch keine Ahnung, und leider fand ich keinen Steuerberater in meiner beachtlichen Männervergangenheit. Also lud ich unter dem Stichwort Existenzgründung Informationen aus dem Internet herunter und habe in nächtelangen Schreibtischstunden unter Zuhilfenahme jeglicher verfügbarer bewusstseinserweiternder Drogen (Wein, Zigaretten, Gras) ein meiner Meinung nach ganz annehmbares Geschäftsmodell niedergeschrieben.

James oder Elroy zeigt mit seinem bleichen Finger auf meinen Entwurf. Er räuspert sich.

„Ist das nun ein Buchladen oder eine Gastronomie?“, fragt er.

Dabei zieht er recht niedlich die eine Augenbraue hoch.

„Beides“, antworte ich eifrig.

„Hmhm“, nickt Elroy oder James. „Hmhm. Und ein Spezialitätengeschäft auch?“

Mir wird ein wenig unwohl. Die Zwei tun irre wichtig. Ich rutsche nervös auf dem Sessel hin und her. Der Besprechungsraum kommt mir plötzlich sehr klein und stickig vor. Ich nicke.

„Meine Mutter kreiert Gewürzkompositionen.“

Elroy und James machen jetzt beide „Hmhm“. Sehr bedächtig. Wenn die noch einmal Hmhm machen, dann schreie ich. Ich beiße mir auf die Unterlippe.

„Besitzen Sie Sicherheiten für den Kredit, den Sie da gerne hätten?“

Ich lege die Bürgschaft meiner Mama, meine Lebensversicherungspolice und die Besitzurkunde meiner Eigentumswohnung auf den Schreibtisch und lächle. Innerlich tobe ich. Elroy und James sehen sich an. Sie beugen sich erneut murmelnd über den Existenzgründungsantrag.

Die Idee ist sowohl genial wie einfach. Finde ich. Ein Kochbuchladen mit Bistro, in dem aus den Büchern ausgesuchte Gerichte als Mittagstisch gekocht werden. Eine gemütliche Couch nebst Böllerofen in der Kaffee-Ecke. Ausgewählte Spezialitäten und Muttis Gewürzmischungen auf der anderen Seite, die man gleich käuflich erwerben kann. Außerdem Kochkurse am Abend in der angeschlossenen Küche. Ich mache meine wahre Berufung zum Beruf. Wenn man mich lässt.

Schuldbewusst denke ich an die Kündigung, die als stummer Zeuge meiner Arbeitslosigkeit auf dem Kühlschrank schmort und von dort anklagend mit dem Finger auf mich zeigt. Stattdessen habe ich meine letzte Gehaltsbescheinigung mitsamt Kreditantrag eingereicht. Wird schon schief gehen. Muss ja keiner wissen, dass ich eigentlich in der Schlange vor dem Arbeitsamt stehen müsste …

„Verfügen Sie über fachliche Voraussetzungen?“

Der springende Punkt.

„Nur privater Natur. Die sind jedoch nicht zu verachten“, versichere ich mit bescheidenem Lächeln. Schnell hinterher: „Ich beabsichtige, in absehbarer Zeit einen Koch anzustellen. Sofern die Einnahmen das zulassen.“

Elroy macht „Hmhm“ und James findet das auch. Oder umgekehrt. James oder Elroy erhebt sich von seinem Stuhl und beginnt auf einem Flip Chart herum zu kritzeln und der andere murmelt dazu:

„Küche nach Hygienestandard eins, Inventar …“

Sein Kollege nickt nachdenklich. Ich rutsche nervös mit meinem Hinterteil hin und her.

„Das habe ich alles schon unter Anschaffungen aufgelistet …“, wage ich einen Vorstoß und ernte nur Schweigen.

Minuten später richtet noch immer keiner der beiden ein Wort an mich. Stattdessen murmeln sie autistisch vor sich hin, während mein Antrag auf der Tischplatte hin und her geschoben wird. Schließlich klopft einer dem anderen auf die Schulter.

„Jaaa …“, sagt einer gedehnt, „der Finanzplan scheint etwas …“, er raschelt mit dem Papier.

Zu meiner grenzenlosen Verlegenheit entdecke ich einen Rotweinfleck darauf und … prangt da ein Fettfleck von meinem Butterbrot???

„… unausgegoren ...“, fährt er hüstelnd fort und guckt mich tadelnd an.

Oje. Nun blickt der Zweite sehr bekümmert drein. Das war´s. Ich hätte das Gras dabei nicht rauchen sollen.

„Sie haben die Kosten zu niedrig kalkuliert. Da muss eine größere Summe her.“

Ich klappe innerlich zusammen.

„Aber Ihr Konzept gefällt uns ausgesprochen gut. Wir setzen den an Ihrem bisherigen Gehalt bemessenen Kreditrahmen ein wenig höher an.“

Wie jetzt? Echt?! Der Arsch grinst. Er lässt mich absichtlich zappeln. Elroy oder James erhebt sich und reicht mir eine kühle Hand.

„Darf ich Ihnen einen unverbindlichen Rat zuteilwerden lassen?“

Aber bitte doch, immer.

„Suchen Sie sich einen Steuerfachmann, der Ihnen in Zukunft professionell zur Seite steht.“

Bilde ich mir das ein, oder macht der sich über mich lustig? Sein linkes Auge zuckt. Er sortiert umständlich die Papiere und schiebt den Stapel über den Tisch zu mir herüber.

„Grüßen Sie mir außerdem Ihren Chef. Ich kenne Herrn Dr. Hennemann gut. Und wenn ich seiner Angestellten einen Gefallen tun kann …“, er räuspert sich und feixt, „obwohl Sie vermutlich nicht mehr lange in der Kanzlei tätig sein werden …“

Garantiert nicht.

Ich lächle leicht zurück und beherrsche mein Verlangen, in die Stuhllehne zu beißen.

„Ich bestelle Ihre Wünsche gerne! Gleich morgen“, flöte ich und kreuze Mittel- und Zeigefinger hinter meinem Rücken. Hier geht es um meine Existenz, rechtfertige ich meine klitzekleine Notlüge. Die eigentlich keine ist. Ich hab schließlich nie behauptet, noch in dem Anwaltsbüro beschäftigt zu sein. Mit unbewegter Miene setze ich meine Unterschrift unter den Kreditvertrag. Ich stehe auf die Bluesbrothers. Und küsse Elroy oder James mitten in sein erstauntes Gesicht.

Ich lege unermüdlich Kilometer um Kilometer zu Fuß durch Köln zurück, um den Ort zu finden, der meine Oase und Goldgrube werden soll. Meine Stadt lerne ich dabei von einer völlig neuen Seite kennen. Als eine der Metropolen Nordrhein-Westfalens verfügt Köln natürlich über jedweden großstädtischen Luxus. Damit meine ich beispielsweise Kioske beziehungsweise Trinkhallen, wie der Einheimische gerne sagt. Eine leere Zigarettenschachtel? Kein Problem, das Büdchen ist ja gleich nebenan, gegenüber, aber zumindest um die Ecke. Nachts um drei? Ich lache herablassend. Ja, klar ist der Laden noch geöffnet. Eine solche Frage stellt im Übrigen nur der Tourist oder kürzlich Zugezogene, den der Kölner als „Immi" bezeichnet.

Außerdem gibt es Geschäfte für Dinge, die ich sonst nirgendwo bekomme. Mit „Dingen" meine ich Essbares, selbstredend. Versuchen Sie mal im tiefsten Westerwald eine Sushi-Bar aufzutun. Da kann ich nur müde lächeln. Sie verplempern wertvolle Lebenszeit.

Darum liebe ich Großstädte. Wegen japanischer Restaurants und des „Büdchens" vis-à-vis. Zugegebenermaßen ist dies eine etwas einseitige Interessenlage. Meine kulturelle Wissbegierde erschöpft sich rasch, wenn es nicht um Nahrung geht. Verbannt in unterirdischen U-Bahn-Schlunden, sowie während flüchtiger Fahrten durch die Hauptverkehrstrassen konnte ich Kölns wahre Seele auch nie wirklich sehen. Damit meine ich quasi den spirituellen Geist der Stadt abseits meiner persönlichen Befindlichkeiten.

Nehmen wir beispielsweise den Dom. Der Kölner an sich schwört auf sein Wahrzeichen. Die drittgrößte gotische Kathedrale der Welt. Ich gebe zu: Ich war nie da oben. Tag für Tag erklettern bekloppte Touristen im Gänsemarsch die 509 Stufen, um schwer atmend und dem Herzinfarkt nahe zu japsen: Oh. Was 'ne schöne Aussicht! Dann drängeln sie sich an den anderen 248 Extrembergsteigern vorbei, um wieder nach unten zu stolpern. Ich meine, wo liegt da der Sinn? Auf der sonnenbeschienenen Domplatte inmitten der Völker dieser Welt lege ich den Kopf in den Nacken, so weit ich kann. Ich sehe sogar die Domspitze von hier unten! Ist das nicht 'ne schöne Aussicht?! Die da oben haben keine Ahnung. Und ja, ich habe Höhenangst.

Heute entdecke ich eine Stadt, die Andy-Warhol-Bananen an Häuserwänden trägt und goldene Kriegsgedenkplättchen in Fußwege einlässt. Eine beschauliche Seitengasse beherbergt eine Reihe kleiner Secondhand-Läden und Antiquariate. Hier finde ich den vergriffenen Band meines Lieblingskinderbuchs „die Kuh Rosalinde". In einem Klamottenladen handle ich den Preis für ein Blümchenkleid herunter. Ich biege um eine Ecke, um plötzlich in einer weitläufigen Grünanlage zu stehen. An diesem Ort herrscht friedvolle Stille, ganz im Gegensatz zu den Parks rund um die Uni. Keine angetrunkenen Gestalten lümmeln auf dem Rasen herum oder verschwinden heimlich ins Gebüsch. Lediglich die lästigen Hundeköttel sind nicht zu verbannen. In der nächsten Gasse überraschen mich niedliche Cafés mit Namen wie „Sehnsucht" oder „Feynsinn", die exotische Getränke wie Chai Latte und Mangolassi anbieten. Stunden sitze ich sinnierend in der Sonne und genieße die sanft pulsierende Ruhe abseits des Stadtherzens. Meine Suche ist erfolgreich. Zwar bin ich noch nicht fündig geworden, was den Laden anbetrifft. Doch jeder Tag ermutigt mich mehr, je intensiver ich in Köln eintauche.

Mango-Lassi

(Mit freundlicher Genehmigung von Monika Linden, Café Sehnsucht, Köln-Ehrenfeld)

Man nehme:

1 Liter Joghurt, Vollfettstufe,
500ml Wasser,
250ml Mangosaft,
etwas Honig und
3 Päckchen Vanillezucker,
Kardamom,
Zimt nach Geschmack.

Alle Zutaten in den Mixer geben und anschließend mindestens 2 Stunden kaltstellen. Schmeckt köstlich kühl und frisch in der Sommerhitze.

Ich habe eine Vision. Leider will die Realität ihr nicht gerecht werden. Um das von mir anvisierte Klientel anzusprechen, muss ich den Standort finden, der fernab der Laufkundschaft der Fußgängerzonen und Touristenattraktionen liegt. Gleichzeitig liefe sich das Projekt zu weit abseits tot. Ich benötige eine Räumlichkeit, die sich zentral präsentiert, aber vor den nicht zielorientierten Kunden etwas ziert. Nicht eine der Immobilien, die in den einschlägigen Zeitungen angeboten wird, kommt meinen Vorstellungen nah genug. Selbst wenn ich ein Auge zudrücke, auf irgendeinen Mangel stoße ich immer. Passt die Lage, erweist sich der Laden entweder als für die Gastronomie ungeeignet, ist zu klein, verfügt über zu wenig Licht oder übersteigt mein bescheidenes Budget. Der versierte Makler legt sein unverbindliches Frettchenlächeln ab. Vermutlich führt er mich bereits als „nicht zu vermittelnde Klientin". Und ich bin dankbar für das angesparte Polster auf meiner Bank, das mir zu so zähem Sitzfleisch verhilft. Falls es sein muss, gehe ich kellnern. So lange, bis ich es finde. Was ich keinem Restaurant oder Café wünsche.

Doch dann geht alles außergewöhnlich schnell. Auf einem meiner Ausflüge überrascht mich ein Platzregen. Als ich in das weiche Leder auf der Rückbank des Taxis sinke, vernehme ich einen Laut des Erkennens.

„Ah. Die nasse Frau."

Etwas verwirrt sehe ich schwarze Augen im Rückspiegel.

„Kennen wir uns?"

Er lacht wirklich angenehm. Ein bisschen wie eine Ziege. Schrill und vibrierend, aber warm und freundlich. Der Geruch nach Kokos kitzelt in meiner Nase. Vage erinnere ich mich und muss unwillkürlich grinsen. Der unselige Markttag. Jetzt sitze ich abermals klatschnass in seinem Auto.

„Der Tag ist heute besser für Sie."

Ich nicke bei seiner Feststellung. Oh ja. Jeder Tag ist besser als besagter.

Baabak Askari ist Perser. Er stammt aus dem Iran und kam in den Achtzigern nach Deutschland. Seine Frau Soraya arbeitet in einem Gemüseladen hier in Ehrenfeld. Baabaks Familie zählt außerdem vier Kinder und drei Enkel. Deren Namen, die wie Räucherstäbchensorten klingen, vergesse ich sofort. Der Mann fährt bereits 25 Jahre Taxi. Und weil der Perser so nett und gesprächig ist und ich den ganzen Tag ausschließlich mit mir selbst geredet habe, erzähle ich ihm meine Geschichte.

Der Wagen steht seit einer Stunde bei abgeschalteter Uhr auf dem Anwohnerparkplatz vor dem gelben Backsteingebäude. Aus den halb geöffneten Fenstern dringt Rauch. Drinnen haben wir es uns mit meiner Schachtel Zigaretten und seinen Mandelkeksen gemütlich gemacht. Baabak zeigt mir Bilder von Soraya und dem Nachwuchs. Und von seinen Enkelkindern. Ich zeige ihm ein Foto von meiner Mutter und von Britta.

„Du suchst also ein besonderes ... Zimmer."

Er fragt nicht, sondern stellt fest.

„Das könnte man so auch ausdrücken."

Ich nicke betrübt.

Leicht und etwas unbeholfen tätschelt er meinen Arm, als wisse er nicht recht, ob er so vertraulich sein dürfe.

„Ich kenne diesen Raum."

Wie meint er das denn nun?

Mein neuer, persischer Freund dreht den Zündschlüssel. Ehe ich Einwände erheben kann, werde ich Opfer einer Entführung. Und komme in den Genuss von einwandfreiem Vitamin B.

Der Gemüseladen, in dem Soraya Askari aushilft, sah ehemals bessere Zeiten. Schon lange läuft der nahe, trendige Bio-Supermarkt dem kleinen Betrieb in der Seitengasse der Körnerstraße den Rang ab. Die mickrige Klingel über der Tür meldet schüchtern nur noch eine Handvoll Stammkunden, die eine Tüte Äpfel oder Tomaten kaufen wollen. In der Tür hängt ein Schild. „Zu verpachten".

Ich betrachte die lindgrüne Fassade mit der stattlichen Fensterfront. Darüber müssen Wohnungen liegen. An der Seite erspähe ich einen bewachsenen Hinterhof, in dem sich Holzkisten stapeln. Drei Stufen führen in das großzügige, quadratische Ladenlokal hinein. Auf dem Boden bemerke ich maurische Steinfliesen, teilweise abgeschlagen und durchzogen von feinen Adern aus Rissen. Ich finde sie wunderschön. Ein wenig benommen taxiere ich den Verkaufsbereich des Geschäftes. Am hinteren Ende führt eine Öffnung in den Gang zum Treppenhaus des Gebäudes, in dem ich zusätzliche Räume vermute. Zwischen den klimpernden Strängen des Perlenvorhangs lässt sich eine sporadische

Küche erkennen. Baabak spricht mit einem kleinen, dicken Landsmann und gestikuliert zwischendurch in meine Richtung. Ich lächle abwesend. Die Stimmen der beiden treten längst in den Hintergrund. Meine farbigen Zeichnungen, die zuhause auf dem Tisch ruhen, erheben sich in meiner Vorstellung aus ihrer Zweidimensionalität und legen sich räumlich über das Bild, das sich mir bietet. Es ist nahezu perfekt.

Plötzlich hüpft mein Herz. Die Wörter „Obst & Gemüse" auf dem ausgeblichenen Schild beginnen, in meiner Fantasie zu tanzen. Die Buchstaben verblassen. Dann sehe ich den Schriftzug, der sich klar und deutlich erhebt:

„Cook & Chill – Bücher und Genuss".

6. Nudeldick

„Venus".

Wer immer sich diesen genialen Namen für das Sportstudio ausgedacht hat, kann eindeutig nicht im Vollbesitz seiner geistigen Kräfte gewesen sein. Ich meine, warum quält unsereins sich in einen Fitnessclub? Kaum, weil man von sich behauptet, wie die Göttin der Liebe auszusehen. Und bestimmt nicht, da man glaubt, auch nur annähernd so aussehen zu können. Vom Wollen redet hier keiner. Man stelle sich also Frau Moppel vor, die schon seit zig Jahren nicht mehr fähig ist, in der Dusche einen Blick auf ihre eigenen Zehen zu erhaschen. Frau M. hat demzufolge die Faxen mächtig dicke. Sie sagt ihrem Wanst den Kampf an. Blättert im Telefonbuch und stößt auf den magischen Titel: „Venus." Ich meine, da gehören mindestens drei Ausrufezeichen dahinter. Frau M. unterschreibt im Geiste bereits den Jahresvertrag. Liest sie doch in den verheißungsvollen fünf Buchstaben das Versprechen ihrer unerfüllten Sehnsüchte. Reiner Betrug, sage ich nur. Mit der Schönheitsgöttin hat da drin allenfalls die neunzehnjährige Jungfitnesstrainerin etwas zu tun. Bei deren Work-outs verlangt man nach wenigen Minuten „Aufwärmtraining" japsend nach einem Inhalator. Nicht länger zur jüngeren Generation zu zählen, wird einem jedoch spätestens beim prüfenden Blick in den Spiegel klar. Trotz größter Anstrengung, die kniffeligen Tanzschritte nachzuahmen, kommt das Ergebnis nicht wirklich cool rüber. Das liegt daran, dass zu unserer Zeit Jazztanz und Discofox angesagt waren. Wir können diese Art von fließenden Bewegungen nicht mehr ablegen. Und die vertragen sich nun mal nicht mit abgehackten Hip-Hop-Moves. Davon abgesehen sieht es aus, als tänzle eine in die Jahre gekommene, speckige Jennifer Beal-Kopie auf rohen Eiern durch den Kursraum. Diejenigen Damen gesetzten Alters, die das kapiert haben, strampeln gemütlich bei Bio-Apfelschorle und Frauenzeitschrift auf dem Sitzfahrrad. So können sie sich zumindest einreden, sportlich zu sein. Man tut, was man kann und was nicht geht, das geht eben nicht.

Ich beschloss direkt am ersten Tag, das „Venus" weniger im körperlichen, als im geistigen Sinne zu verstehen. Als Ort, an dem ich zeitweise ganz ich werde. Und ich muss ganz dringend, ganz eilig, vollkommen ich werden. Vorsichtshalber erhöhe ich die Schrittzahl auf dem Laufband, damit es schneller geht. Heiner guckt schon komisch von der

Theke herüber. Ironischerweise ist der Geschäftsführer des Frauenstudios nicht nur männlich, sondern dazu noch übergewichtig. Im Übrigen nicht nur ein bisschen. Unverblümt ausgedrückt: Er ist ein Fesselballon. Ich habe prinzipiell nichts gegen Fesselballons. Sie sind meistens bunt, rund und schweben majestätisch in den Lüften. Letzteres geht Heiner jedoch völlig ab. Königlich ist allenfalls sein Umfang. Als er mich zu meiner Ersteinführung begrüßte, begriff ich daher auch nicht, wer hinter dieser enormen Plauze steckte. In Erwartung eines athletischen, knackigen Trainers, der sich wohl verspätete, nickte ich also höflich während des Rundgangs durch das Studio, ohne ihn wirklich zu beachten. Machte er sich Gedanken darüber, weshalb ich seine fachmännischen Ausführungen wohlweislich ignorierte, so ließ er sich das nicht anmerken. Erst später fiel der Groschen, als Heiner mich auf ein Herzfrequenzmessgerät scheuchte. Der durchtrainierte Coach war lediglich ein Produkt meiner Fantasie. Im Venus gibt es nur Heiner.

In Heiners allwöchentlicher Spinning-Stunde bereitet es mir fortwährend Sorge, dass er gleich vom Fahrrad fallen könnte. Sein Schnaufen übertönt sogar die Lautstärke der Musik und die kurzatmigen Kommandos gehen vollends darin unter. Nach der Trainingseinheit glänzt er schweißgebadet und meist habe ich ein schlechtes Gewissen, wenn ich leicht wie eine Feder an ihm vorbei in Richtung Umkleide tänzle.

Heiner macht gerade ein Handzeichen und ruft, ob ich etwas brauche. Mit erhobenen Daumen signalisiere ich ein Okay und winke zurück. Irgendwie und trotzdem mag ich ihn gut leiden. Obwohl ich seinen hautengen Trainingsanzug ausgesprochen fragwürdig finde.

In meinem Kopf dröhnen 145 Beats in der Minute, während meine Beine Gedankenfluten hinterherlaufen. Es wirkt unglaublich befreiend und hilft mir, mein kreatives Potenzial zu entfalten. Britta bezeichnet mich als Sportjunkie und tippt sich demonstrativ an die Stirn, versuche ich sie zu überreden, mal mitzugehen. Sport ist Mord, sei die eigentliche Wahrheit und schiebt sich provokativ einen Schokoladenkeks in den Mund. Sie hat keine Ahnung.

Den einzig echten, weil ersten Liebeskummer durchlitt ich mit vierzehn. Ich verliebte mich unsäglich in Markus aus meiner Klasse. Obgleich er zwei Jahre älter war, fand ich ihn anbetungswürdig. Vielleicht eben gerade deshalb. Unerfreulicherweise schlussfolgerte ich daraus nicht, dass das auch zweimal Sitzenbleiben hieß. Er war nicht nur faul, sondern dazu noch blöd wie eine Packung Mehl. Doch ich ließ ihn abschreiben, um ihm nahe zu sein. Und er wollte mir nahe sein. Zumindest im Unterricht. Leider interpretierte ich sein Interesse völlig fehl. Er war nur auf mein Wissen scharf. Und auf meine Freundin. Letzteres stellte sich heraus, als er mich um eine Verabredung bat. Das überwältigende Gefühl des Glücks dauerte exakt viereinhalb Sekunden. Dann kam der Nebensatz nach dem Hauptsatz.

„Bringst du Kirsten mit?"

Dieses Schuljahr entwickelte sich zum Fiasko. Markus verkuppelte ich erfolgreich mit meiner Schulfreundin. Ich erlebte das heulende Elend. Und kompensierte. Mit vierzehn konnte ich nicht kochen. Meine Mutter bereitete mit Todesverachtung Dosengemüse in Sauce hollandaise, Pfannkuchen mit viel Butter und Käsetortellini in Sahne zu. Sie hasste ihren Herd vermutlich noch mehr als meinen Vater. Ich stopfte demnach mangels Liebe mit gebrochenem Herzen ausschließlich Kohlenhydrate als auch schlechtes Fett in mich hinein. Meine Nahrungsergänzung bestand aus Cola, Chips und Schokolade. In Folge ging ich auseinander wie Muttis Butterpfannekuchen. Was natürlich meine Chancen beim männlichen Geschlecht auf minus einhundert reduzierte.

Jugendliche zu sein ist schon schlimm, eine übergewichtige Jugendliche zu sein die Hölle. Immerhin kann ich mittlerweile guten Gewissens sagen: Mein Figurwahn und die desaströsen Männergeschichten sind die Nachwirkung meiner traumatischen Kindheit und Jugend.

Bis heute fürchte ich nach jedem Hauptsatz den Nebensatz. Markus ist also an allem schuld. Das finde ich sehr befreiend.

Köstliche Vollkornspaghetti auf gegrilltem Gemüse
(für zwei Personen oder eine unglückliche Jugendliche)

Man nehme:

375 g. Vollkornspaghetti,
1 rote und 1 gelbe Paprika,
100 g. Zuckerschoten,
2 Möhren,
1 kleine Zucchini,
2 Essl. Olivenöl,
2 Knoblauchzehen,
Kräuter,
1 Stück festen, frischen Parmesan.

Für die Spaghetti einen großen Topf Wasser aufsetzen. Spaghetti brauchen viel Platz zum Schwimmen. Auf keinen Fall Öl ins Nudelwasser geben und Salz erst, wenn es bereits kocht. Das Öl verhindert, dass die Pasta die Soße aufnimmt. Währenddessen das Gemüse säubern und in mittelgroße Stücke schneiden, die Möhren etwas dünner, die Zuckerschoten ganz lassen. Die Knoblauchzehen in hauchdünne Scheiben schneiden.

Die Spaghetti in das kochende Wasser geben. Man nehme alle in die Hand und stelle sie in die Mitte des Topfes um sie dann in einer leichten Drehbewegung loszulassen. Wie beim Mikado-Spiel. So kriegt man sie alle gleichmäßig unter Wasser.

Das Öl in einer Pfanne erhitzen. Ich nehme immer eine Paellapfanne, die ist optimal für dieses Gericht. Zuerst das Gemüse darin anbraten und unter Wenden so lange schmoren, bis das Wasser verdampft ist und das Gemüse eine leichte braune Färbung annimmt. Die Temperatur runter und bei geschlossenem Deckel noch etwas weiterschmoren lassen. Mit Salz, Pfeffer sowie beliebigen mediterranen Kräutern würzen. Wenn die Spaghetti al dente gekocht sind, die Nudeln in die Gemüsepfanne geben und kurz umrühren. Mit gehobeltem Parmesan bestreuen und servieren.

Vollkornnudeln liefern wertvolle Kohlenhydrate für das angeschlagene Nervenkostüm eines Teenagers, aber gesunde. Buntes Gemüse stimmt durch seine schönen Farben fröhlich, ist also gut für die Psyche. Übersichtliche Kalorienanzahl.

Guten Appetit.

Auf dem Laufband werde ich heute zur Unternehmerin im Geiste. Ich jogge mich durch imaginäre Zahlen, Terminpläne und Einrichtungshäuser.

Baabak nötigte mich noch am selben Nachmittag die Treppen zur Vermieterin des Gemüseladens hinauf. Er verfehlte eindeutig seine wahre Bestimmung, als er den Job als Taxifahrer annahm. Sein kulturelles Erbe warf ihm die Kunst des Feilschens geradewegs in die Wiege. Mit Sicherheit verkaufte er in einem früheren Dasein Teppiche. Er nahm mir tatsächlich die Mietpreisverhandlung aus der Hand, ohne erst zu fragen. Weil Soraya die Wohnung von Frau Krause putzt, kam die eingefleischte Altkölnerin mit der Mietpreiserhöhung, die sie ins Auge fasste, nicht weit. Zur Nebendarstellerin degradiert sah ich hilflos und beinahe peinlich berührt zu, wie sein persischer Charme sie fein säuberlich wie einen Bindfaden um den Finger wickelte. Schweigend duldete sie seine Komplimente und lauschte höflich meinen Ausführungen. Baabak schmeichelte ihr in den höchsten Tönen und ergoss sich in Lobhudeleien über ihr angenehmes Wesen, als sie mir unerwartet einen amüsierten Blick zuwarf. Sie durchschaute ihn. Ich grinste zurück. Lange, bevor wir das Geschäft mit Handschlag besiegelten, waren sie und ich uns einig. Nur dem übereifrigen Teppichhändler zuliebe marketenderten wir noch ein bisschen hin und her, der guten Form halber. Der Mietzins interessierte Frau Krause nicht im Geringsten. Sondern ich. Einen wunderbaren Zwiebelkuchen werde ich ihr backen. Meine Vermieterin schwärmt nämlich vom Elsass, wo sie mit ihrem inzwischen verstorbenen Mann jedes Jahr den Urlaub verbrachte. Tarte a l´oignon besteht aus einer dicken Schicht in Schmalz gebratener Zwiebelringe auf einem Sauerteig, das Ganze mit Speckstreifen und Béchamelsauce oder Schmand überbacken. Er kommt warm auf den Tisch und schmeckt begleitet von einem Gewürztraminer nach den erdigen Herbstfarben des Südens. Man hört sogar Vogelgezwitscher, allerdings erst nach etwa drei Gläsern. Mit Sicherheit wird Helga Krause zufrieden mit ihrer neuen Mieterin sein.

Frau Krauses Zwiebelkuchen (tarte a l´ óignon)

Man nehme:

500 g Brotteig für Sauerteigbrot,
1 kg Zwiebeln,
1 Becher Schmand,
Speck gewürfelt, Butterschmalz, Salz, Pfeffer, Kümmel.

Den Brotteig in eine 28-cm-Springform einbringen und einen ca. 2 cm Rand lassen.

Die Zwiebeln in feine Scheiben schneiden und in Butterschmalz andünsten, bis sie eine schöne braune Färbung annehmen und mit Salz, Pfeffer und Kümmel nach Belieben würzen. Sie müssen wirklich gut durchgebraten sein, sonst sind sie ein Garant für Magenbeschwerden und unfeine Geräuschzulagen.

Den Teigboden mit Schmand bestreichen. Nun die Zwiebeln draufgeben und mit gewürfeltem Speck bestreuen.

Den Zwiebelkuchen etwa eine halbe Stunde bei 225 Grad backen.

Während ich unter körperlicher Höchstleistung diesen ereignisvollen Tag überdenke, notiere ich im Geiste eine kleiner als gedachte Summe in der Minusspalte Fixkosten. Allmählich werde ich mir selbst unheimlich. Es läuft alles zu glatt. Nach dem Fiasko Dr. Hennemann scheine ich entweder dermaßen auf dem Tiefpunkt angekommen zu sein, dass mir die geringste Verbesserung wie das pure Glück vorkommt. Oder es verhält sich tatsächlich so. Ich habe einfach mal Schwein. Ich beschließe, meine Ängste vor Nebensätzen endlich zu begraben. Gleichzeitig piept der Laufcomputer und teilt mir mit, dass ich mein Ziel erreicht habe. Meine Knie wackeln, als das Band bei Kilometer Zwölf allmählich zum Stillstand kommt.

*

Der Muskelkater am darauf folgenden Morgen schmerzt unaussprechlich. Meine Gummibeine sind kaum in der Lage, den ausgreifenden Schritten des Handwerkermeisters zu folgen, der mit finsterem Gesichtsausdruck und immerwährendem Kopfschütteln den Gemüseladen in Augenschein nimmt. Die Internetpräsenz seines Betriebs verspricht in beeindruckenden Bildern Maßarbeit vom Profi, die Wirklichkeit präsentiert mir einen grobschlächtigen, verlotterten Bär, der sein Fell nicht nur im Gesicht, sondern vor allem auf den Zähnen hat. Ganz abgesehen von der unfreundlichen Begrüßung, die lediglich in einem knappen Nicken und einem Händedruck bestand, der mir beinahe sämtliche Finger gebrochen hätte. Seit einer Viertelstunde hat er kein Wort verloren, auch nicht aus Versehen. Unverdrossen spurtet er im Affenzahn hin und her, murmelt in seinen wild wuchernden Vollbart, schaut nach oben, nach unten, von rechts nach links. Und ich, wie ein Lemming hinterher, um bloß den Anschluss nicht zu verlieren. Unterwegs stolpert er über Kisten, die er ungehalten wegkickt, reißt an der Wandverkleidung und rupft lose Tapete herab. Er schnaubt und schüttelt den Kopf. Ich gehe intuitiv in Deckung, als ein Brett achtlos in meine Richtung fliegt. Beim achten Durchgang durch ein und denselben Raum (es gibt nur einen) gebe ich auf und denke darüber nach, wie ich den Pseudofachmann loswerden könnte. Kaum fällt mir eine nette Formulierung für „Nein danke, vielleicht ein andermal, aber in diesem Leben fassen Sie hier nicht eine Fliese an!" ein, bleibt der Riese im

Blaumann plötzlich wie angewurzelt stehen und überprüft mit deutlichem Missfallen die Brüstung. Dann rüttelt besagter Profi kräftig am Treppengeländer, bis das poröse Metall entkräftet aufgibt. Beinahe erstaunt betrachtet er die Stange in seiner Hand.

„Das kommt alles neu."

Seine Stimme tönt erstaunlich knabenhaft für einen Mann dieser Größenordnung. Fast muss ich grinsen. Er nickt, wie um sich selbst zu bestätigen und macht sich erneut auf den Weg zu Rundgang Nummer Neun. Zeit für energische Worte, um diesem Kerl die Tür zu weisen. Ich hole Luft, um ihm die Absage zu erteilen, doch er hebt nur den Zeigefinger und bedeutet mir damit unmissverständlich, die Klappe zu halten.

Na gut. Dann nicht. Achselzuckend setze ich mich auf die oberste Treppenstufe und packe meine Käsebrötchen aus. Gerade beiße ich herzhaft in das Korneck, als sich der Handwerker neben mir niederlässt. Meinem erwartungsvollen Blick begegnet er mit Schweigen. Vielmehr schielt er begehrlich auf meinen Frühstücksbeutel. Wirklich, ich spiele kurzfristig mit dem Gedanken, ihm mein Brötchen an den Kopf zu werfen. Stattdessen biete ich ihm die Tüte an.

Mir sind Leute ein Gräuel, die mit vollem Mund reden. Aber allein, dass er überhaupt sprechen kann, überrascht mich dermaßen, dass ich ihn gewähren lasse. Viel verblüffender finde ich weniger das, was er im Mund hat, als das, was plötzlich dort heraussprudelt. Klar und detailliert zählt er mir sämtliche Mängel der Räumlichkeiten auf, wägt Für und Wider erforderlicher Maßnahmen zur Beseitigung derselben ab und umreißt kostengünstige Alternativen. Er verzichtet auf unverständliches Fachchinesisch und malt in bunten Farben aus, wie er sich einen Umbau zum Kochbuchladen vorstellt. Andächtig lausche ich seinen ungewöhnlichen Ideen, bis auch meine letzten Zweifel begeisterter Zustimmung weichen.

Einige Mauern reißen wir heraus und ziehen zur rechten Raumseite, welche zukünftig für die Küche vorgesehen ist, eine Glaswand bis zur Decke hinauf. Die Kochstube wird dadurch vollkommen einsehbar, sowohl vom Buchladen als auch von der Straße aus. Der Bodenbelag bleibt weitgehend erhalten, die brüchigen Steinfliesen werden sorgsam restauriert. Zusätzlich verlegen wir alte Schiffsbohlen. An der dem Glaskasten gegenüberliegenden Wand stellen wir massive Regale auf. Hier findet der Kunde nebst Kochbüchern auch Muttis Gewürze und verschiedene Spezialitäten. Jedem Bereich des Cook & Chill wird eine Bestimmung zugewiesen, wobei in der Mitte die Kaffeetheke angelegt wird und vor dem linken Schaufenster die Bistroecke. Dort wird ein buntes Sammelsurium antiker Tische und Sitzgelegenheiten platziert, vielleicht auch eine Couch. Sämtliche Stühle sollen Unikate sein. Diverse Standregale und Bücherborde werden außerdem als Raumteiler diagonal in das Ladenlokal hineinreichen und dem Leser Rückzugsmöglichkeiten zum ungestörten Schmökern geben.

Wie benebelt schaue ich auf. „Terra" und „Ochsenblut" prangt auf den Farbeimern, die der Gehilfe hereinschleppt, als wäre sein Tätigwerden bereits ausgemachte Sache. Der Meister erhebt sich umständlich von meiner Seite, wischt sich die Käsefinger an seinem fleckigen Blaumann ab, um mir seine Hand entgegenzustrecken.

„Sind wir im Geschäft?"

Ich zögere nur den Bruchteil einer Sekunde und das eher beim Anblick seines schmutzigen Handtellers, als bei der Überlegung, ihm mein Projekt nicht anvertrauen zu wollen. Wenn nur ein Zehntel seiner Beschreibungen nebst dem Kostenvoranschlag zur Realität gelangt, gibt es keinerlei Zweifel: Der Mann ist ein Genie.

„Wir sind definitiv im Geschäft!"

Und ich ergreife seine Käsehand.

Zuhause quillt mein Postkasten über. Meine Nachbarin legt mir vorwurfsvoll fünf dicke Kataloge in den Arm, die der Postmann nicht in den schmalen Schlitz stopfen konnte. Ich bedanke mich freundlich. Beladen bis zur Nasenspitze fummele ich blind an der Tür herum, bis es mir gelingt, den Schlüssel ins Schloss zu stecken. Endlich fallen die Papiere auf den Tisch, auf dem sich weitere Prospekte und Broschüren stapeln. Die Nachbarin steht noch immer im Türrahmen und versucht, einen Blick in meine Wohnung zu erhaschen. Ich drücke ihr ein Döschen von Muttis Gewürzmischung „Freudenhaus" (wie kam sie bloß auf diesen Titel?) in die Hand. Vermutlich meinte sie „Freude ins Haus bringen". Ich sollte sie über den missverständlichen Namen ihrer Komposition aufklären. Geflissentlich ignoriere ich die leicht verwirrte Miene der guten Frau und schließe dankend die Tür vor ihrer Nase.

Das Licht auf dem Anrufbeantworter blinkt. Sechs Anrufe. Zuerst Mutti. Die hört zwar nicht, ob einer abnimmt. Es kümmert sie auch nicht. Sie wählt meine Nummer, zählt bis fünf und plappert auf gut Glück in den Hörer. Ich lausche ihrer monotonen, undeutlichen Stimme und dem letzten Drittel ihres Satzes:

"… füllen Glas verkaufen. Kommst du bald."

Den Sinn reime ich mir zusammen. Nachricht zwei hinterlässt mein Makler. Ha! Den kann ich feuern. Anruf drei kommt von Britta:

„Ruf mich mal zurück."

Nummer vier zweifelsohne erneut meine lästige Freundin:

„Jetzt."

Oh Mann. Mitteilung fünf. Es knistert in der Leitung. Aufgelegt. Anruf sechs. Ich trete näher an den Apparat. Tatsächlich. Da spricht Elfi. Sie flüstert. Wahrscheinlich befindet sich einer der Schlipsträger in Hörweite.

„Es tut mir so leid …" wispert es. Blöde Kuh. Verräterin. Illoyales Miststück. „Hier herrscht Land unter. Da hast du ja mal was angerichtet. Wir versuchen, dich dauernd zu erreichen. Der Hennemann … Komme!"

Es knackst, als die Verbindung abrupt beendet wird. Was will die denn noch?

Ich widme mich lieber den bunten, verheißungsvollen Katalogen. In sämtlichen Einrichtungshäusern habe ich Küchenausstattungen angefragt. Die Gastronomieprospekte lege ich zuletzt auf den Stapel. Alles eine Sache der Organisation und des richtigen Sortierens. Darin bin ich nicht wirklich gut, wie ich unlängst deutlich zu spüren bekam. Aber das steht für mein altes Leben. Vor mir liegt die chromglänzende Zukunft.

Und die fängt verdammt kostspielig an. Ich werde blass, als ich die ersten zwei Preisverzeichnisse für eine Standardausstattung durchblättere. Das erfordert Umsicht und Beratung. Britta muss her. Schleunigst. Ich greife zum Telefon.

7. Eisgekühlt

„Fertig."

Mit einem Ächzen lehnt sich Britta zurück. Ich fächere mir mit dem ausgefüllten Bestellschein des günstigsten Küchenhauses Luft zu. Außerdem basteln wir schon seit Tagen an der Website für das Cook & Chill. Dabei stürzte mein altersschwacher Rechner nicht nur einmal ab. Haben Sie ein Computerproblem mal eben kurz zu lösen versucht? Es geht nie „mal eben kurz". Meist verirrt man sich hoffnungslos in Windungen aus unverständlichen Befehlen und aufpoppenden Fenstern. Man betätigt die Entertaste und schließt versehentlich eine Lebensversicherung ab. Oder zwei davon.

Computer sind gefährlich. Ich kannte mal jemanden, der drückte auch auf den falschen Knopf. Der arme Bursche landete unversehens in einer virtuellen Welt, welche ihn Kopf und Kragen kostete. Als glorreicher Ritter wandelte er auf unerforschten Hochebenen, scharrte eine Gilde ähnlich Gearteter um sich und wurde Kriegsherr. So berühmt und berüchtigt, wie er es in seinem realen Leben als unbedeutender Sachbearbeiter nie werden konnte. Das Suchtpotenzial seines Spiels unterschätzte er gewaltig. Bald spielte er beim Essen, im Büro, vor dem Fernseher und verkniff es sich sogar zeitweise, die Keramikabteilung seiner Wohnung zu visitieren. Tatsächlich urinierte er behelfsweise in eine Colaflasche, während sein rechter Zeigefinger unentwegt gefährliche Monster kaltstellte. Er bemerkte das Läuten des Kundentelefons ebenso wenig wie die Anwesenheit seines Chefs, der an einem Montagvormittag missgelaunt vor ihm stand. Mit der zweiten Abmahnung warf man ihn hochkant aus der Firma. Als Sozialhilfeempfänger durfte er nun 24 Stunden am Tag Master Lancelot sein. Dass seine Freundin auszog, fiel ihm demnach ebenfalls nicht weiter auf. Irgendwann stellte er bei der morgendlichen Rasur fest, sein Spiegelbild verloren zu haben. Nein wirklich. Der Unglückliche erkannte sich selbst nicht wieder. Ich glaube, er landete dann in der Psychiatrie. Da haben sie keine Computer. Aber den brauchte er ja nicht länger. Inzwischen war er nämlich wahrhaftig ein Ritter.

„Oh Mann."

Ein Stoßseufzer der Erleichterung. Mein Drucker spuckt Punkt dreiundzwanzig Uhr dreißig mit einem verächtlichen Rülpsen den letzten Tropfen Tinte aus.

„Kannst du laut sagen."

Ich reibe meine Augen. Meine Glieder schmerzen vom langen Sitzen und ich bin endlos müde. Doch das Endergebnis kann sich sehen lassen. Fein säuberlich stapeln sich nach umgerechnet sechsundzwanzig Arbeitsstunden Hunderte von Visitenkarten und ordentlich gefaltete, rot glänzende Flyer auf dem riesigen Küchentisch.

Cook & Chill – Bücher und Genuss.
Der Kochbuchladen mit Kochstudio.
Lassen Sie sich von uns in kulinarische Welten entführen und in die Kunst des Kochens einweisen.
Jeder kann es! Wir zeigen Ihnen, wie es geht.
Melden Sie sich zu unserem Anfängerkurs an.
Info unter Tel: 333455 oder senden Sie ein Fax: 333456

Britta erhebt mit gekünsteltem Bariton ihr Glas.

„Fahr das widerspenstige Ding runter. Zeit, zu feiern!"

Tatsächlich. Ich kann es kaum glauben. In wenigen Tagen öffnet das Cook & Chill seine Tür. Morgen wird das in Auftrag gegebene Ladenschild geliefert. Mein Bankkonto ist leer. Und mein Herz übervoll, wenn auch etwas ängstlich.

„Und falls keiner kommt?"

Ich fange einen befremdeten Blick ein.

„Du wirst dir das noch wünschen."

Seelenruhig entkorkt sie eine Flasche Champagner. Der liegt seit Wochen im Kühlfach und harrt mindestens so ungeduldig wie ich auf den finalen Augenblick. Ich persönlich trinke eigentlich keinen Champagner. Am liebsten mag ich ihn zu Essbarem verarbeitet. Das Gebräu schmeckt sauer und besitzt zu viel Kohlensäure. Davon abgesehen bezweifle ich die Rechtmäßigkeit des zuweilen völlig überzogenen Preises. Als Konsument bezahle ich ungern für die führenden Hersteller die weltweite Vermarktung mit. Zugegebenermaßen lassen die strengen Herstellungsvorschriften dieses zweifach gegärten Schaumweines nur erstklassige Qualität zu.

Tatsächlich wird Champagner ausschließlich in Frankreich angebaut und es werden nur drei Rebsorten verwendet. Pinot Noir, Pinot Meunier und der weiße Chardonnay. Die Mischung bestimmt dann den Charakter des Gebräus. Farblos ist er immer, da die Trauben der roten Sorten so zügig abgepresst werden, dass keine Pigmente in den Grundwein gelangen. Der Basiswein wird nach der ersten Gärung in Flaschen abgefüllt, wo er unter Zusatz von Hefe, Rohr- oder Rübenzucker ein zweites Mal gärt. Ich finde daran lediglich den erhöhten Alkoholgehalt spannend. Die bekannten Rüttelbretter dienen dabei dem Entfernen der Hefe. Durch das ständige Drehen sammelt sich diese im Flaschenhals. Bei einem namhaften Produzenten werden so rund neun Millionen Flaschen im Jahr noch von Hand gedreht. Man stelle sich das vor. Seit dem 17. Jahrhundert ist das Getränk das Festlichste auf der Welt. Und genau deshalb trinken wir es heute. Nicht weil es schmeckt. Cheers.

Was in dieser Nacht geschieht, wird als eine der beispiellosesten Werbeaktionen in die Geschichte der Kölner Gastronomie eingehen. Das Zauberwort heißt Dankbarkeit und wird aus dem Umstand geboren, dass Britta in ihrer Einrichtung stets den Bedürftigen einen heißen Kaffee und belegte Brötchen anbietet. Es gibt verdammt viele Mittellose, die in der Sozialstelle verkehren. Und die tun meiner Freundin jeden Gefallen, erst recht, kommen ein paar Scheine dabei rum. Innerhalb weniger Stunden fallen an die hundert Verteiler mit roten Flugblättern über sämtliche Viertel der Stadt her. Weder vor Autoscheiben noch vor Schaufenstern wird haltgemacht. Ich meinerseits hätte niemals gedacht, dass es solch diebisches Vergnügen bereitet, heimlich ein Stück Papier an eine Wand zu pappen. Vermutlich liegt das daran, dass es illegal ist.

Schon als Kind übten Verbote einen besonderen Reiz auf mich aus. Eine meiner unseligsten Erinnerungen bezieht sich auf ein rotes Pulver in einem Tupperdöschen. Meine Mutter tat stets immens geheimnisvoll, wenn sie es aus ihrer Küchenschublade holte, um eine winzige Prise davon in den Topf zu geben. Gleichermaßen verhielt es sich mit den purpurfarbenen Fäden in einem anderen Behältnis, von denen ich annahm, es seien klitzekleine Würmer. Wohlmeinend schüttete ich die ekligen Tiere in den Ausguss und spülte kräftig hinterher. Mutti erzählt jedem, dass ich im zarten Alter von sieben Jahren echten iranischen Safran im Wert von hundert Euro mit Todesverachtung ins Klo geworfen hätte. Immerhin lernte ich daraus, dass es sich mit dem roten Pulver wohl ganz ähnlich verhalten musste und schlussfolgerte in kindlicher Logik auf seinen Nährwert. Ich meinte es gut, ehrlich, als ich meinem Meerschweinchen den Chili unter das Futter mischte. Leider überlebte Tippsi meine Fürsorge nicht. Das scharfe Gewürz muss regelrecht seinen Magen gesprengt haben, worüber ich nicht gerne nachdenke. Bis heute mache ich mir deshalb Vorwürfe und bin mit unerlaubten Dingen extrem vorsichtig geworden.

So regt sich trotzdem ein mahnendes Stimmchen in mir, als ich den Flyer ins Küchenfenster meines Lieblingscafés hänge, wohlweislich den aufgeklebten Hinweis: „Plakatieren verboten" übersehend.

„Vergiss das Meerschwein!" schallt es über mir.

Britta balanciert auf dem Flachdach des Garagenanbaus und springt mit einem Jauchzen in die Höhe. Sie schleudert zahllose signalrote Schmetterlinge in die Luft. Eine Sekunde lang vibriert und flattert die Papierwolke auf der Stelle, ehe sie sich behutsam senkt. Der Wind verteilt die Zettelchen wohlwollend bis zur nächsten Straßenecke. Meine Freundin hat sie nicht mehr alle. Und weil sie mir darin so ähnelt, interessiert das nicht die Kaffeebohne.

Als der Morgen graut, ist ganz Köln, einschließlich seiner Laternenpfähle und Mülltonnen, mit den roten Cook & Chill Werbeblättern übersät. Das Grauen nehme man in diesem Sinne wörtlich. Vermutlich gibt's demnächst ein saftiges Bußgeld wegen unerlaubten Plakatierens öffentlicher Flächen.

„Du solltest dir einen guten Anwalt suchen", bemerkt Britta trocken und pappt den letzten Flyer mit ein bisschen Spucke an die Frontscheibe eines Streifenwagens.

Den ersten Hinweis auf die Verwendung der Chilischote erhält man aus Funden in präkolumbischen Begräbnisstätten Perus. Die Ureinwohner Südamerikas nutzten sie jedoch nicht nur als Grabbeigabe, sondern auch als Heilmittel gegen Zahnschmerzen und Arthrose und nur sekundär als Gewürz. Chili gehört zur Gattung der Paprikagewächse und stammt ursprünglich aus Mexiko. Mal wieder fand der unsägliche Christoph Kolumbus Gefallen daran, Essbares zu stehlen. Eigentlich suchte er (wie so oft) etwas völlig anderes, nämlich Pfeffer. Aber wie es sich schon mit der Entdeckung Amerikas verhielt: Der depperte

Glückspilz stolperte über viel Besseres. Er brachte seine rote, scharfe Beute nach Europa und von dort gelangten Chillies nach Afrika, Indien und in den Orient, wo sie wesentlicher Bestandteil der Landesküchen wurden. Die weite Verbreitung erklärt sich vor allem an der Haltbarkeit der Samen, die eine zweijährige Seefahrt ohne Probleme überstanden.

Drüben brennt noch Licht, als ich nach Hause komme. Ich kippe mein Fenster und lausche in den heraufdämmernden Morgen. Ganz sachte schwebt eine Tonfolge durch den Spalt in meine Küche hinein und windet sich um den Deckenfluter, um sanft herabzusinken. Er hört Jazz. Ich setze mich an den Küchentisch und versuche, mich mit geschlossenen Augen in die Wohnung meines Nachbarn hineinzudenken. Das Klavierstück ist mir fremd. Und klingt wunderbar vertraut. Ob er Besuch hat, überlege ich und schelte mich sofort für diesen Gedanken. Es geht mich nichts an. Und es berührt mich auch nicht.

Ich liege lange wach. Keine Ahnung, wieso.

8. Schwund im Mund

„He! Suchens ne andere Platz zum Schlofe!"

Im Hauseingang gegenüber sitzt ein Obdachloser mit seinem Hund, den Frau Krause jeden Morgen aufs Neue zu verjagen versucht. Wie es aussieht, ausgesprochen erfolglos. Er sei nicht gut fürs Geschäft, sagt sie stirnrunzelnd, um im selben Atemzug einen von Jos Handwerkerjungs zurechtzuweisen, die sich mit den letzten Feinarbeiten beschäftigen. Der Hilfsarbeiter versteht kein Deutsch, ihren kölschen Dialekt gleich gar nicht, und der Penner scheint sowieso herzlich unbeeindruckt von ihrem harschen Ton.

Stattdessen brüllt er ein unfeines „Kümmer' dich um deinen eigenen Kram, du alte Hexe!" über die Straße, woraufhin die Krause ihm schnaubend den Rücken zudreht. Der schwarze Hund kläfft zustimmend. Sein Herr legt beruhigend die Hand auf das Köpfchen. Unwillkürlich erscheint Milde in seinen Zügen, als das Tier schwanzwedelnd zu ihm aufschaut. Die verschwindet sofort, als er merkt, dass er beobachtet wird. Ich nicke ihm leicht zu und bemühe mich, ihn anzulächeln. Der Mann schaut glatt durch mich hindurch und spuckt aus. Fummelt nach einer Bierdose und kratzt sich gleichzeitig am Hintern. Dabei rutscht er auf dem Hosenboden aus seiner kauernden Position im Hauseingang heraus und ich sehe einen nackten, schmutzigen Fuß. Er hat tatsächlich keine Schuhe. Zugegebenermaßen fühle ich mich hin- und her gerissen zwischen Mitleid und Abscheu. Aus einem mir unerfindlichen Grund kann ich nicht wegsehen. Ich sollte mich dezent verziehen und mich um meinen Laden kümmern. Man glotzt niemanden an, schon gar nicht so offensichtlich. Eine morbide Faszination hält mich jedoch gefangen. Obwohl den verlotterten Obdachlosen mehr als abstoßend finde, bergen seine Bewegungen eine perfide Form von Ästhetik. Ich muss über mich selbst den Kopf schütteln. Inzwischen öffnet er mit geübtem Griff den Verschluss einer Blechbüchse und verzieht bereits nach dem ersten Schluck das Gesicht. Angesichts der sommerlichen Temperaturen beneide ich ihn nicht um den Geschmack von warmem Billigfusel. Das Zeug schmeckt sicher übel. Er brummelt mürrisch vor sich hin und bestätigt meine Vermutung. Meine Augen begegnen denen des schwarzen Mischlings und nun wird mir doch ein wenig unheimlich. Wüsste ich es nicht besser, würde ich behaupten, das Tier schaut mich nicht einfach nur an. Es lacht mich aus.

„Hunde lachen nicht."

Brittas belustigter Blick spricht Bände. Ich flüstere es in ihr Ohr, als wir die Möbel aus dem Antikladen aus dem Transporter laden. Mit einem schnellen Seitenblick vergewissere ich mich, dass niemand meine Wahnvorstellungen mitbekommen hat. Natürlich hat sie recht.

„Vergiss es", winke ich ab und hieve ein Tischchen die Treppen hinauf.

Inzwischen schmückt ein frischer, lindgrüner Anstrich die Fassade, und die Maler haben die Fensterlaibungen weiß gepinselt. Die Möbelwagen fahren in der schmalen Gasse vor und liefern meine Regale. Ich streichle zärtlich über das sandfarbene Holz einer Tischplatte und rücke die Stühle zurecht. Jedes Stück finde ich einmalig, keines gleicht dem anderen. Der Bistro- beziehungsweise Cafébereich ist meines Erachtens äußerst gelungen. Die Innenwände erstrahlen in der Farbe reifer Aprikosen, abgesetzt auf einer Beerensauce. In der Ecke steht neben einem Böllerofen das Schmuckstück meiner Sammlung. Das alte, grüne Sofa fand ich per Zufall auf dem Trödel. Mit gebrechlicher Stimme erzählt es mir Geschichten, wenn ich in den Polstern versinke. Britta schüttelte entsetzt den Kopf und versuchte, mich davon abzubringen, es zu kaufen. Doch da das betagte Sitzmöbel weiter beschwörend auf mich einredete und ich schlichtweg hineinpasste, kam ich nicht umhin, dem Verkäufer einen Schein in die schwielige Hand zu drücken. Den verschlissenen Bezug ließ ich durch einen neuen ersetzen. Seitdem trägt es meine Signatur. Jetzt thront Britta schon seit zehn Minuten darauf und lobt mich für meinen erlesenen Geschmack.

Ein Gefühl von Erwartung rumort in meinem Bauch. Das Cook & Chill schaffte den Sprung in die Realität und ich stehe mit beiden Beinen mittendrin. In meinem eigenen Laden. Eine erhebende und beängstigende Empfindung gleichermaßen.

Anerkennend bemerke ich, dass meine Perle Olga sich selbst übertroffen hat. Alles blitzt und blinkt. Der Boden glänzt so rein, dass ich im Grunde auf Tische verzichten könnte, damit die Leute direkt von den wunderbaren Fliesen essen können. Die Handwerker leisteten wirklich gute Arbeit, auch wenn mich das unzählige Käsebrötchen kostete. An die Endabrechnung denke ich nicht mal. Die brüchigen Teile des

Bodenbelags wurden entfernt, der Fliesenspiegel aus den erhaltenen, restaurierten Kacheln bildet ein Rechteck in der Mitte des Raums, umfriedet von naturgebeizten Eichenholzdielen, die frisch poliert im Licht schimmern. Ein großartiger Kontrast. Noch hängt der durchdringende Geruch feuchter Farbe in der Luft und vermischt sich mit dem von Essigreiniger und Holzöl.

Einige Kisten stehen ungeöffnet im Ladenlokal. Die letzten Sendungen aus den Verlagen müssen einsortiert werden. Als ich die erste Palette aufreiße, strahlt mir ein türkisfarbenes Cover entgegen. Ich nehme das schwere Buch in die Hand. Bewundernd streiche ich über den Einband. Die geprägten Lettern heben sich zart von der seidenglatten Fläche ab. Ganz kurz nur die Augen schließen, während meine Fingerspitzen lesen lernen. Ein hochwertiges Kochbuch ist eine Art kulinarische Bibel. Nein, viel mehr. Das, was Mutti früher nachlässig aus Zeitschriften ausschnitt und in ein Schulheft klebte, generieren in der heutigen Zeit regelrechte Künstler. Der Umschlag besteht aus glänzendem, griffigem Material und das Design präsentiert sich in schlichter Eleganz. Öffnet man das Buch, wispern Seiten aus dickem, teurem Papier und verströmen das typische Aroma von Druck und Kleister. Sie hadern noch, sich voneinander zu lösen, damit ich darin blättern kann. Die Schrift ist geschwungen, manchmal verspielt oder gestochen scharf. Sogar ein goldenes Lesebändchen liegt zwischen den Bögen. Am schönsten finde ich die Bilder. Schmeichelnde Entführer in den Himmel der sinnlichen Vorstellungskraft. Die Gerichte wurden so kunstfertig abgelichtet, dass man sie fast zu schmecken glaubt. Ich will nicht aufhören, mich an den Farben zu berauschen. Dabei lese ich Verführungen wie „Orangen-Fenchel-Salat an Anisvinaigrette“ oder „Zimt-Safran-Huhn an Pistazienreis“. Mir läuft das Wasser im Mund zusammen. Am liebsten würde ich mir sofort die Schürze umbinden und loslegen. Es fasziniert mich, dass jeder in einem Kochbuch etwas Ansprechendes entdecken kann. Viele Autoren bereiten sich inzwischen die Mühe, auch dem neugierigen Anfänger das Reich des Genusses zu erschließen. Zu annähernd jedem Gericht erhält man nebenbei noch eine Geschichte, die von Herkunft und Besonderheit seiner Entstehung erzählt. Das einzelne Rezept wird einzigartig. So ein Buch finde ich eigentlich zu schade, um es in der Küche zu benutzen, wo es Ölspritzern und Wasserdampf ausgesetzt wird. Ich nehme das nächste Werk aus dem Karton. Es fühlt sich so vertraut und richtig an. Endlich bin ich verbunden mit dem, was ich tue.

Und nun trinke ich meinen ersten Kaffee im Cook & Chill. An meinem ersten Arbeitstag.

Zuerst denke ich an Einbildung. Ich höre Glocken läuten. Beinahe verschlucke ich mich an dem Espresso aus der neuen de Longhi. Aus dem Augenwinkel sehe ich Britta aufmerken und ihre Lektüre zur Seite legen. Meine Zunge brennt. Die kleine Schelle über der Tür bimmelt in der Tat. Ich bin nicht abergläubisch. Das Glöckchen behielt ich trotzdem.

Im Eingang steht ein altes Mütterchen. Ich setze mein strahlendstes Lächeln auf. Sie fragt nach „Äädäppeln“. Beflissen führe ich sie zur Rubrik „Vegetarisches“. Erst als sie mir ihren Stoffbeutel hinhält, dämmert es mir, dass sie tatsächlich Kartoffeln will. Und kein Buch darüber. Ich beiße mir auf die Lippen, um nicht laut herauszuplatzen. Dann erkläre ich der alten Frau ernst, man könne hier jetzt kein Gemüse mehr kaufen.

„Wir haben aber Suppe.“

Mütterchen nickt und ihre Stimme zittert:

„Suppe ist auch gut.“

Auf der Tageskarte steht heute eine Tomaten-Kokos-Suppe mit Limettenblättern. Ich fülle die sämige Flüssigkeit in ein Styropordöschen und schließe sanft den Deckel. Sie kostet so viel wie ein Kilo Kartoffeln. Weils Mütterchen ist. Ich begleite sie zur Tür. Meine rechte Hand ruht dabei fürsorglich auf ihrem Schulterblatt, während die Linke blitzschnell einen Flyer in ihren Beutel fallen lässt. Vielleicht hat sie eine Enkelin, die gerne kocht.

Mit der Suppenkelle in der Hand kommt mir ein Gedanke, den ich gleich in die Tat umsetze. Vorsichtig balanciere ich durch den Laden. Britta tut so, als beachte sie mich nicht. Jetzt zur Tür hinaus. Eine Stufe. Zwei.

Tomaten-Kokos-Suppe mit Limettenblättern
(Mit freundlicher Genehmigung von Monika Linden, Café Sehnsucht, Köln-Ehrenfeld)

Man nehme:

1 Päckchen passierte Tomaten,
1 Dose Kokosmilch,
6 Kaffirblätter und den Saft von 1-2 Limetten, Sesamöl,
2 Knoblauchzehen,
1 Zwiebel,
braunen Zucker,
Salz,
evtl. Chili oder Tabasco.

Die feingehackte Zwiebel und den Knoblauch in Sesamöl andünsten. Wenn die Zwiebel eine sanft braune Färbung annimmt, mit dem Limettensaft ablöschen. Anschließend die Tomaten, Kokosmilch und die Kaffirblätter hinzugeben und bei mittlerer Hitze etwa 15 Minuten köcheln lassen. Mit Zucker und Salz abschmecken. Wer es scharf mag, gibt noch getrocknete Chili oder ein paar Tropfen Tabasco dazu.

Da sitzt er. Wie jeden Tag. Mein stummer Begleiter der ersten Stunde. Der Ärmste. Ich komme mir vor wie eine sehr freundliche Person. Er blickt mir misstrauisch entgegen. Der schwarze Hund brummt. Nur nicht entmutigen lassen, wer Gutes tun will.

„Möchten Sie einen Teller Suppe?“

Ich halte ihm die Schüssel hin.

„Kostet auch nichts“, beeile ich mich zu versichern.

Er sieht die Schale an. Er sieht mich an. Sagt kein Wort.

Ich trete etwas unschlüssig auf der Stelle. Das Tier knurrt inzwischen echt bedrohlich. Ich kann mich nicht entscheiden, was ich tun soll. Der Obdachlose macht nicht die geringsten Anstalten, mir die wohlgemeinte Gabe aus der Hand zu nehmen. Kurz entschlossen lege ich das Gedeck vor ihm ab.

„Sie können mir den Teller nachher zurückgeben.“

Drehe mich um und gehe. Kein Danke. Keine sonstige Reaktion. In Ordnung. Ich fange ja erst an, ein besserer Mensch zu werden.

Britta lächelt milde und schlägt noch eine Seite um.

Die Gewürzregale wurden mittlerweile mit Gläsern bestückt. Die schlichten Gefäße beherbergen Muttis Kompositionen, die sie sorgfältig mit handgeschriebenen Etiketten beklebt und ihnen farbige Stoffmützchen übergezogen hat. In weiser Voraussicht sah ich mir ihre Namensliste vorher genauer an. Mich traf fast der Schlag. Meine Mutter macht großartige Würzmischungen. Die deutsche Schriftsprache gehört jedoch eindeutig nicht zu ihrem Fachgebiet. Ich meine, das „Freudenhaus" klang schon irreführend. Was ich hier lesen durfte, fand ich niedlich, wenn die Bezeichnungen auch völlig sinnentleert daherkamen. Schwund im Mund?! Fischduft?! Entweder erinnerten die Titulierungen an Brausepulver, Sprengstoff oder den Inhalt meiner Biotonne. Mit einem leisen Schmunzeln korrigierte ich ihre Liste und behauptete, moderne Namen ließen sich besser verkaufen.

Mundschwund - Sinn & Sinnlichkeit
Sommerfrisch - Duft der Provence
Leckerfein - Genießermischung
Trunkenheit - Likörgewürz
Nikolausstiefel - Wintermischung
Fischduft - Neptuns Traum
Vogelsingen - Frühlingsmischung
Bratengewürz - Oktoberfest
Japanpulver - Zen-Mischung
Geheimnis - Cook & Chill Spezial

Dann steht Glöckchen nicht mehr still. Fröhlich kündigt es von wohlbekannten Gesichtern, die ihre Köpfe neugierig und mit lautem Hallo zur Tür hineinstecken. Unversehens eingekreist werde ich alle Arten von Brüsten gedrückt und mit Fragen und Glückwünschen überhäuft. Ein gewaltiger Blumenstrauß schiebt sich durch den Eingang. Mutti schleppt mit ihren Freundinnen vom Gehörlosenverein Körbe voller Gläser und Antipasti-Platten hinein, Andreas wankt unter der Last einer riesigen Palme. Frau Krause und Baabak geben sich die Klinke in die Hand. Eine kleine, dunkelhäutige Frau mit glänzenden Wangen lugt hinter dem persischen Taxifahrer hervor. Freudig schüttelt Soraya meine Rechte, während von allen Seiten Stimmen auf mich einreden und irgendjemand eine Tragetasche in meine Linke drückt. Es geht zu wie im Bienenkorb. Frau Krause stellt ein Blech Apfelkuchen auf die Theke und wandelt schnurstracks in die Küche, um Gabeln und Teller zu holen. Die Handwerker schleppen Bierkisten. Einer macht sich an der Kaffeemaschine zu schaffen, um die Gäste mit Koffein zu versorgen, derweil Britta neben ihm lachend eine Proseccoflasche öffnet. Der Bäcker liefert das frische Holzofenbrot und bleibt gleich auf ein Gläschen da. Ein paar Fußgänger verweilen am Fenster und drücken sich die Nasen platt. Ich winke sie hinein und fühle mich völlig überfordert, weil ich überall gleichzeitig sein soll. Keine Ahnung, wohin mit all den Blumen und entzückend verpackten Päckchen. Immer mehr Menschen strömen heran, von denen mir manche sehr, einige vage und viele gar nicht bekannt sind. Britta packt mich an der Hand und erlöst mich. Sie zerrt mich ohne Umschweife zu Andreas Auto und schiebt eine riesige Aufstelltafel aus Holz heraus.

„Jetzt sieht jeder, der vorbeigeht, was es zu Essen gibt.“

Brittas Augen glänzen. Meine auch. Ich muss heulen.

9. Mäusehäppchen

Am nächsten Morgen finde ich einen Suppenteller auf den Stufen. Einen Sauberen. Der Hauseingang liegt verlassen im Halbdunkel. Nur seine verschlissene Decke zeugt von seiner Anwesenheit. Ob er warm geschlafen hat? Gedankenverloren öffne ich die Fenster und schalte die Deckenbeleuchtung an. Ich schüttle meinen Regenschirm aus. Tatsächlich besitze ich einen. Als Geschäftsfrau kann man schließlich nicht pudelnass durch die Straßen gehen. Apropos Pudel: ob ich dem kleinen Teufel ein paar Hundekekse kaufen soll? Lächerlich. Wieso mache ich mir darüber Gedanken. Ich stelle den Teller in die Spüle. Die de Longhi lässt ein leises Piepen vernehmen. Ich entlüfte die Milchschaumdüse. Feuchter Dampf schlägt mir ins Gesicht. Mit einem eleganten Summton leuchtet ein grünes Licht auf. Ich sitze sinnierend an der Theke und betrachte den Regen draußen.

So ein leerer Laden wirkt schon ein bisschen einsam. Bei dem Wetter wird die Kundschaft auf sich warten lassen. Ehrlicherweise kam bisher auch noch gar kein richtiger Kunde. Mütterchen zählt nicht. Aber der zweite Tag beginnt erst. Das Cook & Chill verspricht einen täglich wechselnden Mittagstisch aus ausgewählten Kochbüchern. Kühlschränke und Vorratskammer harren gefüllt auf Taten. Ich schlendere gemächlich an den Bücherregalen entlang. Dabei streichen meine Finger über die aneinandergereihten Buchrücken. Fisch und Meeresfrüchte, Gemüse und Vegetarisches, Fleisch, Salate, Süßspeisen, Backen, Spezialitäten nach Ländern sortiert. Ich bleibe stehen. Mein Zeigefinger bleibt in Afrika haften. Ich denke zuerst an Giraffen. Dann an braune Haut und Savanne. Hitze und Schärfe. Der Geschmack Afrikas bietet große Vielfalt. Tamarinde, Vanille und Sesam. Anis fällt mir ein und Nelken, Kardamom, Pfeffer und Zimt. Und Couscous.

Couscous ist ein Grundnahrungsmittel der nordafrikanischen Küche. Er wird aus befeuchtetem und zu Kügelchen zerriebenem Grieß von Weizen, Gerste oder Hirse hergestellt. Wir kennen das hier als Hartweizengries. Oft wird Couscous mit Bulgur verwechselt, der aber aus der nahöstlichen Küche stammt und aus Weizengrütze besteht.

Mit Couscous ist das so eine Sache. Viele lieben ihn, andere mögen ihn gar nicht. Dazwischen gibt's nichts. Aufgrund der unkomplizierten

Zubereitungsweise (man muss ihn nur mit heißem Wasser einige Minuten quellen lassen) wird er gern als schnelle Süßspeise, Salat, zu Fleisch oder Fisch verwandt. Besonders mit Butter, Rosinen und Mandeln versetzt erhält er einen wunderbar exotischen Geschmack.

Ich ziehe ein Buch heraus. Das Cover leuchtet gelb wie der Wüstensand. Eine schwarze Frau lacht mich an, in bunte Gewänder gehüllt und einen schweren Korb auf dem Kopf tragend. Ich schlage die nächstbeste Seite auf. Rezeptroulette. Der Notenständer dient als Aufsteller. Ich rücke ihn an das Fenster, damit man von draußen sehen kann, welches Buch heute drinnen auf der Karte steht. Die Küche wartet. Auch sie möchte ihr Werk tun. Ich binde meine Schürze um. Erst jetzt lese ich das Rezept.

Afrikanischer Lamm-Couscous

Man nehme:

500 g Couscous (instant),
750 g Lammfleisch (mager),
2 Zwiebeln, fein gehackt,
2 Knoblauchzehen (fein gehackt),
3 Esslöffel Olivenöl,
1 Esslöffel Chiliflocken und etwas Zimt,
1 Teelöffel Pfeffer,
1 Teelöffel Paprika (edel süß),
1 Teelöffel Harissa-Paste (ersatzweise Sambal oelek),
4 Tomaten (gehäutet, entkernt und gewürfelt),
5 Möhren,
2 Zucchini,
2 Auberginen,
250 g Kichererbsen aus der Dose,
2 Messerspitzen Kurkuma,
1 Bund Koriandergrün (fein gehackt),
Rosinen, eine Handvoll Mandelplättchen,
Butter und Salz.

Das Lamm in Stücke schneiden. Das Olivenöl in einem großen Topf oder in einer Pfanne erhitzen, das Fleisch kurz darin anbräunen.
Zwiebeln, Knoblauch, Chili, Zimt, Pfeffer, Paprika und Harissa dazugeben, salzen, umrühren und mit 1,5 Liter Wasser aufgießen.
Einmal aufkochen und dann 30 Minuten zugedeckt bei niedriger Temperatur köcheln.

Die Möhren schälen, Zucchini und Auberginen waschen und alles in grobe Würfel schneiden.

Die Kichererbsen abtropfen lassen und das Gemüse mit den Tomaten zum Fleisch geben. Kurkuma und Koriander unterrühren. Noch einmal bei geschlossenem Deckel etwa 30 Minuten köcheln lassen.

Die Rosinen in warmem Wasser einweichen.

Einen halben Liter Wasser zusammen mit 2 Esslöffeln Öl und 2 Teelöffeln Salz in einem großen Topf zum Kochen bringen.

500 Gramm Couscous einrühren und einige Minuten quellen lassen. Die Rosinen, Mandeln und einige Butterstücke unterrühren und bei schwacher Hitze 3 Minuten weitergaren.

Mit der Gabel lockern. Den fertigen Couscous auf einer Servierplatte mit Fleisch und Gemüse anrichten.

„Hallo?“

Unschlüssig sieht der junge Mann sich im Eingangsbereich um.

„Ich komme sofort!“

Noch einmal den Couscous umrühren … rasch die Hände an der Schürze … lieber nicht … ich angele nach einem Handtuch. Als ich über die Küchenschwelle trete, ist der Laden leer. Shit. Na toll. Ein reiner Reflex, ich laufe zur Tür hinaus. Die schmale Gestalt verschwindet gerade um die nächste Ecke. Hinterher. Völlig außer Atem hole ich ihn ein.

„Warten Sie. Ich … ich war nicht so schnell.“

Er steht zur Salzsäure erstarrt. Kein Wunder. Katta auf Kundenfang. Als ob der arme Kerl etwas verbrochen hat. Obwohl … ich bemerke seine ausgebeulte Jacke. Der wird doch nicht ...

Beschämt zieht er das Buch aus seiner Innentasche. Er läuft knallrot an. Fassungslos erkenne ich die Pastavariation auf dem Buchdeckel an. Auf meinem Buchdeckel. Der erste „Kunde“ beklaut mich.

Ich lache. Lache so lange, bis mir Tränen die Wangen herab kullern. Der Junge wirkt ausgesprochen zerknirscht. Verlegen tritt er von einem Bein auf das andere und schaut mich aus wasserblauen Augen an, die sein wirrer, blonder Haarschopf fast vollständig verbirgt. Fahrig steckt er beide Hände in die Hosentaschen seiner lottrigen, schmutzigen Jeans.

Bis dato begreife ich nicht, wieso ein junger Mensch seinen knackigen Hintern in einer Büx versteckt, deren Hosenboden bis zu den Kniekehlen reicht. Nichts auf der Welt ist so sexy wie ein Männerpo und offenbar haben die Kerle von heute keine Ahnung, was das weibliche Geschlecht anmacht.

Er benetzt nervös mit der Zunge seine Lippen. Er öffnet und schließt den Mund, seine Pupillen wandern unstet von rechts nach links. Mich anzusehen, bringt er nicht zustande.

„Es tut mir leid“, murmelt er endlich.

Ich kneife die Augen zusammen und betrachte ihn abschätzend. Er erweckt nicht den Anschein, als täte er das öfter. Er sieht überhaupt nicht aus wie so einer. Wobei ich ernsthaft überlege, wie so einer eigentlich aussehen sollte.

„Warum?“

Eine einfache Frage.

„Ich ... finde es sch ... schön.“

Eine einfache, wenn auch holprige Antwort.

Ich nehme das Kochbuch behutsam an mich. Muss ihm recht geben. Ein herrliches Buch.

„Mach das nie wieder."

„Okay."

Er schaut auf den Boden und schweigt. Seine schmalen Schultern zieht er unbeholfen nach oben und wirkt dadurch noch mehr wie ein Hänfling. Macht allerdings keine Anstalten, wegzulaufen. Scheint wie angetackert. Vermutlich unterliegt er einem Schock.

„Wir fangen von vorne an. Du gibst den Kunden, ich die Buchhändlerin. Ich verkaufe dir dieses großartige italienische Standardwerk. Für Geld", strahle ich ihn an.

Er lächelt traurig. Natürlich, ich Depp. Er besitzt nicht einen Cent. Ich seufze und denke an den Mann auf der anderen Straßenseite, der einen Teller Couscous bekommen soll. Den Hund, der gerne einen Keks hätte. Und betrachte den schüchternen Burschen vor mir, der so aussieht, als könnte er einen Kaffee oder etwas Stärkeres dringend brauchen. Mein Geschäftsleben fängt im Minusbereich an.

Der Junge heißt Sascha. Nachdem ich die Mahlzeit in den Hauseingang abgegeben und heute ein mürrisches „Danke" dafür erhielt (immerhin ein Fortschritt. Gestern wirkte er fast beleidigt), weise ich dem widerstrebenden Kerlchen einen Platz auf dem Sofa an und stelle ihm einen heißen Milchkaffee vor die Nase.

Er beantwortet meine Fragen anfangs zögerlich. Das heiße Getränk trinkt er hastig, fast schon gierig. Mit jedem Schluck wird er gesprächiger, als ob die Wärme im Bauch seine Sprachlosigkeit tauen lässt. Vielleicht begreift er, dass mein wilder Blick nur „ich tu bloß so" bedeutet.

Sascha Engel ist dreiundzwanzig Jahre alt und studiert Sozialwissenschaften und Politik. Ich freue mich dermaßen über Gesellschaft, dass ich sein Unwohlsein ignoriere und ihm stattdessen erzähle, aus welcher Notlage das Cook & Chill entstand. Unversehens finden wir ein Gesprächsthema und das Eis bricht mit einem feinen, befreienden Klirren. Sein Gesicht bekommt einen entrückten Ausdruck, wenn er von seinen Kochversuchen erzählt. Die Liebe hinter seinen Worten ist unverkennbar. Wie gerne er darüber lernen würde. Eine leise Verbindung entsteht, die ich nicht auszudrücken vermag. Eigentlich sehe ich keinerlei Grund, nett zu ihm zu sein. Trotzdem spricht er irgendetwas in mir an, was mich dazu verleitet, ihn zu mögen. Er wirkt so … verloren. Oh Gott. Sind das etwa Mutterinstinkte?

„Warum bist du kein Koch geworden?"

Er zuckt die Schultern.

Beinahe überhöre ich Glöckchen. Tatsächlich kommen zwei Leute herein. Sie gehen zielstrebig an die Bücherregale, um zu stöbern. Eine ältere Frau wendet sich an mich, als ich aufstehe, um zu fragen, ob ich helfen kann.

Ihre irritierend grünen Augen mustern mich unverhohlen von unten. Sie reicht mir bis zum Kinn, sodass ich die lichten Stellen in ihrem sehe, und ist so dünn und faltig, dass ich das Knistern von Pergament erwarte, als sie sich bewegt. Ein goldenes Kettchen baumelt an ihrer Sehhilfe, die an ihrer Brust liegt. Ein bisschen erinnert sie mich an die Schildkröte Morla aus der Unendlichen Geschichte, als sie zeitlupenartig den Kopf dreht und sich mürrisch umsieht.

„Sie bieten Mittagessen an?"

Ich bejahe beflissen ihre ungeduldige Frage. Sie zeigt anklagend auf das aufgeschlagene Kochbuch im Ständer. Ich nicke noch einmal. Fast komme ich mir vor, als sei ich in einem Verhör.

„Gerade frisch zubereitet."

„Davon gehe ich aus."

Oh weia. Sie stellt ihre Handtasche auf einen freien Stuhl und nimmt Platz. Streicht ihren gemusterten Tweedrock sorgfältig glatt und knöpft den oberen Knopf ihres Strickjäckchens zu. Cashmere. Unwillkürlich gebe ich der Schildkröte einen Adelstitel. Die alte Dame neigt das Haupt zur Seite und schließt kurz die Augen, als wäre ihr nicht gut. Nervös klaube ich einen imaginären Fussel von meiner Schürze und fange Hilfestellung von Sascha auf. Er weist auf seine Hände und lässt sie demonstrativ nach unten hängen. Schnell korrigiere ich meine Haltung.

„Ich bringe Ihnen eine kleine Portion zum Probieren. Falls Sie es nicht mögen, brauchen Sie nicht zu bezahlen."

Ein merkwürdiger Blick trifft mich. Sie zieht ein Buch mit Lesezeichen aus ihrer Tasche. Der Wendekreis des Krebses von Henry Miller. Rückt ihre Brille zurecht und schlägt die Lektüre auf. Ich registriere die schmalen, knochigen Finger mit der fleckigen Haut und den Siegelring.

„Überdenken Sie Ihre Verkaufstaktik. Ich nehme einmal eine große Portion. Und einen trockenen Weißwein Ihrer Wahl. Ich bezahle, auch wenn es fürchterlich schmeckt. Danke."

Okay. Das war deutlich und lässt weiter keine Fragen offen. Ich mache mich schleunigst in die Küche. Sascha formt ein heimliches Siegeszeichen.

Im Laufe des Tages kratze ich den letzten Couscous vom Topfboden. Ich habe acht Mahlzeiten verkauft. Und zwei verschenkt. Eine an den Obdachlosen und eine an Sascha. Den ganzen Mittag kümmerte er sich zum Zeitvertreib, während ich in der Küche wuselte, um die Kunden. Er brachte tatsächlich drei teure Kochbücher an den Mann und räumte nebenbei Tische ab. Die Henry-Miller-Frau aß ihren Teller leer. Bezahlte unter Enthaltung jeglichen Kommentars und ging ohne Gruß. Nach einem Espresso und einem Gläschen Mirabellenlikör.

„Sascha Engel, dich schickt der Himmel."

Eine kleine Zigarettenpause auf der Straße. Endlich hört der Regen auf, die Sonne blinzelt schüchtern und angestrengt zwischen den Wolken hindurch. Sascha bläst den Rauch aus und zuckt die Schultern.

„Mein Studium liegt im Moment auf Eis. Ich habe sowieso nichts zu tun."

Mir kommt unvermittelt ein Gedanke, eher gefühls- als verstandesmäßig geleitet.

„Warum arbeitest du nicht für mich?"

Sascha zwinkert nervös, nimmt sich Zeit für die Antwort.

„Du musst mich aber bezahlen."

Natürlich. Kurzes Überschlagen meines Budgets.

„Ich möchte bei dem Kochkurs mitmachen."

Überrascht schaue ich ihn an. Das meint er ernst. Viel mehr Worte braucht es nicht. Ich reiche ihm die Rechte und er schlägt ein.

Am späten Nachmittag verabschiedet sich meine frischgebackene Aushilfe. Er muss abends kellnern gehen. Wohlwollend verfolge ich seine letzten Handgriffe. Er räumt gewissenhaft seine Tasse in die Spülmaschine und wischt so lange mit dem Lappen über die Armaturen, bis die Kalkflecken verschwinden. Erst nach einem letzten, prüfenden Blick über die blanke Theke schlüpft er in seine Lederjacke. Die Brusttasche beult sich. Nicht schon wieder. Enttäuscht hebe ich die Hand.

Meine wortlose Geste lässt ihn einhalten. Langsam schält er sich aus dem Kleidungsstück. Ich greife hinein. Und halte einen Stapel roter Flyer in der Hand. Schweigen. Verlegen fächele ich mir mit den Zetteln Luft zu. Jetzt lacht er. Zieht seine Jacke an, nimmt die Flugblätter neuerlich an sich und tippt einen kurzen Gruß an seine Stirn.

„Ich kenne eine Menge Leute", zwinkert er und wendet sich der Türe zu.

„Bis morgen, Chefin."

„Bis morgen, Sascha."

„Ach übrigens ..."

Er dreht sich nochmals um. Ich klopfe mit dem Finger auf seine Brust, knapp über seinem Herzen.

„Und wehe, du beklaust mich noch mal."

Er grinst. Dann geht er.

„He!"

Oh. Ein Lebenszeichen von der anderen Seite. Ich schlendere hinüber. Der Alte hält mir den leeren Teller entgegen. Der Hund sieht mich aufmerksam an. Seit ich ihn mit Hundekeksen besteche, unterlässt er es, mich anzuknurren. Stattdessen wackelt er vorsichtig mit der Schwanzspitze. Der Obdachlose verzieht das Gesicht.

„Das war okay. Wenn auch ohne Pfiff."

Hä? Spinnt der?

„Ach ja? Na, schön, dass Sie trotzdem alles aufgegessen haben."

Triefende Ironie. Kann ich gut. Er ignoriert das. Wiegt abwägend den Kopf. Ein unangenehmer Duft steigt von ihm auf. Meine Nase zuckt. Ich wende mich ab. Als ob ich das nötig hätte.

„Kleiner Mann."

Ich bleibe stehen.

„Wie bitte?"

Er spuckt aus und wischt sich den Mund. Lecker.

„So nennen sie mich. Kleiner Mann."

Ich nicke. Auch gut. Ich gehe jetzt nach Hause.

*

Gegen Feierabend ist in Köln die Hölle los, und das nicht nur im sprichwörtlichen Sinn. Nicht alle Seiten einer Großstadt zeigen sich erquicklich, muss ich widerwillig zugeben. In trägen Schlangen winden sich die Fahrzeuge über den Ring, die Hauptverkehrsroute der Millionenstadt. Das Blech flimmert in der Sommerhitze. Nach dem Regen steigt feiner Dampf von den Autodächern auf, der in der Luft regelrecht vibriert. Die Atmosphäre ist geladen von Stimmengewirr, Motorengeräuschen und anhaltendem Hupen. Die Baustellen machen den Fluss nicht durchlässiger und viele Gesichter wirken genervt, resigniert oder wütend. Die Fußgänger stoßen einander an, die Studenten steigen gezwungenermaßen von ihren Drahteseln ab oder klingeln sich auf den gefährlichen Radwegen zu Tode. Heiß. Eng. Laut. Und über der Stadt hängt unheilschwanger eine dicke Regenwolke am Himmel, die nur darauf wartet, sich zu entladen. In einem Versuch mit Mäusen erkannten Verhaltensforscher, dass die Tiere sich aggressiver verhalten, je weniger Platz ihnen zur Verfügung steht. Zwischen fünf und sieben Uhr abends nenne ich Köln „den Mäusekäfig“.

Ich suche seit Minuten nach meinem Autoschlüssel. Die undurchdringlichen Tiefen meiner Handtasche sind mir nach wie vor ein Rätsel. Männer irren sich gewaltig, wenn sie denken, wir Frauen könnten mit einem Griff alles daraus hervor zaubern. Wir tragen zwar beinahe den halben Hausstand mit uns herum, aber etwas davon zu finden ist schlicht unmöglich. Allmählich werde ich ungeduldig und beginne, mit der zickigen Tasche zu schimpfen. Spuck das Ding aus, du eigenwilliges Stück.

Lautes Hupen lässt mich zusammenfahren. Endlich fasse ich an klimperndes Metall und sinke kurz darauf erleichtert in den Fahrersitz. Mit dem Schließen der Tür verpasse ich dem Krach da draußen einen ordentlichen Dämpfer. Auf meinem Beifahrersitz liegt die ungelesene Post von heute Morgen. Mein lieber Postbote erwischte im Treppenhaus und ließ sich die Auslieferung eines Einschreibens quittieren. Schon wieder. Dieser Dr. Hennemann verfolgt mich regelrecht.

Ich stecke den Schlüssel in das Schloss und lasse den Wagen an. Meine Hände tasten automatisch nach der Schaltung. Ein unschönes Geräusch ertönt, als ich versehentlich den Rückwärtsgang einlege. Das Auto macht einen hübschen Satz und würgt. Peinlich. Eine Mütze Schlaf wäre zur Abwechslung dringend nötig. Mein Leben ist derzeit nicht damit gesegnet. Das hat natürlich nichts mit meinem Nachbarn zu tun, den ich nächtelang observiere. Mir geht lediglich so viel im Kopf rum. Erneut drehe ich am Zündschloss, bis der Motor protestierend quietscht. Autofahren gehört nicht unbedingt zu den Dingen, die ich gerne tue. Darum nehme ich ja normalerweise die Bahn. Was mein Fahrgeschick mangels Übung nicht gerade begünstigt. Der grüne Umschlag auf dem Beifahrersitz verlangt ungeduldig nach Einsicht. Ich blicke in den Seitenspiegel und lenke meinen kleinen Fiesta auf die Straße. Es dauert exakt dreieinhalb Minuten, bis das Fahrzeug vor mir unvermittelt an einer roten Ampel hält. Da ich mit dem Einschreiben in ein Zwiegespräch vertieft bin:

„Öffne mich!“ (das Schreiben).

„Später.“(ich).

„Ich bin total wichtig!“ (das Schreiben).

„Du tust höchstens wichtig.“ (ich).

„Los, jetzt!“ (das Schreiben).

„Mann, du nervst!“ (wieder ich) und erst in letzter Sekunde auf die Bremse trete, warte ich entsetzt auf den unvermeidlichen Aufprall. Der ausbleibt. Mein Auto kommt wenige Zentimeter hinter dem anderen zum Stehen. Seufzend gestehe ich ein, die Meinungsverschiedenheit mit dem lästigen Schrieb verloren zu haben. Mein Kühlschrank steht leider zuhause, sodass ich den Brief nicht versehentlich entsorgen kann. Ich könnte das Kuvert einfach unter den Sitz schieben. Aber da passt nichts mehr rein, weil ich noch immer meinen Müll durch die Gegend kutschiere. Prompt denke ich erneut an meinen Nachbarn. Meine Finger öffnen den Klebestreifen, während vor meinem geistigen Auge F. Sander an seinem Morgenkaffee nippt und sich mit dieser typischen, eigenwilligen Geste in das duschfeuchte Cappuccinohaar fasst.

Der Inhalt des Einschreibens des Anwaltsbüros Dr. Johannes Hennemann und Partner entspricht nicht im Geringsten meiner düsteren Vorahnung. Etwas verwirrt lese ich den notariell beglaubigten Hypothekeneintrag ins Grundbuch meiner Eigentumswohnung. Und schlage entsetzt die Hand vor den Mund. Unter dem Notariatsstempel erkenne ich die schwungvolle Unterschrift meines einstigen Arbeitgebers. Ich bin ein Riesenrindvieh. Nein. Ein Riesenriesenrindvieh. Meine Bank ist auch seine Bank, heißt, die Hausbank der Kanzlei. Das hatte ich völlig verdrängt. Hektisch blättere ich eine Seite weiter. Tatsächlich. Da steht es schwarz auf weiß. Beurkundet von Dr. Johannes Hennemann persönlich. Und ich hatte behauptet, dort bis dato in Brot und Lohn zu stehen.

Keine Ahnung, was dies für mich bedeutet. Hat mein ehemaliger Brötchengeber den Irrtum aufgeklärt? Kann das Geldinstitut den Kredit wegen Vorspiegelung falscher Tatsachen zurückfordern? Hat das strafrechtlich Relevanz? Können die mich aus der Wohnung werfen? Oder schließen die gleich meinen Kochbuchladen?

„Äh, ′tschuldigung, also ich hab mich da ein klitzekleines Bisschen vertan. Ich bin eigentlich arbeitslos und gar nicht so kreditwürdig, wie ich annahm ..."

War′s das jetzt?

Ich lasse die Stirn aufs Lenkrad sinken. Zu allem Überfluss fallen mir auch noch siedend heiß all die unerlaubt angeklebten Plakate ein. Währenddessen fährt der Wagen vor mir an, als der Verkehr weiter fließt. Wie in Trance drehe ich am Zündschlüssel. Es tut sich gar nichts. Nichts. Der Motor gibt keinen Mucks von sich. Der Zeiger der Benzinuhr verharrt unterhalb der roten Markierung und macht keinerlei Anstalten, sich zu erheben. Das darf nicht wahr sein. Der Tank ist leer. Es hupt nachdrücklich erst hinter mir, daraufhin neben mir. Dann irgendwie überall. Die Ampel wird rot. Anschließend Grün. Und wieder rot. Das stehende Männchen zeigt mir eine lange Nase. Zur Bekräftigung meiner desolaten Lage entschließt sich der Himmel just, seine Schleusen zu öffnen. Ein heftiger Regenschauer prasselt auf das Blech nieder. Es quietscht, als ich den Hebel für die Scheibenwischer umlege. Zwischen einem der Wischblätter und der Windschutzscheibe klemmt ein roter Flyer, der mit dem Ampelmännchen auf und ab hüpft. Der Werbezettel kommt mir verdächtig bekannt vor. Jetzt muss ich dann doch lachen. Vermutlich reichlich hysterisch, aber immerhin. Jemand klopft an meine Seitenscheibe.

„Alles in Ordnung?"

Der Mann ist völlig durchnässt. Ich kurbele das Fenster herunter.

„Haben Sie eine Zigarette?"

Er sieht mich an und kneift die Augen zusammen. Schüttelt den Kopf.

„Brauchen Sie sicher keine Hilfe?"

„Sind Sie Anwalt?"

10. Und was ist mit Tee?

„Was soll das denn sein?" Misstrauisch blickt er in den Linseneintopf. „Der ist ja grau!" Der kleine Mann schnuppert und verzieht gequält das Gesicht.

Ich verdrehe die Augäpfel. Dieser Mensch macht mich irre. Seit der Ladeneröffnung verschaffe ich ihm für lau eine tägliche, warme Mahlzeit. Und was tut er? Rumnörgeln. Offensichtlich kann ich der obdachlosen Primadonna nichts recht machen. Die Suppe schmeckt zu limonenlastig, das Hühnchen knuspert nicht, der Reis matscht, das Gemüse wässert. Die Pasta ist nur fast al dente, das Salatdressing nicht sämig und die Melone hätte ruhig ein paar Tage länger liegen können. Zumindest Hund meckert nicht und begrüßt mich jeden Mittag freudig und lässt sich willig von mir streicheln. Inzwischen kriegt er ja auch richtiges Hundefutter. Heute fällt sogar ein Rinderknochen für ihn ab. Sein Herr dagegen übt sich in maßloser, divenhafter Undankbarkeit. Ich überlege, ihm den Eintopf über den ungewaschenen Kopf zu schütten. Dafür finde ich meine Suppe jedoch zu schade. Jetzt klopft er mir tatsächlich nachsichtig auf die Schulter und meint gönnerhaft:

„Das wird schon, Mädchen. Ist noch kein Meister vom Himmel gefallen. Oder in den Topf, ha ha."

Ha ha. Witzig.

Ich drehe mich ruckartig um und würdige ihn keines Blickes mehr. Leider sehe ich auch nicht das kleine Lächeln, welches seine Züge erhellt, während er den Löffel in die Suppe taucht.

Nach reiflicher Überlegung gelange ich zu dem Entschluss, die Dinge so zu lassen, wie sie sind. Ich habe tagelang darüber nachgedacht, was ich bezüglich meiner Kreditgeschichte unternehmen sollte. Da ich weder daran denke, meinem Auffliegen Vorschub zu leisten, indem ich bei der Bank vorspreche, noch bei meinem ehemaligen Arbeitgeber als Bittstellerin auftreten will, werde ich die Angelegenheit auf dem reichlich wackeligen Gewissensstuhl aussitzen. Und hoffen, dass der Kelch an mir vorüberwanken möge. Es gibt ohnehin nur zwei Möglichkeiten, meine Zukunft betreffend. Das Cook & Chill läuft und die Bilanz macht den Umstand der Kreditvergabe völlig nebensächlich, oder es läuft eben nicht. Dann ist mir sowieso alles brause. Also mache ich das, was ich am besten kann. Auf dem Kühlschrank fand sich kein Platz mehr. So habe ich die Urkunde sorgfältig abgeheftet, um das Ganze anschließend zu vergessen.

Britta sitzt, nein liegt, auf der Couch und beobachtet Sascha beim Sortieren der neuen Büchersendung. Allmählich muss ich darüber nachdenken, weitere Regale aufzustellen, damit ich der Flut an Neupublikationen Herrin werde. Momentan werden Unmengen verlegt. Man glaubt es kaum, aber es gibt Hunderttausende von verschiedenen Kochbüchern. Ich bemühe mich schon, nur die Hochwertigsten anzufordern, dennoch treffen beinahe täglich frische Pakete ein. Sascha zuckt ergeben die Schultern und überhört mein Gejammer. Wie sollte er auch anders. Inzwischen bimmelt das Glöckchen munter und unablässig vor sich hin und singt mir von klingender Kasse vor. Britta räkelt sich wie Cleopatra persönlich auf dem Diwan. Das Luder. Mein kleiner Student wirkt extrem beschäftigt. Trotzdem registriere ich seinen schmachtenden Blick. Ich tippe ihre Füße an.

„Runter damit. Wie sieht das denn aus."

Britta macht mir Platz auf ihrem gemütlichen Kissen und ich sinke neben ihr ins Polster. Die erste Begegnung von Sascha und Britta mündete in heillosem Geschepper. Nicht nur, dass Saschas Augen fast in ihr großzügiges Dekolleté plumpsten. Er rumste gegen die Mittelsäule im Raum, als er den Kopf nach ihr verdrehte. Das Tablett in seiner Hand fiel, das Porzellan splitterte und der gute Kaffee versickerte in den Fugen des frisch geölten Holzbodens. Sascha sah ausnehmend dämlich aus, was mich wiederum beinahe das Leben kostete. Ich erlitt einen Lachanfall, während ich mit vollen Backen kaute. Hustend und prustend würgte ich also an einem Sandwichstück, das in meiner Luftröhre hing, bis mir die Tränen kamen. Britta dagegen trat ungerührt an die Theke und bestellte mit unbewegter Miene einen Pfefferminztee.

Ungeachtet des belanglosen Details, dass Britta an ihrem Finger einen sündhaft teuren Ehering trägt, ist Sascha natürlich viel zu jung für meine Freundin. Britta weiß das wohl, ich bezweifle nur, ob mein Engelchen sich an dem Altersunterschied stößt. Sie hingegen macht sich einen Spaß daraus, den armen Burschen völlig irrezumachen. Gerade unterzieht sie seinen Rücken einer hypnotischen Musterung und ich schwöre, der bedauernswerte Junge spürt das körperlich.

„Lass das sein. Sonst rufe ich Andreas an."

Ich klopfe auf ihren Arm. Sie löst den Blick betont langsam von Saschas Kreuz und grinst mich schelmisch an.

„Was denn? Ich mache doch gar nichts."

„Dann hör auf damit, gar nichts zu machen. Er fängt schon an, die Bücher falsch zu sortieren."

Am großen Tisch in der Ecke sitzen Louise von Stetten (die Henry-Miller-Dame) und Linda Meininger in trauter Zweisamkeit zusammen und ignorieren geflissentlich ein unscheinbares junges Mädchen, dessen Namen ich noch nicht kenne. Sie fällt mir bereits seit einer Weile auf. Sie huscht meist unauffällig in den Laden und begibt sich direkt zwischen die Bücherregale, um sich die Titel anzusehen. Ich hätte sie gar nicht bemerkt, hätte ich sie nicht versehentlich einmal umgerannt und wäre sie nicht beim zweiten Mal mit einem Buch an die Kasse geschlichen. Heute traut sie sich, zum Mittagessen zu bleiben und bestellt mit zittriger Stimme das Tagesgericht. Den Blick starr durch die dicken Brillengläser auf den Teller gerichtet, erinnert sie mich an ein kleines, gerupftes Vögelchen. Ihre Augen wirken in dem herzförmigen Gesichtchen riesig, was nicht zuletzt an der erheblichen Stärke ihrer Sehhilfe liegt. Jeden Bissen, den sie lange und beinahe andächtig kaut, spült sie mit einem winzigen Schluck Mineralwasser hinunter. Als Frau Meininger neben ihr unvermittelt auflacht, zucken ihre knochigen Schultern zusammen. Der Spatz wird zur Schnecke. Sie zieht den Kopf ein, als wolle sie in einem imaginären Schneckenhäuschen verschwinden. Die anderen beiden Damen kommen mir hingegen eher wie ausgewachsene Krähen vor. Wenn auch von der amüsanten Sorte und kein bisschen bedrohlich. Die Zwei haben sich gesucht und gefunden. Das kann man nicht nur erkennen, sondern vor allem hören.

Frau Meininger verdanke ich Britta. Meine Freundin drückte ihr während einer Beratungsstunde den roten Flyer in die Hand, nachdem sie ihre Klientin mit Pralinen und ermunternden Worten getröstet hatte. Kleine, mit Schokolade überzogene Haselnusskugeln benutzt Britta als Geheimwaffe gegen Tränen und Wut gleichermaßen. Die bunte Schachtel gehört, gleich neben der obligatorischen Kleenex-Box zu Brittas Schreibtischausstattung wie normalerweise Locher und Heftmaschine. Wüsste ich nicht genau, wie gut sie in ihrem Job ist, würde ich behaupten, dass ihre Klientinnen sie nur wegen dieser köstlichen, runden Dinger aufsuchen.

Pralinen gelten aufgrund ihrer aufwendigen Herstellung als Krönung der Chocolatierskunst. Sie werden mit Nougat, Nüssen, Pistazien, Likör oder Marzipan gefüllt. Die Bezeichnung Praline setzt einen Mindestanteil von 25 Prozent Schokolade voraus. Als Erfinder des Konfekts gilt der Koch von Cesar de Choiseul, Comte de Plessis-Praslin (1598-1675), Feldmarschalls und Minister des Sonnenkönigs Ludwig XIV, der seine Süßigkeit abgerundet durch Mandeln und Zucker nach seinem Herrn benannte. Hochburg der Pralinenmacher ist Brüssel mit den Stammsitzen der weltweit verkaufenden Hauptherstellér.

Amüsanterweise tut Linda Meininger so, als kenne sie Britta nur entfernt. In Anbetracht dessen, dass sie meiner Freundin in regelmäßigen Sitzungen ihr komplettes Leben mit all seinen Abgründen offenbart, finde ich das reichlich skurril. Britta erklärte mir, das sei Professionalität beider Seiten. Alles dorthin, wo es hingehört. Es gelang mir jedoch, ihr ein paar delikate Details zu entlocken, die sie mir selbstverständlich nie erzählte.

Zum Ersten heißt Frau Meininger gar nicht so. Eigentlich besitzt sie einen Doppelnamen. Aber den ihres Mannes lässt sie derzeit weg, weil dieser angeblich an allem schuld ist. Was auch immer das sein sollte. Der recht attraktiven Frau mittleren Alters stünde dieses blendend, wollte sie nicht verzweifelt jünger erscheinen, als der Wahrheit entspricht. Ihr Kleidergeschmack ist exklusiv, ihre Kosmetikerin vermutlich ebenso teuer wie ihr Friseur. Wobei Letzterer in ihren Kreisen „Stylist" genannt wird. Sie beschäftigt eine Haushälterin und einen Gärtner, deren Berufsbezeichnung korrekterweise „Facility-Managerin" und „Landschaftsdesigner" lautet. Sicherlich residiert sie in einem großzügigen Haus in Marienburg oder irgendeinem anderen „besseren" Viertel. Und sie bezahlt einen Personaltrainer, dessen Dienstleistungen zweifellos rein körperlicher Natur sind. Ihr Ehemann wohnt da nur laut Klingelschild. Als Manager oder Anwalt arbeitet dieser rund um die Uhr, damit er seiner Gattin das luxuriöse Leben bieten kann. Ein Teufelskreis. Die arme Frau bekommt ihn nie zu Gesicht und wenn, dann spricht er nicht mit ihr. Eine normale Ehe also. Das delikate Detail an der Sache sieht man ihr nicht an. Noch nicht. Sie ist nämlich schwanger. Und hat offenbar keine Ahnung, ob sie das erfreulich oder lästig findet. Ich gewinne den Eindruck, dass sie sich mit dieser Frage auch gar nicht zu beschäftigen gedenkt. Ohne mit der Wimper zu zucken, bestellt sie einen Viertelliter Grauburgunder und raucht nach dem Essen ihre obligatorische Zigarette. Leider weiß ich ja nicht, dass sie in besonderen Umständen ist, sodass ich mich nicht traue, ihr unumwunden ein Glas Wasser statt des Alkohols zu bringen.

Louise von Stetten liest täglich ein anderes Buch. Sie sitzt Stunden versunken in ihre Lektüre auf ihrem Lieblingspolsterstuhl in der Ecke. Zwischendurch schreibt sie in ein elegantes Notizheft. An manchen Tagen scheint sie ihren ganzen Papierkram hier zu erledigen, einschließlich ihrer Einkaufszettel. Manchmal spüre ich ihren sinnierenden Blick im Rücken und bin sicher, sie sieht mir genauestens bei der Arbeit zu. Doch jedes Mal, wenn ich aufschaue, schiebt sie in dieser typischen Handbewegung ihre Lesebrille auf die Nasenwurzel zurück und vertieft sich in ihren Schmöker. Sie ist merkwürdig. Ist Linda Meininger nicht in ihrer Nähe, lächelt sie nur selten und oft mutet es an, als künde die steile Falte auf ihrer Stirn schlecht gelaunt davon, wie grässlich sie das Leben findet. Ja beinahe, als füge es ihr körperliche Schmerzen zu. Dennoch kommt sie Tag für Tag, pünktlich zur selben Uhrzeit. Sie isst das Mittagsmenü, baut ihren Schreibkram auf, notiert und liest. Nach dem Essen bestellt sie ihren obligatorischen Espresso mit Milchschaumhäubchen und einem Glas Wasser für ihre Tabletten. Sie entnimmt die winzigen weißen Dinger einer silbernen Schatulle, die sie rasch wieder in ihrem Täschchen verschwinden lässt. Als wäre es unschicklich, Medikamente zu nehmen. Und sie verlässt den Laden immer nach genau drei Stunden. Ob sie wohl einen Mann hat? Frau Meininger hat jedenfalls einen. Das kann jeder hören. Besonders leiden mag sie ihn allerdings nicht. Was auch jeder hören kann, ob er will oder nicht.

Schneckenvögelchen schluckt den letzten Bissen herunter und betupft mit der Blümchenserviette sorgsam ihre Mundwinkel. Sie schiebt den Teller zurück und erweckt den Anschein, sich so verzweifelt entspannen zu wollen, dass sie nur noch verkrampfter wirkt. Ihre ohnehin zierliche Gestalt verstärkt den Eindruck der Zerbrechlichkeit, der sich forthin in ihrem spitzen, fahlen Gesicht manifestiert. Alles an ihr scheint unglaublich klein und zart. Ihre schmalen Hände sind penibel gepflegt und schmucklos, die Haut mutet vornehm blass an, wie die der Heldinnen aus den Romanen von Emily Brontë. Unvorteilhafterweise trägt die junge Frau passend zu ihrem mausgrauen Wesen eine altmodische, schlammbraun-karierte Hose und eine cremefarbene Rüschenbluse, mit der sich nicht mal meine Oma hinausgetraut hätte. Sie ist völlig ungeschminkt. Dabei mag sie kaum älter als Mitte zwanzig sein. Ich erhebe mich und gehe zu ihr. Fürsorglich hänge ich die heruntergefallene, braune Strickjacke an ihre Stuhllehne. Sie sieht mich so betroffen an, dass ich zurückweichen möchte, um ihr ihren Raum zu lassen, den sie scheinbar so dringlich benötigt.

„Einen Kaffee?" frage ich stattdessen und lege all meine Wärme in die Stimme, die gleich eine Nuance voller wird.

Sie nickt zögerlich, und als ein schüchternes Lächeln ihr Gesicht erhellt, verschlägt es mir beinahe den Atem, so viel elfenhafte Schönheit liegt darin. Doch der Moment geht vorüber. Eine Knitterfalte erscheint auf ihrer Stirn.

„Ich heiße Julia."

Sie sagt ihren Namen hastig und undeutlich. Ich glaube, es kostet sie unbändigen Mut.

„Und ich bin Katta. Schön, dich hier zu haben."

Sascha macht den Kaffee für Julia. Mein kleines Büro im Hinterzimmer wartet. Ich muss dringend den Kochkurs vorbereiten, der diesen Freitag startet. Es wird vorläufig ein Schnupperkurs ohne feste Anmeldung sein, bei dem Interessierte einfach reinschauen können. Sollte ich genug Zulauf erhalten, möchte ich mit regulären Kursen loslegen.

Noch im Hinausgehen höre ich Britta zu Sascha sagen:

„Und was ist mit Tee?"

Ich verbeiße mir ein Lachen. Die olle Zicke. Engelchen läuft bestimmt rot an, während er mit den Teebeuteln hantiert. Schon lasse ich den Laden hinter mir und betrete durch den dunklen Gang das Arbeitszimmer. Ich ignoriere wohlweislich den roten Ordner, in dem ich die Bankunterlagen verwahre, und wende mich meiner Konzeptmappe zu. Zu meiner eigenen Verwunderung bemerke ich, dass ich tatsächlich Dinge sortiere und so etwas wie Sorgfalt an den Tag lege. Ich besaß niemals zuvor für irgendwelche Papiere Sortierverzeichnisse, geschweige denn betätigte ich je privat einen Locher.

Frau Meininger merkte ihren Gatten bereits für den Probekochkurs vor. Sie scheint neuerdings der Auffassung zu sein, man sollte in einer

Ehe gemeinsamen Interessen nachgehen. Und da sie gerne kocht, muss ihr Mann das ebenfalls tun. Ich grinse. Ob der sich dafür begeistern kann? Wahrscheinlich bleibt ihm nichts anderes übrig, als nachzugeben. Die resolute Linda macht ihm sonst mit Sicherheit das Leben zur Hölle. Nach einer Stunde steht mein Konzept für acht Kurseinheiten fest. Jetzt hoffe ich nur, dass ein paar Leute kommen. Ich lösche das Licht im Büro und gehe in die Küche.

Frau Krause steht am Herd und rührt in meinem Linseneintopf. Ein bisschen ertappt guckt sie schon, als sie mich bemerkt, und lässt schnell den Kochlöffel los. Ich greife unterwegs in die Besteckschublade und stelle mich vor sie. Man sieht ihr an, dass sie auf ein Donnerwetter wartet, weil sie sich über die Hintertreppe hineingeschlichen hat. Doch ich halte ihr nur den Löffel entgegen.

„Können Sie bitte die Suppe für mich probieren und mir sagen, was fehlt?"

Die Linsen dampfen und Frau Krause pustet vorsichtig, ehe sie die Flüssigkeit probiert. Sie schluckt nicht gleich hinunter, sondern lässt fachmännisch den Geschmack sich auf der Zunge entfalten. Dann denkt sie einen Augenblick nach, wobei ihre buschigen Brauen zucken. Mit geübtem Blick erfasst sie die Gewürze in den aufgereihten Menagen. Um zielsicher nach Zucker zu greifen.

Ich benutze grundsätzlich nur braunen Rohrzucker. Er besitzt eine leicht karamellige Note und schmeckt besonders in Getränken und Süßspeisen viel besser als weißer Raffinadezucker. Gesünder obendrein, da er nicht chemisch behandelt wird. In wohldosierten Mengen regt er die Geschmacksnerven an und macht diese empfänglicher für die verschiedenen Geschmackskomponenten eines Gerichts.

Sie bekommt recht. Ich probiere noch mal. Perfekt. Ich streichle ihr anerkennend den Rücken. Sage danke. Wende mich um und lasse meine verlegene Vermieterin in meiner Küche zurück, als sei ihre Anwesenheit dort selbstverständlich.

Britta sitzt noch immer wie in Öl gemalt auf dem Sofa. Sie unterhält sich mit der Henry-Miller-Frau am Nebentisch. Sie wirken vergnügt und ich registriere, wie Louise von Stettens magere Schultern sich entspannen, als sie sich gelöst in ihrem Stuhl zurücklehnt. Sascha zeigt Julia ein französisches Kochbuch. Ihre Köpfe beugen sich über die bunt illustrierten Seiten. Ein Pärchen diskutiert darüber, ob man ein Fischbuch oder doch lieber das mit den Meeresfrüchten mitnimmt. Dabei balancieren sie drei Bücher abwägend in den Händen. Ein älterer Herr blättert in einem meiner Lieblingswerke: „Schokolade". Im Geiste mache ich schon die Nachbestellung, während er zielstrebig mit dem letzten Exemplar zur Kasse geht. Linda telefoniert lautstark mittels ihres Mobiltelefons in der Eingangstür. Sie bückt sich nach einem leeren Teller auf der Stufe und schaut etwas verwundert nach rechts und nach links, dann auf die Schüssel in ihrer Hand.

Meine Haut prickelt. In mir wispert tiefe Zufriedenheit. So voll und ganz, so umfänglich. Ich glaube, zum ersten Mal in meinem Leben.

Linseneintopf

Man nehme:

400 g. Rote Linsen,
1 Zwiebel,
150 g. Katenschinken, gewürfelt,
1 Zwiebel,
1 Bund frisches Suppengemüse,
200 g. Kartoffeln,
etwas frischen Majoran,
1 Esslöffel Dijon-Senf,
3 Esslöffel Balsamico-Essig,
Salz, Pfeffer und Zucker.

Zuerst die Zwiebel in Würfel schneiden. Den Schinken im Topf in etwas Butter anbräunen und mit den Zwiebelwürfeln etwa drei Minuten schmoren.

Dann Wasser angießen und zur Seite stellen. Das Suppengemüse putzen und die Kartoffeln schälen, alles in Würfel schneiden. Die Linsen waschen. Die Kartoffeln in den Topf geben, mit etwa zwei Litern Wasser zunächst aufkochen und anschließend zehn Minuten sanft simmern lassen. Anschließend das Gemüse und die Linsen zugeben und weitere zwanzig Minuten kochen. Kurz vor Ende der Garzeit den Eintopf mit Senf, Majoran, Zucker, Salz und Pfeffer als auch dem Balsamicoessig nach Geschmack würzen.

In gut sortierten Supermärkten bekommt man eine vorgefertigte, eingedickte Balsamicocreme, die man nach Gutdünken über die fertige Suppe am Tisch gibt. Das schmeckt nicht nur wunderbar, sondern sieht dazu noch schön aus.

11. Beschwipstes Huhn

„Kannst du mir bitte verraten, warum du das Gewürzbuch neben dem Schokoladenbuch einsortierst?"

Kopfschüttelnd ziehe ich einige Bücher aus dem Regal und lege diese auf den Boden. Seit geraumer Zeit gerät die Ordnung in den Rubriken immer öfter durcheinander. Die alphabetische Reihenfolge stimmt teilweise nicht und diverse Bände wurden den falschen Themenbereichen zugeordnet. „Neuseeländischer Fisch" in „Europa mediterran"?! „Deutsches Wildbrett" zu „Kanadischer Küche"??

Je intensiver ich suche, desto mehr wächst der Stapel zu meinen Füßen. Sascha schaut nur kurz herüber, murmelt irgendetwas von Konzentration und wenig Schlaf, während ich versuche, dem Chaos ein System zu geben. Ich sollte Britta von hier verbannen. Sie macht meine Aushilfe völlig wirr.

Heute Abend findet der erste Kochkurs statt. Allmählich erfasst mich eine diffuse Nervosität. Die Behauptung, eine recht passable Köchin zu sein, geht mir leicht von den Lippen. Aber vor Leuten zu stehen und zu lehren, ist eine andere Hausnummer. Vorausgesetzt, es gibt überhaupt jemanden, den ich unterrichten kann. Der Kurs unterlag keiner Voranmeldepflicht.

„Lieber Gott. Schick mir eine nette, verträgliche Truppe. Wenn nämlich die Chemie zwischen Köchen im Team nicht stimmt, wirkt sich das fatal auf das Ergebnis aus. Von meinen Nerven nicht zu reden. Und Du willst doch mit Sicherheit nicht, dass die gesegneten Gaben aus dem Garten Deiner unermesslichen Güte in der Biotonne landen?"

Ich bezweifle, dass der Herr aktuell ein Ohr für mich besitzt. Seit ungefähr zwanzig Jahren weigere ich mich, ein Gotteshaus zu betreten. Es heißt jedoch, der Allmächtige sei nicht nachtragend. Also schiebe ich ein schüchternes „Amen" hinterher und anschließend meine Sorgen rigoros beiseite. Im besten Fall ist Gott eine Frau. Sie verstünde meine Lage gewiss, Kirchgang hin oder her.

Ich linse zu Sascha hinüber. Er bereitet einen Espresso Macchiato für Louise zu. Das blonde Haar fällt ihm in die Stirn, während er umsichtig und liebevoll das Milchschaumhäubchen auf die Tasse setzt. Ein bisschen abwesend wirkt er ja durchaus. Seine sowieso schon dünne und hagere Gestalt ist in sich versunken, die Schultern beugen sich nach vorne. Seine Bewegungen wirken fahrig und träge, als sei er fortwährend müde. Ihn bedrückt irgendetwas. Ich ertrage den Gedanken nicht, dass er sich sorgt, und nehme mir vor, ihn in einer stillen Minute danach zu fragen. Doch jetzt muss ich dringend nach dem Coq au Vin im Topf schauen. Der kleine Mann und Hund warten auf ihr Mittagessen.

Die Seele der Kochkunst besteht aus erstklassiger Ware. Hinzu kommen überlegtes Garen und eine erlesene Sauce. Diese Wahrheit erkannte der Stammvater der klassischen, gehobenen Küche bereits im 17. Jahrhundert. Der Mann hieß Francois Pierre de La Varenne und bestimmte lange vor Paul Bocuse, wo es in der französischen Küche entlang zu gehen hat. La Varenne kochte für Maria von Medici und veröffentlichte um 1650 die zwei bedeutendsten Standardwerke der Kochliteratur, den Le Cusinier Francois und den Patissier Francois, die bis heute zu den erfolgreichsten Kochbüchern Frankreichs gehören. La Varenne lag daran, den natürlichen Geschmack seiner Produkte zu unterstreichen. Deshalb klingen seine Rezepte zunächst unspektakulär, überzeugen aber durch ein unnachahmliches Aroma. So wie sein beschwipstes Huhn beispielsweise. Ob er dabei versehentlich den Wein, statt ihn, wie üblich zu trinken, in den Topf leerte oder dies in dem wohlweislichen Wissen tat, mittels des Zusatzes dem Geflügel das gewisse Etwas und butterweiche Zartheit zu verleihen, werden wir nie erfahren. Dieses Geheimnis nahm der Knabe mit ins Grab. Samt der besten Flasche seiner Sammlung übrigens, der alte Schluckspecht.

Coq au Vin „La Varenne"

Man nehme:

1 Hähnchen (ca. 2 kg), zerteilt,
Sonnenblumenöl, Butterschmalz, Salz und Pfeffer, Mehl,
2 Zwiebeln,
2 Knoblauchzehen,
frischen Thymian und Rosmarin,
3 Blätter Lorbeer,
300 ml. Geflügelfond,
300 ml. trockenen Rotwein,
1 Dose Tomaten in Stücken,
1 rote Paprika, geschnitten,
1 Fenchelknolle, geschnitten.

Die gepfefferten und gesalzenen Hähnchenteile in einem großen Schmortopf mit Öl und Butterschmalz von allen Seiten kräftig anbräunen.

Das Geflügel herausnehmen und in dem restlichen Bratfett die gewürfelte Zwiebel und den Knoblauch andünsten. Jetzt einen Schwung Mehl darüber stäuben (dadurch wird die Sauce später automatisch eingedickt) und das Fleisch zurück in den Bräter setzen und mit Kräutern bestreuen. Den Wein und den Geflügelfond angießen und zugedeckt bei sanfter Hitze 30 Minuten schmoren lassen. Eine Prise Zucker für die Geschmacksentfaltung hinzu geben.

Dann den Rest der Zutaten und das Gemüse zugeben und weitere 20 Minuten schmoren.

Dazu passt ein frisches Baguette oder Reis.

Heute wird der kleine Mann keinen Anlass zur Beschwerde finden. Im Laufe der Zeit ist mir die ganze Angelegenheit etwas entglitten. Ich ertappe mich täglich bei dem ehrgeizigen Bestreben, das perfekte Essen zu kochen, um endlich Anerkennung statt Kritik zu ernten. Der kleine Mann wollte mir diesen winzigen Gefallen bisher nicht tun. Das angetüdelte Hühnchen fällt besinnungslos von seinen Knochen. So trunken zart und durchgeschmort, dass man kein Messer braucht, um es zu essen. Ich kann den Stolz leider nicht aus meiner Miene verbannen, als ich mit einem triumphierenden „So! Coq au Vin, Monsieur," den Teller vor ihn stelle. In einwandfreiem Französisch ertönt ein mürrisches „Merci beaucoup".

Mal wieder frage ich mich, was es mit ihm auf sich hat. Wer ist er? Oder noch besser, wer war er? Mit Sicherheit genoss der kleine Mann in seiner geheimnisumwitterten Vergangenheit eine gute Bildung. Und da seine schmerzhafte, aber treffliche Beurteilung meiner Gerichte auf fundierten Kenntnissen zu beruhen scheint, fantasiere ich, er sei ein weit gereister Professor. Bestimmt fiel er einer fiesen Intrige zum Opfer, welche ihn dazu verdammte, unterzutauchen und fortan sein Dasein als Tippelbruder zu fristen. Warum sollte er sonst so geheimnisvoll mit seinem wahren Namen tun? Vor allem: Was spricht dagegen, auch als Gelehrter ab und an ein Bad zu nehmen? Frau Krause kriegt regelmäßig die Krise, weil sie seinen Anblick offensichtlich nicht ertragen kann. Die lautstarken Auseinandersetzungen zwischen ihnen schallen die ganze Straße hinauf. Merkwürdig, dieses Katz-und-Maus-Spiel. Ich habe den Eindruck, die beiden mögen sich eigentlich. Doch mich fragt ja keiner.

„Hm."

Er verdreht die Augen. Ja! Es schmeckt ihm! Er nimmt noch eine Gabel.

„Das Fleisch ist verkocht. Und da gehört Weißwein rein, wenn's geht, ein Chardonnay, kein Roter. Davon abgesehen, Chianti ist zu gärig. Mit 'nem Spätburgunder wär's vielleicht annehmbar."

Es ist zum Haare raufen. Arroganter Gockel. Ich drehe mich beleidigt um und gehe.

*

Um zwanzig Uhr öffnet das Cook & Chill erneut seine Tür, um besonderer Kundschaft Einlass zu gewähren. Mit Spannung erwarte ich meine Schüler. Dabei fühle ich mich wie kurz vor meiner Führerscheinprüfung und mündlichen Abitur gleichzeitig. Bei Ersterer lief ich mit Restalkohol auf und beim Zweiten besaß ich nicht den blassesten Schimmer vom Thema. Um nicht wie üblich an den Fingernägeln zu knabbern, verlege ich mich darauf, Muttis Gläser mit den Etiketten nach vorne zu drehen und diese zu zählen. Bei Gewürzglas Nummer vierundsechzig erteilt mir das Glöckchen bimmelnd das Kommando, mich lächelnd umzudrehen. Woraufhin mir glatt die Kinnlade herunterfällt.

Ausgerechnet der Hennemann steht vor mir. Wieso kommt der gerade jetzt und auch noch persönlich, um mir das Fell über die Ohren zu ziehen? Normalerweise erledigt er diese Dinge auf dem schriftlichen Weg. Den spontanen Fluchtgedanken verwerfe ich, da ich mir bereits die Ohrfeige seines Blickes einfange. Ich beginne zu zittern und bringe ein reichlich kümmerliches „Guten Abend, Dr. Hennemann" zustande.

Was ich in meiner Aufregung übersehe, ist, dass mein ehemaliger Boss mindestens genauso überrascht guckt wie ich. Er verharrt steif wie ein Gehstock im Türrahmen und weiß offensichtlich nicht recht, was er tun soll. Eintreten oder Reißaus nehmen. Ein junges Paar drückt sich währenddessen scherzend an ihm vorbei und schubst ihn unfreiwilligerweise einen weiteren Schritt hinein.

Ich begrüße Vida Gonzales und Lukas Lind und bitte sie beflissen, an einem der Tische Platz zu nehmen. Dr. Hennemann steht immer noch da, wie vom Donner gerührt. Dann besinnt er sich doch und meint etwas trocken und mit einem schwachen Lächeln:

„Nun, das ist jetzt ziemlich unangenehm. Ich gehe mal besser."

Und ehe ich in irgendeiner Form reagieren kann, ist er schon wieder draußen. Äußerst merkwürdig. Zum Kochkurs wollte der ja wohl kaum.

Inzwischen sind die übrigen Kochschüler eingetrudelt. Ich stelle einige Saft- und Wasserflaschen und Gläser vor meine Kursteilnehmer und mustere jeden Einzelnen. Sascha sitzt neben der schüchternen Julia Wagner, beide unterhalten sich gedämpft. Vögelchen knetet seine Hände und wirkt deutlich nervös.

Vida und Lukas kenne ich aus dem Café Sehnsucht, in dem ich ab und an selbst gerne eine kleine Auszeit genieße. Ein Studentenpaar Mitte zwanzig. Die rassige Vida Gonzales studiert irgendetwas Exotisches, ich glaube Anthropologie, Cello oder Japanologie. Jedenfalls vergaß ich es nach dem kurzen Gespräch sofort, weshalb es auch nicht wirklich wichtig war. Lukas ist auf der Sporthochschule in Köln eingeschrieben, wie ich auf seinem T-Shirt lesen kann. In ausgewaschenen Lettern prangt die Jahreszahl 1998 auf seiner Brust, offenbar legt er seine Studien eher auf Langzeit an. Aus seinem Mundwinkel hängt ein Tabakstummel, den ich unschwer als eine Cannabistüte identifiziere. Sie benehmen sich ausgesprochen ausgelassen, um nicht zu sagen, albern. Vida kichert andauernd und Lukas scheint tierisches Vergnügen dabei zu empfinden, der Auslöser der Heiterkeit seiner Freundin zu sein. Er verdreht die Augäpfel nach innen und versucht, mit der Zungenspitze seine Nase zu berühren. Mit mäßigem Erfolg. Vida findet es toll. Ich verkneife mir ein tadelndes Kopfschütteln und zeige stattdessen stumm auf die Haschzigarette, die umgehend in den Tiefen seiner Hosentasche verschwindet.

Etwas abseits nimmt ein Herr Platz, schlägt die schlaksigen Beine übereinander und legt eine bleiche, langfingrige Hand auf das Knie. Ein bisschen sieht er aus wie ein Finanzbeamter, hochgewachsen und fahlhäutig, mit schütter werdendem Haar, welches den ausgeprägten Geheimratsecken seiner fliehenden Stirn weicht. Das karierte Hemd und die braunen Cordhosen erstand er garantiert nicht auf der Mittelstraße. Meinen Händedruck erwidert er warm und kräftig. Räuspert sich mehrmals und nennt freundlich seinen Namen.

„Friedrich Busch, ... ist er hier richtig?"

Ich stutze. Er kam nicht in Begleitung. Oder doch?

„Wer?"

Ich schaue mich suchend um, kann aber keine weitere Person ausmachen.

Friedrichs Blick fixiert die Stelle zwischen meinen Augenbrauen und saugt sich an meiner Nasenwurzel fest.

„Sie müssen entschuldigen. Lassen Sie sich nicht von ihm verwirren", verlegen senkt er seine Stimme, „er meint natürlich den Anfängerkochkurs."

Ich nicke langsam. Mir dämmert da etwas. Der tickt nicht mehr ganz fehlerfrei.

„Natürlich ... ja, der Kochkurs findet hier statt."

Friedrich Busch lächelt mich an und schenkt Wasser in sein Glas. Dabei achtet er darauf, den Strahl in großem Abstand und möglichst dünn in den Becher fließen zu lassen. Mir kommt die bedrohliche Filmmusik aus dem weißen Hai in den Sinn.

„So geht die Kohlensäure raus, davon bekommt er Blähungen", murmelt er konzentriert.

„Sie können gerne die Stille Quelle nehmen", zeige ich rasch auf die Flasche daneben, woraufhin er zustimmend nickt. Und weiter gießt.

Allmählich werden meine Hände feucht. Das fängt ja prima an. Zuerst taucht mein Albtraum in persona auf, um mich aus dem Konzept zu bringen, ehe ich überhaupt mit meinem Seminar beginne. Und nun füllt sich der Raum mit menschlichen Kuriositäten aller Art. Mittlerweile wähne ich mich in einer laienhaft inszenierten Komödie. Der Kurs besteht aus meiner kleptomanischen Aushilfe, einem Schneckenvögelchen, einem Liebespärchen auf Teenieniveau und jetzt auch noch aus einem Verrückten, der mir ungefragt seine Unverdaulichkeiten preisgibt. Wenn ich es nicht genau wüsste, würde ich behaupten, Britta erlaubt sich einen Scherz mit mir und hat kurzerhand einen Teil ihrer Klienten auf mich abgewälzt.

Ich sehe auf die Uhr. Viertel nach acht. Herr Meininger ließ sich offenbar nicht von seiner Angetrauten nötigen. Nun, vielleicht war sie tatsächlich nicht überzeugend genug. Und wer weiß schon, was bei dem im Argen liegt. Weitere Schüler scheinen nicht zu kommen. Der Trupp zählt also fünf Teilnehmer. Das ist besser als keiner. Ich hole Luft und setze ein gezwungenes Lächeln auf.

„Willkommen im Cook & Chill. Ich freue mich, Sie zu unserem Schnupper-Anfängerkurs begrüßen zu dürfen. Da es in so einer Küche ab und an ziemlich heiß hergeht, möchte ich gleich vorneweg vorschlagen, einander zu duzen. Vieles geht so im Umgang miteinander leichter von der Hand."

Zustimmendes Nicken. Gemurmel. Lachen. Gut.

„Ich heiße Katta. Und ich zeige Euch, was es bedeutet, die Kochkunst nicht nur zu genießen, sondern zu beherrschen. Zumindest die Grundlagen betreffend."

In diesem Moment passiert etwas, das mich vollends aus der Bahn wirft. Vielmehr passieren zwei Personen. Die Tür wird aufgerissen. Dr. Johannes Hennemann stolpert herein. Und F. Sander.

Die folgenden Minuten stehe ich neben mir und betrachte mich selbst. Meine Gesichtsfarbe kann sich nicht recht entscheiden, ob sie bettlakenweiß oder erdbeerrot sein möchte, und probiert jede Variante sowie alle

Nuancen dazwischen aus. Würde man nicht genau hinschauen, nähme man an, ich hielte die Luft an. Prompt werde ich sechs Jahre alt und springe in ein Schwimmbecken. Nun fühle ich mich sehr nass. Ich schließe die Augen und hoffe, sie sind beide verschwunden, wenn ich sie öffne. Vorsichtig blinzle ich. Unglücklicherweise bietet sich mir dasselbe, unveränderte Bild. Ich bin mir nicht sicher, ob F. Sander mich erkennt. Ohne Umstände reicht er mir die Hand, deren Druck ich lahm erwidere.

„Frank Sander."

Seine Augen schimmern heute beinahe grün. Mein Mund öffnet und schließt sich sofort. Bevor ich etwas von Melonen stammele, halte ich lieber die Klappe. Stattdessen überzieht ein dümmliches Grinsen mein Gesicht. Immerhin bin ich in der Lage, mit einer Geste zu den Tischen zu weisen. Woraufhin mein Nachbar sich direkt neben Schneckenvögelchen auf das Sofa fallen lässt. Er greift nach dem stattlichsten Glas und streckt seine Beine aus. Julia weicht in einer erschrockenen Bewegung seitlich aus, als er wie selbstverständlich die Arme rechts und links auf der Rückenlehne ablegt und die junge Frau ungeniert von oben bis unten mustert. Sein Gehabe wirkt eine Idee großspuriger, als notwendig wäre. Primär muss ich jedoch ein dringlicheres Problem lösen, ehe ich vollends die Kontrolle über die Situation oder gar mich selbst verliere. Also bugsiere ich Herrn Dr. Hennemann kurzerhand am Ärmel seines Jacketts nach draußen vor die Türe. Mein Hasenherz hoppelt längst Richtung Neuseeland. Am liebsten liefe ich hinterher. Das geht aber leider nicht.

Ich erinnere mich nicht daran, meinem Chef in der Vergangenheit jemals näher als höchstens einen halben Meter gekommen zu sein. Geschweige denn, dass ich mich getraut hätte, ihn anzufassen. Doch es sollte ja nun wirklich nicht jeder im Raum Zeuge dessen werden, wie ich zu einem akkuraten, kleinen Päckchen gefaltet werde. Gleichzeitig steigt Trotz in mir auf.

Dermaßen in die Enge getrieben, schlägt unseligerweise gerne das Erbe meines cholerischen Vaters durch. Ehe Dr. Hennemann mir zuvor kommen kann, hole ich tief Luft und lasse sie in einem Schwall wüster Beschimpfungen entweichen. Nun sowieso in der Defensive, feuere ich gleich weiter.

„Wie sie vielleicht bemerkt haben, veranstalte ich gerade einen Kurs! Ich habe jetzt überhaupt keine Zeit für die Formalitäten meiner Kündigung oder für irgendwelchen anderen Firlefanz! Machen Sie einen Termin, wenn Sie mir das Leben schwer machen wollen, oder zeigen Sie mich direkt an, Sie ... Nervensäge!"

Vor lauter Angst werde ich wütend. Das finde ich weitaus angenehmer, als mir die Blöße zu geben, in Tränen auszubrechen. Dr. Johannes Hennemann sieht mich würdevoll an und wischt einen imaginären Staubfussel von seinem teuren Anzug. Dann sagt er bedacht und sehr förmlich:

„Ich habe nicht die geringste Ahnung, wovon Sie da reden, Frau Lehner. Ich verschwende meine Zeit grundsätzlich nicht an irgendwelchen ... Firlefanz."

Irre ich mich, oder flackert da Unwohlsein in seinen Augen auf? Er zögert.

„Stattdessen verlässt mich meine Ehefrau, sollte ich diesen Kochkurs nicht besuchen." Nach einer kurzen Pause fügt er hinzu: „Nehmen Sie es nicht persönlich, aber da wähle ich gezwungenermaßen doch gerne das kleinere Übel."

Ich schweige, während mein Gehirn versucht, seinen Worten einen Sinn zu verleihen.

„Aber sie sind nicht angemeldet", werfe ich trotzig ein.

Offener Kurs hin oder her.

Er runzelt die Stirn.

„Ich nahm an, meine Gattin hätte mich vorgemerkt?"

Hä? Ich verstehe überhaupt nichts.

„Frau Meininger-Hennemann", bekräftigt er ungeduldig.

In seiner Brusttasche klingelt ein Mobiltelefon. Und jetzt begreife ich. Herr Meininger ist Dr. Hennemann! Und Dr. Hennemann ist Herr Meininger. Der weggelassene Doppelname. Herrje.

Tatsächlich geht er an den Apparat, derweil ich verzweifelt einen Ausweg aus dieser vertrackten Situation suche. Typisch. Geschäftsmann durch und durch, trotz prekärer Lage und Feierabend. Spätestens nach diesem Gespräch leuchtet mir ein, warum Linda Meininger kein gutes Haar an ihm lässt.

„Und jetzt?"

Und jetzt??? Ärgerlich sehe ich zu, wie er seelenruhig das Mobilteil ausschaltet, nachdem er sich höflich von seinem Gesprächspartner verabschiedet hat.

„Wenn es nichts ausmacht, würde ich gerne bleiben."

Dr. Johannes Hennemann meint das ernst. Ich kenne ihn gut genug, um zu wissen, dass er alles ernst meint, was er sagt. Ich überlege. Das tue ich lange. Ich könnte das noch eine Weile tun, bloß um ihn zu ärgern. Leider hilft mir das aber auch nicht hier raus. Und drinnen warten meine Schüler.

Ich hebe resigniert die Schultern und wende mich zur Eingangstür.

„Dann rein mit Ihnen."

Unter Umständen könnte es sogar von Vorteil sein, ihm einen Gefallen zu tun. Vielleicht komme ich so glimpflich bei Elroy und James davon.

Mein Herz klopft bis zum Hals, als ich verstohlen zu Frank blicke. Doch der beschäftigt sich vollauf damit, die Runde zu unterhalten. Das tut er laut, selbstbewusst und total entspannt, als säße er mit alten Freunden zusammen. Irgendwie hätte ich ihm das nicht zugetraut. Auf mich wirkte er zurückhaltend und regelrecht introvertiert. Diesen Mann hingegen würde frau eher in die Machoschublade stecken und dabei sorgsam darauf achten, seinen Finger mit einzuklemmen. Ich habe ihn wohl falsch eingeschätzt. Das überrascht mich nicht. Ich fürchte, ich besitze wenig Talent dafür, Männer treffend zu beurteilen. Ich nenne es das Froschkönig-Syndrom. Ich kann Frösche einfach nicht von Prinzen unterscheiden. Wäre also nicht das erste Mal, dass ich völlig daneben liege.

Er wiederum erkennt mich tatsächlich nicht. Diese Einsicht ist erleichternd und unschmeichelhaft gleichermaßen.

„So meine Lieben. Entschuldigt bitte die Verzögerung. Wir werden die verlorene Zeit nachholen. Wer heute nicht länger bleiben kann, hat eine Extrastunde gut bei mir."

Einvernehmliches Wispern von allen Seiten. Wunderbar. Meine Kochschüler bringen Geduld mit. Die Voraussetzung zum Erlernen dieser Kunst. Als ich mich auf meine Aufgabe besinne, fällt die Anspannung von mir ab. „The Show must go on", wie man unter Künstlern sagt. Den unerfreulichen Rest verschiebe ich auf später. Ich nehme einen großen Schluck von meinem Sekt.

„Fangen wir also an."

*

Wir beginnen mit den elementaren Dingen. Ich habe mir ein Spiel zur Sinneswahrnehmung ausgedacht. Damit schlage ich gleich drei Fliegen mit einer Klappe. Ich finde heraus, wer verschiedene Gewürze und Geschmacksqualitäten riechen und schmecken kann, ob Gerüche bekannt sind und welche nicht, und zum anderen werden diese Sinne geschult. Auf der Längsseite der Küchenarbeitsplatte stehen jede Menge vorbereitete Dosen und abgedeckte Schälchen. Nachdem ich die Spielregeln kurz erklärt habe, bitte ich die Teilnehmer, sich paarweise zusammenzutun. Aus dem Augenwinkel sehe ich, wie Julia sich näher an Sascha heranschiebt. Lukas und Vida treten vor, um anzufangen. Einer verbindet seinem Partner die Augen und wählt ein Döschen aus. Der Mitspieler muss den Inhalt der Büchse blind erraten.

Die anderen lachen, weil Vidas Gesicht sich verräterisch verzieht.

„Salz!" ruft sie triumphierend.

Augenblicklich werden aus Erwachsenen Achtjährige. Unter Gelächter gehen die Behältnisse reihum, es wird getastet, gerochen und probiert. Das Spiel entwickelt sich zum Selbstläufer. Ich kann seelenruhig zusehen, wie die Gruppe sich von allein zusammenfindet und nebenbei meine Schüler genauer in Augenschein nehmen.

„Wie albern", murmelt Frank.

Mein fescher Nachbar gibt sich gelangweilt. Ich habe mich nicht nur ein wenig vertan. Ich lag völlig daneben. Frank Sander ist definitiv kein netter Kerl. Innerhalb von einer halben Stunde schafft er es, mein trügerisches Traumprinzenbild komplett ins Gegenteil zu verkehren. Alles an ihm wirkt übertrieben. Auch wenn ich ihn äußerlich nach wie vor extrem anziehend finde, sein Wesen negiert erfolgreich all seine hübsch anzusehenden Attribute. Besonders missfällt mir, dass er offenbar zu der Sorte gehört, die sich das schwächste Glied als Opfer aussucht. Es bereitet ihm ein Mordsvergnügen, die unsichere Julia zu foppen. Fortwährend tituliert er sie mit „Mäuschen" oder „Hühnchen" und ergötzt sich an ihrer Verlegenheit. Er baggert sie unverfroren an, ohne sich im Mindesten daran zu stören, dass Julia dies unangenehm findet. Die Kleine knetet nervös ihre Finger hinter dem Rücken und tritt von einem Bein aufs andere, als wolle sie eilends das Weite suchen. Gott sei Dank bemerkt Sascha ihre Not und erwählt sie zu seiner Teampartnerin.

Na warte. Kurzerhand bitte ich Dr. Hennemann, sich mit Friedrich Busch zusammenzutun. Nun fordere ich Frank auf, das Spiel mit mir zu demonstrieren. Ich wedle auffordernd mit der Augenbinde und schenke ihm ein kokettes Lächeln.

„Zeig mal, was Du draufhast", flüstere ich zweideutig.

Noch bevor er protestieren kann, wird es schwarz um ihn. Die goldbraune Flüssigkeit tropft auf sein Kinn, als ich, versehentlich natürlich, mit dem Löffel abrutsche.

„Honig."

Leider leckt er sich ziemlich erotisierend die Lippen.

„Falsch. Ahornsirup."

Der Saft der Limone spritzt auf den Kragen seines Hemdes. Aus dem Augenwinkel sehe ich, wie Vida und Lukas verhalten kichern und Sascha die Augenbrauen runzelt.

„Zitrone."

Frank schüttelt sich.

„Falsch. Limette."

Jetzt streckt er mir frech die Zunge heraus und grinst. Sorgsam bemüht, seinen Mund nicht zu berühren, lege ich ein Stück Schokolade auf die Spitze.

„Schokolade." Na das war ja auch nicht schwer. Schnell hake ich nach: „Kakaogehalt?"

„Keine Ahnung. Schokolade eben."

Er zuckt die Schultern.

„70 Prozent. Zartbitter."

Ich packe den Riegel ein und prompt gesellen sich ungeschickterweise ein paar Krümel zu den Zitronenspritzern auf dem Stoff hinzu. Sascha hüstelt.

„Aha."

Der ahnungslose Frank lutscht noch immer auf meiner Lieblingsschokolade herum.

Die Zuckerdose liegt ausnehmend glitschig in meiner Hand. Leider verschütte ich auch hiervon etwas. Sanft rieseln die Körnchen in seinen Halsausschnitt. Ups. Sascha schüttelt den Kopf und tippt sich an die Stirn. Ich lächle ihn unschuldig an und schiebe den Löffel dorthin, wo er hin soll. Mein Nachbar findet das Spiel gar nicht mehr so übel. Na, wenn der gleich die Binde abnimmt ... natürlich werde ich die Reinigung des ... ich linse nach dem Markenschild ... oh ... Baldessarini-Hemdes bezahlen.

Frank schmatzt gerade sehr unfein:

„Zucker."

„Richtig", lobe ich und klopfe ihm anerkennend auf die Schulter. Dabei verreibe ich versehentlich die Schokokrümel zu einem hässlichen Schmierfleck. Er feixt eitel. In meinem Rücken höre ich Gelächter. Noch bevor er Verdacht schöpft, bemühe ich mich erneut um seine Aufmerksamkeit.

„Was für ein Zucker?"

„Hä?"

„Na, weißer oder brauner?"

Ich schnalze mit der Zunge.

„Weißer."

„Falsch. Brauner Rohrzucker. Bio."

Es macht mir Spaß, den arroganten Kerl zu ärgern. Kann sein, ich bilde mir das nur ein, aber ich finde ihn schon etwas umgänglicher. Sein Gesichtsausdruck ist bühnenreif, als er die extrascharfe Chilimischung in die Nase bekommt. Selbstverständlich entschuldige ich mich tausendfach für meine Ungeschicklichkeit, während ich ihm ein Glas Mineralwasser reiche.

Schärfe dämpft man übrigens am besten mit einem Stück Brot. Wasser verschärft den Schmerz im wahrsten Sinne des Wortes.

Jedenfalls erlöse ich ihn nach einigen weiteren Geschmacksgläsern. Nun wirkt er doch ein wenig ungehalten. Vor allem, nachdem er sein Hemd sieht.

„Was ist das denn?"

Entsetzt betrachtet er seine befleckte Brust. Noch immer schnappt er nach Luft. Diese Chilisorte hat es de facto in sich. Schnell setze ich eine betroffene und wirklich sehr unglückliche Miene auf.

„Tut mir echt leid, ich bezahle natürlich die Reinigung ..."

Frank winkt rüde ab und bemüht sich stattdessen, so etwas wie einen Sicherheitsabstand zwischen mir und ihm herzustellen. Er schiebt sich unter dem Gelächter der anderen hinter Johannes außer Reichweite. Gut so. Ich spendiere ihm abschließend ein entschuldigendes Lächeln, völlig gratis. Hochmut kommt vor dem Fall. Hat schon meine Oma gesagt.

„Im zweiten Teil lernt Ihr, welche Gerätschaften man unbedingt in einer Küche finden muss. Die Kochkunst ist im Grunde reines Handwerk. Und ein Handwerker kann nun einmal ohne Werkzeug nicht arbeiten."

Ich beschreibe eine raumgreifende Geste, die das gesamte Inventar umschließt:

„Hier findet ihr alles, was ihr braucht, um jedes beliebige Gericht zaubern zu können. Nehmt bitte fünf Gegenstände aus dieser Küche, die ihr nicht, oder nur vage kennt. Dann erkläre ich Euch, wozu die Geräte gut sind."

Die Zeit vergeht wie im Flug. Und es macht Spaß. Meine Schüler sind voll bei der Sache. Okay, bis auf zwei Ausnahmen. Die eifrigen Gesichter stellen mir so viele Fragen, dass ich kaum mit meinen Antworten hinterherkomme. Besonders Julia wirkt ganz entrückt. Ihre Wangen glühen, als sie Sascha dabei zusieht, wie er die verschiedenen Rühreinsätze auf die Küchenmaschine schraubt.

Friedrich Busch schreibt jede meiner Ausführungen fein säuberlich in ein Notizheft. Er hängt mir regelrecht an den Lippen, während sein Bleistift über die Seiten fliegt.

„Sein Lebensgefährte hasst seine Spaghetti", sagt er plötzlich trocken und spitzt sorgsam die Miene seines Schreibgeräts. Ich sehe ihn verständnislos an.

„Wie bitte?"

„Deshalb ist er hier", erklärt er und lächelt schief, sodass die breite Lücke zwischen seinen Schneidezähnen aufblitzt, „und er muss alles aufschreiben, was er gelernt hat. Damit er ihm glaubt, dass er tatsächlich kochen lernt."

Wer jetzt? Langsam komme ich nicht mehr mit.

Friedrich seufzt: „Er hat es versprochen."

Nach eingehender Prüfung befindet Friedrich die Bleistiftspitze zu seiner Zufriedenheit.

„Wie funktioniert das noch mal mit dem zweiten Mixaufsatz?"

Lukas und Vida kichern die ganze Zeit und versuchen, den Pürierstab als Lockenwickler zu missbrauchen. Es scheint, dass es ihnen im Grunde egal ist, was sie wo oder wie machen. Ob nun Extrembergsteigen oder zufälligerweise eben Kochen - Hauptsache, sie tun es zusammen. Die könnten ebenso gut allein auf einer einsamen Insel sein. Stellt sich nur die Frage, wer den Robinson und wer den Freitag spielt. Okay, ich bin ein bisschen neidisch. Ich traf noch keinen, der mich als Person so fesselte. Außer mit Handschellen an ein Bett natürlich.

Tief atme ich durch. Meine Haut kribbelt und fast fühle ich so etwas wie Glück. Dieser Kochkurs kommt mir so überhaupt nicht wie Arbeit vor.

Frank Sander hat sich anscheinend gefangen und ist in seiner zur Schau gestellten Langeweile nicht zu erschüttern. Nach seinem Gesichtsausdruck zu urteilen, hält er das alles hier für Kindergartenkram. Mit überkreuzten Armen lehnt er lässig an der Anrichte und betrachtet mit hochgezogenen Brauen unser Liebespärchen. Vida steckt Lukas indes eine Selleriestange ins Ohr. Verstohlen betrachte ich ihn von der Seite. So nah kam ich ihm noch nie. Wieder ein kleiner, gehässiger Stich in der Magengegend. Wirklich zu schade.

Dr. Hennemann ist offenbar zum Telefonieren hierher gekommen. Ich zwinge mich, weder ihn, noch meinen Nachbarn weiterhin anzustarren. Schließlich bin ich Profi. Und ein Profi vermag Privates hervorragend von Beruflichem zu trennen.

„Und nun kommen wir zu dem Teil, auf den ihr wahrscheinlich schon die ganze Zeit wartet."

Erwartungsvolle Stille legt sich über den Raum. Dr. Hennemanns Handy bimmelt erneut. Ich gucke ihn böse an, was seinerseits leider völlig ignoriert wird. Er wendet sich seinem Gesprächspartner zu und kehrt mir damit glatt den Rücken.

„Wir kochen jetzt das erste Gericht", eröffne ich ein wildes Ranking um die jeweilige Lieblingsspeise.

Alles redet durcheinander. Sauerbraten mit Klößen, Lachsgratin mit Spinat, etwas von Spaghetti Carbonara von Friedrich und Tarte tatin von Vida.

„Cheeseburger."

Ungerührt betrachte ich meinen Daumennagel. Betroffenes Schweigen. Enttäuschte Gesichter. Leises Murren.

Dr. Hennemann legt auf und fragt arglos:

„Wir machen Fast Food???"

Ein Restauranttester, der ein Lokal bewerten soll, sucht sich immer das einfachste Gericht aus. Ein Wiener Schnitzel, beispielsweise. Vielleicht auch eine Portion Bratkartoffeln. Ehrliche Speisen mit wenigen Zutaten und Drumherum sagen am allermeisten darüber aus, ob ein Koch ein Könner oder ein Blender ist.

„Aber nein", bedenke ich meinen ehemaligen Chef mit einem warnenden Blick, „ich bringe Euch die beste Fleischfrikadelle der Welt bei."

Dr. Hennemann zuckt die Schultern.

Der Ausdruck „Fleisch" macht alle müden Jungs munter. Das Reizwort zaubert Milde in die misstrauischen Mienen. Man(n) beschließt, meinen Argumenten zugänglich zu sein.

„Okay. Wer weiß denn, was in eine echte Macho-Frikadelle reingehört? Frank?"

Mac Chill – der ultimative Cheeseburger

Man nehme:

500 g. Rinderhackfleisch (oder gemischtes Hackfleisch vom Rind und Schwein, dann wird der Burger lockerer, aber ich persönlich mag kein Schweinefleisch),
1 hartes Weißmehlbrötchen, in feine Würfel geschnitten und in Wasser eingeweicht,
1 Zwiebel,
1 Knoblauchzehe, fein gehackt,
1 Ei,
Salz, Pfeffer (aus der Mühle), Maggi oder Sojasauce,
verschiedene Kräuter (Frühlingskräuter).

Alle Zutaten zusammen in einer großen Schüssel sorgfältig miteinander verkneten. Aus dem Fleischteig Kugeln formen und zu handtellergroßen Fladen flachdrücken. Mit etwas Pflanzenöl in der Pfanne ausbacken. Wenn die Frikadelle aus reinem Rindfleisch besteht, darf sie innen noch rosig sein.

Ein frisches Weißmehlbrötchen aufschneiden und mit Butter bestreichen. Auf die eine Hälfte amerikanische Sandwichcreme streichen und eine Scheibe Käse legen, auf die andere Seite Ketchup aus getrockneten Tomaten geben. Beliebig mit Salatblatt, Tomatenscheibe und Gurkenscheibe belegen. Die Frikadelle auf das Brötchen legen, Deckel drauf.

12. Blauer Sonntag

Sonntage sind für die meisten Menschen die schönsten Tage der Woche. Für einige die Schlimmsten. Statistisch gesehen geschehen an Sonntagen die häufigsten Suizidversuche verzweifelter, alleinstehender Personen. Von daher bezeichne ich diesen auch als den blauen Tag der Woche, abgeleitet von dem englischen Ausdruck „Having the Blues." Darüber schrieben bereits etliche Musiker herzzerreißende Balladen. Die Tücken des besagten Kalendertags sind offensichtlich. Man kann weder shoppen gehen, noch irgendwelche Arzttermine erledigen. Die Ämter haben geschlossen und hindern einen daran, den seit Monaten abgelaufenen Personalausweis zu erneuern. Sämtliche Freizeiteinrichtungen der Stadt quellen über von schreienden Kindern mit gezwungen vergnügten Familienmitgliedern, sodass man sich nicht traut, auch nur einen Fuß raus zu setzen.

Der durchschnittliche Single verbringt den Vormittag so lange wie möglich im Bett, um die verfügbaren Stunden des Nichtstuns zu reduzieren. Unter Umständen amüsiert er sich mit dem ausgesprochen bildenden Fernsehprogramm, welches all die Folgen der „Sendung mit der Maus" zeigt, die man im zarten Kindesalter verpasst hat. Dann wird zunächst opulent gefrühstückt und der uninteressante Wirtschaftsteil der Samstagszeitung gelesen, weil die Nachbarin von unten mal wieder die Sonntagsausgabe geklaut hat. Wenn man so erfolgreich bis ein Uhr durchhält, darf bedenkenlos zum Telefon gegriffen werden. Vorher streicht man die Pärchen, Mamakinder und Familien von der Liste, die schon einträchtig zum Sonntagsausflug ausgefahren sind. So bleiben einem bestenfalls noch zwei Telefonnummern, die man anrufen kann. Beim ersten Anschluss ertönt das Besetztzeichen und beim Zweiten nimmt keiner ab. Nach zwanzig Minuten geht bei Nummer eins auch niemand mehr ran. Der Single wird folglich die aufsteigende Panik im Keim zu ersticken suchen, indem er sich entweder der bereits erledigten Hausarbeit widmet oder das Wohnzimmer umstellt. Eine ausgiebige Dusche und die längst fällige Intimrasur stellen zeitintensive Alternativen dar, je nachdem wie gründlich man vorgeht. Einschließlich Haarkur. Glück haben diejenigen, die einen Hund besitzen. Der muss jetzt nämlich Gassi. Inzwischen schlägt die Kirchturmuhr leider erst drei.

*

„Verrühren Sie einen Esslöffel Karottensaft mit einem Esslöffel Joghurt und lassen Sie die Maske nach dem Auftragen 10 Minuten einwirken. Sie wirkt belebend und gibt Ihrer Haut einen zart getönten Schimmer."

Entsetzt betrachte ich mein Gesicht. Meine Haut hat sich in den kränklichen Teint einer Gelbsuchtpatientin verwandelt. Der hektische Versuch, das Ganze mit dem Waschlappen wieder abzurubbeln, hinterließ zusätzlich rote Flecken auf meinen Wangen, der Stirn und auf dem Dekolleté. Ich bin eine Möhre. Farblich betrachtet. Alles andere als zart getönt und eher leuchtend als schimmernd. Nahrungsmittel lassen sich sinnvoll als natürliche Kosmetika einsetzen. So beschreibt es der Artikel aus der Frauenzeitschrift, der inzwischen zerknüllt neben der Toilette liegt. Probieren die so was nicht vorher aus, bevor die ahnungslosen Leser auf derartige Schönheitstipps loslassen? Ungläubig sehe ich zu, wie sich kleine Pusteln auf meiner Nase bilden. Mir schwant Böses. Aus dem Dunkel meiner Erinnerung taucht die ernste Miene meines Kinderarztes auf. Der, nachdem er mich minutenlang mit fiesen Nadeln traktierte, etwas von Allergie murmelte. Nach weiteren zwanzig Minuten ähnele ich einem Streuselkuchen. Einem Karottenstreuselkuchen. Den Anblick erträgt man kaum. Ich hänge mir ein Handtuch über. Zu spät fällt mir ein, dass Eigelb in meinen Haaren klebt. Auch das stand in der verhängnisvollen Zeitschrift. Dass man Ei ins Haar kneten soll. Vermischt mit Olivenöl. Mir war nicht klar, wie eklig eine solche Bio-Vitaminkur riecht. Angewidert betrachte ich mein flauschiges, ehemals weißes Frotteetuch und die fettigen Strähnen auf meinem Kopf, aus denen sich soeben meine Hennatönung verabschiedet. Nun kullert doch eine dicke Träne über meine Backe, die ich trotzig fortwische. Mein erster freier Tag nach wochenlanger Schufterei. Den Laden überließ ich meiner Mutter und Sascha. Die Buchhandlung ist zwar geschlossen, aber dank der gemischten Geschäftsform halten wir den Cafébetrieb auch sonntags aufrecht. Seit zehn Uhr versuche ich, nicht ständig vor dem Telefon hin und her zu tigern und dem Drang zu widerstehen, im Cook & Chill nach dem Rechten zu fragen. Bis nach dem üppigen Frühstück auf dem Balkon war ja noch alles bestens.

„Lass die Seele baumeln", gebärdete Mutti.

Und drückte mir mit einem mutterzärtlichen Zwinkern die verhängnisvolle Frauenlektüre mit dem Titelreißer „Finde dich selbst!" nebst Sonderteil: „Wellness von Feld und Wiese" in die Hand.

Ich meine - wer bitte, kommt auf die Idee, über solch ein unnützes Thema in einer Zeit zu schreiben, wo die Wirtschaftskrise im Lande wütet? Sollte man sich da nicht gehaltvolleren Rubriken widmen? Mir schwebt da Folgendes vor:

„Wie bereite ich aus drei Kartoffeln ein Mahl für vier Personen und einen Hund?"- oder -: „Karottenanbau auf dem Fenstersims in schlechten Zeiten."

Stattdessen verschwenden diese Leute wertvolle Nahrungsmittel an halbseidenen, medizinisch fragwürdigen Schönheitsrezepturen. Vor allem, wer liest so was? Ich, ja richtig.

Ich hatte verdrängt, wie öde so ein Singlesonntagsdasein sich gebärdet. Nicht mal Britta geht an den Apparat, um sich von mir zu einer kurzweiligen Aktivität überreden zu lassen. Der Blick zum Haus gegenüber hat jeglichen Reiz verloren. Aus purer Gewohnheit greife ich zum Fernglas. Ich kann nur den Kopf schütteln, als ich Zeuge werde, wie Frank Sander Zwiegespräche mit seiner Zimmerpflanze auf dem Fensterbrett führt. Dabei wischt er mit einem Lappen jedes Blättchen einzeln ab. Wenn ich nicht genau wüsste, was für ein unangenehmer Zeitgenosse dieser Mensch ist, hielte ich ihn glatt für einen netten Kerl. Aber offenbar erschöpft sich seine Freundlichkeit an Grünzeug. Ob er seiner Pflanze einen Namen gegeben hat? Aus rein botanischem Interesse google ich das Gewächs. Der Philodendron stammt aus Mexiko und dem tropischen Südamerika. Er spricht demzufolge nur Spanisch, sodass ich bezweifle, dass er für Franks Gesäusel empfänglich ist. Nein, und ich finde Franks Gebaren nicht süß. Sondern schlichtweg lächerlich.

Kurz entschlossen greife ich nach dem Föhn. Ich will an gar keinem anderen Ort, als in meinem Kochbuchladen sein! Mit einem bunten Tuch um den Kopf und Inkognito-Sonnenbrille auf der Nase schließe ich die Einsamkeit hinter mir ein und mache mich auf den Weg ins Cook & Chill.

Ach sieh an. Hier steckt sie also. Meine Freundin lümmelt auf dem Sofa und schlürft behaglich Tee aus ihrer Tasse. Louise sieht von ihrem Buch auf, als ich seufzend auf die Couch sinke.

„He, du hast heute frei", empört sich Britta, „du solltest dich entspannen!"

Genau das tue ich jetzt.

„Zuhause!", meckert Britta.

„Bin zuhause."

Ich lehne mich zurück und lasse meinen Blick durch den Raum streifen. Alle Tische sind besetzt. Sogar auf den Stufen draußen und auf der Holzbank auf dem Gehsteig sitzen Gäste, halten ihre Nase der Sonne entgegen, trinken Kaffee und plauschen. Im Hintergrund ertönen gedämpfte Tastenklänge eines Klaviers, die diesem typischen Geräuschcocktail aus Geschirrklappern, leisen Unterhaltungen und dem Schnaufen der Espressomaschine eine Melodie schenken. Eine ähnliche Musik hörte ich erst vor Kurzem. Die Erinnerung an diese Nacht verschwimmt.

„Sascha, machst du mir einen großen Milchkaffee mit viel Schaum?"

Ich rolle unvermittelt die Augen und wende mich Britta zu:

„Ich verstehe die Männer nicht."

Sie beugt sich nach vorne und sieht mich strafend an.

„Ist es das, was ich glaube? Du hast das Fernglas immer noch nicht bei eBay verkauft!?"

Nein. Habe ich nicht. Ich winde mich verlegen auf dem Stuhl. Britta war entsetzt, als sie den Feldstecher auf meiner Küchenfensterbank entdeckte. Obwohl sie sich brennend für meine Nachforschungen interessierte. Offensichtlich überspannte die Art und Weise aber doch ihr Moralgefühl. Vor allem mein Hinweis, dass F. Sanders Kumpel genau dasselbe alberne Logoshirt besitzt, wie ihr Göttergatte Andreas, machte sie beinahe wütend. Schließlich trügen Hunderttausende dieses Shirt, wieso ich mich so darauf versteifte, dass Andreas zufällig das gleiche im Schrank hat. Ich finde, sie übertreibt.

Warum ich mich trotz allem so für Frank Sander interessiere, weiß ich ja selbst nicht. Ich werde nur das dumpfe Gefühl nicht los, dass das Gericht nicht so schmeckt, wie es vorgibt. Meine Menschenkenntnis kann gar nicht so mies sein.

Louise am Nebentisch tut alles andere, als zu lesen. Sie spitzt die Ohren und horcht. Sie wird doch nicht etwa neugierig sein?

„Was?!" raunze ich Britta an.

Sie runzelt die Brauen und zeigt mit dem Finger auf meine Stirn.

„Du hast da was … ist das Farbe?"

Mit einem rüden „Nein, Möhre", wende ich mich einer Zeitschrift zu. Unauffällig streiche ich mir den Pony ins Gesicht. Zum Glück gerate ich nicht in weitere Erklärungsnöte, da Sascha sich einem ungeduldigen Gast widmet, der bezahlen möchte. Leider blieb mein Auftritt nicht unbemerkt. Linda stupst mich am Arm und raunt mir ein Vertrauliches:

„Sie behebt das im Nu …" zu.

Verdutzt schaue ich auf die Visitenkarte, die sie mir diskret in die Hand drückt. Dermatologie-Praxis steht auf dem kleinen Rechteck, dass ich schnell in der Tasche verschwinden lasse. Frau Meininger setzt die Miene eines Dealers auf, der soeben ein Päckchen Hasch vertickt hat. Meine Haut beginnt sofort zu jucken, dabei hatte ich das Desaster gerade mal für zwei Minuten vergessen. Verzweifelt lese ich den Einleitungssatz meines Zweitschriftartikels zum dritten Mal.

Frau Sozialpädagogin nimmt indes Sascha ins Visier und beobachtet ihn beim Büchersortieren. Er tut das wie stets ungemein sorgfältig. Bedauerlicherweise macht er es immer noch nicht korrekt. Ich muss ein ernstes Wort mit Britta reden. Der Gute denkt offensichtlich an alles andere, während er Löcher in die Einbände starrt, um sie folglich dorthin zu stellen, wo sie hübsch anzusehen sind, aber das war´s auch schon.

„Britta …"

Meine Freundin ignoriert mich. Stattdessen veranstaltet sie offenbar mit Sascha so etwas wie telepathische Experimente. „Sschscht!" fährt sie mir ungehalten über den Mund. Sie beugt sich nach vorne und analysiert unverhohlen seine Bewegungen.

„Er kann nicht lesen."

Ich habe mich verhört. Ich lache.

„Ich habe gerade verstanden, du hättest gesagt er könne nicht …"

Britta sieht mich düster an. Ihr Blick sagt: Das ist nicht komisch.

Louise schreibt in ihr Notizbuch. Ich senke meine Stimme.

„Quatsch!" entfährt es mir. „Er …"

Doch nun schaue ich genauer hin. Sascha greift nach einem Buch und betrachtet es lange. Er schlägt ein paar bebilderte Seiten auf und schließt es wieder. Seine Finger betasten den Einband. Er denkt nach. Nun gleitet sein Blick suchend über das Regal. Er nimmt ein anderes Kochbuch aus dem darüber liegenden Brett herunter und blättert ebenfalls darin. Und jetzt sehe ich es. Er vergleicht die Abbildungen. Dann ordnet er beide Bände gemeinsam in derselben Rubrik ein.

„Der sortiert die Bücher nach Bildern!"

Ich flüstere es in fassungsloser Faszination. Britta hält nur den Zeigefinger an die Lippen und schüttelt rasch den Kopf.

Louise wendet sich auffällig konzentriert ihrer Lektüre zu. Derzeit liest sie Thomas Mann. Ob sich diese Frau jemals mit trivialen Dingen beschäftigt?

„Sascha, kommst du bitte in mein Büro?"

*

Ich weiß genau, wie es sich anfühlt, zum Chef zitiert zu werden, ohne konkret zu wissen, was man verbrochen hat. Dr. Johannes Hennemann verstand es in geradezu perfider Art und Weise, einen kompletten Führungsstil daraus zu konstruieren. Wir bezeichneten diese Gespräche als „Sardinensitzungen", weil danach nicht mehr von einem übrig blieb, als das, was in eine ebensolche Büchse passte. Nach diesem System wird der Mitarbeiter bereits so nervös gemacht, dass er auf ein kompaktes Format geschrumpft ist, noch ehe die Unterredung überhaupt begonnen hat.

So beschäftige ich mich im Arbeitszimmer mit allem Möglichen, um meine Aushilfe erfolgreich zu ignorieren. Ich sortiere meine Rollcontainerschublade, wische mit einem Lappen über den Computerbildschirm und wühle in meiner Postmappe. Sascha steht zuerst neugierig entspannt, im weiteren Verlauf bemüht geduldig und nach fünfzehn Minuten reichlich unruhig im Türrahmen, während ich in irgendwelchen Ordnern blättere. Als er sich wiederholt räuspert, tue ich so, als erinnerte ich mich erst jetzt wieder seiner Anwesenheit.

„Setz dich doch," zeige ich mit dem Kinn auf den Besprechungsstuhl mir gegenüber und studiere zum zehnten Mal denselben Absatz auf den Lieferbedingungen des Gemüsehändlers.

Fünf Minuten später ist er so weit. Er guckt wie ein verschrecktes Kaninchen. Ich lege das Dokument beiseite, das ich nun auswendig kann. Mir kommt eine Idee, also nehme ich das Blatt erneut in die Hand. Mit einem nachdenklichen Blick halte ich es Sascha entgegen.

„Lies."

An diesem Abend schließt das Cook & Chill mit einer neuen Geschichte. Britta belehrt mich später, dass Analphabetismus in unserer Gesellschaft viel häufiger vorkommt, als man denkt. Dabei schlägt sie mir ein paar statistische Werte um die Ohren, die mich staunen lassen. Menschen wie Sascha lernen unter besonderen Umständen, um das Lesen und Schreiben einen Riesenbogen zu machen. Er wuchs bei seiner demenzkranken Oma auf, die schlichtweg vergaß, ihn regelmäßig zum Unterricht zu schicken. Letztlich floh er nach der neunten Klasse ohne Abschluss von der Schule, weil er den Druck nicht mehr ertrug. Auf dem Zeugnisblatt prangte eine Eins in Mathematik. Und eine Fünf in Deutsch. Ersteres wäre mir nie gelungen. Bis heute lavierte er sich so geschickt durch das Leben, dass keiner nur den geringsten Verdacht hegte. Er war weder dumm noch ungebildet. Am Fernseher hatte er jede wissenschaftliche Sendung in sich aufgesaugt, im Radio ständig Nachrichten gehört. Er liebt es, über die Welt zu philosophieren und politische Diskussionen zu führen. Sein Talent für Zahlen verschleierte sein Defizit noch zusätzlich. In brenzligen Situationen legte er notfalls einen Gipsverband an.

So schrieb er sich auch auf der Universität ein. Oder ließ sich einschreiben. Mit gefälschtem Abiturzeugnis in Bestnote marschierte er mit beidseitig verbundenen Händen auf die Immatrikulationsstelle und tischte der Sekretärin eine dermaßen bemitleidenswerte Geschichte auf, dass diese ihm hilfsbereit sämtliche Formulare ausfüllte. So wurde der Analphabet Sascha Engel offiziell Student der Fakultät Sozialwissenschaften, Studienschwerpunkt Politik, Mathematik im Nebenfach. Jede Vorlesung der letzten drei Jahre ist wie eine Datei in seinem Hirn gespeichert. Er besitzt unglaublich viel Ahnung von seinem Fach. Und hat keine einzige schriftliche Prüfung abgelegt. Jetzt ist er hier. Und aufgeflogen. Sein gesamtes Lebenskonstrukt kracht innerhalb eines Wimpernschlags in sich zusammen. Dieses Gefühl ist mir selbst hinlänglich vertraut. Er erhebt sich wackelig von seinem Stuhl und greift nach seiner Jacke.

„Dann gehe ich mal."

„Kommst du morgen etwas früher?"

Er hält inne. Sieht mich ausdruckslos an. Schüttelt den Kopf. Das Ordnungssystem der Stadtbücherei kommt mir in den Sinn.

„Wir sortieren die Regale neu. Wir werden die Rubriken bunt kennzeichnen und kleine Punkte in den entsprechenden Farben auf die Buchrücken kleben. Ich werde jede Sendung vormarkieren. Und Du ordnest sie ein. Ich erwarte dich um acht."

Sascha versteht mich nicht. Ich nicke nur kurz und wende mich irgendwelchen Unterlagen zu. Er steht da wie ein begossener Pudel in Mäusegröße. Besinnt sich, tritt auf mich zu und reicht mir eine schwitzige, heiße Hand. Ich halte sie ganz fest. Schließlich lächelt er und greift nach dem Türöffner, um das Büro zu verlassen.

„Und übrigens …"

„Ja?"

„Lüg´ mich bloß nie wieder an."

13. Messerscharf

Ein guter Koch entwickelt eine persönliche Beziehung zu seinem Handwerkszeug. Für den Meister ist sein eigenes Messer das Einzige, das er nutzen möchte und das grundlegende Medium, über das er zu höchster Kunstfertigkeit in der Zubereitung von Speisen gelangt. Für einen Samurai entscheidet das Schwert maßgeblich über Sieg oder Niederlage. Der Vergleich mag seltsam anmuten, trifft aber den Kern der Aussage. Ein Koch ist ohne seine Klinge regelrecht verloren. Vermutlich würde die Qualität seines Essens nicht wesentlich leiden. Doch die Sicherheit, die Freude und die Liebe könnten sein Tun nicht füllen. Was das Gericht zwangsläufig zum Mittelmaß degradierte. Das stille Kleinod meiner perfekten Küche ist meine japanische Messersammlung.

Exzellente, japanische Messer hält ein Meisterkoch für unverzichtbar. Man nennt sie Santoku, was „Messer der drei Tugenden" bedeutet. Damit wird betont, dass sie sich für Fleisch, Fisch und Gemüse eignen. Die Kunst des Schwertschmiedens besitzt in Japan eine lange Tradition, die von Generation zu Generation weitergegeben wird. Ein Santoku verfügt über einen vorzüglichen Schliff, kompromisslos auf Schärfe geeicht. Ursächlich sind der verwendete Stahl und die vielen übereinander geschmiedeten Schichten, aus denen das Blatt hergestellt wird. Außerdem ist es einwandfrei ausbalanciert, der Griff ruht immer exakt in der Hand.

Meine Messer tragen die Namen berühmter Samurais. Sekiryu, Haiku und Tojiro. Zieht man die sauscharfe Klinge aus dem Messerblock, so ertönt ein lieblich zischendes, unglaublich gefährliches Geräusch. Ich kriege jedes Mal eine Gänsehaut. Für meine Schüler erstand ich mehrere Sätze einfacher Kochmesser. Mein Haiku liegt sorgsam in ein Tuch eingeschlagen in meiner privaten Schublade. Als Köchin, die etwas auf sich hält, bin ich damit eigen und werde äußerst unangenehm, wenn ein Ungläubiger mit seinen unbedarften Fingern mein Kleinod entweiht.

Der korrekte Umgang mit einem Messer will gelernt sein. Diese Lektion möchte ich meinen Lieben unter keinen Umständen vorenthalten. Zu diesem Zweck fahre ich heute noch mal schnell zum Einkaufen, um Material zum Schneiden und Hacken zu besorgen. Das Gericht des Abends soll eine italienische Minestrone sein.

*

Das Schöne am Leben in der Großstadt ist, dass durch das Spektrum an bunten Individuen der einzelne Irre bestenfalls untergeht. Wer gegen Spätnachmittag in der Innenstadt einen Supermarkt aufsucht, tut dies aus Beweggründen, die so gut wie nichts mit Nahrungsbeschaffung zu tun haben. Der Single an sich findet hier das ergiebigste Jagdgebiet für jedes beliebige Beuteschema. Allein der Inhalt eines Einkaufswagens sagt mehr über den Einkäufer aus, als er denkt. Von daher meidet der Suchende den Kontakt mit Familienpackungen, Windeln und der Eispackung für Verliebte. Interesse wecken hingegen Rollwägen männlicher Zeitgenossen mit Fertigprodukten und Konserven, garniert mit einer Tüte Chips und teurem Rotwein. Die weibliche Singlefrau kauft vornehmlich Kleinpackungen, und zwar in fettfrei oder zumindest kalorienreduziert, massenweise Rohkost und dazu das sündige Täfelchen Zartbitterschokolade. Auch den Lebensstil vermag man genauestens zu erforschen, ob Sofalieger oder Sportler, Student oder Gourmet, ob Hundeliebhaber oder doch eher Katzenmensch. Ein Einkaufswagen ist reine Psychologie. Ich bin mir nicht sicher, was meiner über mich aussagt. Seit einer halben Stunde schiebe ich ein Gefährt in der Größe eines Lkws durch die unermesslichen Weiten der Gemüseabteilung. Darin liegen gerade mal ein Bund Porree und eine Packung Haarentfernungscreme im Sonderangebot. Schnelle Besorgungen sind mir ein Gräuel. Im Allgemeinen überfordert mich eine allzu üppige Auswahl. Es ärgert mich zudem maßlos, dass das vordere linke Rad meines Vehikels offenbar klemmt. Das Ding entwickelt ein Eigenleben mit einem äußerst anstrengenden Linksdrall, dem ich nur mühsam entgegensteuern kann. Nachdem ich, den Kopf nach rechts gewandt, beinahe in einen Erdbeerkistenstapel gefahren wäre, bin ich kurz davor, das widerspenstige Fuhrwerk mitten im Korridor zu vergessen. Auch wenn es einen Euro kostet. Derweil ich mit mir hadere, meine Einkäufe mittels eines Kartons schleppender statt fahrenderweise zu Ende zu bringen, wird mir diese Entscheidung abgenommen. Da vorne schlendert Frank Sander auf mich zu. Obwohl es hier drin stockduster ist, trägt er eine Sonnenbrille. Das Hemd bis zum Bauchnabel aufgeknöpft, schlurft er lässig mit Flip Flops zwischen den Zehen auf mich zu. Ich lasse den Wagen los, ignoriere den tadelnden Blick der Verkäuferin und biege schleunigst in den nächsten Gang ab. Leider kommt mein Nachbar auf die gleiche Idee.

Reflexartig sinke ich in die Hocke und tue so, als suche ich nach einer bestimmten Sorte Hundefutter. Frank schiebt seinen Einkaufswagen an mir vorbei, während ich fieberhaft im untersten Bord nach einem Kauknochen höheren Verfallsdatums wühle. Das „Schlapp-Schlapp" seiner Schritte nähert sich gefährlich und verstummt. Mist. Der bleibt doch nicht etwa stehen, oder?

Die Kante des Bodenregals bohrt sich schmerzhaft in meine Knie, aber der Effekt, fast gänzlich in dem Aufsteller zu verschwinden, entschädigt mich für die Pein. Es geht sogar weitaus tiefer, wenn ich den Bauch einziehe. Es knistert, rumpelt und scheppert. Ich brauche Minuten, um mich zwischen einem Naturschweineohr und einem mit Pansen gefüllten Kalbsknochen zu entscheiden. Vorsichtig spähe ich seitlich an den Tüten vorbei. Igitt, ich wusste bis dato nicht, dass Hundeflocken so eklig riechen. Inzwischen ist die Luft rein. Weder links noch rechts erspähe ich jeansbekleidete Männerbeine.

Ich war nie so hurtig aus einem Lebensmittelgeschäft raus wie heute. Ich belud kurzerhand und wahllos einen Karton bis zur Oberkante mit Gemüse, damit ich nicht umsonst im Supermarkt Blut und Angstschweiß schwitzte. Nun schwanke ich beträchtlich unter dem Gewicht, erreiche jedoch unbehelligt die Kasse. Den Hundeknochen zahle ich anstandslos mit. Frank ist wie vom Erdboden verschluckt. Jetzt nichts wie weg hier und flugs zum Auto. Als ich in der Pappkiste hektisch nach meinem Autoschlüssel wühle, entschließt sich diese natürlich, den Boden zu verlieren. Ich sammle also begleitet von mitleidigen und manch spöttischen Blicken auf dem Parkplatz mein verstreutes Grünzeug auf. Selbstverständlich kullert die Enthaarungscreme direkt vor die Füße eines gut aussehenden Herrn in den Dreißigern. Mal wieder denke ich mir, dass mein Leben unsäglich chaotisch ist, während ich die Familientube peinlich berührt entgegennehme und in meiner Jackentasche verschwinden lasse.

*

„Hehe…" meckert es aus der hinteren Reihe, „wohl zu lange auf der Sonnenbank geräkelt, hm?"

Mein Lieblingsschüler grinst schadenfroh.

„Sander, halt die Klappe."

Dr. Hennemann nickt mir ermunternd zu. So ignoriere ich Frank und widerstehe der Versuchung, mir die Stirn zu kratzen. Frau Dr. Hase hat mir eine wirklich angenehme Salbe verschrieben und meine möhrengeschundene Haut fühlt sich nach der Behandlung schon wesentlich besser an. Was nichts daran ändert, dass ich noch immer grauenvoll aussehe. Es war zu erwarten, dass mein Nachbar es nicht über sich bringt, wie die anderen taktvoll darüber hinwegzusehen. So fahre ich mit meinen Ausführungen fort und reiche das Haiku zur Ansicht an meine Schüler weiter, nicht ohne die Klinge drohend Richtung Frank zu schwenken. Der lacht bloß. Mich beschleicht das dumpfe Gefühl, das ihm durchaus klar ist, wer im Supermarkt sprichwörtlich zu seinen Füßen lag.

Julia Wagners Gesicht liest sich wie ein spannender Thriller. Sie verzieht angespannt die Mundwinkel und ein leises Zischen entfährt ihren Lippen. Sie hält die Schneide dicht vor die Brille, um die Inschrift lesen zu können. Dann dreht sie den Griff und erfasst angestrengt jede Einzelheit der Verarbeitung. Ich kann mich der zunehmenden Begeisterung nicht entziehen, die ihr Eifer in mir wachruft. Vida und Lukas beginnen albern, in der Küche herumzuhüpfen und einen imaginären Fechtkampf auszutragen. Frank bohrt gelangweilt die Spitze seines Kochmessers in die Arbeitsplatte. Ich strafe ihn mit einem bösen Blick und schüttle den Kopf. Was ihn nicht weiter beeindruckt. Friedrich und Johannes wiegen die Messer in der Hand und vergleichen die unterschiedlichen Klingengrößen. Ich muss plötzlich an Männertoiletten denken.

Friedrich trägt heute ein T-Shirt mit dem Aufdruck „Alles unter 400 Gramm ist Carpaccio", den ich unlängst auf der Brust eines bekannten Sternekochs im Fernsehen las. Trotz seiner unüberhörbaren Macke ist er ein so überaus angenehmer, lockerer Typ. Ich gewöhne mich daran, dass er irgendwie zu zweit ist. Die anderen scheint es nicht zu stören. Ich vernehme nie auch nur eine abfällige Bemerkung. Vidas Kichern zählt nicht. Das tut sie schließlich andauernd. Nicht einmal der Fiesling wagt es, gemein zu Friedrich zu sein. Stattdessen findet dieser sogar Zugang zu Frank. Seine Liebenswürdigkeit hält die kleine Truppe zusammen, schafft eine ausgewogene Dynamik. Selbst Dr. Johannes Hennemann wird davon berührt. Kaum zu glauben, wie ungezwungen und entspannt der sonst so knochentrockene Jurist sein kann. Ich finde es nach wie vor gewöhnungsbedürftig, ihn mit dem obligatorischen Hemd und Kochschürze in meiner Küche werkeln zu sehen und ihn herumkommandieren zu dürfen. Kommentarlos übrigens. Er meidet jegliche Reibung. Bis dato traute ich mich nicht, ein klärendes Gespräch zu suchen. Und er unternimmt nicht die geringsten Anstalten, mich auf die Kündigung oder gar die Hypothek anzusprechen. Als hätte er mich vor wenigen Tagen zum ersten Mal gesehen.

Frank starrt reichlich desinteressiert Löcher in die Luft und schaut alle fünf Minuten auf die Funkuhr an der Wand. Ich frage mich ernsthaft, was er hier will. Weder bringt er einen Funken Interesse noch Talent mit, um das angestrebte Ziel zu erlangen. Meiner Meinung nach gehört er vielmehr in einen Kurs für Pflanzenfreunde. Heute fotografierte er sein Gewächs sogar. Das beobachtete ich rein zufällig, weil er sich dabei so weit aus dem Fenster lehnte, sodass ich ihn schon mitsamt der teuren Kamera auf dem Pflaster liegen sah. Wenn er seinen Mitmenschen nur halb so viel Gefühl entgegen brächte, wie seinem Grünzeug, wäre Mutter Theresa eine vergleichsweise schwache Nummer in Nächstenliebe. Leider kann ich ihn nicht mal mit seinem Botanik-Tick aufziehen, um ihm die Gockelfedern zu stutzen. Dann flöge ich auf. Schließlich hat er keine Ahnung, wer ihm gegenüber wohnt. Und das würde ich auch gerne so belassen. F. Sander, der Nachbar, war ein netter Zeitvertreib, solange er Teil eines Traumbilds war. Frank Sander, der Kochschüler, ist einfach nur die peinliche Realität. Und beide zusammen sind meine mangelnde Urteilsfähigkeit in persona.

Meine Aufmerksamkeit sollte lieber den erfreulichen Personen in diesem Raum gehören. Julia widmet sich noch immer meiner japanischen Kostbarkeit. Sie behandelt das Messer wie ein rohes Ei. Ich nehme es ihr sanft aus den Fingern. Dabei fasse ich sie behutsam am Arm und sie sieht mich über den Brillenrand unsicher an.

„Ein wunderbares Instrument, nicht wahr? Möchtest Du damit arbeiten?“

Sie nickt, überrascht und geschmeichelt. Und ich bemerke, wie sie sich unbewusst aufrichtet und ein wenig größer wird.

Sascha pfeift. Ein Apfel fliegt mir entgegen. Er landet in meiner rechten Hand, die ich auf das Brett drücke. Vier präzise Schnitte, und das Kerngehäuse fällt in den Mülleimer. Ich demonstriere den richtigen Griff um den Holzschaft und die Hebelbewegung des Handgelenks. Meine Linke krallt sich in das erste Apfelstück. Die Fingernägel müssen steil auf die Fläche der Frucht treffen, wobei man die Handwurzel leicht nach vorne neigt. So bleiben die Finger vor versehentlichen Schnittverletzungen geschützt. Nun bewegt sich meine Rechte in einer Wiegebewegung auf und ab. Die Klinge gleitet widerstandslos durch das Fruchtfleisch und schneidet schmale Streifen aus der Apfelhälfte. Anschließend dasselbe, um neunzig Grad gedreht. Feine Würfel liegen auf dem Schneidebrett. Ich stelle den Gemüsekorb auf die Arbeitsplatte und mache eine einladende Geste.

„Legt los. Es gibt heute Minestrone. Wir brauchen jede Menge Gemüse!“

Julia schwitzt. Ungeschickt greift sie nach ihrer Kartoffel, die andauernd von der Platte glitscht. Die Hebelbewegung gelingt ihr nur halbwegs. Außerdem besitzt sie eine solche Hochachtung vor dem scharfen Werkzeug, dass sie nur zögerlich Druck auf den Griff ausübt. Die unwillige Knolle nutzt die Chance, ihr erneut zu entwischen. Julia schaut sich nervös um, sich vergewissernd, dass keiner ihre Unsicherheit bemerkt. Ich senke intuitiv den Nacken und registriere aus dem Augenwinkel, wie sie sich mit dem Handrücken über die nasse Stirn wischt. Beinahe hätte sie das Messer vergessen. Ihr Blick streift die verglaste Wand zum Buchladen. Man sieht durch den dunklen Raum hinweg bis zur Tür und zum großen Panoramafenster hinaus. Die Laterne malt ein Spotlight auf die verlassene Straße. In diesem Lichtkegel steht eine Gestalt und macht Julia unablässig Zeichen. Ich trete sacht zurück, um aus dem toten Winkel zu beobachten, was geschieht. Der kleine Mann lugt zum Fenster hinein. Und wenn ich mich nicht täusche, vollführt er soeben eine mir sehr bekannte Handbewegung. Er kippt die Rechte schräg zu sich hin und spreizt dabei den Daumen ab. Dann vollzieht diese eine gekonnte, saubere Wiegebewegung. Auf und ab. Tatsächlich. Ich bin platt. Ausgerechnet er zeigt Vögelchen, wie es geht. Sie dreht ihr Handgelenk, platziert den Daumen auf dem Messergriff – und schneidet die Kartoffel in exakte Scheiben. Als sie aufsieht, ist die Gestalt verschwunden. Sie zuckt zusammen. Und ich verharre ungemein nachdenklich in meiner dunklen Ecke.

Sascha fasst Julia an der Schulter. „Das hast du aber gut hingekriegt. Guck mal, der Frank.“ Sie kichert. Frank bekam die extrascharfen, roten Zwiebeln ab. Natürlich rein zufällig. Ich grinse und lobe mich im Stillen für meinen genialen Einfall. Mit Genugtuung beobachte ich seine geröteten Augen. Wahrscheinlich weint er zum ersten Mal in seinem Leben wie ein echtes Mädchen.

Minestrone (ital. „dicke Suppe")

Man nehme:

1,5 l Gemüsebrühe,
100 g Parmesanrinde, Parmesan,
60 g Butter,
jeweils 100 g Zucchini, grüne Bohnen und Tomaten,
jeweils 2 Möhren und Kartoffeln,
60 g durchwachsenen Speck,
50 g Olivenöl,
3 Knoblauchzehen,
2 EL Tomatenmark,
3 Zwiebeln,
2 Stangen Sellerie,
1 Bund Basilikum,
Salz, Pfeffer.

Zuerst werden Knoblauch, Zwiebeln, Sellerie, Tomaten, Möhren, Kartoffeln, Bohnen, Zucchini und Speck klein geschnitten. Das Öl in einem Topf erhitzen und den Speck darin anbraten. Knoblauch und Zwiebeln hinzugeben und das Ganze einige Minuten schmoren lassen. Dann Sellerie, Möhren und Kartoffeln mit braten. Die Bohnen dazugeben und nach weiteren zwei Minuten die Zucchini. Den Deckel auf den Topf legen und 15 Minuten garen lassen. Anschließend die Brühe, das Tomatenmark, Basilikum und die Käserinde in den Topf geben und kurz aufkochen.

Nun die Temperatur reduzieren und die Suppe eine Stunde köcheln lassen. Die Käserinde aus der Brühe entfernen.

Die Minestrone in tiefe Teller füllen und etwas geriebenen Parmesan darüber streuen.

Friedrich Busch pustet vorsichtig in seine Suppenschale. Der heiße Dampf rötet sein Gesicht. Seine schmalen Finger halten den Löffel wie ein seltenes Insekt, ehe er ihn in einer ungelenken Bewegung an die Lippen führt. Er schließt die Augen und ein lang gezogenes „Hmhmm …" steigt brummend aus seiner Kehle. Ich grinse.

„Wie hast du eigentlich hierher gefunden?"

Kurz innehaltend lächelt er sein charmantes Lächeln, das mich stets mit Wohlbefinden erfüllt. Auch wenn es schwerfällt, Frank zu überhören, der lautstark irgendeinen ultimativen Aufriss zum Besten gibt, wende mich betont interessiert dem weitaus angenehmeren Friedrich zu. Die Kochschüler haben es sich angewöhnt, nach dem obligatorischen gemeinsamen Essen noch ein wenig beisammenzusitzen. Lediglich Dr. Hennemann macht sich direkt nach dem letzten Bissen aus dem Staub, als hätte er es eilig, unserer Gesellschaft zu entfliehen.

„Oh, Jens hat Euch entdeckt. Er kam mit dem roten Zettel nachhause und drückte ihn in seine Hand. Er meinte, er solle erst wieder zuhause kochen, nachdem er dort war."

Schuldbewusst erinnere ich mich an die dreiste, nächtliche Werbeaktion und lache verlegen.

„Ja, da sind wir wohl etwas über das Ziel hinausgeschossen …"

Er stupst mich freundschaftlich an.

„Nein, Ihr habt damit das Ziel erreicht. Nach dem Wie fragt letztendlich keiner."

Ich gebe ihm recht. Ob die von der Staatsanwaltschaft das auch so sehen?

Frank kippt sein Kölsch in einem Zug hinunter:

„Kennt Ihr den? Im Leben wählt ein Mann zwischen zwei Übeln meist das Hübschere und das Jüngere."

Er lacht dröhnend. Julia rückt weiter von ihm ab. Dabei verdreht sie die Augen und schüttelt den Kopf. Frank zwinkert ihr zu, die eindeutige Botschaft ignorierend. Friedrich zuckt missbilligend mit einer Augenbraue.

„Er mag keine Frauen."

Ich nicke automatisch:

„Das denke ich mir, wenn Du mit Jens zusammenlebst."

„Nein. Er meint ihn."

Friedrich zeigt unfein mit dem Zeigefinger auf meinen unseligen Nachbarn. Seelenruhig tunkt er einen Kanten Brot in die Minestrone und schwenkt mit dem tropfenden Stück in meine Richtung.

„Aber du magst ihn. Trotzdem."

„Den?! Nein, sicher nicht!"

Meine Reaktion fällt heftiger aus, als ich beabsichtige. Schnell schüttle ich bekräftigend den Kopf hinterher. Pah. Frank Sander ist absolut undiskutabel.

Friedrich lächelt nur milde und lutscht an der Brotkante.

„Du magst ihn", nuschelt er zufrieden und verdreht verzückt die Augen, „Lecker!"

Ich verneine erneut und drehe meinem Nachbarn explizit den Rücken zu. Wie kommt Friedrich bloß darauf?

„Na, Kathrinchen? Noch so'n Blubberwasser?"

Leider kann Frank defensive Körpersprache nicht lesen. Er sieht mich auffordernd an und kümmert sich nicht im Mindesten darum, dass er ein Gespräch unterbricht. Dieser Kerl ist die reine Provokation.

„Sag mal, Frank,...", betont vertraulich beuge ich mich vor. In meine Nase steigt ein Hauch von Zeder und Vanille, gepaart mit so etwas wie ... Ist das Patschuli?!.. „... was machst du eigentlich hier?"

Sein Geruch verwirrt mich einen Moment, ich gebe es zu. Der mehr als erregende Duft weckt blöderweise unselige Begehrlichkeiten. Trotzdem zwinge ich mich, seinem Blick herausfordernd standzuhalten. Sein Gesicht ist deutlich zu nah an meinem. Viel zu nah.

Frank schaut in die Runde.

„Na, Tussen aufreißen, was sonst? Mit einem exzellenten Menü erübrigt sich der Nachtisch von alleine ..."

Er zwinkert anzüglich, wackelt mit den Hüften und macht mit den Ellbogen dazu eine unmissverständliche Geste, „Ihr wisst schon, was ich meine ... hehe."

Julia sieht aus, als müsse sie sich übergeben. Sascha verstummt mit offenem Mund und Friedrich windet sich sichtlich unangenehm berührt. Ich bin sprachlos.

„Das meinst du nicht im Ernst."

Er nickt selbstgefällig:

„Aber klar doch."

Jesus, mein Nachbar ist noch jämmerlicher, als ich befürchtete!

Wie zur Bekräftigung meiner bösartigen Gedanken ertönen draußen auf der Straße Gebrüll, Geschepper und Geschrei, untermalt von aufgeregtem Hundegebell. Der kleine Mann und Frau Krause bekunden einander mal wieder ihre Zuneigung.

„Du dämliche Kuh!"

„Lungerens woanders rüm, se ungehubbelte Mensch!"

„Mach´ das Guckloch zu und red´ mit deinem Sittich!"

„Ich rof de Polizei!"

„Nur zu, die können dich gleich mitnehmen!"

„Und so weiter", murmele ich, während das Fenster zuknallt und das Kläffen allmählich in Winseln übergeht. Sascha steht unvermittelt auf.

„Also, ich gehe heim. Das Niveau hier sackt rapide ab."

„Du hast völlig recht!"

Ich schließe mich sofort an und zerre die überrumpelte Julia jäh am Arm mit.

Frank sieht uns nach und hebt verständnislos die Hände.

„Was ist denn plötzlich?"

Lukas schüttelt den Kopf und hilft Vida in den Mantel.

„Wenn Du das nicht weißt, bist Du echt ein Idiot, Mann."

14. Perlen vor die Säue

Ein lausiger Tag. Und ich habe lausige Laune. Die unschöne Szene von gestern vor Augen koche ich heute Vormittag mit Todesverachtung Spaghetti Bolognese. Die rostrote Farbe der Fleischsoße passt prima zu den Mordgelüsten, die ich hege, denke ich an Frank Sander. Mutti und Frau Krause schleichen um mich herum. Keine traut sich, mich anzusprechen. Das kommt mir sehr gelegen. Resolut rühre ich in dem Topf, sodass sich feine tomatenrote Tröpfchen auf meinem Shirt verteilen. Dabei weiß ich überhaupt nicht, warum er mich derart in Wut versetzt. Eigentlich kann Frank Sander mir gepflegt den Buckel runterrutschen.

Am Morgen kam ich nicht umhin, ihn zu beobachten, als er den Philodendron in einer blauen Mülltüte entsorgte. Die liebevoll gewässerte Pflanze ist offensichtlich in seiner Fürsorge ertrunken. Ich könnte schwören, dass er fast geweint hätte. Natürlich bilde ich mir das nur ein. Ein Frank Sander heult nicht, schon gar nicht wegen einer eingegangenen Blume. Was denke ich mir bloß. Der Prinz ist ein Frosch. Umgekehrt funktioniert das Prinzip einfach nicht. Gestern setzte er seinen Unverschämtheiten echt die Krone auf. Trotzdem verspürte ich Mitleid, als ich seinen traurigen Gesichtsausdruck im Fenster sah. Na, immerhin besitzt er ein Foto von seinem verstorbenen Kumpel.

Resolut lade ich einen Schwung Nudeln in einen tiefen Pastateller und gebe eine ordentliche Kelle Soße darüber. Mich umgeben unfreundliche Menschen, denen ich permanent Gutes tun will. Vielleicht sollte ich Brittas beruflichen Rat suchen. Irgendetwas stimmt nicht mit mir. Draußen sitzt das andere Exemplar, welches an meinen Nerven zerrt und wie selbstverständlich auf sein tägliches Mittagessen wartet.

„Hallo kleiner Mann. Hallo Hund."

Ich reiche ihm den Teller und warte wie jeden Tag auf das vernichtende Urteil. Hund schenkt mir einen treuherzigen Blick und leckt an meiner Wade. Sein Köpfchen fühlt sich seidenweich an. Schade, dass sein Herr keinen passenden Namen für ihn erübrigt. Jetzt zeigt er mir glücklich sein Bäuchlein und ich widerstehe der Versuchung, ihn zu kraulen.

„Penne Bolognese."

Er nimmt sich einige Minuten. Wie immer schließt er die Augen, während er bedächtig zuerst an dem Gericht riecht, vorsichtig mit der Gabel die Nudeln aufnimmt, sie schnuppernd zum Mund führt, kaut, und kaut … und kaut. Ich hebe eine Augenbraue. Der sagt ja gar nichts. Hund schaut genauso überrascht und wedelt zaghaft mit der Rute. Der kleine Mann probiert einen weiteren Bissen und nickt. Heißt das etwa …?

„Mit Pastagerichten hast du´s nicht so. Wieso liest du nicht zur Abwechslung in deinen italienischen Kochbüchern, anstatt sie irgendwelchen Leuten anzudrehen?"

Ich sehe ihn schweigend an. Schon seit geraumer Weile rumort ein Gedanke in meinem Hinterkopf. Wird Zeit, eine Theorie bestätigt zu wissen.

Mit einer blitzschnellen Bewegung nehme ich ihm den halb vollen Teller ab, noch eher er mit malmenden Backen danach greifen kann. Stelle ihn auf den Boden, woraufhin Hund sich sofort begeistert auf die unerwartete Gabe stürzt. Ich erinnere mich daran, wie Wut sich anfühlt, denke hilfsweise an Frank Sander, lege alle Kraft in mein Zwerchfell und hole Luft. Dann brülle ich los.

„Machen Sie´s doch besser, Sie … Sie ... eingebildeter Fatzke! Große Reden schwingen und nichts dahinter, will ich meinen!"

Der kleine Mann sitzt da wie vom Donner gerührt. Fast beschleicht mich das schlechte Gewissen. Er blinzelt und verzieht das Gesicht, als bereite ihm mein Anblick Schmerzen.

Jetzt sortiert er umständlich seine Glieder. Steht langsam auf. Einen langen Moment sehen wir uns an wie Schlange und Kaninchen. Schließlich schnalzt er mit der Zunge und nickt:

„Wenn´s hilft."

Er geht an mir vorbei über die Straße, gefolgt von Hund. Betritt das Cook & Chill unter wildem Glöckchengezeter und schlurft geradewegs Richtung Küche, ohne die Anwesenden eines Blickes zu würdigen. Sascha guckt entgeistert hinter ihm her.

Ich setze mich auf die Treppe und zünde mir - in aller Ruhe, wohlgemerkt - eine Zigarette an. Durch die Glaswand werde ich Zuschauerin eines neuen Theaterstücks mit dem Titel: „Kleiner Mann ganz groß." Ich grinse und wende den Kopf betont zur gegenüberliegenden Straßenseite. Mein anderes Ich schaut im Gegenzug genauestens hin:

An der Glastür zur Küche hält der kleine Mann ein. Zieht seine Lederjacke aus und lässt sie auf den Boden fallen. Steigt aus seinen Schuhen. Seine Socken bestehen aus nicht viel mehr als losen Fäden und die Zehen wackeln frei in der Luft. Er fasst nach der Kochschürze, die am Ständer hängt.

„Mach Platz", sagt er zu seinem Hund, der sich artig auf die Jacke seines Herrn legt.

Mutti und Frau Krause werkeln einträchtig an der Spüle und beseitigen die Spuren des Mittagessens. Plötzlich wird die Türe aufgerissen und eine laute Stimme herrscht:

„ALLE RAUS!"

Mutti schrubbt ungerührt in ihren Topf weiter. Frau Krause hingegen verlässt fluchtartig und zu perplex für Widerworte den Raum durch die Hintertür. Der kleine Mann baut sich hinter Mutti auf.

„SIND SIE TAUB? RAUS HIER!"

Ich verkneife mir an dieser Stelle nur mit äußerster Beherrschung das Lachen. Mutti stellt die Kasserolle auf das Abtropfgitter, greift nach einer Schüssel und taucht diese vorsichtig ins Spülwasser. Er beginnt schimpfend, die Schubfächer aufzureißen und fieberhaft in Küchengeräten und Bestecken zu wühlen. Mit einem vernehmlichen Knall schubst er den Rollcontainer zur Seite und zieht die nächste Schublade auf. Dabei murmelt er unablässig finster vor sich hin.

„So 'n Mist. Was ist denn das für ein Dreck? Ich find' hier nix. Wo zum Henker ist ein vernünftiges Küchentuch???"

Mutti hat indes die Schale zu ihrer Zufriedenheit gesäubert und bemerkt den kleinen wütenden Mann, der seinerseits ihre Anwesenheit komplett vergessen hat. Des Lippenlesens mächtig, fasst sie zielsicher an ihm vorbei ins Regal und reicht ihm ein Handtuch. Naturgemäß völlig immun gegen seine Lautstärke lächelt sie ihn an und beobachtet interessiert sein weiteres Tun. Der kleine Mann reißt sämtliche Messer aus dem Holzblock und unterzieht sie einer gnadenlosen Musterung. Keines hält seinem strengen Urteil stand. Fuchsteufelswild schleudert er das Letzte über die Arbeitsplatte.

„Was soll ich mit diesen Billigstandarddingern anfangen???? Kein Wunder, dass …"

Mutti tippt ihm vorsichtig auf die Schulter. Er fährt herum und schöpft Luft, um sie ordentlich zusammenzustauchen, als er die japanische Klinge bemerkt. Er kneift ein Auge zusammen und liest den eingeprägten Namen im Stahl. Nickt – was fast zufrieden aussieht - und nimmt mein Haiku an sich. Nun muss ich doch schlucken. Mutti zwinkert mir durch das Fenster zu.

Innerhalb von fünf Minuten verwandelt der kleine Mann die Küche in heilloses Durcheinander. Mutti folgt ihm wie ein Schatten, reicht ihm Gemüse aus dem Kühlschrank, holt Geräte und Werkzeug aus Schränken und Schubladen. Sie sortiert die Gewürze, die er aus den Regalen fegt, und stellt Töpfe und Schalen zurück, die er als unbrauchbar beurteilt. Sie feuert den Ofen an und räumt das Chaos in der Speisekammer auf, als er mit dieser fertig ist. Unablässig macht sie dabei ein freundliches Gesicht. Aus ihrer Behinderung wird eine Gabe. Sie ist die einzige Person, die ihn erträgt. Und ihm bleibt nichts anderes übrig, als diese Tatsache hinzunehmen.

An der gläsernen Trennwand zum Buchladen stehen meine Aushilfe und einige Gäste, die sich die Nasen platt drücken. Mit einem Rauschen zieht er die Jalousie herunter. Nicht, ohne noch einen letzten grimmigen Blick nach draußen zu werfen. Der mich auf der Treppe ebenso trifft. Ich lächle ihn zuvorkommend an, ehe das Rollo auch mir endgültig die Sicht verwehrt.

Sascha zeigt auf die verrammelten Fenster und murmelt:

„Was soll DAS denn??"

Ich zucke die Schultern. Mein alleiniges Ausdrucksmittel heute.

„Er kocht", meine ich träge und kratze mir die Schläfe.

Und da wir reichlich belämmert in der Gegend herumstehen, beschließen wir, genauso gut mit dem Betrieb fortfahren zu können. Ich brauche erst einmal einen Kaffee. Für Schnaps ist es leider zu früh.

Es vergehen Stunden. Zuerst eine, dann zwei. Louise glättet ihren Tweedrock, bezahlt die Rechnung und packt ihre Bücher samt Notizen ein. Sie wirft einen nachdenklichen Blick zur Küche und fängt den meinen auf. Eine ihrer schmal gezupften Augenbrauen hebt sich leicht, als wolle sie etwas sagen. Doch sie überlegt es sich anders und verabschiedet sich mit einem knappen Senken ihres Kinns.

Viel später sitze ich wieder rauchend auf der Treppe, diesmal in Saschas Gesellschaft. Hund legte sich zu uns, döst ausgestreckt zu unseren Füßen und lässt sich kraulen. Ich werde ihm demnächst ein Flohhalsband kaufen. Und einen Knochen habe ich rein zufällig auch noch zuhause.

Vier Zigarettenlängen darauf mache ich einen vorsichtigen Schritt Richtung Kochstube. Ich möchte nur kurz durch den Spalt ... überall dampft es, qualmt und brodelt es. Mit hektischen Bewegungen hetzt der kleine Mann hin und her und brüllt zwischendurch mit wilden Gesten unfreundliche Befehle. Ein wenig erinnert er mich an Rumpelstilzchen. Seine spärliche Matte steht zu Berge, fortwährend redet er mit sich selbst, während er mit geübten Händen schält, schneidet, häckselt, hinzugibt, fortnimmt, riecht, schmeckt und ausspuckt. Mutti folgt ihm aufmerksam, arbeitet ihm zu und verliert dabei keine Sekunde die Contenance. Dem unbeteiligten Beobachter käme nie in den Sinn, dass die beiden jemals etwas anderes gemacht haben, als miteinander zu arbeiten. Ein Schleier aus würzigen Sudaromen legt sich über die dampfenden Kessel, dringt in Haare, Kleidung und Poren ein. Schleicht sich in alle Ecken und Schlitze und verdrückt sich klammheimlich unter die Türritze. Es duftet wunderbar. Sogar Frau Krause, die ihren Müll in den Hinterhof tragen will, bleibt stehen.

Obwohl in der Küche ein ohrenbetäubender Krach herrscht, steht meine Mutter immer noch da drin. Ich muss schadenfroh grinsen, weil seine rüde Art bei Martha Lehner mit Sicherheit auf taube Ohren trifft. Und da ihr Gemüt der stoischen Ruhe einer Elefantenseele gleicht, lässt sie sich vermutlich nicht im Geringsten antreiben oder einschüchtern. Ein irritierend köstlicher Duft schwebt durch den Laden, der eindeutig seinen Ursprung in der verbotenen Zone hat. Ich nehme ihn in demselben Moment wahr, als Saschas Nasenflügel sich blähen wie die Nüstern eines Pferdes. Wir sehen einander wortlos an und Engelchen bietet mir eine weitere Zigarette an.

Auf vorsichtiges Klopfen reagiert niemand, und sobald ich versuche, mir Einlass in - wohlgemerkt - meine Küche zu verschaffen, fliegt mir entweder etwas entgegen oder ich werde unfreundlich abgekanzelt. Einmal erhasche ich den Blick von Mutti. Sie hebt resignierend die Hände und rollt mit den Augen, doch sie scheint glänzender Laune. Was man von dem kleinen Mann beileibe nicht behaupten kann.

Heute schließe ich erst gar nicht. Der Kochkurs beginnt sowieso in dreißig Minuten. Also residieren Sascha und ich einträchtig auf unseren Stufen und ergeben uns dem Schicksal.

*

„Was?! Der Penner ist in unserem Kochstudio????"

Kochstudio. Au Backe. Meine Schüler werden allmählich etwas größenwahnsinnig. Sechs Augenpaare sehen mich entrüstet an. Ich schaue grimmig zurück und zucke zum hundertsten Mal die Achseln. Gottseidank bleibe ich in meiner Erklärungsnot verschont.

Die Jalousie rattert nach oben und knallt vernehmlich gegen die metallene Oberkante der Befestigung. Es ertönt ein lautes „Ping", gleichzeitig öffnet sich schwungvoll die Küchentür. Der kleine Mann rauscht auf schlitternden Fadensocken an uns vorbei, bückt sich, ohne einzuhalten nach seinen Schuhen und zieht Hund die Jacke unter dem Hintern weg.

„Essen steht auf dem Herd!"

Weg ist er samt Hund. Nicht ansatzweise macht er sich die Mühe einer Verabschiedung. Wie auf Kommando stürzen wir in die Küche in der Voraussicht auf das Schlimmste.

Es ist blitzsauber. Mutti hängt ein Küchentuch ordentlich über den Trockenständer und bindet die Schürze ab. Sie deutet ein Siegeszeichen an, als meine Lippen lautlos nach ihrem Befinden fragen. Frau Krauses Kopf erscheint zaghaft an der Hintertür. Wahrscheinlich lauerte sie die ganze Zeit dort, die Ärmste. Sie beschließt, dass die Luft rein ist, und tritt ein, nicht ohne weiterhin vorsichtig die Lage zu sondieren. Ihre Augen weiten sich erstaunt.

„Dat jläuv ich nit!"

Hm. Ja, ich kann es ebenfalls kaum glauben. Ich fühle mich ein wenig betäubt. Hier scheint tatsächlich alles in Ordnung zu sein. Die Arbeits- und Schrankoberflächen wurden gewienert und erstrahlen in mattem Glanz. Der Gasherd lässt die angeklebten Fettrückstände vermissen, die ich selbst mit viel gutem Willen nicht wegbekam. Sogar in den Schränken sind Vorräte und Gerätschaften systematisch sortiert. Auch der Fleischblock wurde abgesalzen, der Speckstein glitzert makellos grau im Neonlicht. Dr. Hennemann zieht sachte ein Messer aus dem Block und betrachtet fasziniert die frisch geschärfte Klinge. Auf dem Herd stehen etliche Töpfe, aus denen es verheißungsvoll duftet. Vida hebt den Deckel vom Fleischbräter und bewundert die dunkelbraune Bratenkruste. Julia taucht einen Löffel in die sämige Sauce. Ein Ausdruck erscheint auf ihrem Gesicht, unschwer als Verzückung zu deuten. Sie hält ehrfürchtig die Luft an.

„Das ist richtig lecker!"

In der Küche ist es mucksmäuschenstill. Meine Kochschüler betrachten mich ratlos. Mir fällt nichts Intelligenteres ein, als ein Lahmes:

„Nun, gekocht ist wohl schon."

Allgemeines, zustimmendes Murmeln antwortet.

„Ran an die Buletten!"

Frank handelt wie immer frei von Skrupel und Zurückhaltung. Er schaufelt sich bereits begeistert Braten und üppig Gemüse auf den Teller. Seinem Beispiel folgend, kommt Bewegung in die Gruppe. Geschirr klappert unter lautem Hallo. Ersten Lachern folgen weitere.

Jemand reicht mir einen gelben Klebezettel, der auf der Arbeitsplatte haftet. Etwas irritiert lese ich:

„P.S. Weinempfehlung: 95er Sizeranne von Chapoutier."

Sascha betrachtet nachdenklich das Szenario in der Küche. Alle anderen, mich eingeschlossen, fallen wie eine ausgehungerte Meute über das Essen her. Plötzlich fängt er an, zu lachen.

Wildschweinrücken an karamellisierten Feigen

Man nehme:

3 kg Wildschweinrücken,
60 g. Butterschmalz,
Salbei,
Wacholderbeeren (im Mörser zerstoßen),
300 ml. Weißwein,
500 ml Wildfond,
etwas Madeira,
2 Zwiebeln,
2 Bund Suppengemüse,
Kartoffelmehl,
Pfeffer, Salz,
12 frische Feigen,
200 g. Walnusskerne,
100 g. geschmolzene Butter,
Zucker,
Orangenmarmelade,
200 ml. Orangensaft,
2 Chilis,
Zimt, Orangenessig.

Den Backofen auf 200 Grad vorheizen. Das Wildschwein mit Pfeffer, Salz, Salbei und den Wacholderbeeren würzen. In Alufolie einschlagen und eine halbe Stunde ziehen lassen. Die Zwiebeln und das Suppengemüse klein schneiden. Butterschmalz im Bräter erhitzen und das Wildschwein von allen Seiten anbräunen. Zwischendurch mit etwas Wein ablöschen. Zwiebeln und Gemüse hinzugeben und mit anbraten. Wildfond zugießen und bei geschlossenem Deckel ca. eine Stunde im Ofen garen. Braten dann aus dem Bräter nehmen und in Alufolie ruhen lassen. Für die Sauce den Bratensaft durch ein Sieb passieren, mit dem Kartoffelmehl leicht binden. Mit Madeira, Salz und Pfeffer abschmecken.

Die Feigen schälen und halbieren. In einem Topf die Butter schmelzen und mit dem Zucker karamellisieren. Orangenmarmelade hinzugeben, Orangensaft angießen und aufkochen. Chilis zufügen und mitkochen, mit

Zimt und Essig abschmecken. Feigen hineinlegen und kurz bei niedriger Temperatur ziehen lassen. Zum Schluss die Nüsse hinzugeben.

Das Fleisch von den Knochen lösen und in Scheiben schneiden. Mit der Sauce und den Feigen servieren.

Im Hauseingang gegenüber regt sich nichts. Das Dunkel liegt verlassen im angrenzenden Lichtkegel der Straßenlaterne. Während die kleine Kochgruppe lachend und scherzend längst anderen Themen die Aufmerksamkeit zuwendet, stehe ich am Fenster zwischen einer lichtleeren Regalnische. Mit den Gedanken bei der einzigen Person, die am Tisch in der gemütlichen Runde nicht fehlen sollte. Stumm folge ich dem Weg des kleinen Mannes durch die Stadt, Hunds Wärme an den Waden. Taste mich in ihn hinein, versuche nachzuempfinden, was er fühlt, wenn er Mülltonnen inspiziert und abwertende Blicke erntet. Wer bist du? Ein brillanter Koch, so viel steht fest. Was erzählt die Geschichte dazwischen?

„Was wirst du tun?"

Sascha stellt wie üblich eine einfache Frage.

„Ich weiß es nicht."

Was leider der Wahrheit entspricht.

Ich gleite auf den freien Platz an Dr. Hennemanns Seite. Er hält die sündhaft teure Weinflasche in der Hand, wirft mir einen raschen Seitenblick zu. Da ich nicht widerspreche, füllt er mein Glas erneut. Heute trägt er Jeans und ein schlichtes T-Shirt. Ohne Marke und protziges Emblem. Schau an. Tut sich da was? Wo hat er denn seinen Armani-Zweireiher gelassen? Ich begegne seinen freundlichen Augen und hege Hoffnung. Inzwischen sehe ich meinen ehemaligen Chef häufig lachen, oft sogar in meine Richtung. Als hätte es nie eine gemeinsame Vergangenheit gegeben. Vielleicht ist der Zeitpunkt günstig, die Dinge ad acta zu legen. Der Gedanke an ein klärendes Gespräch verliert allmählich an Bedrohlichkeit. Ob er sauer auf mich ist? Hoffentlich hat mein Patzer die Kanzlei nicht in den Ruin getrieben. Naja. Er könnte dann ja immer noch Koch werden.

Ärgerlicherweise klingelt sein Handy, just als ich ansetze, die schon so oft durchdachten Sätze abzuspulen. Natürlich. Ich lasse die Luft enttäuscht aus meinen Lungen entweichen. Keine Unterredung also.

Auf der Suche nach einem anderen Gesprächspartner fängt mich Julias schüchterner Blick. Auch sie wirkt heute gewandelt. Zwischen unserem ersten Zusammentreffen und dem Jetzt ist ihr das Grau abhandengekommen. Das schmal geschnittene Kleid betont reizvoll ihre schmalen Hüften und verzeiht mit seinem fraulichen Muster das Fehlen ebensolcher Attribute. Es dauert eine Weile, bis ich die eigentliche Veränderung erkenne. Sie trägt keine Brille und das Haar aufgesteckt zu einem lockeren Knoten, aus dem einzelne Strähnen entwischt sind. Nun sieht man deutlich, wie hübsch sie ist. Ihre blauen Augen strahlen beinahe silbern in der indirekten Beleuchtung. Die Hände zittern nicht wie sonst, sondern verweilen ruhig auf ihrem Schoß. Ihr Lächeln offenbart eine ungezierte, natürliche Schönheit, die nicht nur ich bemerke. Sascha kann sich kaum von ihr abwenden.

Leider zerstört der garstige Frank diesen Augenblick. Unverkennbar nahm er sich die Weinempfehlung des kleinen Mannes zu herzen, oder besser an die Kehle. Seine Iris schimmert grünlich, als er sich seitlich an Julia heranpirscht. Ungläubig sehe ich zu, wie sich seine Hand in einem günstigen Moment blitzschnell auf ihr Knie legt. Julia fasst nach seinen Fingern. Das anzügliche Feixen erstirbt, als sie seine Rechte sanft, aber nachdrücklich zur Seite schiebt. Einziges Zeichen ihrer Nervosität ist ein leichtes Vibrieren in ihrer Stimme, die sich erstaunlich laut erhebt.

„Lass mich in Ruhe, Frank."

Frank rückt noch näher. Seine Ignoranz ist unfassbar.

„Stell dich nicht so an, hübsches Hühnchen", schnurrt er und wirft merkwürdigerweise mir dabei einen provozierenden Blick zu.

Friedrich wischt sich gemächlich mit der Serviette über das Kinn und steht kauend auf. Sascha hält mitten im Gespräch mit Lukas ein. Ich öffne den Mund. Die Rüge bleibt mir im Hals stecken. Julia strafft bereits den Rücken. Sie schubst Frank fort und gleitet katzenartig von ihrem Sitz.

„Ich heiße Julia." sagt sie bestimmt und geht hinaus.

Saschas Stuhl fällt mit einem dumpfen „Klonk" auf die Fliesen, als er aufspringt, um ihr hinterher zu laufen. Dr. Hennemann beendet sein Telefonat und schaut verwirrt in die totenstille Runde.

„Habe ich etwas verpasst?"

Frank Sander zuckt die Schultern und hebt die Weinflasche.

„Wer will noch einen Schluck?"

*

Ich kann nicht einschlafen. Nachdem ich eine Stunde hellwach auf den Sandmann gewartet habe, gebe ich es auf. Der Gute wird sich diese

Nacht nicht mehr blicken lassen. Ob ich mir eine Mousse mache? Eigentlich bin ich pappsatt von diesem wunderbaren Essen. Und somit gleich beim Thema.

Glasklar, dass es nicht wie gehabt mit dem kleinen Mann weitergeht. Ich kann ihm wohl kaum, so als sei nichts geschehen, morgen einen Teller in den Hausgang stellen und seine Kritik einstecken. Mir wird angst und bange, wenn ich auch nur daran denke, ihm gegenüberzutreten. Ich kann ihn nicht ausstehen. Und wäre er Bocuse persönlich. Gleichzeitig hadere ich mit einer grotesken Sympathie für diesen verschrobenen, schlecht riechenden Menschen.

Es hilft nichts. Das mit dem Schlaf wird noch eine ganze Weile dauern. Da kann ich ebenso gut jetzt meine liegen gebliebenen E-Mails erledigen und mich mit der Buchhaltung duellieren. Während mein Rechner hochfährt, sehe ich im linken Monitorrand einen gelben Button aufblinken, der mich auffordert, eine bestimmte Kontaktseite anzuklicken. Obwohl ich meine Mitgliedschaft bei dieser Plattform längst gekündigt habe, lassen die nicht locker. Zugegebenermaßen verweilt mein Zeigefinger einen winzigen, klitzekleinen Augenblick auf der Entertaste. Dann klicke ich den Link weg. Mein animierter Plüschhase hoppelt über den Bildschirm, solange im Hintergrund das Finanzprogramm lädt. Plötzlich fühle ich mich einsam.

In meiner computerunterstützten Datingphase lief ich bezüglich abwechslungsreicher Lebensgestaltung zur Höchstform auf. Jeden dritten Abend ging ich Essen. Nie in dasselbe Restaurant und selten ein zweites Mal mit demselben Mann. Nie erlebte ich so enorm amüsante Geschichten. Nie lag ich so oft daneben, was mein Gegenüber anbetraf. Dies beweist folgendes Erlebnis in einer kleinen Trattoria in Lindenthal:

Es muss Blind Date sieben oder acht gewesen sein. Vielleicht auch Nummer neun. Den Namen meines Begleiters habe ich entweder (wie so viele) ebenfalls vergessen oder nie gewusst, aber das tut nichts zur Sache. Denn ich erinnere mich haargenau an seine Gesichtszüge, die im Laufe des Abends zum einen nach und nach verschwammen (was an dem herrlichen Aperol-Aperitif lag, dem ich ausgiebig zusprach), und zum anderen immer mehr entgleisten (keine Ahnung wieso). Ich amüsierte mich blendend und verstand nicht ansatzweise, weshalb mein Rendezvous nach fünfundvierzig Anstandsminuten die Rechnung verlangte und sich entschuldigte. Wohlgemerkt zahlte er lediglich seine Zeche in Höhe von elf Euro fünfzig für einen Salat mit Cocktailtomaten und Pinienkernen sowie ein Mineralwasser.

„Langweiler", dachte ich schulterzuckend und machte, nachdem ich ein wunderbar zartes Vitello Tonnato zur Vorspeise genossen hatte, dem gegrillten Lammkotelett mit Rosmarinkartöffelchen den Garaus. Dazu trank ich einen Merlot und sinnierte nochmals über meinen abhandengekommenen Begleiter nach. Und plötzlich durchzuckte mich die Erkenntnis. Sein Internetprofil tauchte vor meinem Geiste auf. War er nicht der Typ, der sich im Chat stundenlang darüber echauffiert hatte, wie Menschen so morbide sein könnten, Alkohol zu legalisieren, niedliche Tierkinder zu essen und Delfine zu töten? Ein bisschen kleinlaut betrachtete ich meinen leer gegessenen Teller und die inzwischen mit Luft gefüllte Weinflasche. Ohne nachzudenken, hatte ich das in seinen Augen größte Faux-Pas mit meiner Menüwahl begangen. Kalbfleisch, Thunfisch, Lamm. Ich war eine Kindsmörderin und außerdem ein Flipperkiller. Ich winkte panisch dem Kellner. Darauf brauchte ich erst einmal einen Grappa.

Nur wenige Wochen später endete meine Internetaktivität. Der Nieten überdrüssig, verlor ich die Lust an der blinden Suche nach dem Hauptgewinn. Also zog ich wie in alten Zeiten mit Britta los, um an echten Kneipentheken vis-à-vis zu flirten.

Vielleicht sollte ich genau das tun. Mich mit meiner Freundin an eine Theke hängen und dort meinen Marktwert testen. Die Welt besteht schließlich nicht bloß aus Knalltüten oder Frank Sander. Der natürlich auch eine Null ist. Mit einem Knopfdruck öffnet sich das Email Programm. Noch während ich meine liebe, vernachlässigte Britta inbrünstig anflehe, mich für einen Abend aus meinem Alltag zu erlösen, fälle ich eine durchaus heikle Entscheidung in Bezug auf den kleinen Mann im Hauseingang von Gegenüber.

15. Weichgekocht

Schon den ganzen Tag warte ich auf ihn. Allmählich sorge ich mich. Wo steckt der fürchterliche Mensch? Hoffentlich ist ihm nichts passiert, oder gar dem Hund. Ich ertappe mich dabei, dass ich alibimäßig viel zu viele Zigaretten draußen rauchen gehe. Gerade überlege ich, mir die nächste Kippe anzuzünden, als Louise ihren Espresso bestellt. Also kehre ich der Tür trotzig den Rücken und mache mich an der Kaffeemaschine zu schaffen. Die alte Dame wirft mir einen ihrer bohrenden Blicke zu und spontan beschließe ich, meine Energien in eine andere, näher liegende Richtung zu kanalisieren. Ich setze mich ungefragt neben sie, als ich ihr die kleine, obligatorische Tasse hinstelle, und schiebe eine Schale Kekse in Reichweite herüber.

„Wie geht es Ihnen, Frau von Stetten?"

Louise nimmt gemächlich ihre Brille von der Nase und putzt sie mit einem edlen, paisleygemusterten Tuch. Sie gibt ein Löffelchen Rohrzucker in ihren Espresso und beginnt, zu rühren. Ihre Hände sind beinahe durchscheinend und von Altersflecken und einem fein gewebten Netz blau schimmernder Adern überzogen. Sie rührt lange. Dabei mustert sie mich schweigend, sodass mir ganz seltsam zumute wird.

„Ich habe keine Geschichte. Ich sitze nur hier."

Umständlich packt sie ihre Geldbörse aus und entnimmt ihr einen Zwanzigeuroschein, den sie in das Geldkästchen mit ihrer Rechnung legt. Dann hält sie doch einen Moment inne. Ich muss sehr zerknirscht aussehen. Sie schaut zuerst mich nachdenklich an. Schließlich wandert ihr Blick nach draußen.

„Wenn du unbedingt eine Geschichte willst – so kann ich dir seine erzählen."

Noch lange, nachdem Louise gegangen ist, verweile ich reglos an dem verlassenen Tisch und verdaue das Gehörte.

„Julius Zander", murmele ich vor mich hin.

Der kleine Mann besitzt einen bürgerlichen Namen und ein vergessenes Leben.

Auf seiner Kochmütze prangten drei Sterne. Ich schlucke. Drei! Allein diese Tatsache an sich ist schon beeindruckend genug. Julius war das Aushängeschild eines verdammt bekannten, internationalen Hotels in

München. Galt in den Achtzigern als der Maître de Cuisine seiner Generation, dem sowohl der Guide Michelin als auch diverse Fachzeitschriften huldigten. Bereits mit Zweiunddreißig leitete er die Gourmetküche mit insgesamt zwanzig Untergebenen. Darunter die besten Nachwuchsköche des Landes, die danach zur heutigen Oberliga aufstiegen. Man wartete Wochen auf einen begehrten Tisch, um bei dem sagenhaften Meister speisen zu dürfen. Louise von Stetten besaß das Vergnügen. Und zwar nicht nur einmal. Da sie nichts auf der Welt mehr liebt, als exquisites Essen, residierte sie oft als Gast in dem hochpreisigen Etablissement. Er erfand das Dämpfen im Einsatz und revolutionierte mit der Zugabe mediterraner Kräuter die bis dato eher fade deutsche, bürgerliche Küche. Jedem sind gefüllte Eier ein Begriff. Julius Zander machte den Retro-Klassiker unsterblich.

Er verschwand von einem Tag auf den anderen. Es schien, als hätte ihn jemand ausradiert, plötzlich wollte keiner in dem Hotel auch nur seinen Namen kennen. Man hörte im Gastronomiesektor deutschlandweit nie wieder von ihm, obwohl Louise sogar nach seinem Verbleib recherchierte. Erfolglos.

Und hier taucht er auf - im Cook & Chill, oder besser gesagt, davor. Im Hauseingang gegenüber nächtigt quasi eine Legende. Mir wird übel bei dem Gedanken, dass ich versuchte, ihn zu beeindrucken mit meinen - in seinen Augen sicherlich laienhaften - Kochkünsten. Oh je, ich blöde, selbstgerechte Kuh. Und Louise klopfte mir auf die Schulter und sagte allen Ernstes, ich solle es nicht so schwer nehmen.

Nicht so schwer nehmen?!

Ich könnte im Erdboden versinken.

Zanders gefüllte Eier:

Man nehme:

4 hart gekochte Eier,
200 gr. Frischkäse,
1 Teelöffel Dijon-Senf,
frische gehackte Kräuter,
2 Esslöffel Kapern,
Salz und Pfeffer.

Die Eier vorsichtig pellen, halbieren und das Eigelb mit dem Löffel herausnehmen. Das Eigelb mit dem Frischkäse, dem Senf und frischen Kräutern verrühren. Kapern abtropfen lassen, hacken und unter die Eimasse rühren, in einen Spritzbeutel mit Sterntülle füllen und die ausgehöhlten Eierhälften damit füllen. Mit Kapern und Kräuterzweiglein dekorieren. Fürs Büffet oder als kleine Beigabe zu typisch deutschen Gerichten.

Am frühen Abend sitzt Hund auf der Treppe. Da ich es im Lauf des Tages aufgab, ständig hinauszusehen, bemerke ich ihn erst, als ich die Stühle für Olga hochstelle. Ein fremder Mann winkt mir zu, und während ich mich frage, inwiefern er mir bekannt vorkommt, wird mir gewahr, dass er es tatsächlich ist.

Julius Zander grinst mich an. Dabei entblößt er eine Reihe gelbfleckiger Zähne, auf deren Anblick ich gerne verzichtet hätte. Plötzlich zweifle ich an meinem Plan, der mir gestern als die glasklare Lösung schien. In meinem Magen rumort etwas und ich bekomme schwitzige Hände, weil mir schon wieder bewusst wird, dass ich einem Sternekoch eine simple Pasta Bolognese angeboten habe. Er sieht verändert aus. Ich registriere seine Rasur und das frische Hemd. Wenn mich nicht alles täuscht, trägt er auch Hosen und Schuhe, die ich noch nie an ihm gesehen habe. Die Sachen sind zwar nicht neu, aber sauber und heil. Seine Haare glänzen feucht und sind fast übertrieben ordentlich zurückgekämmt. Irgendwo muss es einen Ort geben, der ihm dazu verhilft, ein Mensch zu sein. Ein himmelweiter Unterschied. Ich trete aus der Tür, um Hund zu begrüßen, der an mir hochspringt.

„Na? Habt ihr Hunger?" Angriff gilt bekanntermaßen als die beste Verteidigung. Und zum ersten Mal betritt der kleine Mann das Cook & Chill, ohne aufzufallen. Ich schließe den Laden, während Julius wie verloren am Tisch sitzt und mir zusieht. Er gibt die ganze Zeit nicht ein Wort von sich. Und ich weiß genauso wenig, wie und wo ich anfangen soll. Ich möchte ihn zusammenstauchen und mich gleichzeitig bei ihm entschuldigen, sorge mich jedoch, etwas falsch zu machen.

Stattdessen stelle ich wortlos einen Teller Kalbsragout vor ihn und gieße ihm ein Mineralwasser ein. Offenkundig hat er nicht getrunken, da ihn nicht die übliche Ethanolfahne umweht. Er isst schweigend und kommentarlos, was mich allerdings eher beunruhigt, da ich harsche Kritik an meinen Speisen gewohnt bin. Schließlich halte ich es nicht mehr aus.

„Sie hätten ruhig mal was sagen können, anstatt mich auflaufen zu lassen, Herr Julius Zander. Und sich dann verdrücken nach dem Riesentamtam!"

Das klang unfreundlicher, als beabsichtigt.

„Sind wir jetzt per Sie?"

Er nimmt noch eine Gabel und wischt sich den Mund am Tischtuch ab. Ha! Also doch keine Manieren, von wegen hässliches Entlein wird zum schönen Schwan, haha. Märchenstunde für Arme. Da hilft auch kein heißes Bad in irgendeiner Sozialstelle.

Julius denkt nach. Ich sehe es ihm förmlich an. Er öffnet die Lippen und schließt sie wieder. Und schließlich sagt er langsam und sichtlich beherrscht:

„Ich schulde niemandem Rechenschaft darüber, wer und was ich warum bin. Das ist allein meine Angelegenheit, über die ich nicht reden werde. Ich bin grad´ nüchtern, so nutz´ die Gelegenheit, mir zu sagen, was du loswerden willst. Wenn du dann fertig bist, hab´ ich ein Angebot für dich."

Noch einmal putzt er sich die Essensreste mit meiner teuren Leinentischdecke vom Kinn und murrt:

„Das Ragout ist total verkocht. Wird Zeit, dass hier einer seine Sache richtig macht."

Das war deutlich. Kann ich auch.

„Ich habe nie Rechenschaft von dir verlangt. Und ich habe ebenfalls ein Angebot für dich."

Den Deal besiegeln wir mit Handschlag. Julius kocht den Mittagstisch im Cook & Chill, und dies täglich. Er bekommt einen Anteil an den Einnahmen für das Mittagessen und freie Verpflegung. Alkohol ist im Dienst verboten. Dafür soll er sauber und in ordentlicher Kleidung erscheinen und in Zukunft nicht mehr im Hauseingang rumlungern. Er darf die kleine Mansarde benutzen, die zum Ladenlokal gehört, um zu duschen und bestimmt findet sich eine Matratze als Schlafgelegenheit. Den Ärger mit Frau Krause nehme ich in Kauf. Glaube ich jedenfalls. Julius braucht eine Chance, um die er nie bitten würde. Und ich werde sie ihm geben. Zu meinen Konditionen und aus rein wirtschaftlichem Interesse. Auch wenn ich mich seltsam gut dabei fühle. Darüber hinaus mische ich mich nicht in sein Leben ein. Seine einzige Bedingung.

Ich werfe eine Serviette in Julius´ Schoß. Mit verschränkten Armen mustert er mich, ohne eine Miene zu verziehen.

„Übrigens, und betrachte das als meine erste Dienstanweisung: Du isst zum letzten Mal mit diesen Manieren an meinem Tisch. Entweder zeigst

Du etwas Anstand oder Du nimmst das Personalessen zukünftig in der Küche ein."

Hund wedelt mit dem Schwanz und himmelt mich an. Wenigstens das Tier hat verstanden, was ich meine.

16. Kaffeeklatsch

Pünktlich um zehn Uhr morgens tritt Julius Zander seinen Dienst an. Schlecht gelaunt wie immer. Er schlurft an Sascha vorbei, schnurstracks in die Küche und schlägt die Türe hinter sich zu. Sascha zieht perplex die Brauen hoch, ich zucke die Schultern. Eben ein ganz normaler Vormittag im Cook & Chill.

Mutti balanciert auf einer Trittleiter und füllt ihr Gewürzregal auf. Sie muss jetzt wöchentlich neue Gläser nachliefern. Die Kunden sprechen gut auf ihre Produkte an und vor allem das „Cook & Chill Spezial" verkauft sich täglich. Ich registriere, dass Olga sich geschäftig mit dem Staubsauger nähert und in gefährlicher Nähe der kleinen Leiter herumhantiert. Mutti bemerkt sie nicht, weil sie mit dem Rücken zu ihr steht. Dann werde ich Zeuge einer wundervollen Form der Kommunikation. Olga stellt das Gerät ab und klopft Mutti auf den Schenkel. Mutti dreht sich um und lächelt. Gleichzeitig winkt sie mit der rechten Hand und macht Anstalten, von dem Tritt herunter zu steigen. Als ihre Linke ins Leere fasst, sehe ich sie schwanken. Doch Perle greift geistesgegenwärtig zu. Sie sichert Mutti an den Schenkeln, während diese sich ausbalanciert und festen Halt findet. Sie streicht sich in einer erleichterten Geste über die Stirn und wedelt mit der freien Hand ein „gerade noch mal gut gegangen." Olga ihrerseits nickt und wiederholt die Gebärde mit einem hinten angestellten Daumen nach oben. „Okay!" Sie zeigt auf den Wischmopp und anschließend auf Muttis Gläserbord. Mutti wehrt ab und nimmt Olgas Staubwedel. Diese lacht und wirft ihr eine Kusshand zu. Meine Putzfrau stellt den Sauger an, um ihre Arbeit fortzusetzen und Mutti säubert ihr Regal. Ja, dies ist ein Ort, an dem jeder sich versteht. Auch ohne Worte.

Genau in diesem Augenblick schreckt mich ein ohrenbetäubendes „Wuumss!" gefolgt von lautem Scheppern aus meinen rührseligen Gedanken. Den Bruchteil einer Sekunde später ertönt vom Hinterhof Zeter und Mordio. Sascha reißt sich noch im Laufen die Schürze von den Hüften, während ich reflexartig den Kakaostreuer loslasse. Wir erreichen den Hinterausgang gleichzeitig. Und bleiben ebenso zeitgleich im Türrahmen stehen. Ein stattlicher Gummibaum - oder vielmehr das, was von dem großen Terracottatopf übrig blieb - liegt in Scherben, Blattwerk und Erde mitten im Hof. Davor steht der kleine Mann, fuchsteufelswild wie ein dünner, bärtiger Dschinn, die Fäuste schüttelnd und den Blick glühend vor Hass hinauf gerichtet. Hund bellt wie verrückt. Oben blickt eine nicht weniger erzürnte Frau Krause aus dem Fenster und wedelt mit den Händen wie ein Huhn mit seinen Flügeln beim Anblick eines Schlachtermessers. Dabei kreischt sie boshafte Verwünschungen, die selbst Xanthippe vor Neid erblassen ließen.

„Du elende Hexe! Das war Absicht!"

„Usselige Taugenix! Se denkens wohl nit, dat ich ens teure Pflanz an Ihne verschwende do?!"

„Das kümmerliche Grünzeug ist eh längst eingegangen, weil´s tagtäglich Dein Gezeter ertragen musste!"

„Jeetz müt se oppasse wat se sage dät, se versoffene ..."

Frau Krause schwenkt bedrohlich einen weiteren Kübel, als Julius zornesrot nach dem Wurzelwerk greift und den kärglichen Rest des Ficus nach oben katapultiert. Hund winselt und verdrückt sich zwischen meine Beine. Völlig sprachlos schaue ich dem Gewächs hinterher, das in einem anmutigen Bogen auf halben Weg der Schwerkraft erliegt und erdwärts saust. Direkt vor Saschas Füße, der sich mit einem geistesgegenwärtigen Sprung in den Flur rettet. Ein zweites Splittern ist zu vernehmen, als ich dann doch lieber eingreife.

„Beruhigen Sie sich, Frau Krause", rufe ich beschwichtigend, während ich den widerstrebenden kleinen Mann am Jackenärmel zu packen suche.

Der entreißt mir den Arm, führt ein Tänzlein auf und ruft gehässig:

„Daneben! Daneben!"

Ehe Topf Nummer drei daran glauben muss, ziehe ich ihn bereits in den Hausgang. Von droben tönt ein lautes „Pah!", ehe das Fenster zuknallt und die Spitzengardine heftigen Applaus wedelt.

Sascha drückt Julius wortlos einen Kehrwisch in die Hand und zeigt ebenso stumm auf den Hof. Murrend trollt mein Koch sich, aufräumen.

Ich habe nie behauptet, dass die Sache mit der Harmonie auf jeden zutreffen muss. Kopfschüttelnd macht sich Engelchen an der Kuchentheke zu schaffen, indes ich entkräftet auf einen Stuhl falle und mir mit der Eiskarte Luft zufächele. Julius schlurft schimpfend an mir vorbei, den unglücklichen Feigenbaum in der Schaufel, welcher unsanft im Mülleimer endet. Ganz nebenbei bemerkt: Pflanzen kommen offenbar in meiner Geschichte nicht gerade gut weg.

Erst jetzt fällt mir die unheilvolle Stille im Raum auf. Einige Gäste sehen aus wie verschreckte Kaninchen und flüstern betroffen miteinander. Louise runzelt die Stirn und Linda, völlig untypisch, schweigt bestürzt. Ich schenke allen ein strahlendes, unschuldiges Lächeln.

„Ist was?"

Dieser Tag wird als einer der denkwürdigsten in der Geschichte des COOK & CHILL eingehen. Ich laufe mir die Füße wund, Sascha rinnt der Schweiß aus sämtlichen Poren. Wir verkaufen Mittagsgerichte in Sternenqualität in Kantinenquantität. Julius bereitete unter Motzen und Töpfegeschepper eine Pasta zu, die einem schlichtweg die Sprache raubt. Die Gäste guckten zuerst ängstlich zur Küche und dann verzückt in ihre Teller. Und ich möchte mir fortwährend selbst auf die Schulter klopfen, so sehr beglückwünsche ich mich insgeheim für meinen Geschäftssinn. Aus der Kochstube zieht ein Duft durchs Lokal, der nach Süditalien und Sommersonne riecht und mich animiert, eine Oper von Verdi aufzulegen. Während Pavarotti sein Meisterstück singt, trällert mein Gaumen vor Freude, als sonnengetrocknete Tomaten, fein gehobelter Parmesan und ein kniefallleckeres Pesto ihm schmeicheln.

Pesto ist eine ungekochte Würzsauce, die im Mörser zu einer sämigen Paste verarbeitet wird und in der italienischen Küche meist zu Nudeln gereicht wird. Am bekanntesten ist Pesto alla Genovese. Es besteht aus jungem Basilikum, angerösteten Pinienkernen, Parmesan, Salz, Knoblauch und hochwertigem Olivenöl. Frisch zubereitet schmeckt es natürlich am besten, aber inzwischen stellen namhafte Hersteller die Paste in Gläsern als Fertigprodukt her. Diese Produkte kann ich durchaus empfehlen, man sollte allerdings darauf achten, dass ausschließlich reines Olivenöl verwendet wurde, was meist nur bei Bioprodukten der Fall ist. Das Pesto wird mit etwas Kochwasser verdünnt und unter die heiße Pasta gemischt.

An diesem Nachmittag verkaufe ich ungefähr 12 Kochbücher aus der Rubrik Italien. Julius verkochte sage und schreibe zwanzig Kilogramm Nudeln. Louise sitzt an ihrem Stammplatz und lächelt nur. Heute schreibt sie Tagebuch, glaube ich. Ihre zittrigen Finger fliegen regelrecht über das Papier. Ich frage mich, ob ihre Texte auch von mir, von uns hier, handeln. Zwischendurch schiebt sie sich fast andächtig eine Gabel

Rigatoni zwischen die faltigen Lippen. Ich meine, Erkennen in ihren alten Augen aufblitzen zu sehen. Als ich den Teller abräumen möchte, hält sie kurz meine Hand fest. Ihre fühlt sich feucht und kalt an. In der Küche geht Geschirr zu Bruch und Julius flucht. Louise zwinkert amüsiert.

„Gut gemacht!"

Dankbar erwidere ich den Druck der kühlen Finger und zwinkere zurück. Im Moment gibt es nur noch eines zu erledigen. Ich schnappe mir eine Schüssel mit den wundervollen Nudeln und mache mich auf den Weg zu Helga Krause, um ihr mitzuteilen, dass sie eine Art neuen Untermieter beherbergt.

Auf mein enthusiastisches Klopfen hin öffnet sich ihre Tür einen Spalt und ein misstrauisches Augenpaar starrt mich und mein Mitbringsel an. Ihre Nasenflügel beben, ob aus Verachtung oder Begehrlichkeit, kann ich nur raten. Den Teller nimmt sie mir schneller ab, als sie wohl ursprünglich vorhatte. Meine frohe Botschaft quittiert sie mit einem knappen:

„Nur über ming Leich´!"

Im nächsten Augenblick schlägt die Tür auch schon vor meiner Nase zu. Der Teller samt Pasta bleibt natürlich drin. Das heißt dann vermutlich Nein. Achselzuckend trete ich den Rückzug an und finde mich mit damit ab, von merkwürdigem Volk umgeben zu sein.

Mein derzeit größtes Problem, abgesehen von zänkischen Krähen und geschwätzigen Elstern, obdachlosen Sterneköchen, Bücher sortierenden Analphabeten oder liebenswürdigen Verrückten ist weitaus komplexer und trägt den Namen Frank Sander.

Gestern Abend kochte er. Tatsächlich. Besagter Frank, der in der Küche nie einen Finger freiwillig rührt, sondern sich anstellt wie der erste Mensch vor einer Feuerstelle, generierte eine Mahlzeit, ohne irgendeine Tüte aufzureißen. Und zwar nicht Spaghetti mit Tomatensoße. Nein. Soweit ich erkennen konnte, bereitete er ohne Scheiß (man vergebe mir diese Ausdrucksweise) einen Schmorbraten zu. Nur um dies eingehend zu überprüfen, nahm ich mein Fernglas zu Hilfe. Faktisch betrachtet stellte er sich nicht mal ungeschickt an. Im Gegenteil. Die Füllung aus frischen Kräutern und krossem Speck war alles andere als Laienhandwerk. Dazu formte er Klöße aus waschechten Kartoffeln. Dabei dachte ich, er könne nur Schachteln aufreißen. Abgesehen von Frauen. Er selbst fand sein Essen so gelungen, dass er auch gleich zu seiner unvermeidlichen Kamera griff und den Braten fotografierte.

Andererseits wundere ich mich über gar nichts mehr. Inzwischen gelange ich zu dem Schluss, dass Frank Sander weniger ein Problem im Allgemeinen, als respektive das Symptom meines Problems darstellt. Erinnern Sie sich, dass ich einmal erwähnte, ich hätte nicht nur einen Mann in meinem Leben, sondern viele drum herum? Richtig. Ich bin eigentlich die harte Nuss. Oder vielmehr das faule Ei. Ich suche mir solche Versager absichtlich aus. Darauf brachte mich Julia. Ich habe sie eindrücklich studiert. Die ist nämlich ich in Reinform. Verglichen mit einem Soufflé, das nicht aufgegangen ist. Wäre ich nicht ich, wäre ich genauso ängstlich und verzagt, ein halb angebranntes, reichlich plattes Törtchen halt. Aber weil ich nun mal ich bin, kleckse ich ein Sahnehäubchen Humor auf meine Furcht, setze noch einen Klecks Ignoranz darauf und Voilá, heraus kommt das, was andere ein Sahneschnittchen nennen. Und dabei bewundernd „Ach" und „Oh" rufen. Sich jedoch nicht trauen, reinzubeißen, da es eben trotzdem ein misslungenes Soufflé ist. Können Sie mir folgen? Gut. Ich mir nämlich nicht wirklich.

*

Louise von Stetten und Linda Meininger verbringen ihr mittägliches Plauderstündchen. Den Dialog finde ich ausnehmend interessant, zumal es um Linda selbst geht. Also irgendwie auch um Herrn Dr. Hennemann, dem ich nach wie vor äußerst ambivalente Gefühle entgegen bringe. Jede Information, die zur Klärung meiner Lage beitragen kann, ist von erheblichem Interesse für mich. Linda sieht ausgesprochen unglücklich aus.

„Ich fühle mich wie ein bulemischer Teenager. Mich quälen Übelkeit, Brechreiz und Heißhungerattacken und zwar alles gleichzeitig. Furchtbar!"

Linda Meininger beugt sich etwas vor und flüstert Louise ins Ohr: „Wenn ich nur im Mindesten geahnt hätte, dass diese Sache dermaßen unerquicklich ist, hätte ich es mir nochmal überlegt."

Ich verstehe Linda gut. Nicht dass ich glaube, dass schwanger sein eine Krankheit sei. Schließlich haben das ganz andere schon hingekriegt. Aber es muss eine ziemlich mühsame Angelegenheit sein. Wenn ich mir vorstelle, in permanente Zwiegespräche mit meiner Toilettenschüssel verstrickt zu sein ... ich kann gut nachvollziehen, dass Frauen wie Angelina und Madonna ihre Kinder nur noch käuflich erwerben. Durchaus. Mich fragt allerdings keiner. Stattdessen bemühe ich mich, mir nicht anmerken zu lassen, dass ich dem Gespräch der beiden aufmerksam folge. Unter dem Vorwand, ungemein sorgfältig den Kalkflecken auf der Kaffeemaschine zu Leibe zu rücken. Falls Louise es verdächtig findet, mit welcher Hingabe ich das Gerät reinige, so lässt sie es jedenfalls nicht erkennen. Unseligerweise sieht sie mir so wachsam zu, dass ich nach einigen Minuten meinen Lauschposten verlasse. Irgendwie rettet Louise mich ungewollt aus meiner Situation, ehe sie für mich peinlich wird. Ihre würdevolle Haltung vergessend, klatscht sie begeistert in die Hände. Zu meinem Schrecken und zu Frau Meiningers Entsetzen, die wohl auf etwas mehr Diskretion zählte. Louise strahlt über das ganze faltige Schildkrötenantlitz.

„Sie sind schwanger!"

Das verkündet sie so laut, dass wirklich jeder im Raum die freudige Botschaft vernimmt. Linda hält den Zeigefinger an ihre Lippen und wirft einen raschen Blick zum Nebentisch. Doch Louise kennt kein Pardon.

„Katta, geschwind! Bring uns ein Stück von diesem großartigen Aprikosen-Käse-Kuchen! Wir sollten Linda füttern."

Ich schaue auf, froh, nicht länger so tun zu müssen, als starre die blitzsaubere Theke vor Schmutz. Lächelnd lege ich den Lappen beiseite, öffne die Kuchenvitrine und hole das Prachtstück nach Großmutters Rezept aus der Kühlung.

Spezialitäten wie Muttis „Cook & Chill Spezial", mein Espresso Nocciola und eben dieses Backwerk machen mein Geschäft zur Anlaufstelle derer, die Gutes zu schätzen wissen. Während meiner Kindheit krönte der zart schmelzende Käsekuchen mit den süßen Früchten die Wochenendbesuche bei meinen Großeltern. Wenn ich die Backofentür lüfte und mir dieser warme, unverkennbare Geruch entgegen strömt, werde ich acht Jahre alt und sitze mit Mohrle, der Katze, auf der Küchenbank. So ein Nachmittagskaffee wird erst vollkommen durch eine leckere Ecke gezuckerten Teigs. Ich persönlich finde es bedauerlich, dass das klassische Kaffeekränzchen in Vergessenheit geriet. Die Ausreden lauten Arbeitsleben (keine Zeit), Gesundheitswahn (das macht dick) und

Familienzerfall (keiner da). Eigentlich frönt nur noch die ältere Generation diesem Brauch.

Ich packe jeweils zwei riesige Stücke auf die Teller.

„Herzlichen Glückwunsch“, raune ich in Linda Meiningers Ohr.

Ob Johannes die frohe Botschaft bereits vernehmen durfte? So wie sie da sitzt und verzweifelt versucht, alle Anzeichen zu verbergen und sich über ihren Zustand eher schämt als freut, wage ich die tollkühne Annahme, dass er nicht den blassesten Schimmer hat. Ich wende mich mit meinem Lappen dem Bord zu, auf dem die Salz- und Pfefferstreuer aufgereiht stehen.

„Sie müssen es ihrem Mann sagen.“

Louise schiebt sich genussvoll die Gabel in den Mund.

„Das ist ... kompliziert.“

„Was soll daran kompliziert sein?“ Die alte Dame schließt ihr Buch und beugt sich vertraulich zu Linda vor. „Sie halten ihm das Ultraschallbild vor die Nase und verkünden strahlend: Schatz, wir bekommen Nachwuchs!“

Linda ringt gequält nach Luft.

„Wir haben Schwierigkeiten.“

Louise sieht Linda sehr weise an.

„Die hat jedes verheiratete Paar.“

Sie verschränkt die Arme vor der Brust und betrachtet die Jüngere abschätzend.

„Eheprobleme sind so alt wie der Mensch selbst. Überall dort, wo wir Bindungen eingehen, begeben wir uns in ein Spannungsfeld zwischen einem Ich und einem Du. Bestenfalls wird ein Wir daraus. Darauf kommt es im Grunde genommen an.“

Sprachlos sehe ich zu Louise hinüber. Ich habe das alte Mädchen gewaltig unterschätzt.

Linda blickt nun arg bekümmert drein. Offensichtlich litt das Wir dieser Ehe in den letzten Jahren beträchtlich.

„Sie glauben, er könnte annehmen, Sie benutzten das Kind als Kitt für die Beziehung, nicht wahr?“

Diese Frau besitzt einen Scharfsinn, der beinahe Angst macht. Und dann sagt sie etwas Unerhörtes. Ich spüre förmlich, wie Johannes Gattin die Luft anhält. Fast räume ich die Menagen vom Regal, so enthusiastisch wische ich die Paneele.

„Wissen Sie was Linda, genau so ist es. Dieses kleine Wesen könnte ihre gemeinsame Chance sein. Und daran ist nicht das Geringste auszusetzen."

Louise nimmt ihre Hand und drückt sie ungeschickt, als sei sie den Austausch körperlicher Zuneigungsbekundungen nicht gewohnt.

„Wieso kaufen Sie sich nicht ein gewagtes Schwangerenkleid von einem sündhaft teuren Modehaus, strecken ihren bald wunderbaren, runden Bauch stolz der ganzen Welt entgegen und machen sich in den Augen Ihres Mannes zur begehrenswertesten Frau, die er jemals sah?"

Jetzt rutscht mir glatt ein „Jawoll!" raus und die beiden schauen auf. Rasch verschwinde ich Richtung Kuchentheke, geschäftig den Lappen ausschüttelnd.

Louise betrachtet bedauernd die spärlichen Krümelchen auf ihrem leeren Teller.

„Wissen Sie, was das Beste daran ist? Sie können sich ohne schlechtes Gewissen ein weiteres köstliches Stück Torte bestellen."

Und einen Nocciola gleich noch dazu, denke ich wissend und schon legt sich ein breites Lächeln über Lindas Gesicht.

Omas Aprikosen-Käse-Kuchen

Man nehme für den Teig:

250 g. Mehl,
100 g. Butter,
70 g. Zucker,
1 Ei,

für den Belag:

3 getrennte Eier,
½ Becher Sahne,
500 g. Magerquark,
100 g. Zucker,
1 ausgelöste Vanilleschote,
2 EL Speisestärke,
2 Dosen halbe Aprikosen.

Den Backofen auf 200 Grad vorheizen.

Aus den Teigzutaten einen Mürbeteig herstellen und in einer 26 cm-Springform den Boden damit auslegen, am Rand hochziehen. Die Dosenaprikosen ganz auf dem Boden verteilen.

Für den Belag das Eiweiß steif schlagen, separat Eigelb, Zucker, Vanille, Quark und Stärke verrühren und unterheben. Die Sahne gleichwohl unterheben und am Schluss das Eiweiß. Füllung auf den Teig geben und zirka 45 Minuten backen.

Espresso Nocciola

Man nehme:

10ml. Haselnusssirup,
300 ml. Milch,
2 Essl. Schokoladencreme,
160 ml. Espresso.

Den Haselnusslikör, bzw. Sirup in ein Whiskyglas geben. Die Milch aufschäumen und die Schokocreme darin auflösen.

Espresso in die Gläser füllen und den Schaum darauf gießen.

Genießen.

Ich schneide zwei weitere Kuchenstücke für Sascha und Julia ab. Sie sitzen am Ecktisch und sind in ein ernstes Gespräch vertieft. Julia sieht aus, als hätte sie eine Stärkung weitaus nötiger, als die rosige Frau Meininger. Sie weint und Sascha redet beruhigend auf sie ein. Ich hoffe sehr, dass ihr Kummer nicht diesem Trottel Frank zuzuschreiben ist. Zum x-ten Mal hadere ich damit, ihm sein Geld zurückzugeben und ihn aus dem Kochkurs rauszuschmeißen. Stets verwerfe ich diese Absicht in der Hoffnung, dass sich in irgendeiner Form eine wundersame Wandlung mit ihm vollzieht. Der gute Kern in ihm muss doch irgendwann zu Tage treten.

Die beiden schweigen verlegen, als ich ihnen den Kuchen bringe und trotz aller Neugier ziehe ich mich in Richtung Küche zurück, um nach Julius zu schauen. Unterwegs beuge ich mich zu Hund herunter und streichle sein weiches Fell. Er wedelt freundlich und legt seinen Kopf sofort wieder geduldig auf die Pfoten. Den ganzen Tag liegt er brav und unauffällig auf der alten Decke, die ich ihm geschenkt habe, und wartet, bis sein Herr mit der Arbeit fertig ist. In der Küche bietet sich ein ungewohnt friedliches Bild. Mutti und Julius stehen einträchtig nebeneinander, reden mit den Händen und schnuppern. Tatsächlich. Sie testen Gewürze. Ich schließe leise die Tür. Offensichtlich bin ich heute überall überflüssig. Irgendwie gefällt mir das. Ein guter Zeitpunkt, mich ins Büro zu begeben und die Monatsabrechnung fertigzumachen.

In meinem Arbeitszimmer schrillt wohl schon seit geraumer Weile das Telefon. Der Anrufbeantworter blinkt vorwurfsvoll und auf dem Sichtfenster der Telefonstation springt mir entrüstet eine rote Acht entgegen. Es gibt Menschen, die können allein am Klingeln erkennen, wer anruft. Ich gehöre natürlich nicht dazu. Weder vermag ich es, Löffel zu verbiegen, noch meiner Mutter über Kilometer hinweg zu „telepathieren", ihr neues Chili-Gewürz bloß nicht „Scharfgemacht" zu nennen. Leider sehe ich Zukünftiges nur vage und Gläserrücken klappte schon in meiner Jugend nie ohne Schummeln. In letzter Zeit verzichte ich auf Prophezeiungen, ja, stelle nicht einmal mehr Vermutungen an. Wenn ich an meine derzeitigen intuitiven Fähigkeiten denke, taucht unweigerlich das Gesicht von Frank Sander vor mir auf und so verlege ich mich lieber aufs Kuchenbacken oder Kartoffelschälen. Um jedoch beim Thema zu bleiben: Ich glaube nicht, dass mein Telefon so klingt, als rufe Britta an.

„Hallo Britta."

„Hey! Ich hab ′ne Vernissage aufgetan!"

Oh super. Sie hat meine E-Mail erhalten und prompt gehandelt. Endlich geht es vor die Tür. Ich werde ganz aufgeregt und wippe bekräftigend mit dem Stuhl.

„Wann?"

„Morgen Abend. Ich hole dich ab. Und vorher gehen wir gepflegt einen Cocktail trinken."

„Ich liebe dich, Britta!"

Ein nasser Kuss trifft den unschuldigen Hörer.

„Bäh. Bis morgen, du Nuss."

Ich reibe mir vergnügt die Hände. Zeit für den längst fälligen Frisörbesuch beim Stylisten meines Vertrauens.

17. Haarscharf

Die wenigsten Männer können nachvollziehen, wie Frauen es schaffen, stundenlang beim Frisör zu sitzen, ohne sich dabei zu Tode zu langweilen. Das liegt daran, dass Männer das Haare schneiden als eine rein zweckgerichtete Angelegenheit betrachten, die allenfalls eine Viertelstunde benötigen sollte. Für die Frau hingegen bedeutet ein Frisörbesuch weitaus mehr als das Zurechtstutzen unerwünschten Haarwerks. Es ist in etwa so, als vergleiche man einen Fastfoodschalter mit einem sündhaft teuren Restaurant. Natürlich wird man auch von einem Hamburger satt. Das wahre Wesen eines Frisörbesuchs erschließt sich erst, wenn dieser als umfassendes GourmetMenü begriffen wird. Dies beginnt bereits bei der individuellen Beratung, für welches Gericht man sich entscheiden möchte. Hat die Kundin einen passenden Schnitt gewählt, wird sie zuerst mit einem gefälligen „Amuse Geule" des Hauses verwöhnt. Die minutenlange Kopfmassage während des sorgfältigen Einshampoonierens dreht mir regelrecht die Zehennägel nach außen, so großartig finde ich das. Als ersten Gang serviert man eine nach Orange und Sanddorn duftende Intensivkur, deren wunderbares Aroma fast den Rest des Tages anhalten wird. Im Zwischengang werde ich von meinem persönlichen, schwulen „Kellner" mit Frauenzeitschriften und Latte verhätschelt.

Ich bin keine Freundin von Klischees, echt nicht. Die Realität zeigt jedoch, dass das Berufsbild des Haarstylisten nicht nur theoretisch ein Magnet für die Jungs vom anderen Ufer ist. Ich betrachte es als Kompliment für die Sorte Mann, die offensichtlich einen Sinn für Pflege und Ästhetik besitzt, was manchem „ganzen Kerl" erheblich abgeht. Im Gegenteil, ich schätze es sehr, mit Benno sogar über meine Lektüre diskutieren zu können, die Männer im Allgemeinen als „Weibskram" abtun und milde belächeln. Völlig Brause, ob es um Schönheitstipps, Kochrezepte oder Klatsch geht. Unter Umständen ist die Frage existenziell, ob man beim ersten Date das kleine Schwarze oder lieber das biedere Blümchenkleid trägt oder besser Scampi als Schweinelende serviert. Welcher Promi mit wem und mit wem gerade nicht rummacht, unterhält nicht nur, sondern schult uns Frauen in grundlegender, männlicher Psychologie. Mein Frisör kann bei allen Themen mithalten. Weil er nämlich selbst wie eine Frau tickt. Ich rate jedem Mann, sich einmal ernsthaft mit einer Frauenzeitschrift auseinanderzusetzen, will er das Mysterium Weib lüften.

Beim Färben und Augenbrauenzupfen erfahre ich also all den Tratsch aus der Regenbogenpresse, für den ich neuerdings keine Zeit mehr finde. Bin ich auf dem Laufenden, wer wen geheiratet hat und wie wessen neuer Hund heißt, geht es zum Hauptgang. Immer wieder fasziniert mich, wie präzise und geschickt mein Stylist Benno mit der Schere umzugehen weiß. Ein bisschen wie ein japanischer Koch, der vor den Augen des Gastes auf heißer Platte Kugelfisch zubereitet und dabei die Messer durch die Luft wirft. Erlebnisgastronomie schlechthin. Und nur im schlimmsten Fall sieht man danach wie ein Kugelfisch aus. Zum Dessert gibt es einen wohlig warmen Heißluftföhn, der aus meinen dünnen leblosen Haaren eine füllige, energievolle Frisur zaubert. Und während des gesamten Menüs erhalte ich zudem eine mitfühlende, aufbauende Betreuung von Benno, der mich unablässig „Liebelein" nennt. Was bitte will frau mehr?

Genau aus diesen Gründen bezahlt eine Frau im Übrigen auch in etwa das Fünffache für einen Haarschnitt wie ein Kerl. Weil wir einen Hamburger von einem GourmetMenü zu unterscheiden wissen. Und uns bestenfalls den Psychologen sparen.

Ungefähr beim dritten Gang lehne ich mich entspannt in meinem Sitz zurück und nippe an meinem köstlichen Milchkaffee. Das mir verordnete Strähnchenmittel muss eine halbe Stunde lang einwirken. Benno nötigte mich netterweise auf einen Logenplatz direkt am Fenster mit Blick auf die belebte Ehrenstraße. Mein Horoskop verspricht eine aufregende Begegnung mit einer wichtigen Person und rät mir, die Augen offen zu halten. Natürlich sind diese Drei-Zeilen-Weissagungen ausgemachter Humbug. Die one-sized Prophezeiungen passen auf alles und jeden. Kein intelligenter Mensch gibt etwas auf diesen Blödsinn. Angestrengt fixiere ich die Passanten, die eilig die Einkaufsstraße entlang flanieren.

Mich trifft fast der Schlag, als ich Frank Sander erspähe. Automatisch rutsche ich tiefer in den Sessel und halte mir die Zeitschrift vor die Nase. Das darf ja wohl nicht wahr sein. Ich werfe einen kurzen Blick auf das Schiebetischchen, auf dem Bennos Scheren liegen. Einen Moment spiele ich mit dem Gedanken, ein Guckloch in das Gesicht von Boris Becker zu schneiden. Leider ist mein Frisör direkt neben mir mit einer anderen Kundin zugange. Benno fände es unverzeihlich, falls ich seinem Bobbele wehtäte. Vorsichtig klappe ich die obere Ecke meiner Zeitung um. Tatsächlich. Da draußen lehnt unverkennbar mein Nachbar an einem parkenden Auto. Wohlgemerkt, an meinem parkenden Auto. Und er ist nicht allein. Neben ihm steht eine Frau. Eigentlich steht sie mehr vor ihm. Reichlich nah vor ihm. Auch wenn ich sie nur von der Seite ausmachen kann, finde ich sie ziemlich hübsch. Mit Modellmaßen und langen, dunklen Haaren. Irgendetwas an ihr ruft eine vage Erinnerung in mir wach, die ich nicht einzuordnen weiß. Jetzt lachen sie beide und er legt vertraulich den Arm um ihre Hüfte. Ich senke das Blatt ein wenig und rutsche in eine aufrechtere Position, um besser sehen zu können. Die küssen sich doch nicht etwa? Genau in diesem Augenblick dreht Frank sich in meine Richtung und schaut ins Fenster. Völlig perplex hebe ich die Hand. Und winke. Die Überraschung in seinem Gesicht ist deutlich, aber vermutlich von meinem Ausdruck nicht zu übertreffen. Ganz abgesehen von meinem Aussehen. Benno hat mir eine Aloe-Vera Maske für strahlenden Teint verpasst und meine Haare in Silberpapier gelegt. Ich bin ein Alien. Oder eine Radiostation. Zu allem Unglück fängt es nun auch noch an, auf meinem Schädel zu knistern. Benno kreischt plötzlich so etwas wie „haaach...der Heizstrahler!" und hüpft um mich herum, während mein Kopf Funken sprüht.

Es gibt Momente im Leben, da wünscht man sich, der Boden möge sich auftun. Ein Ufo könnte sich vom Himmel senken und mich entführen. Meinetwegen sogar für fiese Experimente. Oder der Helikopter aus der Coca Cola Werbung herab trudeln, um seine Spezialagentin aus prekärer Lage zu retten. Nichts dergleichen geschieht. Kein Sondereinsatzkommando, keine Außerirdischen. Stattdessen sitze ich wie angewurzelt mit schreckgeweiteten Augen in meinem Frisierstuhl und komme mir vor wie auf meiner eigenen Hinrichtung, während meine Haare in Flammen aufgehen. Mitsamt meinem Selbstbewusstsein, wie ich nicht zu betonen brauche.

Minuten später ist der ganze Spuk vorüber. Benno hat den Stecker gezogen und mit einem feuchten Handtuch den Brand gelöscht. Ein ekelhafter Geruch schwebt in Schwaden blauen Dunstes über mir. Frank Sander schlenderte grinsend mit seiner schönen Begleitung davon.

Nicht, ohne mir noch einmal zuzuwinken, was die Illusion zerstörte, dass er mich nicht erkannt hat. Er hat mich sehr wohl erkannt. Leider.

*

Dieser Frisörbesuch war der Billigste meines Lebens. Und der Traumatischste obendrein. Benno hat unter Gejammer und tausendfacher Entschuldigung meine Haare irgendwie gerettet. Auch wenn ich jetzt weniger davon aufweisen kann, als beabsichtigt, steht mir der Kurzhaarschnitt zum Nulltarif gar nicht übel. Ein schwacher Trost, aber immerhin ein Trost. Ob sich allerdings meine psychische Verfassung wiederherstellen lässt, wage ich vorerst zu bezweifeln. Britta bricht beinahe vor Lachen zusammen, als ich ihr von meinem unseligen Erlebnis erzähle und ihr Mann Andreas schenkt mir mitleidig noch einen ordentlichen Schluck Wein ein. Obwohl ich das Gefühl nicht loswerde, die beiden bei einem Schäferstündchen zu stören, freue ich mich, bei meinen Freunden unterkriechen zu dürfen. Britta streichelt mir trostspendend den Rücken, selbst wenn ihr Gekicher wenig hilfreich ist, und Andreas verzieht sich, nachdem er sich überzeugte, dass ich genug Alkohol im Glas habe, diskret in sein Studio. Wahrscheinlich komponiert er mittels meiner Anregung ein Lied über Aliens. Oder Frisöre.

Ich mag Brittas Angetrauten, der mich immer ein bisschen wie eine kleine Schwester behandelt. Meist zwinkert er amüsiert und macht mir hinter Britta geheime Zeichen der Verbrüderung, während seine Frau unermüdlich versucht, einen besseren Menschen aus mir zu machen. Doch das ist ein Geheimnis. Andreas Kern verkörpert eines jener seltenen Exemplare seiner Gattung, die frau als Diamanten zwischen lauter Kieselsteinen deklarieren würde. Ausgestattet mit zwar spärlichen äußerlichen Attributen, besticht er mit einem innerlichen Luxuspaket, dass meines Erachtens keine Wünsche offen lässt. Ein Autokenner würde ihn als den Volvo unter den Männern bezeichnen. Groß, zuverlässig, mit Rundum-Aufprallschutz und intelligentem, harmonisierendem Fahrwerk. Und witzig ist er obendrein. Das hat aber nichts mit Autos zu tun. Kein Wunder, dass Britta ihn gleich vom Fleck weg geheiratet hat, denke ich neidisch. Und prompt fange ich an, zu heulen.

Meine Freundin sieht mich stumm an. Sie legt den Kopf schief und räuspert sich dann doch.

„Du magst ihn."

Das sagt sie eine Spur zu wissend. Ich schnüffle und schüttle vehement den Kopf.

„Ich mag den Kerl von gegenüber. Aber den im Kochkurs kann ich nicht leiden. Er ist so ... so ..." ich suche nach Worten, finde nur nicht die passenden.

„Scharf?", ergänzt Britta trocken.

Ich nicke heftig und trompete lautstark in mein Taschentuch.

„Das war so peinlich", stöhne ich und erneut erlebe ich die Szene im Frisörsalon.

„Ach was, " Sie lächelt sanft, „das war Katta in Reinform. Wer dich wirklich mag, der liebt genau dieses Chaotische an dir."

Wie meint sie denn das jetzt schon wieder?

Nach einer Stunde verlasse ich unbedeutend getröstet aber reichlich angetrunken die Wohnung meiner Freundin. Ich komme nicht umhin, böse Miene zum guten Spiel zu machen. Der vierte Kochkurs beginnt an diesem Abend. Wie es aussieht, muss ich so tun, als hätte mein Nachbar mich heute nicht in Gestalt einer Außerirdischen zu Gesicht bekommen. Selbst wenn es mir die Schamesröte auf die Wangen treibt und ich vermutlich nicht ein Wort an Frank richten werde. Doch der Alkohol verschafft meinem erhitzten Gemüt ein wenig Gelassenheit.

Kaum im Cook & Chill angekommen, lege ich mich unglücklicherweise auch noch mit Julius an, der keinen Zweifel an seinem Missfallen betreffend meiner Einkäufe aus dem Großmarkt lässt. Er meckert an allem rum, vornehmlich an dem frischen Obst und Gemüse. Wenn die Qualität stimmt, dann die Größe garantiert nicht. Ist die Frucht stattlich genug, passt ihm die Art nicht. Die richtige Sorte wiederum ist angeblich zu matschig oder wahlweise zu unreif. Das kann er endlos so weiterführen, als läge ihm nur daran, mich zu kritisieren. Entgeistert betrachtet er gerade den Sack Speisesalz mit extra Jodanteil, den ich mitgebracht habe, und schüttelt den Kopf.

„Damit arbeite ich nicht."

Na toll. Jetzt nörgelt er sogar an stinknormalem Salz rum. Ich bin ebenfalls kurz davor, mit Tellern zu werfen, allerdings in die andere

Richtung als in die, in die das Geschirr normalerweise fliegt. Unter Louises wachsamen Blicken verlasse ich schnaubend die Küche und stelle mich an die Kaffeemaschine. Der Raum schwankt ein wenig. Die Milchschaumdüse quietscht durchdringend und eine Fontäne von heißem Dampf schlägt mir ins Gesicht. Prompt spritzt die Milch in dem Chromkännchen nach allen Seiten. Ich schaue auf. Louise ist in ihre Notizen versunken. Heute liest sie „Viel Lärm um nichts" von Shakespeare. Wie passend. Ich lasse meine Kaffeetasse stehen und schenke mir stattdessen einen großzügigen Schluck Prosecco in ein Longdrinkglas mit üppig Eis ein.

*

Der Mensch begann vor ca. 10.000 Jahren mit dem Anbau von Getreide. Ursprünglich wurden die Körner gemahlen und mit Wasser vermengt als Brei gegessen. Später buk man den Teig auf heißen Steinen oder in Asche als Fladenbrot. Entscheidend veränderte sich das Brotbacken durch den Bau von Backöfen und die Entdeckung der Wirkung von Hefe, als ein solcher Teig versehentlich mittels Hefebestandteilen in der Luft vergoren war und dadurch locker und schmackhaft wurde.

„Es gibt nichts Köstlicheres, als ein frischgebackenes Brot."

Mit einem Ächzen lasse ich den Mehlsack auf die Steinfliesen fallen. Es staubt leicht an den Nähten und ich klopfe mir die weißen Hände intelligenterweise an meiner dunkelblauen Jeans ab. Meine Kochschüler sehen mich erwartungsvoll an. Ich fasse unauffällig nach einer Stuhllehne, da der Boden unter meinen Füßen irgendwie wackelt. Schuldbewusst denke ich an den Wein und den Prosecco.

„Kostet beim Bäcker zwo fuffzig", murrt Frank.

Ich kontere mit einem kurzen:

„Ruhe auf den billigen Plätzen!" und ignoriere ihn in Folge, wie geplant.

Bis jetzt verlor er erstaunlicherweise kein Wort über unsere Begegnung. Zum Glück verschwimmt sein Gesicht regelrecht vor meinen Augen. Ich grinse. Prima Effekt.

„Wer sein Brot eigenhändig bäckt, wird die Erfahrung machen, eines der ursprünglichsten Lebensmittel herzustellen, das viel mehr mit Euch selbst zu tun hat, als ihr glaubt."

Ich suche in meiner Küche nach einer Schüssel. Julius hat hier alles durcheinander gebracht und mir ist schleierhaft, wonach er die Gerätschaften sortiert.

Mit dem Kopf unter der Spüle doziere ich etwas dumpfer weiter:

„Die Kunst des Brotbackens ist Jahrtausende alt. Ich zeige heute die Grundlagen, und dann ..." Ah. Die blaue Plastikwanne. „... lade ich Euch dazu ein, aus einem Grundnahrungsmittel etwas völlig neues zu erschaffen. Lasst Eurer Fantasie freien Lauf."

Hups. Beinahe verliere ich das Gleichgewicht. Frank sieht mich lauernd an und ich erwidere seinen Blick mit einem überheblichen Brauenheben. Er formt mit den Lippen lautlose Worte, die ich leider nur allzu gut verstehe. Schöne Frisur. Jetzt verzieht sich sein Mund hämisch. Zählt man langsam im Geiste bis zehn, kann man sich durchaus in Reizsitutationen kontrollieren. Vorausgesetzt, man ist nüchtern. Es kommt mir zugute, dass ich den Mehlsack in den Händen halte. Obwohl ich kurzfristig mit dem Gedanken spiele, ihn Frank Sander überzuschütten. Dennoch schlucke ich meine Wut herunter und verkneife mir ein Aufstoßen. Ich hätte den Sekt weglassen sollen.

Vida und Lukas rücken näher und spähen mir interessiert über die Schulter, während ich großzügig Mehl in die Plastikwanne rieseln lasse. Ein gutes Brot braucht nur wenige Grundzutaten. Mehl, Hefe, Wasser, etwas Zucker und Salz. Ergeben stelle ich die Dose mit dem Fleur de Sel auf den Tisch und verfluche Julius dafür, dass ich nun genötigt bin, das teure Zeug zum Backen zu verwenden, weil er das einfache Steinsalz aus der Küche verbannte.

Salz, oder auch das weiße Gold, war im Altertum rar und begehrt. Viele Städte erblühten mittels des Salzhandels zu reichen Metropolen. Das Wort Salär stammt von der Zahlung von Sold in Form von Steinsalz. Heute spielt Salz in der Ernährung eine große Rolle und ist der am meisten konsumierte Mineralstoff in der menschlichen Nahrung. Es ist lebenswichtig für den Wasserhaushalt, das Nervensystem, die Verdauung und den Knochenaufbau. Das teuerste Meersalz ist das Fleur de Sel, auch Salzblume genannt, das bis heute in Handarbeit von der Wasseroberfläche abgeschöpft wird. Es besitzt eine blumige Oberfläche und eine knusprige Konsistenz. Gourmets schätzen seinen Wohlgeschmack durch den Anteil an Calcium- und Magnesiumsulfaten, die in herkömmlichem Steinsalz nicht enthalten sind.

„Weizenmehl eignet sich besonders gut zum Brotbacken, und wenn ihr es mit Roggenmehl vermischt, dann wird der Geschmack kräftiger."

Ich rühre beide Sorten zusammen und nehme mit einer Kelle Mehl für den Vorteig ab. Dabei ignoriere ich, dass die Hälfte daneben geht.

„Die Hefe müsst ihr mit lauwarmem Leitungswasser verrühren, und mit etwas Mehl und Zucker ruhen lassen, damit die Gärungsstoffe gehen können."

„Wohin gehen sie denn?" flachst Frank und schaut Beifall heischend in die Runde.

Keiner findet ihn witzig. Mit kurzem Blick macht er sein Opfer aus. Julia lehnt an der Spüle und sieht sehr entspannt aus. Er schenkt ihr ein anzügliches Lächeln und zwinkert ihr zu. Sie senkt sofort die Lider. Kleine hektische Flecken erscheinen auf ihrem Halsansatz. Ich denke darüber nach, mir noch ein Glas Prosecco zu gönnen. Stattdessen erhebe ich ärgerlich die Stimme:

„Ist der Vorteig bereit, gebt ihr das restliche Wasser und Mehl dazu sowie Salz", ich seufze beim Gedanken an das Sel de Fleur abermals, „und einen Löffel flüssigen Honig. Dann sollte er solange gehen (Seitenblick auf Frank) bis er sich in etwa verdoppelt." Ich grinse. „Und schließlich könnt ihr eure Wut oder miese Laune oder wenn ihr wollt, euren schlechten Charakter (wiederholter, provokanter Seitenblick auf Frank) ganz und gar dem Teig widmen, indem ihr ihn richtig grob behandelt."

Ein vorbereiteter Brotteig muss nun herhalten. Julia zuckt zusammen, als ich ihn mit Vehemenz auf die bemehlte Arbeitsfläche knalle und ihn mit beiden Händen unter Einsatz meines ganzen Körpergewichts hin- und her walke. Ein tolles Gefühl. Mit Wucht schlägt der Teig erneut auf die Platte.

„Ein guter Brotteig ist so weich wie möglich und nur so fest wie nötig. Er wird geknetet, bis er sich von den Fingern löst."

Friedrich greift kurzerhand zum Mehl und folgt meinem Beispiel. Ich reiche meinen Kochschülern ihre Gerätschaften und die Backzutaten.

Frank schleicht sich an Julia heran. Unbeeindruckt von ihrer abwehrenden Körpersprache nimmt er ihre Mehlpackung an sich, nicht ohne mit der Linken aus Versehen ihren Allerwertesten zu berühren. Julias Glieder versteifen sich, hilfesuchend schaut sie umher. Doch Sascha wird von Johannes beschlagnahmt, Vida und Lukas beschäftigen sich wie immer kichernd miteinander und Friedrich kehrt der Welt heute den Rücken. Obwohl Julias Blick unmissverständlich um Hilfe ruft, lasse ich die Dinge laufen. Irgendetwas sagt mir, dass sie diese Situation alleine meistern wird. Zudem fängt der Raum gerade an, sich ein klitzeklein wenig zu drehen. Ich bin blau wie ein Pfau. Vorsichtshalber greife ich schon mal nach einem Kochlöffel und halte mich ungeschickt an der Tischkante fest.

Julia geht indes der Hintern auf Grundeis. Frank rückt ihr verdammt nah zu Leibe. Sie muss förmlich seinen Atem im Nacken spüren und selbst meine Härchen stellen sich auf. Zugegebenermaßen aus anderen Gründen. Wohin auch immer sie ihm auszuweichen versucht, sind seine Hände. Der Duft seines schweren Parfums dringt sogar bis zu mir vor. Scheinheilig tut er, als wolle er ihr helfen und lässt hierbei keine Möglichkeit aus, sie anzufassen. Ich suche ihren Blick, um ihr Schützenhilfe zu signalisieren und schwenke symbolisch den Holzlöffel. Als Reaktion folgt ein kaum merkliches Schulterstraffen. Sie bemerkt nicht, dass Franks Mund inzwischen gefährlich nahe an ihr Ohr kommt. Er wispert etwas und ich kann mir vorstellen, dass er ihr nicht schmeichelt. Dann geht alles sehr schnell. Julia holt blitzschnell aus und verpasst Frank eine schallende Ohrfeige.

„Lass mich in Ruhe.“

Sie sagt es ruhig und gefasst in Sanders sprachloses Gesicht, während ich innerlich juble und mir ein betroffenes „Hui!“ entschlüpft. Suchend sehe ich mich nach meiner Proseccoflasche um.

Kattas Bauernbrot

Man nehme für den Vorteig:

25g. frische Hefe,
100 g. Mehl,
125 ml. lauwarmes Wasser,
½ EL Zucker.

Für den Brotteig:

400 g. Weizenmehl (Typ 550),
250 g. Roggenmehl (Typ 1150),
350 ml. lauwarmes Wasser,
1 EL Honig,
1 EL Salz,
Mehl für das Backblech und die Arbeitsplatte.

Für den Vorteig die Hefe mit zirka 1/3 des Wassers verrühren. Mit Zucker, Mehl und dem restlichen Wasser vermengen. Abgedeckt warm stellen und 45 Minuten gehen lassen.

Für den Brotteig Mehl, Wasser, Honig und Salz zum Vorteig geben. Alles zu einem glatten Teig verkneten und eine Stunde ruhen lassen. Nochmals kneten und 10 Minuten warten. Den Backofen auf 250 Grad vorheizen. Aus dem Teig zwei Brotlaibe formen. Diese auf einem mit Mehl bestäubten Blech weitere 30 Minuten gehen lassen. Bei 250 Grad 10 Minuten backen. Die Hitze auf 175 Grad reduzieren und etwa 15 Minuten weiterbacken.

Nichts ist so herrlich wie die warme, krosse Kruste eines frischen Bauernbrotes. Dazu braucht das Brot viel Wasserdampf. Am besten stellt man ein Schälchen kaltes Leitungswasser mit in den Ofen oder begießt das Blech vor dem Einschieben mit Wasser. Verwendet man Salzwasser, wird das Backwerk glänzend und knusprig.

Frank sortiert sich innerhalb von Sekunden. Mit einem abschätzigen „Frigide Kuh" belästigt er stattdessen seinen Teigklumpen. Dr. Hennemann befreit seine klebrigen Hände von der Masse. Ich schlendere gemächlich zu ihm hinüber und greife im Vorbeigehen nach einem zweiten, leeren Sektglas.

„Hey, Doktor …"

Er sieht auf und wischt sich die nasse Stirn. Lächelt, als ich sein Glas fülle. Das fängt schon mal gut an. Wortlos reiche ich ihm den Prosecco. Er nippt lange daran und sucht nach Worten. Ein perfekter Moment, ihm zu Hilfe zu kommen.

„Der Vorfall in der Kanzlei tut mir leid. Ich habe Sie bestimmt ruiniert. Sie müssen total sauer auf mich sein."

„Du."

„Wie, ich? Nein, ich bin definitiv nicht …"

„Sag' bitte Du und Johannes."

Er macht jetzt das Dr.Hennemann-Gesicht. Doch diesmal vibrieren seine Mundwinkel. Der rechte Nasenflügel zittert leicht. Er amüsiert sich.

„Ich kann Dir nicht genug danken."

Meine überraschte Miene missachtet er geflissentlich. Stattdessen hebt er sein Glas und tippt es sacht an meines.

„Die alte Schachtel von Mandantin konnte ich sowieso nie ausstehen. Loswerden wollte ich dich beileibe nicht. Menschen machen Fehler, die eben manchmal Geld kosten. Ist nur Geld letztlich. Stattdessen fehlt mir an allen Ecken und Enden eine gute Mitarbeiterin."

Ich glaube es nicht. Dr. Johannes Hennemann versucht, sich bei mir zu entschuldigen. Wer bist du? Was hast du mit meinem knochentrockenen Anwaltsboss gemacht?

„Und seien wir ehrlich", beugt er sich vertraulich zu mir herüber, „Elfi Müller kann man nicht unbedingt als eigenständige Assistentin bezeichnen ..."

Ich fasse es nicht. Jetzt verbrüdert er sich auch noch mit mir, indem er lästert. Ich möchte schnell versichern, dass alles meine Schuld ist, doch er gebietet mir mit einer Geste Einhalt.

„Ich habe mich falsch verhalten. Allerdings dauerte es ewig, das Entschuldigungsschreiben zu formulieren. Selbst das fügte sich, wie es sollte. Sonst wäre ich nicht hier." Er macht eine umfassende Gebärde. „Dieser Laden ist das Beste, das mir passieren konnte."

Der ungelesene Brief, der auf dem Kühlschrank zwischen Spinnweben sein Dasein fristet, fällt mir ein. Keine Kündigung also. Sondern eine Entschuldigung. Ich glaube es nicht. Ich habe ich mich völlig unbegründet verrückt gemacht. Typisch.

„Ich habe dieses Schreiben nie gelesen. Es wird mir ein Vergnügen sein, das nachzuholen", drohe ich ihm spaßhaft.

Er verzieht schmerzhaft das Gesicht.

„Bitte nicht."

„Na doch! Ich warte seit Jahren auf die günstige Gelegenheit, dich auszulachen."

Einvernehmlich stoßen wir an. Und schweigen.

„Stimmt das?"

„Was?"

„Das Cook & Chill ist das Beste, das dir passieren konnte?"

Johannes nickt ernst. Er betrachtet versunken die hochprozentigen Schlieren, die an den Seiten des Glases herab rinnen, während er es langsam in der Hand dreht.

„Vor allem ist es der Hauptgewinn für Dich. Und die Jungs von der Bank haben keine Ahnung, dass ... nun … sagen wir ... die Umstände deiner Kreditwürdigkeit nicht so zutrafen wie angegeben."

Er zwinkert verschwörerisch.

Echt jetzt? Dr. Johannes Hennemann deckt mich?

„Im Gegenteil. Nachdem mir klar wurde, wie wertvoll das Cook & Chill nicht nur für mich und meine liebe Gattin ...", er runzelt die Brauen, „... sondern auch für manch anderen ist, ... habe ich eine Bürgschaft für deine geniale Geschäftsidee unterschrieben."

Jetzt kommt der Moment, an dem ich in Ohnmacht falle. Dr. Johannes Hennemann besteht also tatsächlich aus Fleisch und Blut. Und ich habe ab sofort kein Bankproblem mehr. Hurra!

Beinahe melancholisch fährt er fort:

„Dieser Ort gab mir etwas zurück. Das Kochen stellt lediglich die Verpackung dar. Dieser Laden, diese Menschen … alles so herrlich unnormal und doch so liebenswert."

Nun werde ich wirklich verlegen. Damit schließt er mich zwangsläufig mit ein.

„Meine Frau Linda schwärmt übrigens in den höchsten Tönen von dir und bestellt Grüße. Sie sagt, ich soll dir das Käsekuchenrezept abschwatzen."

Ich sehe ihn prüfend an und wage es, eine Frage zu stellen, die ich früher niemals über die Lippen gebracht hätte.

„Wie geht es Ihrer …Deiner Frau?"

Sein Schulterzucken genügt als Antwort vollkommen. Am Ende bekomme ich doch noch eine Geschichte. Die von dem Anwalt, der sein Leben der Arbeit verschrieb und es lange nicht erkannte. Ich höre eine Erzählung von Selbstgerechtigkeit und Ehrgeiz im grenzenlosen Streben nach Anerkennung. Von Verletzungen und Schutzschilden. Dabei liegt dieselbe Traurigkeit in seinen Augen wie Linda Meiningers, wenn Sie über ihren Gatten herzieht. Mir kommt eine Idee.

„Linda liebt Fisch. Sie kann an keinem mediterranen Kochbuch vorbeigehen. Und Du lernst kochen, weil sie es sich wünscht. Warum machst du aus deiner Not nicht eine Tugend? Wir Frauen widerstehen Männern ungern, die uns ein romantisches Essen vorsetzen."

Verlegen schaue ich auf meine Füße. Meine Füße sind wirklich hübsch. Weder krumm noch schuppig. Viele Leute haben schuppige Zehen. Ob ich die Nägel lackieren sollte?

„Danke, Katta. Darauf hätte ich selbst kommen können."

Dr. Hennemann ist gegangen. Johannes sitzt neben mir. Vielleicht werden wir sogar so etwas wie Freunde. Irgendwie findet dieser unselige Tag zu einem guten Abschluss.

„Sag mal, was läuft da eigentlich zwischen dir und Frank?"

Ich sehe hektisch von rechts nach links. Zum Glück duelliert sich Frank mit dem Ofen und befindet sich außer Hörweite. Friedrichs Ohren hingegen wachsen förmlich zur Größe von Rhabarberblättern an. Mein strenger Seitenblick irritiert ihn nicht im Geringsten und er macht auch keine Anstalten, sich dezent abzuwenden. Anstatt dessen rückt er ein bisschen näher.

„Was wollt ihr alle bloß?!"

Leider gehe ich hoch wie ein fehl gezündeter Marschflugkörper.

„Gar nix ist da, bis auf die Tatsache, dass ich die Bezeichnung Schwachkopf für ihn noch geschmeichelt finde! Der ist mir völlig gleichgültig!"

Johannes und Friedrich nicken mit ernster Miene und viel zu verständnisvoll.

„Ach so."

„Genau!"

Ein Brot knallt vor mir auf den Tisch. Erschrocken zucke ich zusammen. Frank hat sich angeschlichen. Beide topflappenbehandschuhten Hände in die Höhe reckend, parodiert er eine übertriebene Siegerpose. Das ist mein Vorführbrot. Der Laib ist einen Tick zu dunkel geworden und auch ziemlich ... robust in der Konsistenz. Er riecht zudem etwas ... gut gebacken. Natürlich brennt mir nichts an. Nie. Missmutig schaue ich in die Runde. Johannes und Friedrich betrachten amüsiert mein Meisterwerk. Die lachen mich aus. Allen voran mein Lieblingsschüler. Resignierend halte ich den Scherzbolden ein Messer entgegen.

„Okay. Wer will den Ziegelstein zuerst anschneiden?"

18. Fischgeködert

Eigentlich finde ich mein Leben halbwegs in Ordnung. Ich komme um Längen besser weg als Julius, der nichts besitzt und täglich darum kämpft, seinen wie auch immer gearteten Gespenstern zu widerstehen. Verglichen mit Saschas Unzulänglichkeit in Bezug auf Lesen und Schreiben und Julias in puncto zwischenmenschlicher Beziehungen jammere ich auf hohem Niveau. Und angesichts Frau Krause, die aus lauter Langeweile zänkisch ist, erst recht. Der homosexuelle Friedrich ringt in der dritten Person mit gesellschaftlichen Ressentiments, Mutti ist taub, Olga lebt am Existenzminimum und spricht nur russisch. Von Johannes glauben alle, seine Gattin eingeschlossen, er sei ein kalter Fisch. Linda wiederum verfügt über so viel Geld und solche Unmengen Zeit, dass sie weder mit dem einen noch dem anderen Sinnvolles anzufangen weiß. Und Louise ... ja, Louise findet das ganze Leben grässlich.

Gemessen am Durchschnittsbürger besitze ich nahezu alles, was man sich wünschen kann. Ich habe Familie, Freunde und das Cook & Chill verhilft mir zu einem angemessenen Auskommen. Ich bin eine kluge, gut aussehende Frau mit einer ordentlichen Portion emotionaler Intelligenz und Wärme. Ich wäre selbst sogar gern mit mir befreundet. Trotzdem streckt mir mein Spiegelbild jeden Morgen die Zunge heraus. Ich erwische mich immer häufiger dabei, meine eigenen Witze dämlich zu finden. Das ist bedenklich. Meine kleinen Alltagspannen unbeschwert zu meistern und mit Leichtigkeit darüber hinwegzusehen, fällt mir schwerer als gewöhnlich. Ich seufze vor dem Einschlafen und komme morgens nicht mehr recht in Schwung. Etwas Gewichtiges drückt mich nach unten. Es hat seinen Ursprung irgendwo in meiner Brust. Oder darunter.

„Katta, ich brauche den Fisch. Jetzt!“

„Hä?“

Prompt werde ich in meinen Gedanken unterbrochen. Ich balanciere völlig losgelöst auf der höchsten Stufe der Leiter und erkenne leider überhaupt nicht, wer da so kopflos in den Laden stürmt. Die Stimme kommt mir vage bekannt vor, doch da sich mein Kinn auf das oberste Buch meines Stapels stützt, bin ich unfähig, den Kopf in Richtung der Person zu drehen. Jemand klettert die Sprossen gegenüber hinauf und die Stiege schwankt beträchtlich. Unversehens stehe ich regelrecht Nase an Nase mit Johannes, der mich bittend ansieht und netterweise einen Teil des Bücherstoßes aus meinen Armen nimmt. Ich verkneife mir die Feststellung, dass er sich am helllichten Nachmittag nicht in der Kanzlei befindet. Der Dr. Hennemann, den ich meine, sitzt dort normalerweise rund um die Uhr. Ich beschließe, lieber gar nicht erst zu fragen. Da steht nämlich wieder der Herr Anwalt und nicht der Johannes - und wenn es Ersterem eilt, so liefert man besser keinen Grund zum Ärgernis. Da kann ich nicht aus meiner Haut. Er beeindruckt mich immer noch.

„Was für einen Fisch?", hake ich stattdessen nach und begebe mich an den Abstieg.

„Wie? Was für Fisch?"

Johannes macht eine lapidare Geste

„Fisch eben."

Typisch Mann. Geht es um Grillfleisch, wird gefachsimpelt, bis die Cholesterinwerte explodieren. Ob Rind oder Schwein, lieber Filet oder Rumpf, Lamm, Strauß, Känguru ... davon haben sie Ahnung. Lediglich Geflügel gilt nicht, weil es nicht ordentlich blutet. Fisch bestellen die Jungs allenfalls im Restaurant oder hauen ihn in rechteckigen Stäbchen paniert und tief gefroren in die Pfanne.

Ich setze mein Dozentengesicht auf. Mein Stichwort. Fisch ist schließlich nicht Fisch.

Bei den Meeresbewohnern gibt es enorme Unterschiede, die vor allem vom Lebensraum abhängen. Süßwasserfische sind etwas anderes als die Arten aus salzhaltigem Gewässer. Der natürliche Salzgehalt wirkt sich auf das Fleisch aus. Manche Sorten schmecken äußerst zart und nach Algen. Andere sind intensiv oder von fast fleischiger Konsistenz und können jeglichen Fischgeschmack vermissen lassen. Je nach Zucht und Haltung variiert die Qualität. Das Fleisch des wild gefangenen Lachses beispielsweise ist viel dunkler und geschmacksintensiver als das seines gezüchteten Artgenossen. Und teurer. Nebenbei rate ich dem Liebhaber, ruhig tiefer in die Tasche zu greifen, und ein qualitativ hochwertiges Produkt zu bevorzugen. Fische sind der Wasserqualität über ihre Kiemen direkt ausgesetzt und reagieren empfindlich auf Verschmutzungen. Ein sachgerecht gelagerter Frischfisch wird zwischen 0 und 2 Grad Celsius gekühlt zum Verkauf angeboten. Frischer Fisch riecht angenehm, die Augen glänzen klar und die Kiemen leuchten innen dunkelrot. Auf leichten Druck fühlt er sich elastisch an. Der Fisch gilt im Allgemeinen als sehr gesund und fettarm, da er neben wertvollen, bekömmlichen Proteinen und mehrfach ungesättigten Fettsäuren auch Jod, Vitamine und Spurenelemente liefert.

„Bist du jetzt fertig?“ Johannes schaut ungeduldig auf seine Uhr, „Linda kommt in vier Stunden nach Hause.“

Ich mache erst eine Wegwerfende, dann eine ausholende Geste und meine boshaft:

„In diesem Regal befinden sich schätzungsweise 250 Fischbücher. Viel Spaß beim Suchen.“

Letztendlich erbarme ich mich Johannes im Zuge unserer neu definierten Beziehung. Er sieht mich nun wirklich verzweifelt an. Statt ihn mit einem beliebigen Kochbuch in ein ungewisses Abenteuer zu entlassen, bugsiere ich ihn kurzerhand in die Küche.

„So mein Freund. Nun erzähle ich dir etwas über die Zubereitung von einem Fischgericht, mit dem du jede köderst. Auch deine eigene Frau.“

Schließlich bin ich ja kein Unmensch. Linda macht nicht gerade einen Hehl aus den Gefühlen, die sie derzeit für ihren lieben Angetrauten hegt. Ich denke, dass Johannes gut ein bisschen Hilfe gebrauchen kann.

„Welche Sorte Fisch mag sie?“

Er hat nicht die geringste Ahnung.

„Nun gut. Dann bewegen wir uns auf der sicheren Seite, indem wir eine Sorte wählen, die nicht zu fleischig und nicht zu aromatisch daher kommt. Und nicht zu fischig.“

„Wieso mache ich dann nicht gleich ein Hühnchen“, murrt Johannes.

Ich ignoriere seine Einwände schmunzelnd.

„Stattdessen legen wir unser Hauptaroma auf mediterrane Kräuter, mit denen wir den Fisch füllen. Die sind universell. Für ein solches Gericht eignet sich beispielsweise eine Dorade oder ein Saibling, notfalls eine Forelle. Ich persönlich bevorzuge die Dorade. Sie schmeckt dezent und zart, außerdem besitzt sie ein festes, gut erkennbares Gerippe. Nichts törnt so ab, wie eine im Hals stecken gebliebene Gräte.“ Jetzt wird Johannes tatsächlich rot.

„Nimm einen ganzen Fisch, er bleibt bei der Zubereitung schön saftig und beeindruckt mächtig, wenn du ihn hübsch garniert servierst.“

Mit sparsamen Handgriffen zeige ich ihm, wie man den Fisch bratfertig macht. Johannes verfolgt aufmerksam jedes Detail des Vorgangs. Wahrscheinlich würde er am liebsten Notizen machen und dazu Elfi zum Diktat verdonnern. Gleichzeitig finde ich ihn eigentümlich rührend, fast schon süß, wie er mit gerunzelten Brauen und unter Überwindung der natürlichen Abscheu vor kalter, glitschiger Fischhaut das Tier in die Hand nimmt. Ich bemerke anerkennend, dass er über ein intuitives Gespür für die richtigen Kräuter verfügt, die er souverän auswählt. Und den Umgang mit dem Messer muss er heimlich zuhause geübt haben. Das wesentliche Element an meinem Fisch besteht in einem großzügigen Schuss hochwertigen Olivenöls aus Griechenland.

Man unterscheidet bei Olivenöl drei Hauptkategorien. Zum einen gibt es das gewöhnliche native Olivenöl, Kategorie 3. Es ist kalt gepresst und besitzt einen etwas höheren Säureanteil. Man verwendet es zum Kochen und Braten bei niedriger Temperatur. Kategorie 2 bezeichnet das native Olivenöl mit einem Säuregehalt unter 2 Prozent. Es ist gehaltvoller mit einem stärkeren Eigengeschmack und daher ein schönes Dressing-Öl. Das beste Öl ist das native Olivenöl Extra. Der Säuregehalt liegt unter 0,8 % und es stammt aus der ersten Pressung. Dieses Öl ist schlichtweg der Renner und zu schade, um von anderen Geschmacksträgern überlagert zu werden. Es dient dem Unterstreichen und Hervorheben. Ein solches Öl gehört demnach weder in eine Salatsauce noch in die Pfanne. Davon abgesehen ist es dafür auch zu teuer. Die weltweit größten Olivenölproduzenten sind übrigens Spanien und Italien, gefolgt von Griechenland und Tunesien.

Nach einer guten halben Stunde schmort der Fisch im Ofen. Johannes sieht richtig glücklich aus und ich fühle mich auch gleich ganz glücklich, weil er so glücklich ist. Es scheint mein Schicksal zu sein, der Helfer und Retter zu sein. Oder ich gefalle mir einfach in dieser Rolle und sollte dringend bei einer Psychologin nachhören, was das über mich aussagt. Zum hundertsten Mal nehme ich mir vor, Britta danach zu fragen.

Johannes jedenfalls kauft das Fischbuch, das ich ihm empfehle, und gibt mir zum Abschied einen Kuss auf die Wange. Mit dem Hinweis, dass das Reisebüro nebenan derzeit günstige Städtereisen für Verliebte anbietet, entlasse ich ihn zu dem anstehenden Date mit seiner eigenen Frau. Tatsächlich wirkt er nervös. Hoffentlich wird sein Essen ein Erfolg.

Er beginnt, mir ans Herz zu wachsen, der missverstandene Dr. Hennemann mit den vielen Gesichtern.

Ich betrachte die dampfende Speise und muss plötzlich an eine tief greifende, geschmackliche Grenzerfahrung im Zusammenhang mit Meeresgetier denken.

Gegen dreiundzwanzig Uhr an einem Montag verspürte ich einen unbändigen Appetit auf Fisch. Datum und Uhrzeit sind mir deshalb noch genauestens geläufig, da mein Lieblingsstaatsanwalt den Bösewicht erfolgreich hinter Schloss und Riegel gebracht hatte und sich im Abspann mit seiner Tochter beim Angeln erholte. Die Geschmacksknospen auf meiner Zunge reagierten prompt auf die visuelle Anregung. Im hintersten Regal meiner Speisekammer wurde ich des einzigen Meeresbewohners meiner Küche fündig. Auf einer ovalen Konservendose lächelte mich ein Wesen fröhlich an, das dem pausbäckigen Brandt-Zwieback-Kind verblüffend ähnlich sah. Es besaß Fangarme, das weiß ich genau. Ein wenig befremdlich fand ich diese Verpackung schon, wie ich zugeben muss. Mein prüfender Blick erfasste den Schriftzug „Oktopus in Olivenöl" und die gestanzte Zahl am Dosenboden bestätigte den Verfall im Jahre 2011. Kann nix passieren, dachte ich und setzte den Dosenöffner an. Als ich das Metalldeckelchen behutsam zur Seite schob, blickte ich in ein weit aufgerissenes Augenpaar. Oh Gott. Das waren ja gar keine eingelegten Stückchen. Das Tier war ganz. Und offensichtlich noch ein Baby. Mit Daumen und Zeigefinger umschloss ich das glitschige Köpfchen und zog es vorsichtig aus seiner Büchse. Schlaff baumelte es vor meinem Gesicht in der Luft hin und her, die kleinen Tentakel wippten dabei lustig auf und ab. Ein merkwürdiges Gefühl machte sich in meiner Magengegend breit. Ich könnte schwören, das Oktopussy-Baby guckte mich an. Vorwurfsvoll.

„Was denn?" sagte ich zu ihm, „ich hab dich da nicht reingetan."

Zu mir sagte ich ermutigend: "Es schmeckt bestimmt super, " und versuchte, meine natürliche Abscheu vor dem glibberigen Dings zu überwinden. Probehalber schnupperte ich daran. Hm. Roch nach Olivenöl und Knoblauch. Ich zog an einem Arm. Widerstandslos dehnte er sich auf doppelte Länge. Die klitzekleinen Saugnoppen witschten aus meinen Fingern und das Oktopussy wackelte protestierend. Ich schloss ergeben die Augen und öffnete die Lippen. Behutsam nahm ich ein

Stück Fangarm zwischen die Zähne und biss zu. Es passierte nichts. Oktopussy weigerte sich beharrlich, das Körperteil herzugeben. Ich fühlte mich, als kaue ich auf einem Kondom herum. Auf einem, ohne Geschmack, wohlgemerkt. Ganz wohl war mir nicht dabei. Dieses Gefühl vertiefte sich zunehmend, je nachhaltiger ich kaute. Also spuckte ich den Gummiarm wieder aus und ließ ihn da, wo er hingehörte. Angewidert trug ich den Tintenfisch ins Bad. Das Letzte, was ich von Oktopussy-Baby vernahm, war ein freudiges Jauchzen, als es Wasserrutsche in der Klospülung fuhr.

Ich bin ein äußerst experimentierfreudiger Mensch, vornehmlich bei allem, was Essen anbetrifft. Seit diesem Tag weiß ich, wo meine Neugierde endet.

Dorade sizilianische Art

Man nehme:

2 frische, mittelgroße Doraden,
1 Zitrone,
Olivenöl, Salz und Pfeffer,
250 gr. Kirschtomaten, schön rot und reif,
100 g. schwarze, entsteinte Oliven,
frischen Knoblauch,
Thymian, Rosmarin, und Salbei.

Den Backofen auf 150-200 Grad vorheizen. Bei ganzem Fisch gilt, je kleiner der Fisch, je höher die Temperatur, je größer desto niedriger. Die Doraden innen und außen unter fließendem Wasser abwaschen. Mit Küchenkrepp vorsichtig trocken tupfen. Beide Hautseiten mehrfach schräg einschneiden. Mit Zitronensaft beträufeln, salzen und pfeffern. In einer flachen Schüssel eine halbe Stunde ziehen lassen. Tomaten halbieren, Oliven und Knoblauch klein hacken, mit etwas Olivenöl und den Oliven vermengen und ebenfalls ruhen lassen. Eine ofenfeste Form mit Öl einpinseln. Die Fische mit Thymian, Rosmarin und Salbeiblättern füllen, und in die Form legen, die Tomaten-Oliven-Mischung mit hinein geben. Mit Alufolie abdecken und etwa für eine halbe Stunde in den Ofen schieben. Zwischendurch mit der entstandenen Bratflüssigkeit beträufeln. Die letzten 5-10 Minuten die Folie entfernen und den Fisch überbräunen.

Dazu einen Feldsalat mit einem Balsamico-Dressing und lauwarmes Baguette reichen.

19. Ratatouille

Frau Krauses Neugierde scheint unersättlich und selbst durch deren natürliche Konsequenzen nicht zu bremsen. Die Quittung dafür erhält sie täglich und unverhohlen ausgerechnet von dem Subjekt, das sie am allermeisten interessiert. Freilich gäbe sie das nie zu. Sie bemüht sich, keinen Zweifel daran zu lassen, dass sie es unerträglich findet, Julius Zander unter ihrem Dach beherbergen zu müssen. Zu ihrem Leidwesen habe ich die Mansarde nicht nur mitgemietet, sondern auch auf einer Klausel im Vertrag bestanden, dort Personal unterbringen zu dürfen. Schließlich kann ich meinem neuen Koch schlecht erlauben, weiterhin im Hauseingang gegenüber zu nächtigen. Wie sähe das denn aus.

„Er ist nit zu ertrage!"

Mit einem Krachen schlägt Frau Krause die Küchentür hinter sich zu, während ein Teller außen gegen das Holz splittert. Wutschnaubend poltert sie die Treppen zu ihrer Wohnung hinauf, nicht ohne mir, die ich gerade Geschirr hineintragen will, einen tödlichen Blick mit einem „Dodrüver redde mer noch!" zuzuwerfen.

Die Kommunikation zwischen zwei Personen ist eine hochkomplexe Angelegenheit. Nicht nur, was die Verständlichkeit von Dialekten angeht. Selbst ich habe manchmal Mühe, Frau Krauses Urkölsch zu verstehen. Es bleibt jedoch nicht dabei, dass einer dem anderen etwas mitteilt. Eine harmlose Frage beispielsweise kann jede Menge Konfliktpotential bergen, kommt die Beziehungsebene ins Spiel. Und die ist bei Julius und meiner Vermieterin bekanntermaßen ein klein wenig angespannt. Es existiert kein rein verbaler Austausch unter Menschen, dazu sind wir schlichtweg zu menschlich. Unsere Aussagen verbinden sich untrennbar mit Körpersprache, Chemie und Emotionen. In unserem Fall heißt das, die beiden sind sich derart spinnefeind, dass sie ausschließlich auf der emotionalen Ebene senden und empfangen.

Ich stehe ziemlich verdattert im Gang und schaue die Treppe hoch, auf der meine Vermieterin soeben verschwand. Seit Julius Einzug in die winzige Mansarde, die genau über Frau Krauses Wohnung liegt, herrscht im Hause Kriegszustand. Sobald die Streithähne sich begegnen, gibt es Krach. So lautstark, dass ich es als geschäftsschädigend einstufen muss, ganz abgesehen von dem zerbrochenen Porzellan. Ich sollte mir dringend etwas einfallen lassen.

*

Inspiriert von einem Zeichentrickfilm wähle ich heute Abend Ratatouille als Beilage zu einem Hühnchen. Meine Schüler sollen den Umgang mit dem Schneidewerkzeug perfektionieren. Bei dem Gemüsegericht gibt es wieder jede Menge Zutaten zu verarbeiten. Meine Männer wollen Fleisch, so belasse ich sogar eine vegetarische Kost lieber nicht bei der rein tierlosen Variante. Ehrlich, das kann unschön enden.

Ich kannte mal jemanden, der fand, eine Speise ohne tierische Beigabe sei kein Essen. Das führte so weit, dass mein Begleiter in einem Spitzenrestaurant der Extraklasse mit gezücktem Gäbelchen unter der Salatdekoration nach einem Stück blutigem Fleisch suchte. Obwohl ich ihn mehrfach darauf hinwies, dass in Ratatouille kein Tier hineingehört. Er wollte mir nicht glauben. So rief er den Kellner und machte den armen Jungen - hörbar für den gesamten Speisesaal - rund, wieso das Steak auf seinem Teller vergessen wurde. Am Ende der lautstarken Diskussion, die von unflätigen Ausdrücken beiderseits nur so wimmelte, rauschte der beleidigte Garçon in die Küche. Kurz darauf kam der Koch mit unbewegtem Gesichtsausdruck an unseren Tisch. In seiner Hand schwang er ein gewaltiges Rettichgewächs, das er sich wohl in der Eile als Baseballschlägerersatz gegriffen hatte. Sein Anblick ließ mich auf meinem Stuhl auf Liliputanergröße schrumpfen. Er knallte meinem ungehaltenen Anhang eine Menükarte auf den vollen Teller, sehr zum Nachteil von Zucchini und Aubergine. Der Tomatensugo spritzte nach allen Seiten, unter anderem auf sein Hemd und mein weißes Kleid. Die Schuldfrage klärte sich zügig für den, der lesen konnte. Über dem Wochenmenü prangte klar und unmissverständlich der goldene Schriftzug „Vegetarisches Sternehaus".

Ups.

Das hatte ich in meinem Kölner Restaurantführer für Nicht-Touristen glatt übersehen. Ich fand den Namen „Brokkoli" so niedlich, dass ich bei der Reservierung vergaß, mich nach der Speisekarte des Hauses zu erkundigen. Auch diese Verabredung stellte wortgetreu ein einmaliges Ereignis dar. Mein Begleiter machte mir deutlich, dass eine Frau, die seinem Essen das Essen wegisst, nicht seiner Vorstellung entspricht. Obwohl ich mehrfach beteuerte, ein ordentliches Steak durchaus zu schätzen, glaubte er mir schlichtweg nicht. Ich tröstete mich anschließend in einem Dönerimbiss. Allein.

Amüsiert beobachte ich Vida, die mit angewidertem Gesichtsausdruck das nackte Hähnchen betrachtet und vorsichtig einen Flügel anhebt, um ihn sofort wieder fallen zu lassen. Lukas wagt sich todesmutig mit der Geflügelschere ans Werk.

Frank nimmt sich das andere Huhn vor. In Erinnerung an seinen Schmorbraten überrascht es mich nicht, dass er sich damit recht geschickt anstellt. Vermutlich ist bloßes Fleisch naturgemäß eher sein Fachgebiet als junges Gemüse. Unwillkürlich denke ich an die gut aussehende Frau in seiner Begleitung. Sie war wirklich ausgesprochen hübsch. Bis auf die Nase. Die war ziemlich lang. Bei genauem Nachsinnen glaube ich sogar, sie hatte O-Beine. Ihre Haare waren mit Sicherheit getönt. Die Natur hat kein solch makelloses Mahagoni vorgesehen. Zumindest nicht bei Menschen. Ich habe im Zoo mal ein Gnu gesehen, dessen Fell war von wundervoll glänzendem Braun. Dafür guckte es reichlich dumm aus der Wäsche. Es ist nur logisch, dass die Frau nicht mit überschäumender Intelligenz gesegnet sein kann. Nicht wegen ihren schönen Haaren. Aber weil sie sich mit Frank Sander einlässt.

Zufrieden mit dem Ergebnis meiner Überlegungen schlendere ich zu meinen anderen Schülern, die bereits mit geübten Handgriffen dem Gemüse zu Leibe rücken. Mehr oder weniger. Gerade noch schiebe ich Johannes Daumen von der Klinge, ehe er diesen säuberlich vom Rest seiner Hand abtrennt. Mich trifft sein abwesender Blick und ich ahne nichts Gutes.

„Vorsichtig."

Sanft korrigiere ich die Haltung seiner Finger um den Griff des Kochmessers.

„Wie war das Fischessen?"

Johannes winkt ab. Sein Lächeln ist ziemlich gequält.

„Sie musste sich übergeben."

„Oh."

Heftig traktiert Johannes die unschuldige Zucchini. Das war dann wohl die falsche Frage.

„Ich werde nicht schlau aus ihr ..."

Das Gemüse gibt eingeschüchtert nach und fällt in feinen Scheiben auf das Brettchen. Gedankenlos greift er nach der Aubergine und verfährt mit dem armen Ding ebenso erbarmungslos. Klack, klack, klack, macht es im Stakkato. Nur zur Sicherheit schiebe ich die Ölmenage zur Seite.

„Zuerst weint sie fast, als sie den Fisch sieht, anschließend lacht sie, um nach dem ersten Bissen ins Bad zu verschwinden. Fünf Minuten später taucht sie wieder auf, geht schnurstracks in die Küche und schmiert sich ein Sandwich mit Erdnussbutter."

Aha. Alles klar. Leider bin ich weitaus aufgeklärter über die „Umstände" seiner Frau, als er es ist. Mir bleibt nichts, als ihm tröstend auf die Schulter zu klopfen und ihm eine abgedroschene Floskel hinzuwerfen. Eindeutig gehört es nicht zu meiner Aufgabe, ihm die freudige Nachricht zukommen zu lassen, dass er Vater wird.

„Das wird schon. Versuche es noch einmal. Steter Tropfen höhlt den Stein."

„Bestimmt nicht."

„Ach komm ... Du bist es ihr schuldig. Außerdem ..."

Seine Augen sehen mich so traurig an, dass ich beinahe die Karten auf den Tisch lege. Doch eine strenge, innere Stimme haut mir auf die Finger. Fast wähne ich Britta hinter mir.

„Hört er seinen Namen?"

Friedrich gesellt sich zu uns.

Nie war ich dankbarer, unterbrochen zu werden.

„Hey, was machen deine Tomaten?"

„Gewaschen, geschnitten, bereit für das Finale!" Friedrich reibt aufgeräumt seine Handinnenflächen, „wem kann er nun behilflich sein?"

Ich halte ihm eine Schüssel Paprika unter die Nase.

„Nimm die, bevor Dr. Hennemann sie in die Hände bekommt", dezent schiebe ich mich einen Schritt rückwärts, um Friedrich den Platz an Johannes Seite zu lassen.

Sein kluger Blick versteht. Er klopft meinem Exboss freundschaftlich auf die Schulter.

„Will er gegen ihn antreten?", und hebt grinsend die Klinge zum Duell.

Johannes erwidert mit einem Schmunzeln. Es gibt Momente, da brauchen Männer eben Männer. Warum sollten sie auch diesbezüglich anders als wir Frauen sein.

Das in Hollywood viel gerühmte Ratatouille bezeichnet ein einfaches Bauerngericht aus der provenzalischen Küche Südfrankreichs. Ratatouille stammt ursprünglich aus Nizza und wurde erst im 20. Jahrhundert überregional bekannt. Das erste Rezept kreierte Heyraud um 1930. Er bezeichnet es darin als Ragout aus Auberginen mit Tomaten, Zucchini und Paprikaschoten. Heute ist dieses Gericht überall in Europa verbreitet und wird häufig unterschiedlich zubereitet.

Ratatouille

Man nehme:

1 kg feste Tomaten,
1 große Aubergine,
400 g Zucchini,
2 rote Paprikaschoten,
1 gelbe Paprikaschote,
250 g. Zwiebeln,
5 Knoblauchzehen,
ein Bund Kräuter der Provence,
Pfeffer, Salz,
200 ml Olivenöl,
4 EL Tomaten in Stücken aus der Dose.

Die Tomaten kurz mit heißem Wasser überbrühen und anschließend häuten, vierteln und entkernen. Auf Küchenkrepp abtropfen lassen.
Die Aubergine und die Zucchini in ungefähr einen Zentimeter dicke Scheiben schneiden. Diese salzen und nebeneinander auch auf ein Stück Küchenpapier geben, bis sie die Flüssigkeit ausgeschwitzt haben. Die Paprika vierteln, entkernen und in grobe Stücke schneiden. Die Zwiebeln in dünne Streifen und den Knoblauch in kleine Stücke schneiden. 80 ml Olivenöl in eine Pfanne geben und erhitzen. Darin die Auberginenscheiben kurz von jeder Seite anbraten, aus der Pfanne nehmen und auf einen großen Teller legen. Nun mit der Zucchini, der Paprika und den Zwiebeln ebenso verfahren. Tomaten hinzugeben. Zum Schluss Knoblauch und Kräuter der Provence in das Gemüse geben, salzen und pfeffern. Einen großen Topf nehmen, das restliche Olivenöl hinein geben und nun abwechselnd die Auberginen-Zucchini-Scheiben mit der Paprika-Tomaten-Mischung aufschichten. Das Ganze zugedeckt bei mittlerer Hitze 25-30 Minuten kochen und schon mal ein Gläschen Rotwein kosten.

Dazu reicht man Baguette, man kann das Ratatouille aber auch als Gemüsebeilage zu Fleisch reichen. Reste schmecken übrigens kalt ebenfalls vorzüglich!

Das Glas Wein schmeckt wunderbar. Ich schließe die Augen und lasse den Alkohol genießerisch auf der Zunge zerfließen. Allmählich komme ich mir hier eher wie auf einem Weinseminar, denn in einem Kochkurs vor. Mein Konzept bedarf dringender Überarbeitung. Andererseits liebe ich die geselligen Stunden nach dem Kurs. Keiner scheint das Bedürfnis zu verspüren, nach Hause zu gehen, obwohl es bereits lange Mitternacht schlug. Die Tür empfängt mit ausladend geöffneten Flügelarmen den lauen Nachtwind. Plaudernd und lachend sitzen alle bei Kerzenschein um den großen Tisch, sogar Frank gehört irgendwie zu unserer kleinen Kochfamilie dazu. Ein schwarzes Schaf muss es wohl in jeder Sippe geben, denke ich spöttisch und betrachte seine Nase. Die Flügel blähen sich weit, wenn er lacht. Zugegebenermaßen eine schöne Nase.

Friedrich schenkt mir, Sascha und Julia noch einen Schluck Wein nach und ich erwische mich selbst beim Kichern. Ein hohes Quieken entwischt auch Julia und sie hält sich schnell die Hand vor den Mund. Wie peinlich. Wir schauen uns grinsend an. Es quietscht schon wieder. Ein grünes Tier wippt vor uns auf und ab. Jetzt realisiere ich erst, dass das Geräusch tatsächlich einen anderen Ursprung besitzt und nicht aus den Tiefen unserer trunkenen Seele stammt.

„Was ist das denn?“

Friedrich mustert uns mit hochgezogenen Augenbrauen.

„Wonach sieht es denn aus?“

Julia muss erneut lachen. Diesmal ohne Misston.

Ich bin baff.

„Du spielst mit Gummifröschen?“

Plötzlich betrachte ich Friedrich mit ganz anderen Augen. Julia prustet los.

Friedrich nickt feierlich.

„Dieser Frosch ist das Zeichen seiner neuen Autorität.“

Ich kapiere nur Bahnhof. Zum Glück stehe ich damit nicht allein auf weiter Flur. Julia zieht die Brauen hoch.

„Der gehört Jens“, erklärt Friedrich unbeirrt.

Okay. Ich nicke verständnisvoll, ohne zu wissen, was genau ich verstehen sollte. Julia neigt sich ihm vertraulich zu und streichelt abwesend Saschas Handrücken. Selbst von hier aus kann ich dabei zusehen, wie sich die blonden Härchen unter ihrer Berührung zitternd aufrichten.

„Er hat sich von ihm getrennt?"

Julia lächelt nachsichtig.

Hä? Offensichtlich habe ich wesentliche Zusammenhänge übersehen. Erstens: Der erwachsene Friedrich spielt mit Plastikfröschen. Zweitens: sein Partner auch. Und drittens: Julia kuschelt mit Sascha. Dritter Punkt bedarf weitergehender Studien. Offenbar war ich in den letzten zwei Kursen aufmerksamkeitstechnisch an andere Personen gebunden. Beziehungsweise an eine. Mir ist glatt entgangen, dass sich da etwas zwischen Julia und Sascha angebahnt hat.

Friedrich versucht indessen immer noch, mir die Gummifroschsache zu erklären.

„Der kleine Kerl ist sozusagen Jens Glücksbringer. Er nimmt ihn sogar mit ins Bett ...".

Ich bin mir nicht sicher, ob ich weitere Details hören möchte.

„Jens erklärte den Frosch zum Symbol gelungener Kochkunst und versprach ihm, ihn zu überreichen, sobald er ihm ein vorzügliches Mahl vorsetzt."

Ich muss mich konzentrieren.

„Jens bekocht den Frosch?"

Friedrich lacht kopfschüttelnd.

„Nein er, du Dummchen."

Wie, der Gummifrosch kocht? Langsam werde ich bisserl wirr im Kopf.

Ich fasse Friedrichs Hand und drücke sie sanft.

„Friedrich, mein Freund, Du solltest den zweiten Friedrich aus deinem Leben eliminieren. Das würde unseres viel leichter machen."

Er entkorkt seelenruhig die nächste Flasche.

„Wozu? Er bringt die Menschen dazu, aufmerksam zuzuhören. Sich auseinanderzusetzen. Noch einen Schluck?"

Ich nicke abwesend. Gar nicht so dumm, was Friedrich da sagt. Hm. Ich sehe zu Frank hinüber, der sich mit Johannes unterhält. Ob das bei ihm auch funktioniert? Aber ich vergesse, dass ich mit Frank Sander überhaupt nicht reden will. Erst recht nicht in der dritten Person.

Julias Augen schimmern golden, als sie Sascha ansieht. Nein. Das wäre falsch ausgedrückt. Als sie ihn anhimmelt. Dabei habe ich doch noch gar nicht angefangen, die beiden zu verkuppeln. Wie unfair. Britta taucht wieder vor mir auf. Habe ich´s dir nicht gesagt? Misch dich nicht ein. Es kommt schon, wie es soll. Eine zarte Röte überzieht Saschas Wangen. Wir sollten uns schleunigst vom Tisch verziehen und die Turteltäubchen allein lassen.

„Komm Friedrich, wir suchen ein Kochrezept für Froschschenkel ..."

Friedrich fällt fast vom Stuhl, als ich ihn ruckartig am Ärmel ziehe.

„He, Hühnchen!"

Franks Stimme schallt von der anderen Seite der Küche herüber. Julia merkt auf und erstarrt. Er hält zwei goldbraune Hühnerbrüste vor sich und tanzt albern auf und ab.

„Sind deine Titten ungefähr so klein oder noch kümmerlicher?"

Sprachlosigkeit. Etwas piept in meinem linken Ohr, im Rechten rauscht mein Puls. Unbändige Wut kocht in mir hoch. Der klägliche Kontrollversuch meines Gehirns wird sofort unterdrückt, das andere ist weitaus stärker. Mein Körper bewegt sich automatisch in Franks Richtung, um eine geballte Faust zwischen seinen Rippen zu platzieren. Doch jemand reagiert schneller. Der schmächtige Sascha streckt Frank mit einer sauberen Rechten zu Boden. Ich juble innerlich und mache ein betroffenes Gesicht. Vida kichert nervös.

Und Lukas sagt trocken in die Stille:

„Halt' die Klappe, du Idiot."

*

Es dauert genau drei Minuten und achtundvierzig Sekunden, bis Frank zu sich kommt. Er liegt lang ausgestreckt am Boden und um ihn herum, in einem stummen Halbkreis aufgereiht, stehen meine Schüler. Keiner macht Anstalten, nach ihm zu sehen oder ihm gar zu Hilfe zu eilen. Die Situation besitzt etwas Skurriles, so, als betrachteten wir ein gefährliches Tier in gebührendem Abstand. Während dieser atemlosen Zeitspanne addiere ich im Geiste seine verbalen Verfehlungen und subtrahiere, was zu seinen Gunsten spricht. Das Ergebnis siedelt weit im Minusbereich. Also ziehe ich die logische Konsequenz. Ohne nachzudenken, stürme ich in mein kleines Büro und entnehme meiner Kasse zwei Scheine. Just als Frank sich aufrappelt und ansetzt, sein Schandmaul erneut zu öffnen, halte ich ihm das Geld entgegen.

„Verschwinde. Deine Anwesenheit ist hier nicht länger erwünscht."

Meine Stimme klingt rau und meine Worte kommen mir eine Spur zu gestelzt vor. Einen Wimpernschlag lang lese ich den Hauch einer undefinierbaren Emotion in seinen Augen. Hat er tatsächlich Schuldgefühle? Doch der Moment geht vorüber, genauso rasch, wie er kam. Wortlos nimmt Frank die zweihundert Euro aus meiner Hand. Dabei berühren seine Finger meine Haut. Ich kann nicht verhindern, dass ich zurückzucke. Ein blasiertes Lächeln erscheint auf seinem schönen Gesicht, das ich plötzlich abstoßend finde.

„Ihr seid sowieso ein völlig indiskutabler Haufen."

Sagt es und dreht sich um.

„Natürlich", Sascha öffnet ihm zuvorkommend die Tür, „dann wird es ja auch Zeit."

Erst als Frank Sander mit einem letzten verächtlichen Lachen und erhobenen Hauptes gegangen ist, verzieht sich Saschas Gesicht schmerzvoll. Mit einem schiefen Lächeln reibt er sich die schmerzende Hand, die eben noch niederschmetternde Wirkung zeigte.

„Aua. Das tat vielleicht weh."

Ich ignoriere das Ziehen in meinem Brustkorb und verstecke meine zittrigen Hände hinter dem Rücken. Stattdessen erwidere ich unverfangen Friedrichs betroffenen Blick. Er öffnet den Mund und schließt ihn wieder. Ich möchte wirklich nicht wissen, was er sagen wollte. Beziehungsweise brauche ich nicht zu hören, was ich selbst weiß. Nämlich dass mir das, was gerade passierte, alles andere als egal ist.

Und dann werden wir alle Zeuge einer wunderbaren Szene, eigentlich viel zu kitschig, um erzählt zu werden. Ich tue es trotzdem, weil es mich ablenkt.

Julia tritt auf Sascha zu, nimmt sein überraschtes Gesicht in beide Hände, hält einen Moment inne. Und küsst ihn so gefühlvoll, dass ich vor Neid erblasse.

Ich interessiere mich nicht sonderlich für Malerei. Das heißt nicht, dass ich bunte Bilder nicht mag. Brittas Nichte beispielsweise malt tolle Bilder. An meinem Kühlschrank sind sogar zwei ihrer Werke mit Tesafilm angeklebt. Und das, obwohl ich auf der wenig schmeichelhaften Kinderzeichnung mit einem melonengroßen Wasserkopf und riesigen Glubschaugen abgebildet bin. Mein Problem fußt vielmehr darin, das ich mit der Persönlichkeit des Künstlers an sich nichts anzufangen weiß. Natürlich sind mir Größen wie Miró, Hundertwasser oder Dali durchaus ein Begriff. Der eine durchgeknallter als der andere. Dessen ungeachtet sind die alle tot und hinterließen letztlich das, was zählt. Hübsche Bilder eben. Die jeder kennt, aber kein Normalsterblicher bezahlen kann. Ich meine, worin liegt der Sinn, Tausende von Euros für ein Stück Stoff mit Farbe hinzublättern? So ein Gemälde kann man nicht mal essen. Noch sich hineinsetzen wie in einen Designersessel oder in ein Oldtimer-Cabriolet, wobei einem der Sommerwind um die Nase weht. Das Gemälde hängt an der Wand und gibt an. Die winzige, kaum lesbare Signatur am rechten Bildrand benutzt das Ding dann als Rechtfertigung dafür, dass ich es mir nicht leisten kann.

Die Kunst ist heutzutage doch nur ein Vorwand ungewaschener Menschen, sich wichtig zu machen. Tatsächlich gibt es Leute, die ehrfürchtig zusammenbrechen, wenn ein langhaariger Öko in Jesuslatschen vor ihnen steht und betont bescheiden sagt:

„Ich bin Künstler."

Dabei brannte er nur darauf, diesen Satz versehentlich fallen zu lassen. Ich mag diese Profilneurotiker nicht, denen eigentlich ihr Kontostand sagen müsste, dass sie nicht in der Liga einer der oben genannten Berühmtheiten spielen. Eine Vernissage stellt sozusagen die finale Sprosse auf der vermeintlichen Karriereleiter eines solchen Verlierers dar. Um unsterblich, reich und wirklich berühmt zu werden, muss ein Maler nämlich entweder sterben, sich in die Psychiatrie einweisen lassen oder sich der kultivierten Welt durch Auswanderung in den tiefsten Dschungel entziehen. Eine Vernissage dient also nicht dem großen Opening eines Malers, sondern vielmehr der Verabschiedung desselben. Das weiß aber niemand. Nicht einmal der Künstler selbst.

Auf einer so gearteten Veranstaltung tummeln sich Freunde, Intellektuelle und Gönner des Möchtegern-Picassos. Als auch jede Menge Parasiten, die sich in erster Linie dort hineinschummeln, um das Häppchenbüffet abzuräumen. Zu letzterer Sorte gehören Britta und ich. Das geben wir frei von Skrupel und gerne zu. Blenden gehört hier ebenso zum üblichen Gebaren, wie die bewusste Auswahl der Kleidungsfarbe, vornehmlich schwarz, grau oder creme. Bunt sind ja schon die Bilder. Sehr bunt. Trotz des neuen Rauchergesetzes geht der Raum mit blauem Dunst schwanger. In diesen Kreisen ist die Zigarette so untrennbar mit dem Kunstkenner verbunden wie das Werk mit dem Künstler.

Ein kleiner, unscheinbarer Mann mit ungesunder Gesichtsfarbe doziert vor einer Gruppe bierernst dreinblickender und immerwährend mit dem Kopf nickender Herren über „die gewagte und ausdrucksstarke Peinture" eines fürchterlichen, zweimalzwei Meter großen Bildes. Aus reiner Neugierde schließe ich mich dem Grüppchen an, während Britta herausfindet, wo wann das Buffet eröffnet wird. Dass wir ungeschoren mit der gefälschten Vip-Karte am Empfang des edlen Hotels durchgerutscht sind, noch ehe der schlechtgelaunte Concierge die Namensliste eingehend studiert hat, hatte mit mehr Unverfrorenheit als Glück zu tun. Und dass keiner meine unaufgeforderte Anwesenheit bei der privaten Führung durch die Ausstellung merkwürdig findet, spricht für sich. Ich finde, der Künstler hätte ebenso gut einen Eimer Schweineblut über den liegenden Keilrahmen gießen können, um denselben scheußlichen Effekt zu erzielen. Doch anstatt meine Meinung kundzutun, nicke ich wie ein Dodo im Takt mit den anderen und werfe ab und an bewundernde Blicke in Richtung des Machwerks.

Das kleine Männlein verstummt Beifall heischend. Dessen gewahr werdend, dass mich plötzlich alle abwartend mustern, komme ich in echte Bedrängnis. Offensichtlich stellte man mir eine Frage. Ich suche fieberhaft nach Worten und mit ebensolcher Verzweiflung nach Rettung. Die leider ausbleibt. Britta ist weit und breit nicht zu sehen. Wahrscheinlich macht sie sich schon über das köstliche Fingerfood her, während ich hier darbe. Ich schließe die Augen und bastele schnell einen Universalkunstkennersatz zusammen.

„Nun. Es gibt ja auch faktisch keine Kunst, nur Intrapersonales, das uns verborgen unter Darstellend-Ornamentalem lediglich die Fiktion des Künstlerischen vermittelt. Sie entschuldigen mich?"

Sage es und schaue zu, dass ich Land gewinne, noch ehe Männlein mich meiner Unkenntnis entlarven kann. Ich bin hungrig und dieses Bedürfnis treibt mich Richtung Büffet. Schließlich sind wir ja deswegen hier. Zu meiner unsäglichen Freude stehe ich Sekunden später vor einem riesigen Sushi-Bankett, an dem sich wie erwartet, meine beste Freundin gütlich tut. Britta winkt mir mit einem Scampischwänzchen zu und zwinkert verschwörerisch. Dabei kaut sie mit vollen Backen und schüttet sich reichlich undamenhaft Champagner hinterher, damit es besser rutscht.

Ursprünglich stellte Sushi nichts anderes als gepökelten Fisch dar, der auf einem Transport von Japan nach China in gekochtem Reis konserviert wurde, um die Fäulnis zu verhindern. Den Reis warf man danach weg. Vermutlich entdeckte man in Notzeiten, dass der Reis genießbar und wohlschmeckend blieb. So entstand die Urform des Sushi, das auf Japanisch: „gesäuerter Reis" bedeutet.

Sushi ist nicht nur das beliebteste Gericht in Japan überhaupt, sondern auch die Krönung japanischer Kochkunst. Die mundgroßen und optisch sehr ansprechenden Stückchen aus essiggesäuertem Reis, die mit rohem Fisch und einer Creme aus grünem, scharfem Meerrettich (Wasabi) belegt werden, erfreuen sich inzwischen weltweit großer Popularität. Eine zusätzliche Variante sind die Maki-Sushi, die gewöhnlich in Algenblättern (Nori) mit einer Bambusmatte zu einer Rolle geformt und mit einer Füllung versehen werden. Sushi sind nicht nur außergewöhnlich dekorativ und deshalb besonders bei Feiern und Banketts eine Augenweide. Sondern ebenso fettarm, leicht verdaulich und überaus nährstoffreich, und von daher ein bevorzugter Snack figurbewusster Intellektueller.

Ich liebe Sushi. Ich würde für Sushi sogar sterben. Begeistert lade ich mir ein Thunfisch-Nigiri, zwei Lachs-Makis und ein Stück California-Rolle auf einen Teller. Aus den Augenwinkeln sehe ich Männlein in meine Richtung steuern, zwei Gläser Schaumwein in der Hand. Vom anderen Ende der Galerie machen sich der grimmige Concierge und sein Türsteher suchenden Blickes auf den Weg zum Buffet. Ups. Offensichtlich standen wir doch nicht auf der Liste. Da gibt's nur eins: ab durch die Mitte, mitsamt Sushi in und Britta an der Hand, die noch im Laufen nach der Champagnerflasche angelt.

Unser Weg führt uns zwar hinaus aus dem Ausstellungsraum, mündet jedoch direkt in einer Sackgasse. Einzig die Treppe in den zweiten Stock bleibt uns als Ausweg, die wir kichernd hinaufeilen. Dabei wäre ich fast auf den Saum meines eleganten, türkisfarbenen Abendkleides getreten. Ein feiner Laut zerreißenden Stoffes teilt mir mit, dass Britta die Stolperfalle übersehen hat. Mit rudernden Armen greift sie nach dem Geländer, während die Sushi geschmeidig vom Teller rutschen und den Weg abwärts wählen. Britta starrt entgeistert auf meine leere Porzellanplatte und anschließend den Fischröllchen hinterher, derweil ich quasi im Freien stehe. Mein Kleid hat beschlossen, dass nackte Schenkel viel hübscher sind. Brittas Blick ist entweder entsetzt oder ungläubig. Vielleicht auch beides. Uns bleibt jedoch reichlich wenig Zeit, darüber nachzudenken, was nun zu tun ist. Von unten dringt das Geräusch schneller Schritte herauf, die uns aus unserer Erstarrung lösen. Die ärgerlichen Stimmen verheißen nichts Gutes. Wieder mal wünschte ich, ein Helikoptergeräusch nahte zu meiner Rettung, aber das Leben ist definitiv nicht so, wie es sein sollte. Stattdessen entwischen wir durch die nächstbeste Tür.

„Autsch! Nimm doch mal deinen Ellbogen aus meiner Leber", zischt Britta.

Ich ziehe den Bauch ein und versuche mich zu drehen. Hier drin ist es stockdunkel. Mit den Händen ertaste ich einen kleinen Schieberiegel. Vorsichtig schließe ich die Tür von innen ab.

„Mach' du dich nicht so dick, du Ziege", wispere ich böse zurück.

Eine schwitzende Hand legt sich auf meinen Mund, ehe ich Britta dazu nötigen kann, ihr Knie aus meinem Magen zu schieben. Wie auch immer es dort hinkommt. Draußen eilen unsere Kesseltreiber vorbei und ich höre ein dumpfes „Wo sind sie hin?!" durch die Tür. Ich halte den Atem an. Irgendetwas kitzelt mich an meiner Nase. Ist das ein Besen? Iihh, es ist ein Besen. Da hängt garantiert eine Spinnwebe dran. Prompt rüttelt jemand unsanft an der Tür.

„Die Kammer ist abgeschlossen. Die müssen weitergelaufen sein!"

Es rumpelt. Aus Brittas Richtung ertönt zuerst ein leises Kichern, gefolgt von einem glucksenden Geräusch.

„Willst ́e auch ́nen Schluck Schampus?“, wispert sie.

„Pscht!“, mache ich und lausche atemlos.

Auf dem Flur trippeln noch mehr Füße vorüber. Dann tritt Stille ein. Ich muss fürchterlich dringend mal wohin.

„Sind wir in einer Besenkammer?“, flüstert Britta.

Wir befinden uns definitiv in einer Besenkammer. Und zwar in bester Gesellschaft. Hier sind jede Menge Viecher. Etwas krabbelt an meinem Oberarm entlang und ich unterdrücke das Bedürfnis, laut schreiend den Verschlag zu verlassen. Stattdessen versuche ich, in eine bequeme Stellung zu rutschen, woran mich leider Brittas ausladendes Hinterteil hindert, das zu allem Übel auf meine reichlich volle Blase drückt. Nun entschlüpft mir doch ein hysterisches Lachen.

Ich habe keine Ahnung, wie lange unsereins in dieser äußerst verfahrenen Lage verharren muss. Noch bevor ich beschließe, das weiße Fähnchen zu schwenken, um einem klaustrophobischen Kollaps zu entgehen, öffnet Britta die Tür einen Spalt.

„Ich glaube, die Luft ist rein.“

Jetzt hat sie obendrein einen Schluckauf.

„Hicks“, macht es und unverhofft kann ich wieder atmen.

Vorsichtig spähen wir hinaus.

„Hicks.“

Der Gang ist leer. So schnell, wie es geht, entwischen wir eine Tür weiter, auf der ein freundliches Schild - dem Himmel sei Dank - anzeigt, dass man dort dringliche Bedürfnisse loswerden darf.

Mich auf einer vergoldeten Klobrille in diesem Akutstadium zu erleichtern, entschädigt mich für die erlittene Blamage und lässt meinen Adrenalinpegel auf ein erträgliches Maß herabsinken. Es fühlt sich fast besser an als Sex, ich schwöre. Feuchtgebiete sind jedoch nicht mein Thema. Stattdessen bewundere ich ausgiebig die luxuriöse Porzellanausstattung und die edlen, fleckenlosen Armaturen, die im gedämpften Licht glänzen. Aus verborgenen Lautsprechern erklingt eine sonore Stimme, die Texte von Goethe rezitiert. Statt Toilettenpapier gibt es feuchtes Kleenex und Eau de Cologne auf dem Waschtisch, selbstredend. Wer einmal in einer Besenkammer eingesperrt war, ahnt, was ich gerade empfinde. Ich streichle mit der einen Hand über die wollig weißen

Handtücher, während die andere ungezogenerweise einige der dargebotenen Tampons in mein Handtäschchen steckt.

In aller Ruhe leeren wir die Flasche. Dank meiner neu gewonnenen Beinfreiheit sitzen wir dabei im Schneidersitz auf dem Teppich. Irgendwie ist es sogar gemütlich. Ich habe selten so gelacht. Auch wenn unsere Chance, hier ungeschoren wieder herauszukommen, gegen null tendiert.

Auf dem Weg nach draußen passiert es dann. Wir biegen in die falsche Richtung ab. Oder in die Richtige, wie man es nimmt. Und landen in einer weiteren Ausstellung. Statt schwülstiger Gemälde hängen jedoch schlichte Fotografien an der Wand. Fasziniert betrachte ich die übergroßen Schwarz-Weiß-Aufnahmen.

„Mann, sind die Klasse!"

Ich kann Britta rechtzeitig davon abhalten, die Ablichtung zu berühren und damit ihren Finger in das faltige Gesicht einer Greisin zu legen. Trotz der Grauschattierungen meine ich, dass mich ihre Augen in durchdringendem Grün ansehen. Sie wirkt regelrecht lebendig, so dass ich unwillkürlich einen Schritt zurücktrete.

Durch eine besondere Perspektive offenbart der Fotograf das unverfälschte Wesen seines Werkes. Völlig frei von Selbstbeweihräucherung lenkt er das Augenmerk einzig und allein auf das Motiv. Wie hypnotisiert versinke ich in den Fotografien. Jede zeigt ausschließlich Menschen. Ganz gewöhnliche Leute, keine Zeitschriftenschönheiten, an denen hier und da im Nachhinein herum retuschiert wurde. Sondern Männer und Frauen, denen man im Alltag zweifellos keinen zweiten Blick schenken würde. Eingefangen in kurzen Schnappschüssen vollkommener Intimität, welche die tief verborgene Schönheit der Person zu Tage treten lässt. Fast komme ich mir vor wie eine Voyeurin, als ich die Persönlichkeiten in der Bildserie „Lebenslinien" betrachte. Eine Fließbandarbeiterin streicht ihr Haar zurück. Ich kann sie beinahe seufzen hören. Ein alter Mann betrachtet seine Hände. Eine Frau beim Einkauf auf der Straße. Sie sieht so glücklich aus mit ihrer Tasche. Bestimmt trägt sie das neue Kleid noch am gleichen Abend. Ein Paar. In seiner Umarmung steckt einfach alles. Dazwischen eine tote Taube, die trotz aller Morbidität seltsam schön ist. Zwei Kinder, die sich ansehen, als teilten sie ein Geheimnis. Nicht nur die Aufnahmen selbst sind magisch. Am beeindruckendsten finde ich die Tatsache, dass der Fotograf völlig darauf verzichtet, jedwede Information an den Bildern anzubringen. Nirgendwo entdecke ich einen Schriftzug. Ich schüttle langsam den Kopf. Ich muss unbedingt wissen, wer der oder die Könnerin ist. Ich spiele sogar mit dem Gedanken, eines der Bilder zu kaufen. Wenn ich nur wüsste, welches.

Hinter einem Paravent höre ich einen erstickten Aufschrei. Rasch gehe ich einen Schritt um die Ecke. Meine Freundin steht wie angewurzelt vor einer weiteren Bildserie. „Schöne Aussichten" lautet der Titel, unter dem verschiedene Abbildungen derselben Frau in einer vertikalen Linie an der Wand angebracht sind. Etwas beginnt in meinem Hinterkopf zu pochen, als ich die obere Aufnahme betrachte. Beim letzten Foto angekommen, ist das leise Pulsieren zu einem dumpfen Schlagen hinter meiner Stirn angeschwollen. Die Person darauf kommt mir nicht nur vage bekannt vor.

Britta schaut mich stumm an. Dann ebenso wortlos die Bilder. Und wieder mich. Ihre Lider flattern. Das tun sie immer, wenn sie nervös ist.

„Katta, das bist du."

Die Tatsache ist nicht zu verleugnen. Das Gesicht ist zwar auf keiner Fotografie exakt zu erkennen, weil es entweder im Schatten liegt oder von einem Gegenstand verdeckt wird. Ein Fremder brächte diese Frau keinesfalls mit Katharina Lehner in Verbindung. Doch das da ist eindeutig meine Nase, die da unter dem Fernglas hervorspringt. Davon abgesehen auch mein Fernglas, das ich längst bei eBay hätte versteigern sollen. Zweifelsfrei spannt sich mein Rock über einen zugegebenermaßen schönen Hintern, obwohl der Rest meiner Wenigkeit kopfüber in einem Hundefutterregal verschwindet. Mit Bestimmtheit gehört das möhrenbeschmierte Antlitz ebenso zu mir wie der fransige Haarschopf, der hinter einem Berg Papiermüll hervor lugt. Zuerst überzieht eine feine Gänsehaut meine Arme, dann fühlt es sich unvermittelt wie eine Verbrennung an.

„Das ist ja wohl nicht wahr."

Der Satz klingt reichlich lahm. Auch irgendwie ärgerlich. Und gleichzeitig geschmeichelt. Vor allem aber bin ich ausgesprochen verwirrt. Britta hält mir stumm das Faltblatt zur Ausstellung entgegen. Mir ist völlig klar, was ich lesen werde. Der kühn geführte Schriftzug macht lediglich amtlich, was längst Gewissheit ist. F. Sander.

Britta bricht unversehens in hysterisches Kichern aus. Ich weiß überhaupt nicht, was plötzlich in sie fährt. Schließlich hat F. Sander mich in den peinlichsten Momenten meines Lebens für ein breites Publikum verewigt. Und damit der Lächerlichkeit preisgegeben. Leider komme ich nicht dazu, sie zurechtzuweisen oder zu fragen, was mit ihr los ist. Jemand packt mich jäh von hinten und umfasst meinen Arm wie einen Schraubstock. Ein grober Ruck, schon stolpere ich dem reichlich wütend dreinblickenden Türsteher hilflos hinterher. Mein schwacher Protest verhallt unter Brittas durchgedrehtem Lachanfall, die von dem nicht minder böse aussehenden Concierge vor mir her geschubst wird.

Das einzig wahre Sushi

Man nehme:

eine aktuelle Ausgabe des Branchenbuches,
ein Telefon oder Mobilfunkgerät.

Zuerst spüre man in dem Telefonbuch unter der Rubrik Gaststätten ein japanisches Restaurant mit Bringdienst auf. Anschließend wählt man die dort verzeichnete Nummer mit dem Fernsprechgerät und warte, bis am anderen Ende jemand abnimmt. Wenn man Glück hat, ist man nun in der Lage, den Gesprächspartner zu verstehen. Das kommt allerdings selten vor. Die deutsche Sprache ist dem asiatischen Wortgebrauch leider nicht optimal angepasst. Hilfreich ist es, laut, langsam und deutlich zu sprechen, damit nicht etwa der Nachbar von gegenüber versehentlich mit köstlichen Häppchen beliefert wird. Man bestelle nun aus dem deliziösen Sushiangebot nach eigenem Geschmack, gerne verschiedene Sorten und davon reichlich. Zu empfehlen ist eine Miso-Suppe vorneweg. Je nach Einzugsgebiet ist das Sushi innerhalb von 30 oder 60 Minuten verzehrfertig.

Sollte der enthusiastische Hobbykoch nun enttäuscht den Kopf schütteln, möchte ich diesen oder diese freundlich auf Folgendes hinweisen: Schminken Sie sich die unwahrscheinliche Vorstellung ab, jemals in der Lage zu sein, ein wirklich gutes Sushi selbst herstellen zu können. Sushi ist Meisterware. Das können de facto nur die Japaner. Und zwar ausschließlich. Vergessen Sie es also. Wählen Sie die Telefonnummer. Oder gehen Sie mit einer netten Begleitung direkt ins Restaurant. Ihr Gaumen wird es Ihnen danken.

21. Doppelt gemoppelt

Das letzte Mal, dass ich in einem derartigen Schlamassel steckte, mag etwa 15 Jahre her sein. Ich hatte mich auf dem Schulhof auf Steffi sonst wie gestürzt und sie windelweich geprügelt. Tag für Tag verwandelte sie mit ihren gehässig kichernden Freundinnen den Pausenhof in mein persönliches Minenfeld. „Fette Sau“ war dabei noch die freundlichste Titulierung in ihrem Repertoire der Abscheulichkeiten. Irgendwann fand ich es an der Zeit, Steffi um die Erfahrung zu bereichern, wie es sich anfühlt, wenn tatsächlich ein Mutterschwein in Lebendgewicht auf ihrer Brust sitzt. Ich glaube, Steffi mochte es nicht besonders. Sie wurde ganz blau im Gesicht, was ich sonderbar befriedigend fand.

Den Ärger bekam ich natürlich trotzdem ab. Ich saß mit unbewegtem Gesichtsausdruck und trotzig gekreuzten Armen neben einer schluchzenden Steffi im Büro des gefürchteten Schuldirektors, die dem sorgenvoll dreinblickenden Mann bis ins Detail beschrieb, wie ich sie seit Monaten gängelte. Beinahe gewann ich Hochachtung davor, wie sehr das Erlebte ihre Fantasie beflügelte. Über meine Lippen kam nicht ein Wort. Das Ende vom Lied war, dass Steffi am nächsten Tag in doppelter Lautstärke auf dem Schulhof herum krakeelte. Ich erhielt den Rest des Monats Hausarrest, nachdem mein Vater mir mittels einer Ohrfeige unmissverständlich klar gemacht hatte, dass er von Gewalt nichts hielt.

Ich komme nicht umhin. Besagte Szene im Rektorenbüro erlebe ich soeben noch einmal. Britta und ich sitzen wie die Schwerverbrecher auf wackeligen Holzschemeln, während hinter einem gigantischen Schreibtisch der Lehnstuhl des Hotelmanagers aufragt. Der aufgebrachte Concierge (nennen wir ihn der Einfachheit halber Steffi) schildert seinem streng dreinblickenden, kahlköpfigen Boss detailgetreu unsere kapitalen Verbrechen. Sachbeschädigung, Mundraub, Vorspiegelung falscher Tatsachen und Entziehung aus der Befehlsgewalt. Seine bildhaften Ausführungen unterstützt er dabei mit theatralischer Gestik, indem er staatsanwaltsmäßig entrüstet mit ausgestrecktem Zeigefinger auf die Sünderstühlchen zeigt. In meinem Nacken brennt der schwere Atem des Sicherheitsmannes, durch meinen Kopf geistert unentwegt eine nebulöse Leere. Das aufgeregte Gezeter Steffis dringt nur lückenhaft in mein Bewusstsein. Stattdessen dreht sich vor meinem inneren Auge ein

Kaleidoskop bunter Bilder. Frank Sander. F. Sander. Der garstige Frank. Der nette Nachbar. Gemeine Worte gegen Trauertränen. Plumpheit gegen tiefgründige Jazzmusik. Freundliche, blaue Augen. Variation von ausziehendem, funkelndem Grün. Ignoranz entgegen grenzenloser Kreativität. Wie kann ein solcher Mensch derartig ausdrucksstarke Kunst schaffen? Nun werde ich doch rot. Und wieso Bilder von mir? Frank Sander interessiert sich nicht im Geringsten für mich. So sehr ich mich auch bemühe: Jedes Mal, wenn ich eins und eins zusammenzähle, kommt zwei dabei heraus.

Gerade denke ich darüber nach, ob das flaue Gefühl in meinem Bauch etwas Gutes oder etwas Schlechtes bedeutet, als Britta enorm würdevoll aufsteht. Der Manager ist nach wie vor stumm wie ein Fisch. Lediglich ein leichtes, weiteres Zusammenschieben der Augenbrauen signalisiert seinen Unmut. Dafür verliert Steffi allmählich die Contenance einhergehend damit, dass er einer tiefen Tonlage nicht mehr mächtig ist. Er kiekst wie ein Pennäler. Brittas verächtliches Gesicht spricht Bände. Ich muss alle Anstrengung aufbringen, um meine zerknirschte Miene beizubehalten. Meine Freundin kramt aus ihrer Handtasche eine Visitenkarte hervor, die sie dem schweigenden Hotelmanager entgegen hält. Das Kärtchen kommt mir verdächtig bekannt vor. Leider einen Tick zu spät erkenne ich, woher. Noch ehe ich Britta daran hindern kann, drückt sie dem Fisch die Karte der Kanzlei Dr. Hennemann und Partner in die ausgestreckte Flosse.

„Mein Mann ist Anwalt. Ein äußerst renommierter Strafverteidiger. Er wird sich um die Angelegenheit kümmern, wenn Sie nicht davon absehen, aus dieser Bagatelle einen Staatsstreich zu fabrizieren."

Johannes und Strafrecht?! Beileibe nicht!, jaule ich im Geiste.

Äußerst kühl wendet sie sich dem wütenden Concierge zu. Ein Fünfzig-Euro-Schein flattert sacht in seinen Schoß.

„Ein Obolus für Speis und Trank, Herr Kommissar. Sie sollten im Übrigen deutlich weniger CSI gucken und über ein Gespräch mit einem Fachmann nachdenken. Als Therapeutin vermute ich eine ausgemachte Persönlichkeitsneurose bei Ihnen, die eingehender Behandlung bedarf."

Oh weh. Jetzt grinse ich doch. Sie sagt ihm gerade tatsächlich, er sei ein Fall für die Couch. Der Hotelmanager erhebt sich ebenfalls und zeigt konsterniert mit dem Finger zur Tür.

„Gehen Sie."

Das muss man uns nicht zweimal sagen. Ich kann es nicht lassen. Noch im Hinausgehen werfe ich Steffi zwinkernd eine Kusshand zu.

Draußen steckt sich Britta zwei Zigaretten zwischen ihre blutroten Lippen. Sie zündet beide an, um mir dann eine davon zu reichen. Erst nach einem rauchdurchwirkten Atemzug entspannt sich ihr blasierter Ausdruck und macht der wahren Britta Platz. Ob sie jemals über eine Schauspielkarriere nachgedacht hat?

„Andreas ist also Anwalt und heißt Johannes."

Brittas Mann ist Musiker. Er jongliert mit Noten und sicherlich nicht mit Paragraphen.

Britta zuckt die Schultern.

„Kam aber gut, oder?"

„Na, ob Dr. Hennemann das auch findet, wage ich zu bezweifeln."

Meine Worte triefen vor Ironie, während meine Gedanken ganz woanders hin driften.

Britta geht gar nicht darauf ein.

„Was veranstalten wir jetzt mit deinem Nachbarn?", fragt sie mehr interessiert als ratlos. Ihre Augen schimmern erregt dabei.

„Keine Ahnung."

„Der steht auf dich."

Mit einem schnellen Seitenblick schnippt sie die Asche auf den roten Läufer vor dem Hoteleingang.

„Sieht so aus."

Obwohl ich nicht im Geringsten nachvollziehen kann, wieso.

Männer haben eine merkwürdige Art und Weise, einer Frau begreiflich zu machen, dass sie sie mögen. Schon kleine Jungs ziehen kleine Mädchen an den Haaren, die sie toll finden. Anstatt dem weiblichen Geschlecht sanft ins Ohr zu säuseln, vergraulen sie uns mit lautem Gebrüll. Dabei wollen Sie nur auf sich aufmerksam machen.

Ein weitläufiger Bekannter von mir besitzt einen degenerierten Vierbeiner, der in seinem früheren Leben Astrophysiker war. Zumindest behauptet sein Herrchen, der Hund sei der re-inkarnierte Arthur Stanley Eddington. Ich glaube eher, dass der Retriever schlichtweg einen neben sich gehen hat. Seine Theorie begründet mein Bekannter damit, dass Eddington angesichts der letzten Sonnenfinsternis fast zwei Stunden am

Stück jaulte. Wie auch immer, jedes Mal, wenn es an der Tür klingelt, gerät Eddington vor Freude dermaßen außer sich, dass kein Mensch sich traut, hineinzukommen. Tatsächlich ist das Tier beileibe nicht aggressiv. Von diesem Missverständnis wissen beide Seiten blöderweise nichts. Der Hund bellt, der Besucher bleibt angstvoll draußen. So ungefähr lässt sich die Beziehung zwischen Männern und Frauen beschreiben. All das nur, weil Hunde nicht sprechen können. Pardon, Männer. Genau deshalb liegt klar auf der Hand, was ich als Nächstes tun muss. Reden.

Mein Herz klopft mir bis zum Hals, darüber hinaus, springt über das Geländer und hüpft wie ein kleiner, roter Gummiball schreiend wieder rückwärts zur Straße raus. Mein Körper bleibt im Treppenhaus gefangen. Weiter als bis zum Klingelschild bin ich zuvor noch nie gekommen. Fürwahr habe ich, zwar mit fest zusammengekniffenen Augen, aber immerhin, mit einem zittrigen Zeigefinger auf den messingfarbenen Knopf gedrückt. F. Sander ist leider inzwischen nicht unbekannt verzogen. Bedauerlicherweise ist er zuhause. Mit dem Summton des Türöffners begrabe ich die stille Hoffnung, vor verschlossener Tür zu stehen. Offenbar hat sich das Schicksal dazu entschlossen, mein neu gewonnenes Selbstbewusstsein tatkräftig zu unterstützen. Ehe ich postwendend die Flucht ergreifen und die ganze Angelegenheit auf morgen verschieben kann ... ich meine, wer will schon reden? ... nimmt eine freundliche Dame auf dem Weg nach draußen mir die Entscheidung ab. Zuvorkommend hält sie mir die Tür auf, so dass mir gelinde gesagt, nichts anderes übrig bleibt, als einzutreten. Dieses Treppenhaus riecht wie alle Treppenhäuser in alten Gemäuern. Nach Bohnerwachs und Seife. Muffig und frisch zugleich. Es ist dunkel und kühl, so dass sich durch das Temperaturgefälle eine leise Gänsehaut auf meine sonnengewärmten Arme legt. Diese körperliche Reaktion hat rein gar nichts mit meiner aufkommenden Panik zu tun. Mit den Händen fasse ich nach dem unteren Ende des glatt polierten Geländers und umfasse den Knauf. Das Aschenbrödel aus meiner Lieblingsverfilmung schlich beklommen die Stufen zum Schloss hinauf, indem sie eine Verstrebung des Geländers nach der anderen zählte. Allerdings wartete oben ein Prinz und nicht, wie in meinem Fall der Mensch gewordene Satan. Trotzdem, was die kann, kann ich schon lange. Irgendwo ganz oben geht eine Tür. Als ich zaghaft auf den ersten Treppenabsatz trete, begrüßt mich der Nachhall von Musik, die mir sehr bekannt vorkommt. Was für eine blöde Idee. Gleichzeitig rutscht mir nun doch der Schneid in den Allerwertesten. Aschenbrödel hin oder her. Meine Füße finden auch, dass Reden unsäglich überschätzt wird, und drehen sich um hundertachtzig Grad zum Ausgang.

„Hallo?", ruft es von oben herunter.

„Hallo?", rufe ich von unten hinauf.

So ein Mist. Mein Mund reagiert schneller als mein Verstand. Meine Füße stöhnen auf und wenden sich widerwillig Richtung Stufen.

Schwimmen Sie gerne? Sicherlich kennen Sie das Gefühl, wenn man nach einem Sonnenbad heiß und verschwitzt ins Wasser geht. Es bleiben eigentlich nur zwei Möglichkeiten: Man watet allmählich ins kalte Nass und leidet unsägliche Qualen, wenn das Wasser sukzessiv bis über die empfindlichen Hüften schwappt. Um sich dann, dem Herzinfarkt nahe, hinein gleiten zu lassen. Oder man wählt die kurze, schmerzvolle Variante. Mit einem Brüllen kopfüber in die kühlen Fluten zu stürzen. Ich bin für die Alternative. Nix Aschenbrödel. Also atme ich tief durch, nehme Anlauf und renne los.

Im ersten Stock bin ich flugs. Auf der zweiten Etage frage ich mich, wann ich zuletzt im Kardio-Training war, da meine Kondition zu wünschen übrig lässt. Meine Beine finden die Idee mit dem Reden immer noch doof, die Hektik völlig unangebracht und zittern protestierend. In der Dritten hechle ich wie Heiner in der Spinningstunde, zwinge mich jedoch, an Tempo zuzulegen. Der Anwohner des vierten Stocks hat die Stufen gewischt. Und anschließend geölt.

Es macht ein unschönes, knacksendes Geräusch. Meine Sohlen schlittern über den glitschigen Untergrund und rufen hämisch: „Siehste?!" Mit einem erschrockenen Aufschrei und rudernden Armen gehe ich zu Boden, ohne auch nur ansatzweise einen rettenden Halt zu finden. Zuletzt nehme ich ein dumpfes Poltern wahr. Ich gebe meinen pessimistischen Füßen recht und bin kurioserweise erleichtert. Dann umfängt mich sanftes Schwarz.

Ich liege auf meiner Couch. Britta streichelt meinen Kopf und Olga trällert im Hintergrund. Ein fieser Schmerz zieht in meinem rechten Knöchel und mein Kopf tut heftig weh.

„Hey ... alles in Ordnung?"

Brittas Stimme klingt ganz schön tief. Sie sollte nicht so viel rauchen. Außerdem war meine Putzfrau doch erst gestern da. Und seit wann singt sie diese Art von Liedern, noch dazu in Englisch ... Mit den Fingern ertaste ich weiches Leder. Ich besitze doch gar kein Ledersofa...

Mit einem Schlag bin ich voll da. Ich bin gar nicht zuhause. Und ich liege überhaupt nicht auf meinem Kanapee. Von Britta ist weit und breit nichts zu entdecken. Vor mir steht Frank Sander. Zweimal. Offensichtlich erlitt ich einen ordentlichen Hieb auf den Schädel. Ich sehe doppelt. Der eine guckt mitfühlend und der andere reichlich entnervt. Wenn ich die Augen schließe, ist der Zweite bestimmt weg. Vorsichtig zwinkere ich und öffne das eine Lid. Dann probehalber das andere. Die sind immer noch zu zweit.

„Frank hol ein Kühlpack."

Ja, genau, Frank. Bring mir was für meinen Denkapparat. Jäh halte ich inne. Irgendetwas stimmt hier ganz und gar nicht. Das eine Trugbild befehligt das andere. Behutsam blinzle ich nach oben. Ein wohliger Schauer durchfährt mich. Wirklich sagenhaft, diese blauen Augen. In meinem Hals sitzt eine Kröte. Frank streichelt einfühlsam meinen Kopf. Das kann er viel besser als Britta, will ich meinen. Leider kommt die Erscheinung wieder ins Zimmer, ein Kühlakku schwenkend, das er mir entgegen wirft. Eine Hand fängt das Ding geschickt auf und legt es mir sanft aber nachdrücklich auf die Stirn.

„Was ...", das Tier auf meinen Stimmbändern lässt mich nicht zu Wort kommen, stattdessen ertönt ein unschönes Krächzen.

Unwirsch, wenn auch mit leisem Bedauern, schiebe ich die Hand beiseite und setze mich auf. Allmählich schwindet der Schleier. Wie hypnotisiert schaue ich von links nach rechts. Mein Gehirn versucht, die beiden Wahrnehmungsstränge zusammenzulegen. Erfolglos. Ich habe eine Sehstörung. Wahrscheinlich brauche ich einen Arzt.

„Felix ... ich geh dann mal."

Felix. Wer ist Felix?!

„Du gehst nirgendwo hin. Wir bereinigen das hier zuerst."

Ich muss aussehen, wie eine Schwachsinnige. Davon abgesehen, dass ich allmählich selbst glaube, nicht mehr ganz dicht zu sein.

„Du ... Ihr ... äh ... zwei?"

Oh je. Ich rede auch so. Entkräftet sinke ich zurück in das weiche Kissen. Es gibt Momente im Leben, in denen man Klärung nicht erzwingen kann. Man wartet lieber ab und lässt die Dinge auf sich wirken. Felix blaue Augen mustern mich besorgt, während Frank (eindeutig Frank!) ungeduldig mit den Füßen wippt und seine Armbanduhr fixiert. Tatsächlich. Zwillinge.

Und mit einem Mal sehe ich glasklar. Natürlich. Das fehlende Puzzleteil fügt sich und zeigt mir ein zusammenhängendes Bild, welches so offensichtlich ist, dass es mir fast peinlich ist, nicht selbst darauf gekommen zu sein. Auch wenn ich zu meiner Verteidigung sagen muss, dass ich so etwas irgendwie ahnte. Eins und eins sind also doch zwei. Alles ergibt einen Sinn. Ich lache auf.

„Möchtest Du ... Sie ... ein Wasser? Oder Kaffee ...? ... ich mache auch Milchkaffee, den mögen Sie doch ..."

Mission Melone hatte den Sinn, meinen Nachbarn zu observieren. Ich kann mich des Gefühls nicht erwehren, dass hier noch eine ganz andere Person Opfer einer Überwachung wurde. Im Nachhinein treibt mein Irrtum ein zartes Rot auf meine Wangen. Oh ja. Ich bin mächtig schlau. Umgekehrt wird ein Schuh daraus. Ich wurde ebenfalls beobachtet. Wenigstens scheint Felix Sander halbwegs verlegen. Was man von seinem fiesen Bruder Frank nicht behaupten kann. Der ist wie immer missmutig.

„Frank verzieh dich."

Es überrascht mich, wie fest meine Stimme klingt. Das vertraute, unheilvolle Grinsen verzerrt sein hübsches Gesicht. Unwillkürlich will ich ein Geräusch machen, als verscheuche man ein ekliges, kleines Tierchen. Ksch ksch...weg mit dir.

Jetzt tätschelt er mir nachsichtig den Kopf. Jeder Schlag dringt mir durch Mark und Bein und ich jaule auf. Reflexartig trete ich nach ihm, allerdings springt er behände aus meinem Schussfeld, ehe mein Knie dort landet, wo es richtig weh täte. Ich bekomme Schützenhilfe.

„Frank, es reicht. Du hast gehört, was Frau Lehner gesagt hat."

Aha. Meinen Namen kennt er also auch. Klarer Punktsieg. Hätte ich schlauerweise eruiert, was beziehungsweise wer hinter F. Sander steckt, wäre ich jetzt nicht in dieser unbequemen Lage.

„Tschüss Katta."

Frank grinst immer noch. Ich sehe mich nach etwas um, dass ich in seine Richtung werfen könnte. An den Porzellanaschenbecher traue ich mich aber doch nicht. Stattdessen greife ich nach der Zigarettenpackung, die daneben liegt, überlege es mir aber dann anders. Das wäre eindeutig Verschwendung. Ich zünde mir ein Glimmstängelchen an und betrachte die Schachtel in meiner Hand. Eine seltene Marke. Selten, weil sie echten Tabak ohne Zusatzstoffe enthält und nur in speziellen Tabakwarenläden verkauft wird. Ich kenne eigentlich nur eine Person, die diese Sorte raucht. Ich.

Diese neue Entdeckung beansprucht meine Aufmerksamkeit so sehr, dass ich Franks Abgang verpasse. Ich vernehme eine heftige, geflüsterte Auseinandersetzung im Flur und danach das Schließen der Haustür. Wir sind allein. Felix steht mit den Händen in den Hosentaschen vergraben reichlich betreten im Türrahmen.

„Er ist weg", bemerkt er unnötigerweise.

„Das sehe ich", bemerke ich, ebenfalls unnötigerweise.

„Na dann ..."

„Ja. Na dann ..., " ich erhebe mich langsam, „... gehe ich wohl mal besser."

Die Schwingungen in meinem Rücken sagen mir eindeutig, dass mein Nachbar nach Worten ringt. Ein bisschen befriedigt mich dieser Gedanke durchaus. Ich bin lange nicht so wütend, wie ich tue. Aber ich finde, Felix muss das nicht wissen. So setze ich meinen Weg zur Haustür fort, wenn auch zögerlich. Auf dem Holztisch liegt seine Kamera. Mein Verstand kann meiner Bewegung kaum folgen, so schnell gelangt sie in meine Hände. Geschmeidig drehe ich mich nun doch zu ihm um, während meine Finger die Verriegelung des Geräts lösen und den Deckel vom Objektiv abschrauben. Ich richte den Sucher auf Felix. Nur ein einziger Satz kräuselt sich auf meiner Zunge zusammen.

„Und? Wie groß ist die Reichweite des Objektivs?"

Ein leises Klicken hält Felix Sanders beschämten Gesichtsausdruck für alle Zeiten fest.

*

Ich fühle mich guter Dinge und gleichzeitig völlig am Boden zerstört. Verwirrung, Erhabenheit, Freude und Wut sind nur Bruchteile des fulminanten Gefühlsschlamassels, in den ich da offenbar hineingeschlittert bin. Froh bin ich hauptsächlich um meinetwillen. Es erfüllt mich mit unsäglicher Erleichterung, dass meine Menschenkenntnis nicht annähernd so mies ist, wie ich befürchtete. Des Rätsels Lösung um Franks Persönlichkeitsspaltung hat nichts mit meiner Fehleinschätzung zu tun, sondern fußt schlicht und ergreifend darin, dass es sich die ganze Zeit tatsächlich um zwei verschiedene Menschen handelte. Der böse Frank ist folglich der Bruder des Nachbarn. Darin erschöpft sich die Gemeinsamkeit bereits, hoffe ich. Denn Felix Sander hat eindeutig mehr mit mir gemein, als mit seinem Fleisch und Blut. Nur dass er, statt eines Fernglases, eine Kamera besitzt. Der Gedanke löst ein eigenartiges Kribbeln in meinem Bauch aus. In erster Linie bin ich natürlich stocksauer. Vor allem, weil ich mich ertappt fühle. Das würde ich selbstverständlich nie zugeben. Mal unter uns: Wer bekommt schon gerne seine Verfehlungen am eigenen Leib zu spüren? Auf Felix Sander wütend zu sein, gelingt mir dagegen viel besser. Meine verkorkste Persönlichkeit nehme ich mir später vor.

Auf der Suche nach plausiblen Gründen, wieso Felix meinen Zorn verdient, übersehe ich die Fahrradfahrerin, als ich rechts abbiege. Sie schleudert mir einen bösen Blick entgegen und wäre bei ihrem Ausweichmanöver beinahe gefallen. Schlenkernd entfernt sich das Rad. Trotzig hupe ich ihr hinterher und gebe ihr die Schuld daran, dass ich sie fast überfahren hätte. Wer fährt schon Fahrrad. Am besten gehe ich zu Fuß zum Kochbuchladen weiter. Meine gefahrenträchtige Umwelt passt reichlich wenig zu meiner Verfassung, oder umgekehrt. Kurz entschlossen lenke ich den Wagen in eine freie Parkbucht. Als der Motor erstirbt, lehne ich mich zurück und versuche es mit gezielten Gesichtsmuskulaturübungen. Resigniert lasse ich es nach einigen Minuten sein. Ich komme nicht umhin. Dieses dämliche Glücksgrinsen werde ich einfach nicht los.

Der Blick, den sich Louise und Linda zuwerfen, als ich trällernd das Cook & Chill betrete, und mit Majorsstimme „Tag zusammen!" (zugegebenermaßen einen Tick zu laut) rufe, spricht Bände. Die Damen sitzen wie ein buntes Krähenpaar an ihrem Stammtisch (ich denke ernsthaft darüber nach, auf der Tischplatte zwei goldene Namensschildchen anzubringen). Linda strickt und Louise schreibt in ihr Notizbuch. Vor ihnen türmen sich Kuchenteller und mehrere leere Macchiatogläser. Ich bremse mitten im Schritt und betrachte die beiden genauer. Wahrhaftig, Linda knüpft so etwas wie ein winziges Wolljäckchen. In Rosa.

„Sagen Sie mal, was machen Sie damit, wenn's ein Junge wird?"

Meine verfluchte Zunge ist einfach nicht zu kontrollieren. Linda sieht nicht mal auf.

„Wird es nicht", lächelt sie selig und zieht mit der einen Nadel geschickt eine Schlaufe für das Zopfmuster.

Aus dem Augenwinkel sehe ich, dass sich Louise noch eifriger über ihr Blatt beugt. Der Stift wirbelt regelrecht über das Papier. Da ich es sowieso schon zu weit getrieben habe und es deshalb ohnehin egal ist, frage ich gleich weiter.

„Haben Sie eigentlich ihrem Mann bereits die frohe Botschaft mitgeteilt?"

Lauernd warte ich auf ihre Reaktion. Sie zuckt zusammen, was mir Antwort genug ist.

„Es geht mich überhaupt nichts an", flüstere ich in ihr Ohr, „doch Johannes steckte mir erst gestern im Kurs, wie wahnsinnig gerne er alles richtig machen würde", lüge ich schamlos und hole dann zum Schachmatt aus, „weil er Sie so unsäglich liebt."

Ich schaue mich geheimnisvoll um und beuge mich noch näher zu ihr:

„Aber das darf ich ja gar nicht weitersagen - schon gar nicht Ihnen. Sie verstehen, was ich meine?"

Nun warm gelaufen, treibe ich meine Unverfrorenheiten bei Louise auf die Spitze:

„Louise, was schreiben Sie denn da?"

Diesmal trifft mich sehr wohl ein Blick. Ein ausgesprochen brüskierter allerdings.

„Katharina, auch das geht Sie rein gar nichts an", kontert sie unfreundlich und bedeckt rasch mit einer Hand das dicht beschriebene Papier. Ich wackle mahnend mit dem Zeigefinger. Mich reitet wortwörtlich der Teufel.

„Tz tz tz ... Sie verfassen doch nicht etwa Liebesbriefe und vorenthalten uns den Genuss einer erotischen Lesung?"

Louise von Stetten schnappt nach Luft und ich sehe vergnügt, dass eine Ader an ihrem faltigen Hals pocht. Erst jetzt entwischt mir ein kleines Lächeln. Ich klopfe Louise beschwichtigend auf die Schulterpolster ihres Tweedjäckchens.

„Ist nur Spaß, Frau von Stetten. Haben die Damen noch einen Wunsch? Einen Kaffee aufs Haus vielleicht?"

Schnell mache ich mich aus dem Staub, wohlweislich bemüht, mir meine Befriedigung nicht anmerken zu lassen.

Die nächste Vollbremsung vollzieht sich gezwungenermaßen, kurz bevor ich die Küche erreiche. Noch während die Türflügel aufschwingen, gehe ich reflexartig in Deckung. Ein Teller kracht Zentimeter entfernt von meinem rechten Ohr gegen die Scheibe und zerspringt in tausend Stücke.

„STOPP!", brülle ich und hebe die Hände zum Auszeit-Zeichen.

Julius macht sich nicht mal die Mühe, betreten zu gucken. Stattdessen lässt er die Rechte sinken, die einen weiteren Teller umfasst hält und schreit:

„Aus dem Weg!"

Ich verschränke die Arme und rücke keinen Millimeter vom Türrahmen weg.

„Julius! Ich verbiete Dir, mit Porzellan zu werfen! Und schon gar nicht nach Menschen."

In Julius Augen flackert es lichterloh. Seine Nasenflügel beben und ich registriere das unkontrollierte Zittern der Hand, die den Teller umklammert.

„Katta, geh zur Seite, damit ich die Alte kaltmachen kann!"

Der kleine Mann plustert sich auf wie ein Gockel, dem eine Feder gezogen wurde. Fast könnte ich mich amüsieren, wäre die Lage nicht so bierernst. Und auf Dauer verflucht teuer. Das war der vierte Platzteller in dieser Woche, der zu Bruch ging. Inzwischen bestelle ich monatlich neues Geschirr. Hinter mir erfühle ich mehr die Bewegung, als dass ich sie sehe. Tatsächlich versucht die Krause, auf Zehenspitzen an mir vorbei zu schleichen und sich zu verdünnisieren.

„Wohin, Frau Krause?"

Sie sieht mich an wie eine Fünfjährige, die etwas ausgefressen hat. Mit zusammengekniffenen, schmalen Lippen schüttelt sie bockig ihre Dauerwelle. Julius hat exakt denselben Gesichtsausdruck. Ich komme mir vor, wie im Kindergarten.

Nicht dass ich eine Ahnung hätte, wie es da zugeht. Aber aus eigener Erfahrung versichere ich Ihnen, dass da früher verdammt raue Sitten herrschten. Als mir Mark Mattusek eine Schaufel auf den Kopf gehauen hat, weil ich seinen frischgebackenen Sandgugelhupf zertreten habe, revanchierte ich mich mit einem gezielten Fausthieb auf seine Himmelfahrtsnase. Ich war noch zu klein, um das auszudiskutieren. Ich fand lediglich meinen Kieselsteinapfelkuchen weitaus besser gelungen, als seinen traurigen Haufen. Konfliktmanagement ist bis heute nicht meine Stärke, gebe ich zu. Jedenfalls hat Mark Mattuseks Nase mächtig geblutet. So sehr, dass er damit nicht nur sein Rennwagen-T-Shirt, sondern auch die Erzieherblusen von Frau Ehrenfried und Frau Flitter dermaßen besudelt hat, dass seine entsetzten Eltern den traumatisierten Jungen direkt von der Einrichtung abgemeldet haben. Ich persönlich fand das kolossal übertrieben. Aber mich fragte keiner. Ich war ja erst fünf.

„Ihr zwei geht mir mächtig auf den Keks!“, wettere ich los. „Darf ich Euch daran erinnern, dass hier ein Geschäft geführt wird?!“ Wie eine Furie stürze ich mich auf Julius, „und Du ... Du machst gefälligst deinen Job und kostest mich nicht mehr Geld, als ich einnehmen kann!“

Julius zuckt unbeeindruckt die Schulter und wendet sich seinem Topf zu. Er ist inzwischen immun gegen meinen Zorn. Dann ist eben Frau Krause dran.

„Und Sie ... haben Sie nichts Besseres zu tun, als mein Personal über Gebühr zu reizen und von der Arbeit abzuhalten?!“

Als Frau Krause daraufhin langsam den Kopf schüttelt und mich betrübt ansieht, wird mir schlagartig klar, dass sie in der Tat nichts Besseres zu tun hat. Plötzlich komme ich mir ziemlich gemein vor. Noch bevor ich ein schlechtes Gewissen bekomme, werfe ich einen Mehlsack, zwei Packungen Zucker und die Backschatulle mit den notwendigen Zutaten auf den Tresen.

„Im Kühlschrank liegen Eier, Sahne und Quark, im hinteren Regal in der Kammer Nüsse und Backschokolade“, weise ich meine Vermieterin an und überwinde das Bedürfnis, sie mitleidig anzusehen.

„Ich brauche drei Ihrer köstlichen Kuchen, einen mit Schokolade, einen mit Früchten und den Dritten mit was auch immer. Lassen Sie Ihrer Kreativität freien Lauf, die sie ja zweifelsfrei innehaben.“

Im Hinausgehen sehe ich, wie Frau Krause hurtig die Ärmel ihrer Bluse aufkrempelt und nach Muttis geblümter Küchenschürze greift, ehe ich es mir anders überlegen könnte.

„Ich heiße Helga.“

Vor lauter Rührung vergisst sie ihren Kölschen Dialekt. Zum ersten Mal vernehme ich reines Hochdeutsch aus ihrem Mund.

In der Küche ist es totenstill. Ich nicke knapp. Julius murmelt leise in sein Gulasch. Keiner der beiden sieht das zufriedene Lächeln auf meinem Gesicht, als die Tür hinter mir zu schwingt.

Im Laden bimmelt mein Glöckchen wie verrückt und zeigt kreischend auf den Fahrradkurier, der etwas verloren im Raum von einem Bein auf das andere tritt. Kein Mensch kümmert sich um ihn. Da ich gerade in Fahrt bin, nehme ich mir vor, Sascha gleich auch noch rund zu machen, da ich ihn nirgendwo entdecken kann. Wehe, er schmust mit Julia heimlich zwischen irgendwelchen Regalen rum.

Nicht zum ersten Mal landen die Zustellungen für das Reisebüro von nebenan bei mir. Die nette Reisekauffrau trinkt ihren Kaffee lieber im Cook & Chill, als an ihrem Schreibtisch. Doch heute scheint der junge Mann in den knackigen Radlerhosen der Empfängerin seiner Sendung nicht fündig zu werden.

„Katharina Lehner?“, ruft er schließlich schüchtern.

Nur unwillig löse ich den Blick von seinem Hinterteil.

„Ja, ich bin das.“

Verwundert drehe ich das Päckchen in den Händen. Ohne Absender.

Das Blut schießt mir in die Wangen, als ich die Abzüge meiner Bilder samt Negativen aus der Verpackung ziehe. Eines zeigt meine Wenigkeit unschmeichelhaft mit vollen Backen und aus dem Mund hängenden Spaghetti. Darüber hat Felix mit einem schwarzen Filzstift etwas geschrieben. Mit zusammengekniffenen Augen lese ich die schwungvolle Schrift: „Abendessen um acht?“

*

Um neunzehn Uhr löse ich meine Armbanduhr von meinem Handgelenk und lege sie auf den blank polierten, leeren Schreibtisch. Dort liegt sie wie ein totes Tier, das ich aus rein wissenschaftlichem Interesse betrachte. Meine Überlegung geht dahin, dass mit der Erfindung der Uhrzeit das Unheil der Menschen eigentlich erst begann. Wörter wie zu früh oder zu spät dienen lediglich dazu, unsereins das Leben zu erschweren und einem jegliche Spontaneität zu rauben. Dabei kann man sich auf Uhren nicht einmal verlassen, sondern ist deren Willkür ausgeliefert. Ein Zeitmessgerät verfährt mit dem Tag nach Belieben. Freizeit wird spürbar verkürzt und der Arbeitstag verlängert, weil sich Stunden endloser ziehen als Momente. Weiterhin impliziert der Begriff „Zeitmanagement" künstlichen Stress, welcher wiederum im schlimmsten Fall ursächlich für psychische Krankheiten ist. In meiner konkreten Sache führt die Existenz der Stunde zwanzig zu dem unbestimmten Gefühl, einen Fehler zu machen, wenn sie vorübergeht. Den ich trotzig zu ignorieren gedenke. So einfach wird Felix Sander nicht davonkommen. Oder ich, wie man es nimmt.

Ironischer weise genau um acht Uhr werden meine Schüler zu ihrem Kochkurs kommen. Tief durchatmend greife ich nach meinem Buchhaltungsordner und zwinge mich dazu, der widerspenstigen Zahlenlandschaft auf dem Blatt bis dahin meine ungeteilte Aufmerksamkeit zu schenken.

22. Ein Bett aus Safran

Safran galt bereits in der Antike als Luxusartikel. Von Zeus wird aus der griechischen Mythologie berichtet, dass er auf einem Bett aus Safran ruhte. Die Phönizier verwendeten Safran als Heil- und Gewürzmittel. Reiche Römer streuten Safranfäden auf ihre Hochzeitsbetten – möglicherweise erklärt sich daher der lateinische Spruch: „dormivit in sacco croci" (schlaf in einem Safranbett), womit ein Zustand unbeschwerter Freude gemeint ist. Noch heute ist es in Indien Brauch, den Hochzeitschleier mit Safran gelb zu färben. Sogar in einer der ältesten Schriften der Menschheit wird das Gewürz erwähnt – in Salomons Hohelied der Liebe.

Es klopft leise. In der Tür steht eine Person, die ich am allerwenigsten erwartet hätte.

„Baabak!!!"

Er hält mich lachend auf Armeslänge von sich, ein wenig verlegen ob meiner stürmischen Begrüßung.

„Du bist nicht nass", stellt er wohlwollend fest und lässt mich los.

„Nein, hier drinnen regnet es heute nicht", grinse ich und drohe mit dem Finger, „wo hast du bloß so lange gesteckt?"

Baabak macht eine vage Handbewegung, die das ganze Universum erfassen könnte. Er schüttelt nur den Kopf und hebt die Schultern. Sein fliegender Teppich reist von überall nach nirgendwo.

„Komm, wir trinken Tee."

Ich freue mich über die Gelegenheit, den ungebärdigen Ziffern auf meinem Schreibtisch zu entkommen, die sowieso nie das tun, was ich will. Sorgfältig schließe ich meine Armbanduhr in der Schublade ein, ohne einen weiteren Blick darauf zu werfen.

„Wie geht es deiner Frau und den Kindern? Und dem Kamel? Alle wohlauf?"

Er nickt schweigend, lächelt höflich und träufelt andächtig goldenen Honig in seinen Tee. Der herbe Duft des Assams steigt aus seiner Tasse auf, den er begierig und mit verzückter Miene einatmet. Diese Perser süppeln Tee, wie unsereins einen alten, verdammt teuren Wein. Er trägt wie immer einen abgetragenen, sauberen Anzug und ein weißes Hemd, das sich strahlend von seiner dunklen Haut abhebt. Er riecht süßlich und scharf nach schweißigem Leder und orientalischer Würze. Ein bisschen erinnert er mich tatsächlich an einen Teppichhändler. Einen von der Sorte, die dir zwinkernd einen fliegenden Berber verkaufen, weil du etwas Besonderes möchtest. Sein Gesicht sieht entspannt, wenn auch müde aus. Er umschließt die Trinkschale beidhändig und ich bemerke die gelben Ränder seiner Fingernägel.

„Safran."

Selbst bei geschlossenen Augen liest er meine Gedanken.

„Was? Ach so. Ja."

Natürlich. Die Königin der Gewürze wird vornehmlich im Iran angebaut. Selbstredend, dass seine Frau vermutlich die köstlichsten Gerichte mit dem edlen Kraut auf den Tisch bringt.

Safran ist eine Krokus-Art, aus deren Stempelfäden das gleichnamige Gewürz gewonnen wird. Um ein Kilogramm zu gewinnen, werden bis zu 150.000 Blüten von Hand gepflückt, wobei ein erfahrener Arbeiter 60 bis 80 Gramm am Tag schafft. Der Safrankrokus blüht nur einmal im Jahr für zwei Wochen. Deshalb zählt Safran zu den teuersten Gewürzen der Welt. Im Handel zahlt man zwischen 4 und 14 Euro pro Gramm. Safran schmeckt bitter-scharf und die darin enthaltenen Karotinoide sind dafür verantwortlich, dass sich die gewürzten Speisen intensiv goldgelb färben.

„Meine Soraya kocht Hausmannskost. Safranhuhn mit Berberitzenreis", erklärt er.

Unter Hausmannskost verstehe ich in meinem Kulturkreis eher Kasseler mit Sauerkraut. Oder Blutwurst mit Apfelmus und Kartoffelpüree.

„Erzähl mir von deinem Land und deiner Küche, Baabak."

Das ehemalige Persien bezeichnet den heutigen Iran. Der Iran war immer eine Drehscheibe des Handels zwischen Ost und West, sämtliche Linien der orientalischen Tradition führen durch dieses Land. Man verbindet mit Persien üppige Vielfalt, Paläste und Märchen aus tausendundeiner Nacht. Die Frauen tragen bunte Gewänder in kräftigen Farben und riechen nach Sandelholz und Ziegen. Iranische Essgewohnheiten spiegeln die Pracht der Höfe, die rustikalen Dörfer und die städtische Bürgerlichkeit wieder. Es finden sich asiatische, arabische und mediterrane Einflüsse, vorangetrieben mittels Einwanderung und Eroberung. Ob Alexander der Große oder die Mongolen in das Land einfielen, zu allen Zeiten führte die Seidenstraße unbeirrt ihre Karawanen durch die iranischen Steppen und Gebirge und mit ihr zogen Gewürze, Früchte, Wein und Reis. Die persische Küche selbst ist eine grundehrliche Küche. Sie geht sparsam mit Würze um und der häufig verwendete Basmati-Reis ist nicht klebrig, sondern duftig locker und besitzt eine knusprig goldene Kruste. Eine Vorliebe für Scharfes hat sie nicht, sie mag es fruchtig-süß und salzig-sauer und sie behält sich vor, mit eher wenig Zutaten auszukommen. Das Geheimnis des unvergleichlichen Geschmacks ist, dass die Gerichte stundenlang auf kleiner Flamme gekocht werden, bis die Aromen der Gewürze die Ingredienzien ganz und gar durchdrungen haben. Hauptzutaten sind Reis, Trockenfrüchte, Lamm, Ziege, Rind und Huhn, persische Kräuter, Safran, Kurkuma, Zimt, Kardamom, Nüsse, Joghurt und Butterfett.

Draußen senkt sich die Dunkelheit über die Straßen. Sascha lässt ratternd die Jalousien herunter und schließt den Laden. Alle sind gegangen, Kunden und Gäste. Mein Körper lehnt an der Theke, doch mein Geist schaukelt irgendwo im Wüstensand auf einem riesigen Kamel dahin. Ich bin völlig weggetreten. Baabak hat seinen Tee ausgetrunken. Eine Weile leistet er meinem Schweigen stille Gesellschaft. Unsere Blicke treffen sich über den Tisch. Unvermittelt erhebt er sich und nimmt seinen Mantel. Geistesgegenwärtig hindere ich seine Tasse daran, umzukippen, als er vor lauter Eile versehentlich an das Tischbein stößt.

„Ich bringe dir Persien", sagt er und lächelt geheimnisvoll.

Noch ehe ich nachfragen kann, wie er das meint, ist er schon auf seinen imaginären fliegenden Berber gesprungen und in der Dämmerung verschwunden. Glöckchen bimmelt ihm verwundert hinterher.

*

„So, meine Lieben. Legen wir los."

Ich sehe mich suchend um. Johannes fehlt. Seit Frank unsere Gruppe verlassen hat, fällt jeder Weitere in der geschrumpften Schar besonders ins Gewicht. Während Franks Dahinscheiden mich nicht zwingend stört, mache ich mir doch ein wenig Sorgen um Johannes. Hoffentlich hat sich die Sache mit Linda wieder eingerenkt. Vielleicht sollte ich ihm einen klitzekleinen Hinweis ...

„Nein, Katta", sagt mein Über-Ich.

Nun gut. Aber wenn ich es genauer betrachte, sind Julia und Sascha praktisch auch nicht da. Die beiden wirken unabhängig voneinander reichlich geistesabwesend. Sascha murmelt lautlos vor sich hin, indes er in einem marokkanischen Kochbuch blättert und Julia starrt mit melancholischem Gesichtsausdruck nach draußen. Die haben sich doch nicht etwa gestritten? Lediglich Friedrich schenkt mir vollumfänglich seine Aufmerksamkeit. Die ich durchaus mit seiner Perrierflasche teilen würde, die er nicht mal ansieht, während er seit gefühlten Minuten den Inhalt in dem gewohnt dünnen Strahl in sein Glas laufen lässt. Ein weiterer Tick von ihm. Prompt kippt er etwas daneben und zuckt zusammen, als ich mahnend mit dem Finger auf die Wasserlache auf meinem antiken Holztisch zeige. Da kann man nur den Kopf schütteln. In diesem Raum herrscht eine eigentümliche Stimmung. Irritiert überlege ich, ob ich beleidigt sein soll. Aber Job ist letztlich Job. Schließlich bin ich keine psychosoziale Sammelstelle für Paarprobleme. Wir sind zum Kochen hier. Obwohl ... es würde mich ja schon interessieren, was Julia...

„Katta, NEIN!"

Okay, schon gut.

Ich stelle eine Schüssel auf die Arbeitsplatte. „Reis."

Immerhin erhalte ich jetzt ein wenig Beachtung. Also fahre ich unbeirrt fort:

„Reis ist nicht gleich Reis."

Die Bezeichnung Oryza ist im Übrigen der wissenschaftliche Name für die Reispflanze, die zu den Süßgräsern gehört. Sie wächst in Sumpfgebieten, überwiegend den tropischen Klimazonen Asiens, wobei China, Indien und Südostasien das Hauptanbaugebiet sind. Reis ist eines der ältesten Lebensmittel der Welt, er wurde in Indien bereits in der Mittelsteinzeit genutzt. Im Handel differenziert man zwischen Langkorn- und Rundkornreis. Zum Langkornreis zählt der duftende Basmatireis, der Patna-Reis oder Jasminreis, beim Rundkornreis ist vor allem der Arborio-Reis bekannt, aus dem man italienische Risotti herstellt. Außergewöhnliche Arten sind der rote Camarque-Reis, ein ungeschälter Naturreis, der in Tonerde angebaut wird und grüner Reis aus Vietnam, wo das unreife Korn per Hand aus der Ähre gedrückt und in der Sonne getrocknet wird. Man unterscheidet verschiedene Qualitätsstufen, die an dem Anteil an Bruchreis gemessen werden, der von 40% bis 5% (Premium) variiert. Neben der Bedeutung als Grundnahrungsmittel werden aus Reis auch Getränke hergestellt, wie Reismilch und Reiswein (Sake), der besonders in Japan beliebt ist.

Das Glöckchen klingelt. Der Nachzügler. Um meine Erleichterung zu vertuschen, setze ich grimmig zu einer Rüge an. Ich kann Leute per se nicht leiden, die zu spät kommen. Nach den Gründen kann ich Johannes später immer noch fragen. Es interessiert mich brennend, was Linda ... doch in der Tür steht Baabak. Und zwar in Begleitung. Fast spüre ich den Wüstenwind hineinwehen. Er schmeckt nach Zimt und Honig. Ich verkneife mir den Blick nach draußen, da ich spaßeshalber das Kamel dort vermute. Noch während ich die Lippen öffne, überlege ich es mir anders. Nein, ich werde nicht albern nach dem Kamel fragen. „Gut so, Katta" lobt mein Über-Ich und ich lächle geschmeichelt.

Soraya trägt ein traditionelles Gewand mit glitzernden Stickereien. Ihre bloßen, braunen Füße stecken in Ledersandalen. In den Armen hält sie einen riesigen Weidenkorb, der mit bunten Tüchern bedeckt ist. Ihr Mann müht sich angestrengt mit dem Gewicht zweier weiterer solcher Körbe ab. Baabak atmet schwer, sein Gesicht wirkt eine Nuance dunkler als sowieso. Soraya legt den Kopf in den Nacken, ein paar fremdländische Worte sprudeln aus ihrem Mund und Baabak stellt gehorsam seine Last auf den Boden. Oha. Kein Zweifel, wer hier die Hosen anhat. Dennoch schiebt sich die winzige Perserin beinahe schüchtern hinter den Rücken ihres Ehemannes, um geduldig abzuwarten.

Mit einer leisen Entschuldigung drückt sich Johannes an den Besuchern vorbei, begibt sich an Friedrichs Seite und knufft diesen freundschaftlich in die Rippen. Seine Augen glänzen eigentümlich. Etwas liegt in seiner Miene, das seine kantigen Züge weich zeichnet. Misstrauisch starre ich ihn an. Er starrt mit einem unschuldigen Ausdruck zurück. Der hat doch nicht etwa getrunken?

„Ich habe dir Persien versprochen", unterbricht Baabak meine Gedanken.

Er fasst Soraya behutsam an einem goldbestickten Ärmel und führt sie an sich vorbei nach vorne. Nickt ihr aufmunternd zu, als sie ihn fragend ansieht. Sie stellt ihre Tasche auf den Tisch und nimmt mit flinken Händen die Tücher ab. Über ihren Handrücken zieht sich ein fein gemustertes Netz kunstvoller Hennaornamente. Sie strahlt nun über das ganze, fein geschnittene Gesicht, Stirn und Nase glänzen vor Schweiß. Mir wird unvermittelt wohlig warm im Bauch. Der orientalische Zauber tut seine Wirkung. Ich nicke den beiden zu und drehe mich grinsend zu meinen erstaunten Schülern um, die seit Minuten andächtig schweigen.

„Freunde, heute kochen wir persisch."

Sorayas Safranhuhn mit Berberitzenreis (für 4 Personen)

Man nehme: für das Huhn:

1 ganzes Bio-Hähnchen (zerteilen),
1 große Zwiebel,
1 TL Kurkuma,
½ TL Safran (mit Zucker im Mörser zermahlen),
2-3 Lorbeerblätter,
Erdnussöl, Salz, Pfeffer

für den Reis:

600 g Basmatireis höchster Qualität,
Butterflocken, Erdnussöl, Salz

für die Berberitzen:

250 g. Berberitzen,
Öl und Butter,
2 EL brauner Zucker,
¼ TL Zimt.

Die Zwiebel schälen und vierteln. Die Hähnchenteile salzen und pfeffern. Die Zwiebel mit Erdnussöl hellbraun anschwitzen, dann mit Kurkuma bestreuen. Das Fleisch darauflegen und nach einigen Minuten wenden, mit dem Safranzucker bestreuen, die Lorbeerblätter hinzugeben und bei geschlossenem Deckel kräftig anbraten. Vorsicht, nicht anbrennen lassen, die Zwiebeln geben sonst eine unschöne Farbe ab. Danach das Hähnchen mit einer Tasse heißem Wasser ablöschen und zugedeckt bei kleiner Hitze (2-3) gut eine Stunde schmoren.

Den Reis zirka zehn Mal in einer großen Schüssel auswaschen, bis das Wasser klar bleibt. Mit Wasser bedeckt ca. ½ Stunde quellen lassen. In einem ausreichend großen Topf Wasser den Reis bissfest garen. Anschließend in dem Topf eine Wasser-Öl-Butter-Mischung, die den Topfboden knapp bedeckt, zum Kochen bringen und den Reis sodann kegelförmig hinein geben. 5-6 Löcher mit dem Kochlöffelende bis zum

Boden stechen, damit der Dampf später zirkulieren kann. Den Topfdeckel in ein Küchentuch einschlagen und fest aufsetzen. Nach ca. 5 Minuten den Herd auf minimale Stufe (1) stellen und 60 Minuten dämpfen. Der Deckel darf jetzt auf keinen Fall mehr angehoben werden! Auch wenn´s schwer fällt! Auf dem Topfboden bildet sich so eine goldbraune Kruste.

Etwa 15 Minuten, bevor Huhn und Reis so weit sind, die Berberitzen in Butter anschmoren und mit Zucker und Zimt bestreuen. Unter Rühren karamellisieren und mit 3 EL von der Fleischbrühe ablöschen. Beiseite stellen. Den Topf auf eine vorgewärmte Platte stürzen und die Berberitzen unter den Reis mischen, das Huhn darauflegen und sofort servieren.

Dazu passt ein Tomaten-Gurken-Salat mit Zitronen-Öl-Dressing und Joghurt mit frischem Koriander.

Das Safranhuhn besitzt eine so zarte Konsistenz, das sich die Knochen freiwillig vom Fleisch lösen. Der Geschmack intensiv und unnachahmlich. Würzig und süß, warm nach Zimt, frisch nach Gurke und exotisch nach Koriander. Eine schlichtweg geniale Kombination. Genießerisch knabbere ich an der goldbraunen Reiskruste und nehme mir vor, dieses köstliche Hühnchen demnächst für Britta zu kochen. Und mir befriedigt Julius Gesichtsausdruck vorzustellen, wenn er das probiert. Sorayas Berberitzenreis vermag mit Sicherheit sogar meine mäkelige Primadonna aus den Schuhen zu heben.

Mit einem leisen Stich registriere ich, dass der Minutenzeiger die Stunde Zehn weit überschritten hat. Doch ehe meine Laune rapide absinkt, steht Johannes auf und erhebt sein Glas. Er schaut in die gesellige Runde, mustert sorgfältig und beunruhigend zufrieden ein Gesicht nach dem anderen. Einen Wimpernschlag lang ruht sein Blick auf mir. Er schluckt und zupft an seinem Kragen, der ihm viel zu eng zu sein scheint. Dann sagt er feierlich ein Wort, das ich nie zuvor von ihm hörte:

„Freunde ..."

Ich halte den Atem an.

Nach einer Pause räuspert er sich erneut. Zum ersten Mal wirkt Dr. Johannes Hennemann verlegen. Plötzlich steckt auch mir ein Kloß im Hals, weil ich weiß, was dieser Moment für ihn bedeuten mag.

„Ich werde Vater."

Ich fange glatt an, zu heulen.

Weit nach Mitternacht stecke ich meinen Hausschlüssel ins Schloss. Da ich schon reichlich angeschickert bin, nachdem wir noch etliche Gläser auf Johannes und Lindas Wohl getrunken haben, bereitet mir dies durchaus etwas Mühe. Immerhin habe ich mich im Laufe des Abends gefasst. Unter meinen Sohlen knistert Papier. Schwankend beuge ich mich zu meiner Fußmatte hinunter und halte einen Umschlag in den Händen. Ohne Absender. Natürlich. Mein Herz klopft mir bis zum Hals. Die Wohnung dreht sich ein bisschen, als ich eintrete. Ahnungsvoll ziehe ich ein gelbes Blatt aus dem Kuvert hervor, das ein klitzeklein wenig vor meinen Augen verschwimmt.

„Frühstück um acht?"

Ich beschließe spontan, morgen ausnahmsweise so richtig auszuschlafen und tapse ins Bad, um im Schränkchen nach Schlaftabletten zu suchen. Selbst wenn meine seelische Verfassung gegenwärtig etwas zart besaitet daherkommt, mein Schlaf ist hervorragend. Aber Vorsicht ist schließlich besser als Nachsicht.

23. Frühstück um acht?

Pünktlich um zehn klingelt mein Wecker. Obwohl ich bereits seit Stunden wach liege, weigere ich mich trotzig, das Bett zu verlassen. Ich grüble ernsthaft darüber nach, warum der Sandmann mich derzeit nicht leiden kann. Dummerweise muss ich gestern im Suff nach den falschen Tabletten gegriffen haben. Nun habe ich zwar die doppelte Menge Kalzium intus, was beileibe nicht schadet. Das Zeug soll ja gut für die Knochen sein. Aber an Schlaf war bis gegen vier Uhr nicht zu denken. Aufgewacht bin ich um sieben.

Ein schöner, heißer Milchkaffee ist morgens unverzichtbar. Meinen batteriebetriebenen Cappuccinoschäumer betätige ich heute äußerst konzentriert und schlage die Milch sorgfältig und ausgiebig. Mit dem Ergebnis, dass sie zu Butter gerinnt. Beim zweiten Anlauf versuche ich es weniger beflissen. Den Espresso gieße ich anschließend in ein großes, extra dafür vorgesehenes Glas und lasse den Milchschaum gemächlich an einem Löffel am Rand hineinlaufen. Der perfekte Latte Macchiato besteht aus drei verschiedenfarbigen Schichten.

Ich habe noch nie so lange gebraucht, um mir einen Kaffee zu machen. Da ich nun nichts mehr zu tun finde, um den Blick nach dem Nachbarhaus zu verzögern, ziehe ich erst jetzt den Vorhang meines Küchenfensters beiseite. Beinahe verschütte ich das kostbare Getränk. Drüben hängt ein Plakat im Fenster.

„Mittagessen um eins?"

Ich fasse es nicht. Felix Sander steht da im Muskelshirt und winkt lächelnd herüber. Der Kerl ist nicht zu erschüttern. Ich verkneife mir ein Gefühl des Respekts angesichts derartig enormer Hartnäckigkeit. Grimmig zerre ich die Gardine wieder zu.

*

Die personifizierte Peinlichkeit sind Paare, die sich nach außen hin bei jeder Gelegenheit als solche zu erkennen geben. Das fängt bei haltlosem, öffentlichem Knutschen an und endet beim Partnerlook. Die Affinität zum Tragen der gleichen Kleidung ist ein kompliziertes tiefenpsychologisches Paarphänomen, dem ich in meiner bisherigen Beziehungsgeschichte persönlich nie auf den Grund gehen wollte. Davon abgesehen fehlte es mir bislang am passenden Anlass. Dies meist entweder mangels Partner, inkompatibler Konfektionsgröße oder weil ich mich nie dazu durchringen konnte, mir ein Fußballtrikot zuzulegen. Es liegt mir nicht, „Schiri, wir wissen, wo dein Auto steht" zu grölen. Ich bezeichne mich eher als einen Kölle-Alaaf-Typ.

Neulich wartete ich an meiner U-Bahn-Station auf die Linie 4. Auf der gegenüberliegenden Plattform fiel mir ein Studentenpaar vor allem deshalb auf, da beide einen abartig hässlichen Wollschal trugen. Und zwar den gleichen. Nennen wir sie der Einfachheit halber Paula und Peter. Auf Anhieb zwei Menschen mit derselben Geschmacksverfehlung zu sehen, war ebenso faszinierend als auch beängstigend. Das scheußliche Textil mit seinem Alte-Leute-Duft schlang sich mit seinem kackbraunen Karomuster um die schlanken Hälse wie eine aufdringliche Viper. Ich erwischte mich bei der Überlegung, ob er seine blind machende Hässlichkeit benutzt hatte, um aus dem Wühltisch des Eineuroshops raus zu kommen, in dem er vermutlich bereits seit den Achtzigern ausharrte und die Hänseleien der anderen Schals und Tücher ertrug. Fast bekam ich selbst schon Mitleid. Interessanterweise vermutete ich eine intime Bindung zwischen Paula und Peter, die nebeneinander saßen, ohne sich jedoch zu berühren, anzusehen oder miteinander zu sprechen. Stattdessen übernahmen die Schals den Aktionismus, wild das imaginäre Schild „Wir gehören zusammen!" zu schwenken, während ER in Ruhe einer Blondine hinterher schielte und SIE gelangweilt in einer Frauenzeitschrift blätterte. Mir war nun also durchaus klar, was so ein Schal dachte, nicht aber, was in Paulas oder Peters Kopf vorging. Wie fühlten sich die beiden dabei, so gleichgeschaltet zu sein?

Ähnlich verhält es sich mit Walter und Heidi, die in lila Jogginganzügen dreimal die Woche im Wald Rehe erschrecken gehen. Den im dichten Unterholz versteckten Wildtieren muss der Anblick zweier lavendelfarbener Polyesterzelte ziemlich unheimlich sein. Ich hingegen komme aus dem Staunen nicht mehr heraus. Auch dieses Beispiel wirft die Frage auf, wieso erwachsene Menschen sich freiwillig dermaßen blamieren. Britta würde eine tief verwurzelte, passive Aggression vermuten. Ich schickte alle vier zur Stilberatung. Mich fragt aber wie üblich keiner.

Solche und ähnliche Gedankengänge lenken mich erfolgreich von allen Nachbarn dieser und meinetwegen auch anderer Welt ab. Ich schiebe meine geliebte Ich-bin-nicht-Katta-Sonnenbrille noch ein wenig höher in mein Gesicht und wende den Blick von den beiden farbblinden Joggern ab und in mein Frappé-Glas hinein. Wenn man sich anstrengt, kann man mit dem Strohhalm Blubberbläschen in verschiedenen Größen machen. Schon als Kind fand ich das toll. Ich tauche heute mit voller Absicht bei der Konkurrenz ab, weil ich nachdenken muss. Zur Erklärung: Strenge ich meine Gehirnzellen an, sehe ich aus wie Tante Almut, Gott hab sie selig. Meine Mundwinkel sacken herab, die Brauen drücken sich mittig zusammen und legen die Haut dazwischen in Ziehharmonika-Falten. Almut sagte stolz, sämtliche Frauen unserer Blutslinie besäßen diese intelligente Stirn. Ich persönlich hätte gerne darauf verzichtet, beim Denken auszusehen wie ein Bassett. Also tue ich das lieber in einer Umgebung, in der mich keiner kennt.

Ganz unter uns: Einen kurzen Moment spiele ich mit dem Gedanken, dieses leckere Getränk hier nachzumachen und im Cook & Chill zu verkaufen. Natürlich verwerfe ich diese Idee sofort. Es wäre unethisch, unmoralisch und damit in höchstem Maße inakzeptabel. Davon abgesehen ist mein Kontingent krimineller Machenschaften für dieses und die nächsten fünf Jahre eindeutig aufgebraucht. Neben den üblichen Parkverbotsverstößen komme ich auf Vorspiegelung falscher Tatsachen, unerlaubtes Plakatieren und Stalking im weiteren Sinn. Da sollte ich nicht auch noch unlauteren Wettbewerb betreiben. Oder? So ein Frappé besteht sowieso bloß aus Instantkaffee, Milch und ... wenn ich nochmal genau nachschmecke, finde ich bestimmt heraus, was da außerdem...

„Hallo Katta. Zufrieden mit unserem Frappé?“

So ein Mist. Der griechische Eiskaffee verirrt sich jäh in meine Luftröhre. Ich nicke schnell, während meine Augen sich mit Tränen füllen und mein „Ja, prima“ in einem schrecklichen Hustenanfall untergeht. Die Inhaberin des Cafés hat mich dennoch wieder erkannt. So viel zu Inkognito. Meine Pupillen drehen sich in einem schrägen Winkel nach oben (faktisch schiele ich, wenn ich huste) und die Frau klopft mir besorgt den Rücken.

„Na, so grässlich kann es doch nicht sein“, meint sie irritiert, „soll ich Dir ein anderes Getränk bringen lassen?“

Prompt befällt mich das schlechte Gewissen, als hätte sie meine kriminellen Phantasien bezüglich ihres Frappés erraten.

„Oh nein, das hier schmeckt fantastisch!", versichere ich daher rasch und bemüht, möglichst harmlos dreinzublicken.

Leider überzeugt mein Unschuldsengelgesicht nicht sonderlich. Sie nimmt mir trotzdem meine Kopiervorlage weg. Stattdessen bringt sie mir einen Kaffee Nocciola, der natürlich nicht das Geringste mit meinem Espresso Nocciola zu tun hat. Zumal er ganz unähnlich schmeckt. Ehrlich.

„Der geht aufs Haus."

Das sagt sie sehr liebenswürdig. Bestimmt bilde ich mir nur ein, dass meine Konkurrentin mich dabei biestig anschaut.

Café Frappé, auch griechischer Eiskaffee genannt, ist in seiner Heimat ein sommerliches Kultgetränk. Ein Frappé besteht aus löslichem Kaffee, mit etwas Wasser und ein bis zwei Löffeln Zucker aufgeschäumt, viel Eis und Milch. Zur Verfeinerung kann eine Kugel Vanilleeis hinzu gegeben werden.

„Hallo Katta!"

Ich verabschiede mich endgültig von der Vorstellung, ungestört zu sein. Offensichtlich habe ich mir das falsche Lokal zum Untertauchen ausgesucht. Hier geht es zu wie am Bahnhof meines Heimatdorfes.

„Hey Julia."

Ich ergebe mich meinem Schicksal.

Sie zeigt auf den freien Stuhl neben meinem.

„Darf ich?"

„Natürlich. Setz dich."

Seufzend stellt Julia ihre Einkaufstaschen auf dem Boden ab und lässt sich nieder.

„Ich wusste gar nicht, dass Shoppen so anstrengend ist."

Ihr Lächeln ist zauberhaft. Nach wie vor wirkt sie wie eine Elfe auf mich, die gerade versehentlich in die Menschenwelt geplumpst ist, weil jemand die Blüte, auf der sie ruhte, allzu doll geschüttelt hat. Es würde mich nicht wundern, irgendwo ein Glöckchen schellen zu hören, sobald sie sich bewegt. Wobei ... bilde ich mir das ein, oder wird ihr Rock immer kürzer? Und wenn ich es mir recht überlege, ist von der kleinen Julia nicht mehr allzu viel übrig. Ist das Schminke?!

„Sag bloß, du hast das noch nie gemacht“, schmunzle ich und zwinge mich, den Blick von ihren gazellenhaften Beinen zu wenden und stattdessen ihre Tüten zu betrachten.

Für eine ungeübte Einkäuferin besitzt sie einen ziemlich exklusiven Geschmack.

„Tatsächlich“, schelmisch schwenkt Julia eine Ausgabe der ELLE, „ließ ich mich ein bisschen beraten.“

Kluges Mädchen.

„Zeig mal.“

Neugierig spähe ich in die Tasche aus dem teuren Geschäft. Ich verkneife mir die Frage, ob sie mir die Papiertüte mit dem edlen Aufdruck schenken würde. Es gibt nichts Besseres, als unter den Stielaugen der Kassiererin im Lebensmitteldiscounter mit unbewegtem Gesichtsausdruck Buttermilch und Frischkäse in eine Pradatasche zu packen.

„Gefallen dir die Sachen?“

Julia sieht mich unsicher an und hält eine atemberaubende Bluse aus einem roséfarbenen Seidenstöffchen in die Höhe. Die Zahl, die ich auf dem kleinen, weißen Preisschildchen sehe, finde ich nicht weniger beeindruckend.

„Ich habe sie gleich in drei Farben gekauft, weil ich mich nicht entscheiden konnte“, bemerkt Julia schüchtern.

„Donnerwetter“, entfährt es mir, „hast du im Lotto gewonnen?“

In Sekundenschnelle verdunkelt sich ihr Blick.

„Ich habe geerbt. Vor einiger Zeit ist meine Mutter verschieden.“

Sie sagt das sehr leise. Während ich mich im Stillen über mein vorlautes Mundwerk ärgere, welches ich dringend in den Griff bekommen sollte.

„Das tut mir leid.“

Mehr fällt mir dazu nicht ein. Doch Julia fängt sich rasch.

„Das braucht es nicht. Eigentlich ... ist es schon eine ganze Weile her.“

Gott sei Dank kommt die Kellnerin an unseren Tisch, um die Bestellung aufzunehmen. Julia bestellt lächelnd einen Cappuccino. Meine Neugierde ist bedauerlicherweise schneller als mein Taktgefühl.

„Woran ist sie gestorben?“

Fast gequält sieht sie mich an. Ihre hellgrünen Augen schimmern feucht. Prima Katta. Jetzt bringst du sie auch noch zum Weinen.

„Entschuldige", setze ich hinzu, „das hätte ich nicht fragen sollen."

Katta, geh nach Hause. Steck deinen Kopf unter die Bettdecke und fang endlich an, nachzudenken.

„Sie hatte Krebs."

Julia nestelt an der hübschen Bluse und beginnt, sie säuberlich zusammenzufalten. Ein Ruck geht durch ihren schmalen Körper und plötzlich lächelt sie mich an.

„Ich habe nie mit jemandem darüber geredet ..."

Sie nimmt die Lindgrüne aus der Tüte und legt auch diese vorsichtig zusammen. Ich sitze mäuschenstill. Keinen Mucks, Katta, ermahne ich mich selbst. Stattdessen lege ich meine Hand auf ihren Arm. Ihre Haut fühlt sich kalt an, obwohl es mindestens dreißig Grad warm ist.

„Ich mag dieses Blau", murmelt sie, während sie das dritte Teil aus der Tasche zieht.

Ich nicke.

„Ich auch."

„Ich habe eine Schwester."

„Hmhm."

Ich traue mich echt nicht, mehr zu sagen.

„Melissa und ich waren immer unzertrennlich. Dann wurde Mama krank. Und Melissa kam nicht gut damit klar."

Julia packt die nächste Tragetasche aus. Ein blassblauer Rock. Sie streicht abwesend über das Textil und sieht auf.

„Sie ließ mich allein. Und ich war furchtbar wütend auf sie."

„Das kann ich mir vorstellen", mitfühlend ergreife ich ihre Hand.

„Aber jetzt vermisse ich sie. Und ich weiß nicht, wie ich den Anfang machen soll. Wir haben seit drei Jahren nicht miteinander gesprochen."

Behutsam legt sie den gefalteten Rock auf die Blusen. Die Kellnerin bringt einen Cappuccino und frisch gepressten Orangensaft. Julia bedankt sich freundlich. Sehr langsam und ungemein sorgfältig reißt sie das Zuckertütchen auf und lässt die feinen Körner gemächlich in den Kaffee rieseln. Sie nimmt den Löffel und rührt. Zuerst mit, dann gegen den Uhrzeigersinn. Es kommt mir vor wie eine kleine, schweigende Ewigkeit. Und ich warte. Julia rührt noch immer.

Schreib ihr einen Brief. Sage ihr darin alles, was du gefühlt hast. Und danach sagst du ihr, wie es dir heute geht, höre ich Brittas Worte. Der Löffel steht still.

„Das ist eine gute Idee."

Okay. Ich habe es laut gesagt.

Julia neigt den Kopf und lächelt mich an.

„Wirklich. Eine gute Idee."

Insgeheim schenke ich dem Geist meiner Freundin ein Dankeswort. Offenbar sage ich manchmal auch das Richtige. Impulsiv umarmt Julia mich.

„Was kochen wir heute Abend?"

Ich grinse

„Was möchtest du denn gerne?"

Sie überlegt eine Weile.

„Meine Mutter liebte Käsesoufflé. Mir gelang noch nie eines."

„Na, dann wird es Zeit."

Zeit, dass die Dinge gelingen, setze ich lautlos hinzu.

Der Anfang einer Freundschaft bereichert uns wie ein neues Lied im Radio, dessen Melodie uns nicht mehr aus dem Sinn geht. Wir trinken unsere Getränke aus und machen uns lachend zum Aufbruch bereit. Julia packt ihre Kleider ein und bezahlt die gesamte Rechnung. Erst jetzt wage ich es, ihr die Frage zu stellen, die mir seit einer Stunde auf der Zunge brennt.

„Ach, Julia ..."

Sie hält ein und sieht mich abwartend an.

„Ja?"

„Kann ich vielleicht die Pradatüte haben?"

*

Allmählich wird mir mein Nachbar etwas unheimlich. Als ich ins Auto steige, bemerke ich ein gelbes Memo außen auf der Windschutzscheibe.

„Kaffee um vier? Und Mousse au Chocolat dazu?"

Demonstrativ hafte ich den Klebezettel an den nächstbesten Mülleimer und verdränge erfolglos das Gefühl, beschattet zu werden. Prompt entschließt sich mein Absatz, mit einem Gulli zu flirten. Ich verliere das Gleichgewicht und ein stechender Schmerz fährt in meinen Knöchel. Ein

Blick links und ein Zweiter rechts die Straße hinauf teilt mir mit, dass weit und breit kein Felix Sander zu erspähen ist. Stattdessen steht ein Knirps mit einem Fußball unter dem Arm geklemmt vor mir auf dem Bürgersteig und verfolgt interessiert mein von wilden Verwünschungen begleitetes Bemühen, den eigenwilligen Treter vom Eisengitter zu befreien.

„Was machst du da?“, ertönt ein neugieriges Stimmchen.

„Himmel Herrgott nochmal!“

In der Hand halte ich den Schuh. Oder das, was davon übrig blieb. Der abgebrochene Hacken hängt noch immer im Gulli fest.

„Man soll nicht fluchen.“

Der Junge kommt einen Schritt näher schaut mich vorwurfsvoll an. Seine Latzhose ist völlig verdreckt und sein Ringelshirt sieht nicht viel sauberer aus. Ein kleiner Finger zeigt anklagend zuerst auf mich und dann auf den Schuh.

„Jetzt hast du ihn kaputtgemacht.“

Kaum zu glauben, dass Männer bereits so früh damit anfangen, alles besser zu wissen.

„Hat dir deine Mama nicht beigebracht, dass man keine fremden Leute auf der Straße anspricht?“

Ärgerlich betrachte ich die Bruchstelle. Das Leder ist mit eingerissen und die teueren Manolos sind eindeutig hinüber. Dabei habe ich die Dinger vor zwei Wochen erst erstanden.

„Sie hat nur gesagt, ich darf mit Fremden nicht mitgehen.“

Nun macht er eine Blase mit seinem Kaugummi und dribbelt den Ball auf dem Pflaster auf und ab. Tock. Tock. Tock.

„Na, so ein Glück, dass ich nicht vorhabe, dich mitzunehmen.“

Tock. Tock. Tock.

„Warum nicht? Magst du keine Kinder?“

Tock. Tock. Ein dünner, gelber Schleimfaden läuft aus seiner Nase.

„Nö.“

Ob ich den Schuh einfach zurückgebe und die schlechte Verarbeitung reklamiere?

„Hast du keinen Mann?“

Tock. Tock. Tock.

„Hast DU kein Taschentuch?“

Ein schnarrendes Geräusch ertönt, als der Junge kopfschüttelnd die Nase hochzieht und sich mit dem Ärmel den Rotz abwischt.

„Warum hast du keinen Mann?"

Tock. Tock. Tock.

„Ich hab´ sehr wohl einen Mann", versichere ich trotzig und versuche mich zu erinnern, wo sich dieser exklusive, italienische Schuhladen befand.

Ich humple um das Auto herum, um die Straßenkarte aus dem Kofferraum zu holen.

„Wo ist der denn?"

Tock. Tock. Tock.

„Der sitzt im Fenster und fotografiert fremde Frauen", sage ich geistesabwesend.

Kartenlesen gehörte nie zu meinen Stärken. Ich drehe den Plan um neunzig Grad und fahnde nachdenklich nach meinem Standort. Hoffnungslos. Mein nicht vorhandener Orientierungssinn verheddert sich haltlos in dem eingezeichneten Straßennetz. Wieso können die diese Dinger nicht so gestalten, dass auch ich damit klarkomme. Würden die statt Straßennamen einfach „Starbucks", „kleines Jeanslädchen" oder „Bioladen, der den leckeren Joghurt hat" da drin verzeichnen, riefen Hunderttausende meiner Spezies erleichtert: „Ja natürlich, ich weiß genau, wo das ist!" Unsereins kann mit klassisch männlichen Raumangaben wie „Antwerpener Straße westwärts, Ecke Brüsseler" eben nichts anfangen. Wir biegen im belgischen Viertel an dem blauen Haus links ab, fahren an dem Fahrradladen vorbei und nehmen die Nächste rechts, an der die große Levisreklame hängt. So finden Frauen sich zurecht. Ich werfe einen Blick auf das Logo des Herstellers. Heute Abend werde ich denen per Email meine innovative Frauenstadtplan-Idee unterbreiten. Dann bemühe ich mich, das riesige Papier richtig zusammenzufalten. Ein unfruchtbares Unterfangen. Ich habe noch nie einen entfalteten Plan wieder korrekt in die Falz bekommen.

„Warum macht er das?"

Tock. Tock.

„Was?!"

Ich gebe auf und zerknülle den Stadtplan. Heutzutage besitzt man ein Navigationsgerät. Und ich werde mir gleich, nachdem ich mich bei den Stadtplanfritzen beschwert habe, eines im Internet bestellen.

„Mag die fremde Frau ihn auch?"

Tock.

Erst jetzt wird mir bewusst, dass die ungewaschene Rotznase unverändert an derselben Stelle steht und rosafarbene Kaugummiblasen platzen lässt.

„Was hast du gesagt?"

Unschuldig sieht er mich an.

„Na, wenn er die Frau fotografiert, dann mag er sie doch. Sonst würde er ja kein Foto von ihr brauchen. Und bestimmt mag sie ihn auch. Das ist ziemlich blöd für dich."

Haben Sie einmal im Dunkeln eine Taschenlampe angeknipst und den Lichtstrahl auf den einen, kleinen, bislang unsichtbaren Punkt gerichtet? Nachdenklich schaue ich den Bengel an, während meine Hand nach den Taschentüchern in meiner Handtasche sucht. Ein silbernes Päckchen funkelt mir entgegen.

„Ja, ich glaube die fremde Frau mag ihn tatsächlich ..."

Ich gebe ihm das Schnäuztuch mitsamt dem Schokoriegel und lächle ihn wohlwollend an.

„... und ich dachte zuerst auch, dass das ganz schön blöd für mich ist."

Es fällt so leicht, anderen gute Ratschläge zu erteilen. Kompliziert wird es immer dann, wenn es einen selbst betrifft. Julia sitzt jetzt vermutlich zuhause und formuliert einen Brief an ihre Schwester. Sie geht ihre Probleme an. Meine Sache würde sich durch einen einfachen Anruf lösen lassen. Das immerhin ist mir durchaus bewusst. Es hakt an der Umsetzung. Felix Sanders Telefonnummer haftet seit Tagen an meinem vermaledeiten Kühlschrank, der sich zum Hüter meiner unerledigten, leidigen Angelegenheiten erklärte. Das Schreiben der Kanzlei Hennemann und Partner habe ich inzwischen von Spinnweben und Staub befreit, gelesen und abgelegt. Harmloser als angenommen und letztlich als Missverständnis entlarvt. Allein der Umstand an sich, dass ich Felix Nummer tatsächlich gegoogelt, aufgeschrieben und verwahrt habe, sollte mir Aufschluss über mein Begehren geben. Leider obsiegt wie üblich meine Verleugnungstaktik. Die Rufnummer hängt dieser zufolge nur dort, falls ich jemanden brauche, der meine Pflanzen gießt, wenn ich in den Urlaub fahre. Schließlich hat mein Nachbar ein Händchen für Grünzeug. Na ja, den ertrunkenen Philodendron ausgenommen. Wobei ich natürlich Britta, meine Mutter und in absteigender Reihenfolge alle anderen Anwohner zuerst fragen würde.

So tigere ich eine Weile vor meiner Kühlschranktür auf und ab, um zu dem Entschluss zu gelangen, dass ich zunächst Britta kontaktiere und Gebrauch von der „Ruf-ihn-bloß-nicht-an-Hotline" mache. Diese Übereinkunft herrscht zwischen uns, seitdem wir herausfanden, dass Männer nicht das sind, wovon wir im Barbiepuppenalter träumten. Übrigens hat Mutti letzte Woche den seit Jahren vermissten Ken vom Grund ihrer Regentonne gekratzt. Er hatte einen Streit mit meiner blonden Glamour-Barbie, woraufhin diese gemeinsam mit Brittas brünetter Glitzer-Barbie beschloss, ihn um die Ecke zu bringen. Also ertränkten sie ihn kurzerhand im See. Die beiden Barbies schworen, immer zusammenzuhalten und kein Sterbenswörtchen über den Verbleib von Ken zu verraten. Wir vergaßen ihn dann ziemlich schnell. Immerhin blieb das Verbrechen sechzehn Jahre lang unentdeckt. „Bevor du ihn anrufst, ruf zuerst deine Freundin an." Ehrlich, dieser Deal rettete mir mehr als einmal Kopf und Kragen.

Das lang andauernde Tuten sagt meinem Ohr, dass Britta ärgerlicherweise nicht zuhause ist. Dabei muss ich ihr so dringlich von Felix und Frank berichten. Sie ahnt ja überhaupt nicht, dass die zu zweit sind. Mein rechter Fuß wippt im Takt von „I can't get no satisfaction" auf und ab, während ich ungeduldig der Warteschleife der Telefongesellschaft lausche. Diesen Song finde ich total enervierend. Vor allem aber drängt sich mir die Frage auf, wieso Britta sich ausgerechnet für dieses Stück entschieden hat. Ich schätze, ich will die Antwort gar nicht wissen. Noch immer nimmt keiner am anderen Ende ab. Andreas sitzt vermutlich mit Kopfhörern in seinem Studio, feilt an einem neuen Titel und ist der Welt entrückt.

Ob ich Felix doch anrufe? Und mich mit ihm verabrede?

Erschrocken fahre ich zusammen, als plötzlich das Telefon in meiner Hand vibriert.

„Britta, endlich bist du ..."

„Katta?", ein atemloser Sascha ertönt in der Leitung.

„Schnell, komm rüber! Ich glaube, der Julius bringt die Krause um!"

*

Unter den betretenen Blicken der anwesenden Gäste stürme ich ins Cook & Chill. Beinahe wäre ich in Sascha hineingerannt. Für einen kurzen Moment weiß ich nicht genau, ob ich entsetzt sein soll, oder doch lieber lachen muss. Sascha sieht ausnehmend komisch aus. Er ist von oben bis unten mit Mehl bestäubt und blinzelt reichlich traurig aus der Wäsche. Offensichtlich hat Julius eine kostengünstigere Alternative zum Werfen von Porzellan gefunden. Die Küche bietet einen Anblick, als sei eine Nagelbombe explodiert. Nur, dass sich statt Nägeln ein feiner Mehlnebel über sämtliche Flächen gelegt hat. Sogar auf der hin und her baumelnden Lampe erkenne ich weißen Staub.

„Wo sind sie?"

Leider kann ich außer einigen Fußabdrücken keine Bewegung in der Küche ausmachen.

„Die Krause kauert hinter der Kühlschranktür und Julius lauert in der Vorratskammer", flüstert Sascha in mein Ohr, und ich mache beherzt einen Schritt in Richtung dorthin, wo ich meinen ausgetickten Koch vermute.

„Vorsicht, er ist in Gefechtsbereitschaft", fügt er rasch hinzu, just als eine weitere Mehlpackung durch den Raum gefeuert wird.

Schnell trete ich den Rückzug an. Die Tüte zerplatzt mit einem dumpfen Knall an der Spülkante.

„Was ist mit denen bloß los?"

Kopfschüttelnd fiebere ich nach einer Lösung, während ein Bund Radieschen vom Kühlschrank zur Vorratskammer schießt. Aus dem Laden höre ich ein Jubeln, als das Gemüse mit einem „Rums" gegen die Tür poltert, und leises Lachen. Ich bedenke die neugierigen Zuschauer an der Glaswand mit einem finsteren Blick. Louise reibt sich die Nase und Linda tippt eine Zahlenfolge in ihr Handy.

„Habt ihr nichts Besseres zu tun?", ranze ich meine sensationslustigen Gäste an.

Linda wendet sich ab und tut beschäftigt. Nur Louise sieht mir gerade ins Gesicht, schüttelt grinsend den Kopf und meint trocken:

„Mit Sicherheit nicht. Das hier finden wir ausgesprochen amüsant."

Hilfe. Was mache ich nur? Hinter dem Eisschrank bewegt sich etwas. Vorsichtig schiebt sich ein mehlbestäubtes Haupt über den Rand der geöffneten Tür.

„Frau Krause! Kommen Sie sofort da raus!"

„Eja, WIE DENN, Herrjottssakrament?!", kreischt es und ein zweites Mehlgeschoss zerplatzt in der Mitte des Schlachtfeldes.

„Julius! Es reicht!", brülle ich.

Ein dumpfer Knall und ich erblinde. Sascha und Louise brechen in ersticktes Lachen aus. Ich bin über und über mit weißem Mehl bestäubt. Julius hat mich mit voller Breitseite getroffen. Das Zeug hängt in meinen Wimpern und ich blinzle betäubt. Hund drückt sich winselnd an mir vorbei und setzt sich schwanzwedelnd neben Sascha. Unnötig zu sagen, dass sein Fell alles andere, nur nicht mehr schwarz ist. Oh Mann. Das ist hier ja echt wie im Kindergarten. Nein. Schlimmer.

„Gibst du auf?", schallt es durch die Küche.

Frau Krause lacht schrill:

„Sischer net, do Piefekopp!"

„Worum geht es überhaupt?!", mische ich mich ein. Stille.

„Na, um ...", offenbar fehlen Frau Krause die Worte.

„Ums Prinzip!", dröhnt es aus der Vorratskammer.

„In Käszaus kütt kein Muskat rin!", schnappt Helga, was mit einem abfälligen Lachen seitens des Meisterkochs quittiert wird:

„Natürlich muss da Muskat rein!"

Ich fasse es nicht. Die streiten tatsächlich um ein Rezept für Käsesoße. Sascha hebt hilflos die Hände und schüttelt stumm den Kopf. Louise kichert leise. Mir kommt eine Idee. Da hilft nur der Grundsatz des gemeinsamen Feindes.

„Und ich dachte, man kann mit Euch arbeiten...", ich senke traurig die Stimme, „aber da habe ich mich wohl geirrt. Schade."

Zur Antwort erhalte ich Schweigen. In der Kammer regt sich etwas und Frau Krauses Kopf lugt wieder hinter dem Eisschrank hervor.

„Was meinst du damit?", fragt es vorsichtig von rechts.

„Jenau, wie meenste dat?", ertönt es dünn von links.

Ich wusste, dass das funktioniert.

„Ich muss mich dann wohl nach vernünftigen Kräften umsehen. Leider."

Mit einem inbrünstigen Seufzen vollziehe ich eine Kehrtwendung. In der Küche entsteht sofort Bewegung. Louise und Sascha treten ebenfalls hurtig den Rückzug an. Beide grinsen wie Honigkuchenpferde.

Seelenruhig mache ich mir an der Kaffeemaschine zu schaffen. Als meinen Latte macchiato ein hübsches Schaumkrönchen schmückt, schleichen zwei weißbestäubte Gestalten aus dem Kochstudio heraus. Ich hebe eine ungnädige Augenbraue und hoffe, sie merken mir nicht an, dass ich mich am liebsten totlachen würde. Ein großartiges Paar. Das sieht gerade jetzt wirklich jeder. Nur die beiden nicht. Ich denke an den kleinen Jungen von heute Mittag. Irgendwie kommt mir das alles auf skurrile Art und Weise bekannt vor.

Ich rühre nachdenklich in meinem Glas. Frau Krause wippt mit ihrem rechten Fuß, hüstelt, und Julius starrt stur auf den Boden. Dabei bemühen sie sich angestrengt, einander nicht anzusehen.

Plötzlich weiß ich, dass ich Felix anrufen muss. Am besten sofort. Ich kenne die Nummer auswendig. Natürlich. Ich springe auf und steuere Richtung Büro, ehe mich der Mut verlässt.

„Ähm ... und wir?", Julius räuspert sich.

Helga windet sich vor Verlegenheit und erwürgt in einer Art Übersprungshandlung ein unschuldiges Geschirrtuch.

Ach so. Das Chaos-Duo hatte ich kurzfristig vergessen. Ich werfe Julius und Helga einen knappen, unfreundlichen Blick zu.

„Ihr habt eine Stunde, um die Küche aufzuräumen und zu wischen, ...", noch im Laufen drehe ich mich um, „und wehe, ich entdecke die Spur eines Mehlkorns!"

*

Das Herz klopft mir bis zum Hals. Mit zittrigen Fingern tippe ich die vertraute Zahlenfolge ein, die Nummer, die ich in Gedanken schon hundert Mal gewählt habe. Hi. Hallo. Ähm. Wie fange ich an?

Das Freizeichen ertönt und mir wird ganz schlecht. Tapfer widerstehe ich meinem Hasenherz, das den Hörer sofort wieder auf die Gabel werfen möchte. Was, wenn es zu spät ist? Was, wenn er jetzt nicht mehr will? Oder sich in ein hübsches Fotomodel mit Konfektionsgröße zweiunddreißig verliebt hat? Und mit ihr nach Amerika auswandert, sie vier Kinder kriegen und selbst Jahre später kichernd über mich lästern, so in etwa: „Weißt du noch, meine verblödete Nachbarin, die diesen Melonentick hatte ..."

Was, wenn er vor genau zehn Minuten einen tödlichen Unfall erlitt? Ich werde weinend vor seinem Grab zusammenbrechen, weil wir nie eine Chance bekamen. Was wenn ... was, wenn er tatsächlich ran geht?

„Hallo?"

Shit.

„Oh, ... äh ... hi ... hier ist Katta", stammele ich.

Schweigen. Ich kann ihn atmen hören. Oh Gott, er legt bestimmt auf.

„Hallo Katta."

Seine Stimme klingt wundervoll. Tief und ... cremig wie Schokolade. Nein, besser. Wie geschmolzene Kuvertüre. Die sich auf frische, reife, rote Erdbeeren bettet. Wie ... Mein Puls rast wie ein ICE ohne Haltepunkt. Wahrscheinlich falle ich jeden Augenblick tot um. Mir ist urplötzlich entfallen, was ich sagen wollte. Todsicher fasele ich gleich irgendwelches total hirnverbranntes Zeug. Er wird mir eine Abfuhr erteilen und auflegen. Dann wird er all seinen Freunden erzählen, wie durchgeknallt seine Nachbarin ist und wie froh er ist, dass sie auf seine irregeleiteten Avancen nicht reagiert hat, und danach das langbeinige Fotomodel anrufen und mit ihr ...

„Katta?“

„Ja?“, piepse ich. Mensch Katta, sag′ doch was. Hirn an Zunge: Sag was! Herz wimmert: Ich kann nicht!

„Äh ... also ich ... ähm ... Essen?“

Na immerhin. Ein Wort kam über meine Lippen. Der Telefonhörer ist so unerhört glitschig. Hoffentlich fällt er mir nicht aus der Hand...

„Manchmal tue ich das.“ Ein leises Lachen ertönt. „Essen, meine ich“, ergänzt er amüsiert.

Na super. Er lacht mich aus. Ich hole tief Luft, zähle bis zehn und rufe mein panisches Hasenherz zur Ordnung. Anschließend weise ich meine Zunge zurecht und gebe meinem Sprachzentrum einen knappen und eindeutigen Befehl.

„Wie wäre es mit heute Abend?“

Na also. Den Kochkurs verschiebe ich einfach.

„Da habe ich eigentlich schon etwas vor ...“

Ich wusste es! Felix hat mich bereits abgeschrieben. Das war′s, Katta. Er hat eine Verabredung mit dem Heidi-Klum-Verschnitt. Unternehmung Melone fehlgeschlagen.

„Oh, okay ... dann ... vielleicht ein andermal ... tschüss!“

Ich warte seinen Abschied erst gar nicht ab, sondern werfe den Hörer wie ein widerwärtiges Insekt auf die Gabel. Mir ist übel und schwindlig auch und ich brauche jetzt dringend eine Paracetamol ... oder noch besser: Whisky. Mein Hals fühlt sich rau an, der Frosch quakt und ich schlucke trotzig die Tränen herunter. Ich habe es versucht. Wenigstens habe ich es versucht.

Es ist schrecklich. Der Puls beschleunigt sich und das Herz flattert. Im Bauch klumpt und krampft es, als hätte man sich nach einem fettigen Cheeseburger gehörig den Magen verdorben. Die Hände zittern leicht und alle Bewegungen erscheinen fahrig. Liebeskummer äußert sich genau genommen mit denselben körperlichen Nebenerscheinungen wie verliebt sein. Man versalzt die Suppe und sie schmeckt trotzdem nach Pappe. Nur die Gefühle und die Psyche sprechen eine gänzlich andere Sprache. Man ist hin und her gerissen zwischen Wut, Verletztheit und abgrundtiefer Traurigkeit. Verlust. Es fühlt sich nicht gut an. Überhaupt nicht gut. Ich sitze noch lange vor dem Telefonapparat und starre meiner verpassten Chance hinterher.

Irgendwann habe ich Julia und mich mit einem misslungenen Soufflé verglichen. Gerade fühle ich mich tatsächlich so. Zu Käsesoufflé fällt mir ausgerechnet jetzt alles Mögliche ein. Angefangen von Redewendungen wie „alles Käse“, „der Käse ist gegessen“ bis hin zu bildhaften Phantasien von Erwartung und Enttäuschung. Was habe ich mir bloß gedacht.

Ich gebe mir einen Ruck. Es hilft nichts. Und wenn ich schon mal dabei bin, kann ich auch gleich das passende Rezept aus einem meiner Kochbücher heraussuchen.

*

Vida betrachtet misstrauisch die bereitgestellten Zutaten. Ein ebenso skeptischer Blick trifft anschließend mich, wie ich da mit verschränkten Armen vor meinen Kochschülern stehe.

„Was ist das?“, fragt sie vorsichtig.

Lukas hindert sie mit einem gezielten Schubs daran, ihren Finger in die vorbereitete Käsemasse zu tauchen. Sie kichert nervös.

„Wir wagen uns heute an die Königsdisziplin“, sage ich bedeutsam und suche Julias Augen, die erwartungsvoll aufleuchten.

Des einen Glück, des anderen Trost. Wenigstens mache ich die Kleine mit dem Gericht glücklich.

„Soufflé. Auf Julias Wunsch.“

Ein ehrfürchtiges Raunen geht durch den Raum Sascha lächelt wissend und nimmt Julias Hand in seine.

„Aber das ist doch viel zu schwierig für uns“, murmelt Vida, um dann enttäuscht von den spärlichen Zutaten den Inhalt der Schüssel zu inspizieren, „obwohl es gar nicht danach aussieht ...“

Ich lächle milde. Die sind ja wirklich zu goldig. Eigentlich ist alles nur halb so schlimm. Ich habe das Cook & Chill, meine Freunde und einen Haufen verrückter, dennoch liebenswerter Kochschüler. Felix Sander kann meinetwegen bleiben, wo der Pfeffer wächst, ob mit oder ohne Fotomodel. Und dort mit seinem Bruder Ringelpietz mit Anfassen spielen. Ich schöpfe Luft und beginne mit meinen Ausführungen.

„Das französische Wort für Atem bezeichnet lockere, luftige Aufläufe. Die fluffige Größe erreicht ein Soufflé aus der Verbindung eines Brandteiges mit geschlagenem Eiweiß. Die Zubereitung eines Soufflés erfordert ein hohes Maß an Erfahrung und Geduld. Wer den Ofen vorzeitig öffnet, verursacht ein optisch wenig ansprechendes Zusammenfallen des Kunstwerkes. Der Trick besteht darin, die Füllung mit einem möglichst niedrigen Wassergehalt zu versehen", schließe ich meinen Vortrag, „und darum verwendet man im klassischen Sinne Käse oder Schokolade."

Prüfend betrachte ich meine aufmerksamen Schüler.

Friedrich nestelt nervös an seinem Ärmel und Johannes wippt von einem Bein auf das andere. Das macht er immer, sobald er ungeduldig wird. Vida und Lukas piksen sich gegenseitig mit Rührgerätaufsätzen. Julia fummelt aufgeregt an ihrer Brille. Nur Frank neigt den Kopf und lächelt still in sich hinein.

„Deshalb ...", vorsichtig lasse ich das Mehl in die schäumende Buttermasse rieseln.

Moment. Ich stutze. Irgendetwas war da nicht richtig. Geistesabwesend rühre ich mit dem Schneebesen in der Masse, während ich erneut in die erwartungsvollen Gesichter schaue. Kennen Sie das Geräusch, wenn eine Schallplatte mittendrin rückwärts gedreht wird? Mit einem fiesen Knirschen kommt mein geistiges Grammophon zum Stillstand.

Hinter Friedrich lehnt eine vertraute Gestalt lässig im Türrahmen. Frank?! Oder etwa ...?

Die Heldin beschließt, gebrochenen Herzens die Stadt zu verlassen. Mit rotgeränderten Augen besteigt sie ein Taxi und bemerkt nicht, dass er dem davonbrausenden Wagen hinterher hechtet und verzweifelt: „Geh nicht! Ich liebe dich!" ruft. Natürlich kommt er gerade rechtzeitig mit einem geklauten Fahrrad am Flughafen an, und an der Abfertigung fallen sie sich in letzter Minute glücklich in die Arme. Alle Fluggäste und das Flughafenpersonal applaudieren gerührt. In Filmen passiert das ständig. Nicht im echten Leben.

„Ähm ..."

Ein unangenehmer Geruch steigt in meine Nase. Rasch ziehe ich den Topf mit der angebrannten Mehlbutter vom Herd. Der ungebetene Gast lächelt unentwegt und nickt mir ermutigend zu. Er legt den Zeigefinger auf die Lippen und schüttelt unmerklich den Kopf. Eindeutig. Es ist Felix. Mein Herz schlägt plötzlich einen Salto und meine Hände werden feucht.

„Also", betäubt betrachte ich die braune Pampe und greife nach der Milchtüte.

Natürlich fasse ich daneben und das Tetrapack ergießt sich über meine Arbeitsfläche. Sascha stellt die Packung flugs aufrecht, während Julia mir einen Lappen zuwirft. Trotz der angenehmen Kühle in der Küche schwitze ich. Hoffentlich gibt mein Deodorant jetzt nicht den Geist auf. Felix weicht einen kleinen Schritt zurück. Nach wie vor bemerkt ihn keiner der anderen.

Was mache ich denn nun? Vor allem: Was zum Henker macht er hier? Sein Blick ruht abwartend auf mir. „The Show must go on", wispert Britta aufmunternd in meinem Hinterkopf. Zögerlich wende ich mich meiner Béchamelsoße zu.

„Nun, ein bisschen zu dunkel geraten ist sie durchaus", murmele ich entschuldigend und einen Tick zu fröhlich.

Vida kichert verhalten. Beherzt starte ich einen zweiten Anlauf mit der Milch. Diesmal schaffe ich es, sie in einem gleichmäßigen Strahl unter Rühren in die blubbernde Mehlbutter zu gießen. Meine Gedanken überschlagen sich. Gerade noch rechtzeitig erkenne ich, dass Felix die Stirn runzelt und mit dem Zeigefinger auf meine Hände deutet. Mist. Ich bin soeben dabei, statt des Salzes Zucker in die Soße zu geben. Rasch korrigiere ich den Irrtum und streue eine Prise Sel de Fleur in den Topf.

Es kommt mir vor wie Stunden, als sich Minuten später die Béchamelsoße zu einer homogenen, cremigen Masse verbindet. Erleichtert drehe ich die Herdplatte ab und schiebe den Kochtopf beiseite. Felix Blick berührt mich beinahe körperlich und ich reagiere mit feiner Gänsehaut. Er sieht unverschämt gut aus in dem weißen Hemd, das die Sommerbräune seiner Haut betont. Am liebsten möchte ich die Hand ausstrecken, um den zerknitterten Kragen glatt zu streichen. Stattdessen zupfe ich an meiner eigenen Bluse und fixiere verlegen einen imaginären Punkt hinter ihm. Julia folgt aufmerksam meiner Blickrichtung und dreht sich um. Ihr Lächeln erstarrt. Damit löst sie eine rasante Kettenreaktion aus. Friedrichs Kinnlade klappt herunter. Johannes kramt alarmiert sein Handy hervor und tippt eine Nummer ein.

„Was will der denn noch hier?"

Sascha ballt die Fäuste und schreitet mit aufgeplusterter Hühnerbrust auf den verblüfften Felix zu. Innerhalb von Sekunden formieren sich meine Kochschüler drohend in einer Art Gefechtsstellung vor dem ungebetenen Gast. Unterlägen sie nicht einem gewaltigen Irrtum, was das Subjekt ihrer Missgunst anbelangt, wäre ich irre stolz auf sie.

„Stop! Das ist nicht Frank!", rufe ich schwach.

Meine Knie zittern und ich suche Halt an einer Stuhllehne. Leider glaubt mir keiner.

„Ja klar. Und ich heiße Osterhase. Hast du was auf den Augen, Katta?", entgegnet Sascha nüchtern und erhebt die Rechte.

Um sie verdutzt sinken zu lassen. Felix hat ihm kurzerhand seine Einkaufstüte gereicht.

„Danke, sehr nett, dass du mir das abnimmst."

Felix klopft dem entgeisterten Sascha freundschaftlich auf die Schulter und zeigt auf die Tasche, „für die Salatbeilage."

Zielstrebig geht er einen Schritt auf Julia zu. Ehe sie überhaupt einer Reaktion fähig ist, hält er bereits ihre Hand fest umschlossen:

„Hallo. Ich bin Felix Sander. Mein Bruder entschuldigt sich für sein unverzeihliches Verhalten und lässt ausrichten, dass er ein kompletter Vollidiot ist."

Seine Stimme schnurrt so sanft wie ein Kätzchen. Julia ist sprachlos. Und schachmatt. Der Rest ebenfalls. Mich eingeschlossen. Er wendet sich indes der gesamten Runde zu, die nun reichlich verunsichert dreinblickt.

„Ich hoffe, es ist in Ordnung, wenn ich anstelle meines lieben Bruders den freigewordenen Platz einnehme...", ein bedeutsamer Blick trifft mich, „... um die Familienehre wieder herzustellen."

Mein Hirn läuft auf Hochtouren. Das Hasenherz hüpft freudig auf und ab, trällert „Ja, ja, ja", während mein Magen sich einmal um sich selbst windet. „Nein, nein, nein", wehrt dieser ab. Ich könnte in Ohnmacht fallen. Das wäre die einfachste Lösung. Aber ich kann mich wohl schlecht permanent in den Zustand der Besinnungslosigkeit flüchten, sobald Felix Sander mir näher als einen Meter kommt. Wie sähe das denn aus.

Jetzt steht er ziemlich nah vor mir. Nun weiß ich auch, welches Parfum er benutzt.

„Leider hast du mich vorhin am Telefon nicht ausreden lassen. Ich hatte vor, heute hier mit dir dein Abendessen zu kochen", flüstert er und zwinkert verschwörerisch, „wenn Mohammed nicht zum Berg kommt ... "

„ ... kommt der Berg eben zu Mohammed", beendet Friedrich den Satz.

„Friedrich fahr' deine Rhabarbarohren ein und halt den Mund!"

Ärgerlich verschränke ich die Arme vor der Brust, bemüht, den Duft von Limone und Zedernholz zu ignorieren. Ein wunderbarer Geruch.

„Frank bekam sein Geld zurück. Es gibt also keinen freien Platz."

Diese azurfarbenen Augen sind ... Nein. Katta, diese Brüder machen allesamt nur Ärger. Schmeiß ihn raus, vergiss, auch nur einem der beiden jemals über den Weg gelaufen zu sein. „Nein, nein, nein!", wispert das Hasenherz entsetzt, während mein Magen zustimmend knurrt. Das Leuchten seiner blauen Iris verdunkelt sich. Überrascht spüre ich einen leisen Stich in meiner Seite.

„Aber er stört doch gar nicht."

Erstaunt drehe ich mich zu Julia um, die zögerlich näher kommt.

„Also, er findet das auch."

Friedrich zuckt die Schultern. Sascha und Johannes packen seelenruhig Felix Einkäufe aus und diskutieren über eine Salatkreation. Sie beachten mein Dilemma nicht im Geringsten.

„Wenn er nicht Frank ist ... immerhin hat er sein Essen selbst mitgebracht", murmelt Sascha versöhnlich und beißt in eine Möhre. Er rührt bereits das Honig-Balsamico-Dressing an. Johannes greift nach einem Messer und beginnt, eine Gurke in feine Scheiben zu schneiden.

„Seid ihr jetzt alle verrückt geworden?", schimpfe ich.

Verräter.

Felix verschränkt die Arme vor der Brust. Unbeirrt saugt sich sein Blick an mir fest.

„Nun ...", sagt er gedehnt und legt den Kopf schief, „... sieht so aus, als läge es an dir."

Woher wissen die eigentlich immer, welche Signale sie aussenden müssen, damit wir dahin schmelzen wie Butter in der Sonne? Felix guckt wie ein Hundewelpe, den man im Tierheim abgeben will. „Ja, ja, ja!", quietscht Hasenherz entzückt. Mein Magen grummelt unwillig. Julia stupst mich auffordernd von der Seite an. Ihre Augen leuchten und ihre Lippen formen ein lautloses „Okay?"

Seufzend gebe ich auf.

„Meinetwegen."

Leider klinge ich nur halb so abgeneigt, wie ich sollte. Ich greife nach einer Schürze.

„Die müsste dir passen."

Felix zwinkert Julia zu und grinst mich anschließend schelmisch an.

„Danke, Frau Nachbarin", neugierig schaut er über meine Schulter, „Wie ging das jetzt genau mit dem Soufflé?"

*

Widerstrebend gebe ich zu, dass Felix Sander hier völlig fehl am Platz ist. Seine Kochkünste übertreffen die eines Anfängers bei weitem. Angefangen von der Zubereitung des Teiges bis hin zum Vorbereiten der Förmchen - leider finde ich nicht den geringsten Grund zur Beanstandung. Beeindruckt sehe ich zu, wie er routiniert nach exakt abgestimmtem Zeitplan einwandfrei gebackene Törtchen aus dem Profiofen zieht. Wohlgemerkt: Ich benötigte mehrere Tage, um das Hightech-Gerät ansatzweise zu beherrschen. Mein Wissen bezahlte ich mit zahlreichen Brandblasen und verkohlten Backwaren. Die kleinen Käsesoufflés recken verführerisch ihre hellbraunknusprigen Köpfchen in die Höhe und denken nicht im Mindesten daran, mir den Gefallen zu tun, zusammenzufallen. Nicht mal ein klitzekleines bisschen. Obwohl ich zwischendurch verstohlen die Backofentür einen winzigen Spalt geöffnet habe. Zu meiner Verteidigung: Ich hatte gleich ein schlechtes Gewissen. Ehrlich.

Ein herrlicher Duft durchzieht die Küche. Er musste nicht einmal im Rezeptbuch nachlesen. Wenn ich es nicht genau wüsste, würde ich behaupten, er macht die Dinger tagtäglich. Trotzdem kann ich nicht widerstehen und knibbele vorsichtig ein Stück der Kruste ab. Natürlich verbrenne ich mich dabei. Bloß nichts anmerken lassen. Ich kaue also mit regloser Miene. Um festzustellen, dass es leider so schmeckt, wie es aussieht. Perfekt eben. Unmöglich, so zu tun, als gäbe es auch nur das Geringste besser zu machen. Stattdessen bekämpfe ich die Versuchung, mir jeden Finger einzeln abzulecken.

„Da fehlt eine Prise Salz ... und es ist eine Idee zu weich geworden", mäkele ich halbherzig.

Felix nickt ernsthaft und sieht die köstlichen Käsekunstwerke nachdenklich an. Obwohl diese Kritik jeglicher Grundlage entbehrt, nimmt er sie bereitwillig an. Es ist unerträglich, was für ein netter Kerl er ist.

„Ohhh, ... lecker!"

Julia angelt entzückt nach einem zweiten Törtchen. Unauffällig stecke ich den Rest des Gebäcks in den Mund, ehe irgendeiner sich daran vergreift. Vida betrachtet ihre Förmchen frustriert. Ihre Soufflés sehen genauso aus, wie ich mir Felix Ergebnis im Stillen erhoffte.

„Ich hab dir gesagt, du sollst die Tür zulassen!"

Lukas stemmt die Hände in die Seiten und pustet ärgerlich in den Qualm, der von dem unglücklichen Backwerk aufsteigt.

„Aber ... ", jammert Vida, ... ich wollte doch nur ..."

Behutsam schüttle ich den Kopf, während ich ihr das Blech mit den misslungenen Teigfladen abnehme. Ich weiß genau, wie sie sich fühlt, als ich den Inhalt kurzerhand in die Tonne kippe.

„Tata!"

Stolz reckt Friedrich eines seiner Förmchen in die Höhe. Um es mit schmerzhaft verzogener Miene sofort fallen zu lassen.

„Vorsicht, die sind heiß!", rufe ich viel zu spät.

Julias Gesicht ist tränenüberströmt. Oh Mist. Tröstend nehme ich sie in die Arme. Auf ihrem Tablett stehen vier akkurate, zartbraune Soufflétörtchen artig in Reih' und Glied' und strahlen mich verführerisch an. Verständnislos betrachte ich ihre Schöpferin, die unaufhaltsam schluchzt und bebt.

„Die sind schöner als meine", die sanfte Stimme lässt ihr Schluchzen verebben.

Felix betrachtet bewundernd die Soufflés. Er geht sogar in die Hocke, um sie besonders gründlich anzusehen.

„Ja. Ich weiß."

Sie schnieft und lächelt.

„Wie genau hast du das gemacht?"

Interessiert und sehr sachlich wendet er sich Julias Rezeptbuch zu, und zwingt sie damit, ihm ihre ungeteilte Aufmerksamkeit zu schenken. Völlig unvermittelt bekomme ich weiche Knie. Ich kann nette Männer nicht leiden. Über.Haupt.Nicht. Zum Glück stehen jetzt alle um Julia und Felix herum. Unauffällig schleiche ich mich zu meinem Ofen. Ein günstiger Zeitpunkt, meine schwarz gebrannten Vorführteilchen ungesehen dem Müllschlucker zu übergeben. Ich mache mich hier schließlich nicht lächerlich.

Käsesoufflé, wie Julias Mutter es liebte

Man nehme:

100 g. Mehl,
80 g. Butter,
4 -5 Eier, getrennt,
0,7 l. Milch,
100 g. geriebenen Greyerzer-Käse,
50 g. geriebenen Parmiggiano,
Salz, Muskat.

Das Mehl in heißer Butter aufschäumen und mit der Milch ablöschen, damit unter Rühren eine dicke Béchamelsauce entsteht. Diese etwa 10 Minuten köcheln lassen... Auskühlen und den geriebenen Käse und das Eigelb unterrühren. Zum Schluss die sehr steif geschlagenen Eiweiße locker unterziehen. Die Soufflémasse in eine Auflaufform geben, bei der nur der Boden(!) - nicht aber der Rand - gebuttert wurde, dabei darauf achten, die Form höchstens bis zu zwei Drittel zu füllen, da das Soufflé steigt. Im vorgewärmten Backofen bei allmählich steigender Mittelhitze 45 - 50 Minuten backen.

Tipp: Ein Eiweiß mehr verwenden, in diesem Fall also 5 Eiweiße auf 4 Eigelbe. Nach dem Einfüllen und Glattstreichen der Soufflémasse mit einem Messer ein paar Einschnitte in die Masse machen, damit die Luft entweicht. Sofort servieren! Soufflés vertragen keine Wartezeit!

Viel hätte nicht gefehlt und ich hätte mein Backblech fallen lassen. In einem gefährlichen Winkel kippt es nach vorne und sämtliche Kohletörtchen rutschen suizidbereit an die vordere Kante. Vor dem Fenster zur Straße steht mein Banker und winkt. Mir bleibt gewissermaßen gar nichts anderes übrig, als in einer mehr oder weniger eleganten Bewegung abwärts den Schwung auszugleichen. Noch während ich also in die Hocke gehe, drehe ich die Rutschbahn der Förmchen in die entgegen gesetzte Richtung. Bereitwillig gleiten die Soufflés direkt an meine Brust und hinterlassen schwarze Rußflecken auf meiner Kochschürze. Spontan beschließe ich, gleich in Deckung zu bleiben.

„Ich bin es ja gewohnt, dass mir die Damen zu Füßen liegen ... aber das ist wirklich nicht nötig."

„Psst!"

Hektisch ziehe ich an Felix Hosenbein. Er bückt sich zu mir herunter und mustert interessiert mein bloßes Knie:

„Was genau machst du da unten?"

„Ich putze!", schnappe ich sarkastisch und bemüht, böse zu gucken.

Was vermutlich trotzdem nicht verhindert, dass ich wie ein ängstliches Häschen in der Grube aussehe. Oder wie eine schuldbewusste Frau, die sich unter der Arbeitsplatte versteckt, weil sie ihren Banker belogen hat.

„Ohne Lappen?" Jetzt setzt er sich tatsächlich zu mir auf den Boden. Mir bleibt auch nichts erspart. Gottseidank beschäftige ich mich im Augenblick so sehr damit, mir eine plausible Erklärung für Elroy oder James auszudenken, dass ich gar nicht bemerke, wie nah mir Felix plötzlich ist. Erst als er mir ins Ohr flüstert, fällt mir auf, dass wir quasi Nase an Nase in meinem Versteck kauern.

„Hier ist es aber ziemlich gemütlich", wispert er und grinst.

„Halt die Klappe", zische ich wütend zurück.

„Okay."

Felix sortiert umständlich seine langen Beine in den Schneidersitz und lehnt sich schweigend nach hinten. Fieberhaft überlege ich, was ich tun soll. Ich könnte zur Hintertür hinaus robben und mich über den Zaun im Hinterhof davon stehlen. Allerdings müsste ich die komplette Küche auf allen Vieren durchqueren. Die Wahrscheinlichkeit, unentdeckt zu bleiben, tendiert gegen null. Natürlich könnte ich den Feueralarm auslösen. Und mich im allgemeinen Tumult dann aus dem Staub machen. Leider weiß ich nicht, wo sich besagter Alarmknopf befindet. Habe ich sowas überhaupt?

Merkwürdigerweise scheint unser Verschwinden niemandem aufzufallen. Meine Kochschüler beschäftigen sich vollauf damit, die Soufflés zu verspeisen. Was mich zugegebenermaßen mit leisem Bedauern erfüllt. Vermutlich wird keins mehr übrig bleiben. Und falls mich das Geräusch knallender Korken und rückender Stühle nicht täuscht, machen sie es sich dabei richtig gemütlich.

Es müssen Minuten vergangen sein, als Felix sich nun doch räuspert:

„Wovor genau verstecken wir uns?", fragt er neugierig.

Ich rolle die Augen gen Himmel. Der Typ nervt.

„Da draußen steht jemand, dem ich lieber nicht über den Weg laufen möchte", flüstere ich in dem vergeblichen Versuch, ein wenig von Felix abzurücken.

Ich spüre sogar die Wärme seiner Haut. Allein diese Tatsache verwirrt mich bereits zur Genüge. Herrgott, wie soll man nachdenken können, wenn sich permanent der Gedanke an Sex dazwischen drängt?! Habe ich gerade gesagt, ich würde an - Sie wissen schon, was - denken? Streichen Sie das bitte.

Felix indes lässt sich nicht im Geringsten irritieren.

„Ach? Gerichtsvollzieher? Polizei? Geheimdienst?", amüsiert zwinkert er mir zu.

Einen winzigen, wirklich nur winzigen Augenblick werde ich stutzig. Und verwerfe die Eingebung sofort. Felix Sander mag manches über mich wissen. So ein Leben Fenster an Fenster offenbart ja einiges Privates. Aber das kann er definitiv nicht erfahren haben. Oder? Misstrauisch begegne ich seinem unschuldigen Blick. Nein. Ausgeschlossen. Ich winke ab. Und erstarre. Glöckchen bimmelt. Ich höre es ganz deutlich. Oh nein. Der Bankmensch wird doch nicht etwa...

„Katta, krabbel' unter dem Tisch hervor! Da will Dich jemand unbedingt kennen lernen!", trällert eine fröhliche Stimme.

Das war's. Ich bin tot. Bürgschaft hin oder her. Ich werde freiwillig ins Gefängnis gehen. Vielleicht muss ich das Cook & Chill nur vorläufig schließen. Und danach könnte ich neu anfangen. Bestimmt würde mich Johannes vertreten und ich käme glimpflich davon ... womöglich. Wie betäubt krieche ich aus meinem Versteck. Mal wieder als jener Teenager, der vor den Schuldirektor zitiert wird. Meine Knie zittern und mir ist ziemlich übel. Mit gesenktem Kopf betrachte ich ein paar glänzend polierter Herrenschuhe. Teure Marke, Echtleder, handgenähte Naht. Für mich wird es auch gleich teuer.

Klaren Verstandes wäre mir längst der überkippende und ausgesprochen erregte Ton in Friedrichs Stimme aufgefallen. Hätte ich meine Augen statt auf Schuhspitzen auf mein Gegenüber gerichtet, wäre mir nicht entgangen, dass Friedrich zu Cinderella mutiert ist, die ihren Prinzen getroffen hat. Pardon. Seinen Prinzen.

„Das ist Jens", echotet Friedrich atemlos.

Erst jetzt bemerke ich, dass irgendetwas nicht so abläuft, wie ich erwartet habe. Felix grinst und schält sich ebenfalls aus dem Unterschrank. Er stellt sich dicht an meine Seite und plötzlich spüre ich seine Hand in der meinen. Sie fühlt sich fest an, trocken und warm. Und seltsam tröstend. Zögerlich schaue ich hoch.

Vor mir steht tatsächlich Elroy (oder James) aus meiner Bankfiliale. Er blickt weder grimmig noch ungehalten drein. Eigentlich wirkt er sogar äußerst erfreut. Was mich jedoch vollends irritiert: Sein Arm liegt um Friedrichs Hüfte.

Das ist mit Abstand einer der schrägsten Abende, den ich seit langem erlebe. Erst nachdem mir wiederholt versichert wird, dass Jens nicht kam, um mich abführen zu lassen, sondern um seinen Lebensgefährten Friedrich abzuholen, entfrostet sich meine eisige Miene. Und macht einem verlegenen Lächeln Platz. Nach zwei Gläsern Wein ergreife ich dann auch gleich die Gelegenheit, meine kleine Unterschlagung zu beichten. Woraufhin mir Jens ein drittes Glas einschenkt und augenzwinkernd offenbart, dass er davon bereits vor der Kreditvergabe wusste. Der Schelm.

„Wir vergeben keine Kredite ohne eingehende Prüfung", schmunzelt er und wechselt mit Johannes einen bedeutungsschwangeren Blick.

Leider bin ich schon zu angeschickert und noch immer zu schockiert, um diesen genauer zu hinterfragen.

Stattdessen stoßen wir auf den florierenden Betrieb und meine geniale Geschäftsidee an und legen das Finanzthema damit endgültig ad acta. Beim vierten Glas wird mir bewusst, dass Felix seit einer halben Stunde nicht von meiner Seite gewichen ist. Weiterhin geht mir auf, dass ich diese Tatsache nicht unangenehm finde, im Gegenteil. Wahrhaftig lehne ich mich sacht an ihn, ohne es zu bemerken. Den anderen entgeht dies allerdings nicht. In einem passenden Moment - ich glaube, Felix besorgt gerade eine neue Flasche - rutscht Julia auf den freigewordenen Platz neben mir.

„Ich wusste gar nicht, dass ihr Euch kennt ...“, bedeutungsvoll hebt sie das Kinn Richtung Weinkeller, in den Felix und Johannes entschwunden sind.

Von fern hört man es rumpeln und lachen. Was treiben die da unten, überlege ich und lächle weinselig. Julia sieht mich verwundert an.

„Du bist ja verliebt“, kichert sie.

Ich nicke abwesend und denke über einen Lieferwagen für das Cook & Chill nach.

„Jaaa ... kann sein.“

Ich könnte einen Cateringbetrieb anschließen...

Noch bevor der restliche Abend in einem durchsichtigen Schleier entschwindet, flüstert sie mir zu:

„Ich habe übrigens mit Melissa gesprochen. Wir sehen uns morgen. Um zu reden.“

„Ach, wie wunderbar!“

Glücklich umarme ich sie. Die ganze Welt möchte ich umarmen. Weil sie so hübsch rund ist. Rund und prall. Wie eine dicke, rote Kirsche. Hicks.

25. Splitternackt

Die schönste Sache der Welt ist in Büchern eine brisante Angelegenheit. Die gängige Literatur, die etwas auf sich hält, begnügt sich mit Andeutungen und belanglosem Drumherumpalaver. Als ob den Bestsellerautoren bei diesem Thema schlichtweg die Fantasie fehlt. Oder der Mut. Wollen wir ehrlich sein - die erregendsten Liebesszenen sind nun einmal die anstößigen. Und anrüchige Szenen benötigen dementsprechendes Vokabular. Deshalb verstecke ich unter meinem Bett eine Sammlung von Kitschromanen aus dem Zeitschriftenladen von gegenüber. Es gibt Momente im Leben, die erfordern John den Cowboy. Der ist so, wie wir Frauen uns jeden Mann wünschen. Das würden wir natürlich nie zugeben. Mustang-John hat große, raue Hände, die ihr Versprechen halten. Er macht uns atemlos, feucht im Schritt und total willig. John sprengt die Fesseln der Leidenschaft, schürt das Verlangen, lässt uns zerfließen, beben, wogen, stöhnen, schreien und beim Höhepunkt nahezu ohnmächtig werden. John ist der leibgewordene Orgasmus. Dass die Realität so gebildet wie eben ein Kuhhirt wäre und auch so riechen würde, interessiert nicht. Stattdessen atmen wir den Moschusgeruch der puren Männlichkeit auf dem unschuldigen Papier und träumen uns in die unverblümten Worte des Schriftstellers. Der es leider nur in Heftchenformat ins Kioskregal geschafft hat, weil die Verlegerin die Manuskripte lieber heimlich im Nachttisch bunkert.

Meine Wirklichkeit hatte noch nie etwas mit John dem Cowboy zu tun. Liebesszenen finde ich zwar aufregend, aber selbst die Protagonistin zu sein, verursacht mir vorwiegend nervöses Sodbrennen. Versuche ich dann, mich an die schwülstigen Romane zu erinnern, stelle ich immer wieder fest: Die Praxis hat mit dem Drehbuch meist nicht viel gemein. Sogar die Superlover meiner Vergangenheit schafften es nie ohne Panne.

Irgendwo zwischen Auto, Haustür und Treppenhaus fallen Felix und ich übereinander her. Er fing an, ehrlich. Ich schwöre, ich wollte bloß einen kleinen, sauberen Abschiedskuss. Ohne Zunge. Kichernd stoße ich mit dem Rücken gegen die Tür und unterdrücke den Schmerzenslaut, der sich vermutlich ekstatisch anhört, jedoch tatsächlicher Pein entspringt. Mir kommt zugute, dass ich ein wenig betäubt bin. Die Wirkung der fünf (oder sechs?) Gläser gehaltvollen Rotweins aus Julius geheiligter

Sammlung kann, gelinde gesagt, mit einer örtlichen Narkose verglichen werden. Also nutze ich die Gelegenheit, um „im Nebel der Begierde" zu versinken, von dem ich schon so oft gelesen habe. In der Tat wird mir schwindelig, als er mich hochhebt und seine Hände um meinen Hintern legt. Leider denke ich über mein Gewicht nach, und darüber, ob ich ihm nicht zu schwer bin. Dann gelobe ich Heiner stumm, bald wieder mal vorbei zu kommen. Doch ausgerechnet jetzt imaginäre Zwiegespräche mit meinem dicken Trainer zu führen, finde ich etwas deplatziert. Mir schaudert (sehr passend) und ich verschränke die Finger um Felix Nacken. Er presst seinen Mund auf Meinen und denkt nicht im Mindesten daran, nachzugeben, als ich nach Luft schnappe. Er schmeckt nach Honig und Tabak und stöhnt, als ich mit der Zungenspitze zwischen seine Zähne fahre. Dieses Geräusch erregt mich dermaßen, dass ich mich plötzlich wie eine fleischfressende Pflanze fühle, die sich eine Fliege einverleibt. Ich muss lachen. Felix hält inne. Seine Augen verengen sich zu schmalen Schlitzen und auf einmal sieht er seinem Bruder Frank eine Spur zu ähnlich. Polternd fallen wir zu Boden, während ich fieberhaft an den Knöpfen seines verschwitzten Hemdkragens fummele und vor Nervosität fluche, weil meine Finger jegliche Koordination missen lassen. Felix fackelt nicht lange. Mein Shirt nebst BH landet auf Nimmerwiedersehen im Dunkel, das Hemd fliegt hinterher. Ich lehne mich zurück und sinke auf den Teppich. Gemächlich zieht er den Reißverschluss meiner Jeans nach unten. Seine Zunge malt kleine Kreise auf meinen entblößten Bauch. Mist. Genau an dieser Stelle sollte ich laut Drehbuch vor Leidenschaft zergehen wie Schokolade im Milchbad. Doch ich bin fürchterlich kitzelig. Am Bauchnabel ganz besonders. Also giggele ich vor mich hin, was ich persönlich wenig erotisch finde, Felix aber nicht wesentlich zu stören scheint. Nun kommt der Punkt, an dem ich stets aufs Neue scheitere. Im Film und in der Literatur klappt es immer. Bei mir nie. Meine Hose lässt sich weder elegant herunterziehen, noch flugs von den Beinen streifen. Stattdessen verheddert sich der widerspenstige Stoff zwischen meinen Füßen und verwehrt mir jegliche Beinfreiheit, die ich gerade dringend nötig hätte. So strample ich wie verrückt, als Felix Finger ohne weitere Vorwarnung in mir versinken. Ich brülle los vor Schreck und denke an Spiegelei. Keine Ahnung warum. Felix findet das sehr erregend und fährt fort. Zum Glück hat er nichts mit Mel Gibson gemein, der in einem Kinofilm die Gedanken der Frauen hören kann. Das Blut rauscht in meinen Ohren, während ich nach wie vor verzweifelt mit meinen Fußfesseln kämpfe. Dann bin ich endlich frei. Meine darauf folgende Wahrnehmung konzentriert sich auf das endlose Blau seiner Augen, in dem ich mich, streng nach Regieanweisung, gedenke, aufzulösen. Dass es mir gelingt, überrascht mich beinahe. Leider lässt mein Gespiele mich nicht. Er holt mich zurück und ein unkontrolliertes Zittern erfasst meine Bauchdecke. Ehe ich einem erneuten Lachanfall erliege, fasst er meine Hüften und tut Unvorstellbares mit mir. Und ich mag es. Wirklich. Sein Duft sickert durch meine Poren und vermischt sich mit meinem. Meine Haut pulsiert und Rinnsale von Schweiß strömen zwischen unseren Leibern herab. Ich weiß plötzlich nicht mehr was zu mir, was zu ihm gehört. Währenddessen kehrt er sein Innerstes nach Außen. Ich finde mich sehr prosaisch. Vielleicht sollte ich doch zu schreiben beginnen. Einen Roman möglicherweise. Der ein Bestseller wird und danach verfilmt wird. Und ich werde zur Oskar-Nominierung ... Ohje, was ziehe ich bloß an? Felix keucht. Ups. Oh. Das ist ... jäh zerspringt die Dunkelheit.

*

Als ich die Augen aufschlage, scheint die Sonne ins Schlafzimmer und direkt in mein Gesicht. Ich blinzle schlaftrunken und fühle mich völlig erschöpft. Ein Lächeln überzieht meine Lippen und ich drehe mich um, fasse neben mich. Das Bett ist leer. Einzig das zerwühlte zweite Laken ist der Beweis, dass ich weder geträumt noch phantasiert habe. Mit einem Seufzen rolle ich auf den Rücken, starre an die Decke, wo ein einsamer Lampenschirm von anno dazumal hängt. Eine riesige schwarze Spinne webt da oben emsig ihr Netz. Wird Zeit, da eine anständige Lampe aufzuhängen. Vielleicht so eine arabische Leuchte mit buntem Glaseinsatz. Ich liebe orientalische Diwanatmosphäre. Der schwache Hauch seines Aftershaves liegt vergessen in seinem Betttuch. Ich vergrabe meine Nase darin und lasse das Gefühl der Nacht erneut Revue passieren. Ein kleiner Stich bleibt zurück, als mir bewusst wird, er ist tatsächlich gegangen. Ich setze mich auf und sehe mich suchend in meinem Zimmer um. Offensichtlich hat er auch keine Nachricht hinterlassen. Enttäuscht sinke ich in mein Kissen. Plötzlich pocht es in meinem Magen und meine Zunge fühlt sich pelzig an mit einem schalen Geschmack darauf. Und jetzt?

„Guten Morgen, Frau Nachbarin."

Er steht in der Tür. Hält zwei dampfende Tassen in der Hand und lächelt. Seine Haare sind feucht und verstrubbelt und der Duft von Kaffee und meines Orangenshampoos drängt sich in den Raum. Mein Bauch beruhigt sich. Stattdessen klopft mir nun das Herz bis zum Hals. Das Sonnenlicht ergießt sich in einer warmen Bahn durch das Fenster auf mein Bett.

„Guten Morgen, Herr Nachbar."

Und ich meine es genau so, wie ich es sage.

*

Gegen Mittag stürme ich, ohne anzuklopfen in Brittas Büro. Felix musste wegen eines dringenden Termins am späten Vormittag gehen. Zum Abschied gab er mir einen zärtlichen Kuss, zwinkerte und versprach, mich anzurufen. Er legte sein gefaltetes T-Shirt auf mein Kissen, um es demonstrativ dort zu vergessen. Ich fühle mich herrlich leicht und platze regelrecht vor Mitteilungsdrang. Da ich eindeutig die Faxen dicke habe, entweder den greinenden Mick Jagger oder den planlosen Andreas am Telefon zu haben, beschließe ich spontan, meine Freundin zum Mittagstisch zu entführen.

Die Beratungsstelle befindet sich nicht weit entfernt von meiner Wohnung, direkt an einer kleinen, städtischen Grünanlage. Wenn ich Brittas Besprechungszimmer betrete, lullt mich die freundliche Atmosphäre naturbelassener Holzmöbel, marokkanischer Wandteppiche und deckenhoher Palmen ein. Mehr als einmal bemerke ich grinsend, dass sie in einer Umgebung arbeitet, die eher an Urlaub denn an Maloche erinnert. Die komplette Frontseite wurde großzügig mit Glasfenstern verkleidet und schenkt dem Büro jene luftige Heiterkeit, die so typisch für Britta selbst ist. Eine Tür führt hinaus auf eine winzige, sonnenbeschienene Terrasse mit Blick in den Park mit den uralten Linden. Sie sitzt oft, dem Schreibtisch den Rücken zugekehrt, in ihrem hohen Lehnsessel, sinniert und genießt die Aussicht auf spielende Kinder. Sie sagt immer, dass sie dann die besten Ideen heimsuchen. Sehe ich mir das Pult an, welches buchstäblich unter Papieren und Akten verschwindet, kann ich das nachvollziehen. Auch heute ist der Sessel mir abgewandt, lediglich ein dunkler Haarschopf lässt erahnen, dass die Sozialpädagogin momentan kreative Energien bündelt.

„Britta! Seit zwei Tagen kriege ich dich nicht ans Telefon! Du wirst es nicht glauben..."

In meiner Aufregung beginne ich irgendwo mittendrin in meiner Geschichte, plappere völlig zusammenhanglos „Zwillinge", „Kameraobjektiv", „taucht einfach im Kochkurs auf", „Zettel", „Soufflé" und „unglaubliche Nacht" drauflos.

Erst als mir nach Minuten kurzfristig die Puste ausgeht, fällt mir auf, dass sich die Angesprochene nicht im Geringsten rührt oder gar Anstalten macht, sich samt Lehnsessel in mein Sichtfeld zu drehen.

„Britta?" Etwas verunsichert wage ich einen Schritt vorwärts, „schläfst du?"

Bilde ich mir das ein, oder sinkt da jemand noch tiefer in den Sitz? In meinem Rücken öffnet sich die Tür zur angeschlossenen Kaffeeküche. Herein kommt Britta, bedächtig ein großes Tablett balancierend, auf dem zwei übervolle Tassen und ein üppiger Teller Schokokekse stehen. Ihre Augen leuchten und sie konzentriert sich sosehr auf ihre Last, dass sie mit ihren Zähnen auf die Zungenspitze beißt.

„Felix, Kaffee ist aus, ich hab dir stattdessen Tee ... Ach du Scheiße!"

Das war's dann auch mit Tee. Der Inhalt des Bechers schwappt erschrocken über. Nicht minder entsetzt glotzt Britta mich an.

„Was machst du denn hier?!", fragt sie lahm.

„Hallo, Katta."

Inzwischen hat sich der Lehnstuhl gedreht. Darin sitzt Felix, die Arme vor der Brust verschränkt und lächelt mich entspannt an. Britta hingegen steht zur Salzsäure erstarrt im Türrahmen.

„Was genau ist hier los?"

Meine Stimme klingt rau. Ich schlucke, während meine Gedanken Achterbahn fahren und meine widerstrebenden Gefühle dabei fest umklammern. Britta und Felix wechseln einen raschen Blick und Felix nickt unmerklich. Oh, Bitte nicht. Lass das nicht eine abgekartete Sache sein, stöhnt meine rechte Gehirnhälfte, derweil meine linke sich bemüht, die zügellos umeinander springenden Emotionen zu sortieren.

„So. Ein Geschäftstermin also."

Das war nicht als Frage gemeint. Es war eine Feststellung. Felix bejaht trotzdem, ohne eine Miene zu verziehen.

„Sozusagen."

Scharf ziehe ich die Luft ein. Britta stellt das Tablett mit zitternden Händen auf den Tisch. Das Porzellan klirrt, der Teelöffel rutscht von der Untertasse.

Für eine geraume Weile schwebt eisige Stille in dem Zimmer. Die Häärchen auf meinem Unterarm richten sich auf. Lediglich ein Amselpärchen streitet draußen in den höchsten Tönen. Mein Blick wandert zu einem Punkt an der Wand über Brittas Kopf. Ich fragte mich unlängst, warum sie ein Gemälde von der Jungfrau Maria in ihrem Büro aufhängt. Der reine Hohn. Britta ist alles andere als eine Heilige. Und wäre sie eine, würde sie spätestens jetzt exkommuniziert. Plötzlich kommt mir der Raum winzig vor, das sanfte Licht sticht gleißend in meine Augen. Obwohl ich völlig geplättet bin und nicht im geringsten einen Zusammenhang zwischen meiner besten Freundin und Felix Sander herzustellen vermag, eines ist sicher: Ich wurde verraten und verkauft. Die Enttäuschung fühlt sich an, als hätte ich in eine Zitrone gebissen. Britta ist wie eine Schwester für mich. Ich vertraue ihr blind und sie hat mir bis dato niemals etwas verheimlicht. Abgesehen von dem Schokoriegel, den sie im Pfadfinderlager nicht mit mir teilen wollte. Da waren wir Sieben. Vor allem war sie immer ehrlich, wenn es mich betraf. Und Felix ... Ich verziehe das Gesicht. Auch er hat mich scheinbar belogen. Sozusagen, wie er so schön meinte. Da ist er also abermals. Der altbewährte Nebensatz nach dem Hauptsatz. Ein scharfer Stich durchfährt mich. Meine Brust zieht sich schmerzvoll zusammen. Ich kriege keine Luft. Ich muss hier raus. Sofort.

„Katta bitte, lass uns erklären ...", bettelt meine Freundin, aber das ist eindeutig ein uns zuviel.

Die Tür fällt bereits mit einem lauten Knall hinter mir ins Schloss, so dass ich nur noch einen kurzen, gedämpften Wortwechsel vernehme, den ich nicht verstehen kann. Ich wende mich tränenblind der Richtung zu, in der ich den Ausgang vermute, und sprinte los.

*

Nach etwa fünfzig Metern holt Britta mich ein. Sie fasst mich im Laufen am Arm und reißt mich mit erstaunlicher Kraft herum, so dass ich gezwungenermaßen eine Vollbremsung vollziehe. Fast wäre ich über meine eigenen Füße gestolpert. Ich schwanke beträchtlich und suche notgedrungen Halt an meiner Freundin. Der Autofahrer, dessen Stoßstange uns dabei knapp verfehlt, hupt wild und zeigt einen Vogel. Weitere Reifen quietschen und zornige Rufe schallen herüber, doch ich bin taub und blind. Aggressiv schubse ich sie von mir und schüttle ihren Arm ab. Mitten auf der Straße bleiben wir hechelnd voreinander stehen, Britta vor Anstrengung und ich vor Wut.

„Katta, es ist nicht so, wie es aussieht."

Keuchend hält sich Britta die offenbar schmerzende Seite, als sie den Spruch ableiert, den ich schon hundertmal in schlechten Filmen gehört habe. Sie hat Seitenstechen. Ich kann mir den gehässigen Gedanken nicht verkneifen, dass Schokoladenkekse im Allgemeinen nicht konditionsfördernd wirken.

„Ach nein? Dann erkläre mir bitte, wie es ansonsten sein soll", tobe ich, „im Moment fühle ich mich nämlich wie ein Vollidiot!"

Nun schleicht sich Brittas schuldbewusste Züge unverschämterweise so etwas wie Erleichterung.

„Mann bin ich froh, dass diese Geheimniskrämerei ein Ende hat", sie seufzt erleichtert, „du weißt ja nicht, wie schwer das war!"

Ich glaube, mein Lachen klingt gefährlich paranoid.

„Na, prima. Reizend, dass es dir gut geht. Darf ich freundlicherweise die belanglosen Details erfahren?"

„Ich kenne Felix Sander bereits seit einer Weile."

„Das konnte ich sehen!"

Trotzig verschränke ich die Arme und klopfe ungeduldig mit dem Fuß auf den Boden. Einem nachdrücklich hupenden Lieferwagen zeige ich spontan den Mittelfinger. Das kommt so über mich.

„Er ist ein alter Studienfreund von Andreas. Sie verloren sich aus den Augen, als Felix in den Staaten bei einer Agentur anfing. Letztes Jahr meldete er sich überraschend genau zu der Zeit, als Andys aktuelle CD ins Studio ging. Also engagierten wir ihn für die Fotos des Plattencovers. Später traf ich dann auch seinen Bruder ... der ist eigentlich gar nicht so fürchterlich, wie er tut. Sein schauspielerisches Talent finde ich beeindruckend, und er ..."

Mir schwant Böses. Da tut sich gerade ein Abgrund auf. Die Verschwörung reicht noch weiter als ich befürchtete.

„Der widerliche Frank macht mit Euch gemeinsame Sache?!"

Fassungslos neige ich mich vor, in der Hoffnung, dass meine Ohren aufgrund des Lärmpegels um uns herum Dinge hören, die nicht sein können.

Leider raubt mir Britta diese Illusion. Ihre Augenlider flattern nervös. Sie muss die Stimme erheben, da der Lieferwagenfuzzi den rechten Arm dezent auf seiner Hupe geparkt hat. Zornig funkele ich ihn an und tippe mir auf die Stirn. Inzwischen gehen die Autos dazu über, in einer Art Reißverschlussverfahren in einem Bogen um uns herum zu fahren. Wir stehen nach wie vor mitten auf der Fahrbahn.

„Irgendwie musste man dir ja auf die Sprünge helfen. Felix war schon damals bei den Mülltonnen hingerissen von dir. Total süß, in Originalton. Doch du hast dich entschieden - wie immer übrigens - postwendend vor deinem Glück davon laufen, obwohl es quasi direkt zu deinen Füßen lag. Stattdessen auf Frau Bond machen und von Ferne schmachten. Dabei hätte es nur eines einfachen kleinen Schrittes bedurft!"

Sie schüttelt den Kopf und kramt erregt in ihrer Jackentasche. Fördert ein zerknautschtes Zigarettenpäckchen zutage und bietet mir gewohnheitsmäßig ebenfalls eine Kippe an. Erst nachdem sie tief inhaliert und anschließend kräftig gehustet hat, fährt sie fort. Nun ist sie aufgeregt und skurrilerweise ärgerlich. Von Gewissensbissen keine Spur. He! Ich bin diejenige, die sauer ist! Einen kurzen Augenblick erwäge ich die strafrechtlichen Folgen, wenn ich entweder Britta oder dem Lieferwagenfahrer mit seiner Hupe eine runterhaue.

„Und Felix fand die Idee auf Anhieb phantastisch."

Trotzig strafft sie die Schultern.

„Was für eine Idee?", stammele ich tonlos.

„Die Ausstellung. Die Fotos. Um dich aus der Reserve zu locken. Seinen Bruder in den Kochkurs zu schleusen, um dich ein bisschen wirr zu machen, damit du anbeißt."

Ein subtiles Lächeln erscheint auf Brittas Gesicht, das sie flugs fortzwinkert. Ich sehe deutlich, dass sie sich auf die Backeninnenseiten beißt. Nein, stöhne ich innerlich. Das kann alles nicht sein. Mit einem feinen Sirren reißt der klägliche Rest meines Geduldsfadens.

„Sag′ mal, merkst du eigentlich noch was?!" Ich schreie fast. „Ausgerechnet du als Sozialpädagogin! Frank hat sich in dem Kurs aufgeführt wie ein mieses Schwein und die kleine Julia wahnsinnig verletzt. Findet Ihr so etwas lustig?"

Jetzt stutzt Britta doch. Etwas ratlos sieht sie mich an

„Frank sollte dich dort nur ein bisschen ... Wer ist Julia?"

Ich verschränke ärgerlich die Arme vor der Brust. Britta kommt nun ins Schleudern, das ist nicht zu übersehen.

„Der Plan war..."

Ungehalten und fast gehässig falle ich ihr ins Wort:

„So, ein Plan also. Ich bin gespannt!"

Ein leiser Zweifel blitzt in ihren Augen auf. Ich bin mir sicher, dass Britta gerade Angst vor ihrer eigenen Courage bekommt. Zum ersten Mal ist in unserer langjährigen Freundschaft eine Situation entstanden, in der sie meine Reaktion nicht abzuschätzen vermag. Hektisch wedelt sie mit den Händen und hüpft auf der Stelle herum. Sie redet so schnell, dass ich einen Schritt auf sie zugehen muss, um sie zu verstehen.

„Ich habe Felix und Frank auf der Premiere der neuen CD näher kennen gelernt. Wie es eben auf solchen Veranstaltungen so ist." Britta zuckt die Schultern. „Es war jede Menge Alkohol im Spiel. Unser Gespräch wurde irgendwann sehr persönlich. Felix schwärmte von seiner Nachbarin, die ihn vom Fenster gegenüber mit dem Fernglas beobachtet. Er hatte keine Ahnung, wie er es anstellen soll, sie anzusprechen. Ich brauchte nur eins und eins zusammenzuzählen."

Na großartig. Wie peinlich. Wo befand ich mich eigentlich an dem Abend, verflucht nochmal? Britta sammelt sich und neigt den Kopf. Ärgerlich puste ich Zigarettenrauch in ihr Gesicht, während meine Freundin nach Worten ringt.

„Uns kam der pure Zufall zu Hilfe. Frank hatte den Cook & Chill Flyer in seinem Briefkasten gefunden und wollte tatsächlich den Kochkurs absolvieren. Da kam mir die Idee ..."

„Dir kam die Idee, dass er sich dort aufführen soll wie der Elefant im Porzellanladen, um mich heiß auf Felix zu machen?!", nehme ich den Faden auf und verknüpfe die losen Enden zu einem armseligen Bändchen. Jetzt schreie ich fast: „Und du dachtest nicht einen Moment darüber nach, was das für unsere Freundschaft bedeuten könnte, wenn es schief läuft?!

„Es ist aber nicht schief gelaufen", widerspricht Britta ruhig.

Ich bin wie gelähmt. Meine Freundin ist eine echte Intrigantin. Das Biest Alexis aus Denver Clan würde vor Neid unter ihrem pfundschweren Make-up verblassen. Schlimmer noch, dass ich unter normalen Umständen Feuer und Flamme gewesen wäre. Beträfe es eine x-beliebige Person. Nur befinde ich mich leider auf der falschen Seite. Statt Drahtzieher zu sein, wurde ich zum Opfer auserkoren. Und aus diesem Grund bin ich schlichtweg nur entsetzt.

„Du hattest kein Recht dazu", erwidere ich stur. „Frank ist brandgefährlich. Er hat jede Menge Schaden angerichtet!"

Nachhaltig bohre ich meine unschuldige Zigarettenkippe mit dem Absatz in den Asphalt und bilde mir dabei ein, diese sei meine verräterische Freundin. Die schweigt nun betroffen.

„Das tut mir leid", flüstert sie leise, „das wollte ich nicht."

Dumpf betrachte ich die Fahrzeuge, die mittlerweile Achten um uns herum beschreiben. Eine ältere Dame schüttelt das dauergewellte Haupt hinter dem Lenkrad eines postgelben Käfers. Der weiße Lieferwagen parkt inzwischen seitlich auf dem Gehsteig und der Fahrer spricht sichtlich aufgebracht in sein Mobiltelefon. Ich vermute, es ist nur noch eine Frage der Zeit, bis ein Streifenwagen sich der unerwünschten, menschlichen Verkehrsinsel annehmen wird. Es lässt mich seltsam unberührt. Obwohl der Bordstein nur wenige Meter entfernt ist. Es wäre ein Leichtes, sich dem Verkehr zuliebe ein paar Schritte auf den Gehweg zu bequemen.

Es dauert Minuten, ehe Britta erneut beschwörend auf mich einredet:

„Aber durch Franks Provokationen kamst du doch erst mit Felix zusammen."

Womit Britta nicht ganz falsch liegt. Das gebe ich widerwillig zu. Das Hin und Her zwischen den Brüdern raubte mir zwar den letzten Nerv, führte jedoch tatsächlich dazu, dass Felix mich mehr als nur ein bisschen interessierte. Doch mein Zorn ist übermächtig. Ich weigere mich entschieden, objektiv zu sein. Das ist in meiner Persönlichkeitsstruktur nicht vorgesehen. Lieber fühle ich mich verraten und verkauft.

„Du bist meine Freundin. Freundinnen hintergehen einander nicht."

Ich werde vor Wut und Hilflosigkeit beinahe besinnungslos. Ich bin total nackt. Ein dummes Huhn ohne Federn. Und der Schmerz in meiner Brust wird nahezu unerträglich. Am liebsten würde ich Britta eine

Ohrfeige verpassen, um mir Erleichterung zu verschaffen. Mühsam kralle ich stattdessen die Nägel in meine Handtasche und zähle langsam bis zehn.

„Mensch Katta! Und wie ich deine Freundin bin! Werde endlich erwachsen, Herrgott nochmal!"

Ungeduldig stapft Britta mit den Füßen auf. Ihre Lippen sind ganz schmal und verkniffen. Gleichzeitig wirkt sie wie die personifizierte Verzweiflung. Trotzdem beschreiben ihre Arme eine zugleich einladende und tröstende Geste.

„Um dir zu deinem Glück zu verhelfen, muss ja auch immer alles völlig unnormal laufen. Andernfalls ist es nicht spannend genug für dich. Warum sonst, glaubst du, bist du bis heute allein? Es liegt nicht an den Männern. Es ist nun einmal keiner perfekt. DU bist das Problem."

Wer will schon so viel Wahrheit. Jetzt bin ich nicht nur splitternackt, sondern friere zudem noch innerlich. Dann fallen mir all die brüskierenden Situationen der letzten Wochen ein. Eine brennende Hitze überzieht meine Wangen, die mit der Kälte meiner Enttäuschung kämpft. Mit einer heftigen Bewegung schüttele ich ihre versöhnliche Hand beiseite.

„Vielleicht hat Frank etwas übertrieben ... und ich wusste wirklich nicht, dass er jemanden ernsthaft verletzt ...", räumt Britta leise ein.

Ein netter Versuch. Nur leider zu spät. Ich schüttle traurig den Kopf und spüre, wie sich meine Augen mit Tränen füllen.

„Nein. Du hast übertrieben, Britta. Und nicht nur etwas."

Von fern erklingt das Heulen der Streifenwagensirene. Mit drei großen Schritten gelange ich auf den Radweg. Britta bleibt reglos auf dem weißen Mittelstreifen stehen, die Hände in die Hüften gestemmt. Ich drehe ihr stumm den Rücken zu

„Genau. Renn weg. Wie immer!", ruft mir Brittas Stimme hinterher.

Das lasse ich mir nicht zweimal sagen.

Ich stürme ins Cook & Chill wie ein Droschkengaul mit Scheuklappen. Die bloße Tatsache, hier lebend angekommen zu sein, ist ein kleines Wunder. Ich bin gerast wie von Sinnen, habe sämtliche Geschwindigkeitsrichtlinien missachtet, dabei zwei rote Ampeln überfahren und beinahe einen Fußgänger.

Ich brauche weder nach rechts noch links zu schauen. Der Laden quillt über, das höre ich allein am Geräuschpegel. Sascha rotiert mich hochrotem Gesicht durch das Lokal, bemüht, den Ansturm auf das Café zu bewältigen. Das kommt mir mehr als gelegen. Wortlos stelle ich mich gesenkten Blickes an die Kaffeemaschine und reagiere meinen Adrenalinüberschuss an der Milchschaumdüse ab.

Tobenderweise löst man Probleme nicht wirklich. Aber sie lassen sich auf diese Art wesentlich leichter ertragen. Ich war nie der Typ, der seine Gefühle sonderlich gut beherrscht. Das kann ich leider nicht im Geringsten beeinflussen oder gar kontrollieren.

Schon mein Klassenlehrer sah mir an, wenn sich ein Spickzettel in meiner Hosentasche befand. Üblicherweise machte er keine großen Worte. Er hielt lediglich auffordernd die Rechte auf. In die legte ich dann schamrot den kleinen, zerknitterten Versuch, zu betrügen. Und das, bevor die Prüfung überhaupt begonnen hatte. Diese Unfähigkeit bescherte mir auch einen Spießrutenlauf im Pubertätsmarathon. Jeder Junge, den ich gut fand - wusste das mit Sicherheit. Bis heute wirke ich wohl daher auf den Jagdtrieb der männlichen Spezies so interessant wie ein Reh, das sich freiwillig vor die Flinte schmeißt, noch ehe sie geladen ist.

Die Milch kocht über. Fluchend lasse ich das Kännchen fallen und tauche reflexartig meine verbrühte Hand in das Eiswasserbecken. Saschas besorgter Blick trifft mich.

„Alles in Ordnung?“, flüstert er.

Nein. Nichts ist in Ordnung. Stumm schüttle ich den Kopf und wehre seine mitfühlende Geste ab. Erst jetzt fällt mir auf, wie still es geworden ist. Als ich aufschaue, begegne ich der unauffälligen Musterung meiner Kundschaft. Louise verharrt mit erhobener Kuchengabel, die sie auf dem Weg in ihren Mund vergessen hat. Julia wühlt enorm sorgsam in einer Bücherkiste und Linda reibt sich gedankenverloren den runden Bauch, während sie mich mitleidig ansieht. Die anderen Gäste stecken flüsternd die Köpfe zusammen und ein Kunde schleicht heimlich hinaus, vertrieben von der spannungsgeladenen Atmosphäre.

„Ich glaube, ich gehe besser ins Büro", murmele ich und nehme mir ein Kühlpack aus dem Eisschrank.

Meine Hand ist krebsrot. Verbrannt wie mein Innerstes.

Auf halbem Weg drehe ich nochmal um und hole noch die Maxipackung Schokoladeneiscreme aus dem Kühlfach.

*

Die Zahlen verschwimmen auf dem Papier und ich blinzle angestrengt. Zum dritten Mal habe ich die Buchungen überprüft und nach jeder Rechnung ein, wenn auch interessantes aber leider falsches Ergebnis herausbekommen. Der Taschenrechner fiept zum Abschied, als er mit einem dumpfen Poltern im Mülleimer endet. Bis auf einen kläglichen Rest habe ich zwei Liter Schokoeis in mich hinein geschaufelt. Mir ist nun wirklich übel. Jetzt endlich rinnen die Tränen unaufhaltsam über meine Wangen und tropfen auf das Blatt. Die Tintenzahlen lösen sich in nichts auf. Ich lasse los. Und knalle mit dem Kopf auf die Schreibtischunterlage. Entkräftet bleibe ich gleich so liegen, die kühle Schreibtischplatte an meiner Stirn. Irgendwie ist es friedlich dort und ich schließe die Augen.

Das Telefon klingelt. In meiner Vorstellung jagt indes eine Szene die Nächste. Felix entsorgt die ertrunkene Pflanze. Britta und ich kochen und hüpfen zum Gejaule der indischen Tänzer durch meine Küche. Julias erstes, strahlendes Lächeln. Fliegende Sushis und die komische Verfolgungsjagd im Hotel. Felix Fotografien, die tief unter die Haut gehen. Franks überheblicher Gesichtsausdruck, als er Julia fertigmacht. Brittas merkwürdige Miene, als ich von Felix schwärme. Sein Sportkumpel mit Andreas T-Shirt. Na klar, ich sah nicht nur sein T-Shirt. Es war Andreas Hinterkopf, und bei weitem kein Zufall, dass ich nie seiner Frontseite ansichtig wurde. Der Frisörbesuch und das flammende Haardesaster. Mein Sturz im Treppenhaus. Franks letzte Worte und das unsichere Flackern in seinen grünen Augen. Die trunkene, wunderbare Nacht und Felix Hand auf meinem Bauch. Brittas gekränkter Blick, als ich ihr die Freundschaft kündige. Ich glaube, mir wird schlecht.

Das Telefon verlangt noch immer nach mir. Das blinkende Display bestätigt meine Ahnung. Felix. Oh mein Gott. Was soll ich bloß tun. Ich starre auf die Uhr, das enervierende Läuten im Ohr. Dicke Trine und das altbekannte Gefühl in der Magengegend. Der Nebensatz nach dem Hauptsatz. Nichts war so, wie es schien. Und nichts lässt sich ungeschehen machen. Verraten und verkauft. Wahrscheinlich lachen sie sich heimlich ins Fäustchen. Ich drücke kurzerhand einen Knopf und entledige mich vorläufig der Wirklichkeit. Der Apparat macht keinen Mucks mehr. Genau. Ich verhalte mich so, wie gehabt. Katharina Lehner entzieht sich dem Schmerz, indem sie so tut, als sei nichts passiert. Meine Schublade ist mindestens so geduldig wie mein Kurzzeitgedächtnis. Sie verschluckt das Handy auf Nimmerwiedersehen.

Ich schleiche in den Waschraum. Stehe minutenlang am Waschbecken und stiere blicklos in den Spiegel. Auf mein verquollenes Gesicht malte jemand mit Theaterschminke eine unnatürliche Blässe. Das Mascara läuft vor meinen Tränen davon. Hat mir zum Hohn dunkle Ränder gemalt. Die Verbrennung tut verflucht weh. Die in mir drin auch. Gott, mir ist wirklich nicht wohl. Ein Schwall schokoladiger Übelkeit rumort in meinem Magen und dringt durch die Speiseröhre hinaus. Würgend und heulend lade ich meinen Kummer in der Kloschüssel ab. Danach geht es etwas besser.

Ich drehe den Hahn auf, lasse eisiges Wasser meine Haut kühlen, zuerst die Finger, die Hände, den Ellbogen, das heiße Gesicht. Kurzerhand stecke ich den ganzen Kopf darunter.

„Mann, siehst du übel aus", murmele ich der Frau im Wandspiegel zu.

„Was soll ich bloß tun", flüstert sie. Ich verstecke sie im Handtuch.

Ich weiß es nicht. Tu gar nichts.

*

Das Zeitgefühl kam mir irgendwo zwischen Waschraum und Büro abhanden. In den Zahlen fand ich nach dem zweiten, konzentrierten Anlauf eine dankbare Aufgabe. Klare, logische, ehrliche Zusammenhänge. Kontrollierbar und in sich stimmig. Traurig schließe ich den Buchhaltungsordner. Das dicke Plus erfüllt mich nicht mit Freude. Ein Minus passte besser zu mir und meinem Leben. Das Licht der Straßenlaterne scheint in das enge Kabuff hinein. Das inzwischen dunkle Zimmer trägt watteartige Umrisse, ein bisschen so, als erwache ich aus einem schlimmen Traum. Wenn ich mich bemühe, kann ich so tun, als sei alles in Ordnung. Sogar mein Magen meldet sich zurück im Jetzt. Und verlangt knurrend nach Nahrung.

Der Stuhl ruckelt mit einem knarrenden Geräusch über den Holzboden. Ich erhebe mich schwerfällig, mein Rücken schmerzt vom stundenlangen Sitzen und die Druckstellen der Lehne prickeln auf der Haut. Meine Augen brennen und die Lider sind schwer. Ich bin todmüde. Das ist gut. Der Schlaf ist der kleine Bruder des Vergessens. Doch zuerst muss ich meinen aufrührerischen Bauch füttern.

Vorsichtig schleiche ich mich in die Küche. Was gar nicht nötig ist. Natürlich ist niemand hier, denn es muss lange nach Mitternacht sein. Bereits der vertraute Klang einer sich öffnenden Kühlschranktür tröstet mich. Julius Einkäufe stapeln sich in den engen Fächern. Mein Blick gleitet prüfend über die Zutaten, die mir unter anderen Umständen den Mund wässrig werden ließen. Allerhand vakuumierte Päckchen, Plastikdosen und Gläser blinzeln mir entgegen. Käse aus den Ardennen, Forellenkaviar, Trüffel. Ein halber Seranoschinken, eingelegte Tomaten und Zucchini, Oliven und Meeresfrüchte. Orientalischen Tabbouleh und jede Menge frisches Obst, Johannisbeeren, Kirschen und Mirabellen. Doch momentan geht es nicht um Genuss. Das hier ist eine reine, mechanische Überlebensmaßnahme. Mit beiden Händen greife ich kurz entschlossen nach der gewaltigen Metzgertüte und ertaste einen riesigen Fleischlappen darin. Genau. Ein blutiges, butterzartes Steak ist exakt das, was ich jetzt brauche. Zischend fährt das Messer aus dem Block, und dieses Geräusch erfüllt mich mit seltsamer Befriedigung.

Sorgsam befreie ich das Filet von Fetträndern und Sehnen. Dann zerlasse ich Butterschmalz in der großen Pfanne. Von der Flasche Calvados, mit der ich das Fleisch gleich ablöschen werde, genehmige ich mir einen großzügigen Schluck. Der Alkohol brennt wohltuend in meiner Kehle. Eine Weile sehe ich den züngelnden, blauen Flammen des Gasherdes zu. Irgendwo klingelt es. Merkwürdig. Das lästige Telefon habe ich doch ausgestöpselt. Oder doch nicht? Widerwillig mache ich mich auf den Weg zurück ins Büro.

Nicht das Haustelefon, sondern das Fax meldet sich mit vorwurfsvollem Piepen. Sekunden später schnarrt ein Bogen aus dem Schlitz. Ich setze mich davor und starre blicklos auf die wohlbekannte Schrift.

„Wo steckst du? Wir müssen dringend reden. P. S. Ich vermisse dich" steht da. Schwarz auf weiß. Federleicht liegt das Blatt in meinen Händen. Der Schredder macht mühelos Papierspaghetti daraus. Schmale, ebenso federleichte Streifen. Ich bin so furchtbar müde. Für einen kleinen Moment schließe ich die Augen. Ganz kurz nur.

*

In meinem Traum irre ich durch dichten Nebel. Irgendwo vor mir bewegt sich der Schatten einer Gestalt. Meine Beine bewegen sich kaum von der Stelle, obwohl ich versuche, ihm hinterher zu laufen. Ich rufe. Warte auf mich. Geh nicht. Doch als ich meinen Mund öffne, kommt kein Ton heraus. Stattdessen taucht plötzlich Julia aus dem Grau auf, klein und blass. Sie hält mir traurig ein Tablett mit zahllosen winzigen, verbrannten Soufflés entgegen. Der Boden verwandelt sich in eine weiche Masse und gibt unter meinen Füßen nach. Ein riesiger Teig will mich verschlucken. Der Nebel wird zu beißendem Qualm. Aus dem Nichts erklingt Brittas Lachen. Entsetzt reiße ich die Augen auf.

Ich träume nicht. Da ist tatsächlich Rauch. Erschrocken taumele ich von meinem Sitz. Ich muss eingeschlafen sein. Oh Gott.

Im Dunkel taste ich nach der Tür. Die Klinke fühlt sich unangenehm warm auf meiner Handfläche an. Eine unbestimmte Angst kriecht wie eine Schlange meinen Rücken hinauf, so dass ein Schaudern meinen Körper in einer dumpfen Vorahnung erfasst. Im Gang verdichtet sich der Dunst. Er fährt unvermittelt in meine Lungen, so dass ich husten muss. Von fern vernehme ich Feuerwehrsirenen. Nein, das kann doch nicht sein. Ich befinde mich in einem Paralleluniversum. Das passiert jetzt nicht wirklich. Als ich den sehr realen Widerschein eines unnatürlich flackernden Lichtes durch den Schlitz der Küchentür sehe, beginne ich zu beten.

Fassungslos blicke ich wenige Augenblicke später in den Schlund der Hölle. Die Küche ist bis zur Decke rauchgeschwängert. Eine lodernde

Flamme schnellt zischend vom Herd deckenwärts, leckt an Wänden und Jalousien. Das Fett in der vergessenen Pfanne zischt und spuckt brennende Tröpfchen in den Raum. Das Feuer züngelt an der umgekippten Cornflakespackung am Gitterrand, die sich sofort entzündet. Die umher fliegenden, glühenden Papierfetzen entflammen die Mehltüte und die Nudelpackungen. Weitere Funken sprühen auf den Boden. Die Flasche Calvados liegt in Scherben auf den Fliesen. Der See aus hochprozentigem Alkohol beschreibt eine blau aufflackernde Spur. Innerhalb von Minuten verzehrt das Feuer die ihm hingeworfenen Brocken und reckt sich begeistert in die Höhe.

Ich tue das mir nahe liegende. Und Dümmste überhaupt. Ich unternehme einen verzweifelten Rettungsversuch. Mit über den Kopf gezogener Kapuze meines Sweatshirts irre ich halb blind durch die Schwaden, auf der Suche nach etwas, mit dem ich den Brand löschen kann. Der beißende Rauch treibt mir heiße Tränen in die Augen und raubt meiner Lunge die Luft zum Atmen. Das Gefühl, zu ersticken, macht mich panisch und meine Bewegungen unkoordiniert und hektisch. Ich bin fast blind. Der blauschwarze Rauch ist überall. Dann stolpere ich plötzlich über einen halbvollen Putzeimer. Benommen greife ich nach dem Bottich und taumele hustend weiter Richtung Brandherd. Während ich aushole, fällt mir ein, dass man brennendes Öl niemals mit Wasser löschen sollte. Leider kommt diese Erkenntnis zu spät. Wie in Zeitlupe schwappt ein Schwall braunes Nass in einem weiten Bogen direkt in die lodernde Pfanne.

Die Explosion ist gewaltig. Der Sog reißt mich von den Füßen, im Fallen registriere ich eine Bewegung und einen Schrei. Etwas zerrt an mir und schleift mich über den glitschigen Boden. Zu spät. Ein dumpfer Schlag trifft meinen Kopf.

*

Die Spinnwebe hängt nach wie vor an meinem Deckenstrahler. Mitsamt dem dicken, ekligen Krabbeltier. Ich hätte nie gedacht, dass mich dieser Anblick einmal mit Freude erfüllen könnte. Was für ein Albtraum. Ich liege in meinem Bett. Draußen ist heller Tag. Durch das Fenster der vertraute Blick zur Hausfront gegenüber, wenn auch die Kanten im Licht merkwürdig scharf gezeichnet wirken. Meine Augen brennen. Vorsichtig blicke ich mich um. Alles Normal. Bis auf die fürchterlichen Kopfschmerzen. Beruhigt lasse ich mich in die Kissen zurücksinken und atme dreimal tief ein und aus. Gottseidank. Ich habe nur geträumt. Ich trage ja sogar mein Nachthemd. Komisch, dass ich mich nicht daran erinnern kann, überhaupt eines angezogen zu haben. Zwischen meinem Büroaufenthalt und diesem grässlichen Traum gähnt ein schwarzes Loch. Meine Haare sind feucht. Ich bin frisch geduscht und rieche nicht im Mindesten nach Rauch, sondern nach Mandelblüten. Nur in meinem Bauch hallt ein flaues Ziehen nach. Lediglich das Ticken der Wanduhr und das ferne Geräusch der Straße sind die einzigen vernehmbaren Laute in diesem Zimmer. Zwei Uhr. Zwei Uhr?! Ich muss den Laden aufmachen!

Noch während ich die Türklinke in der Hand, in die Küche stolpere und sich drei betretene Augenpaare auf mich richten, bricht die Erkenntnis aus den Tiefen meines Unterbewusstseins. Nein. Bitte nicht.

Mutti, Britta und Olga springen fast gleichzeitig von ihren Plätzen auf. Britta hat rotgeränderte Augen, als ob sie geweint hätte. Olga wischt sich ein paar Krümmel vom Kinn und schluckt schuldbewusst den letzten Bissen herunter, als sei es ein Kapitalverbrechen, Schokoladenkekse zu essen. Mutti steht reglos da und lässt die Schultern hängen. Ihr stummer Körper, in dem sich kein Muskel regt, macht es zur Gewissheit.

Ich werde heute nirgendwo hingehen.

Der Boden schwankt wie die Holzplanken eines in Seenot geratenen Schiffs. Ich sinke nieder, am Rande registrierend, dass sich ein Stuhl unter meinen Hintern schiebt. Der vertraute Duft von Olgas Kaffee treibt mir die Tränen in die Augen. Alles in Ordnung, Katta, fragen sie besorgt und streicheln unbeholfen meine Hände, meinen Rücken, tätscheln mitfühlend mein Knie. Eine merkwürdige Empfindungslosigkeit legt sich über meine Sinne. Die Stimmen werden immer leiser, bis sie allmählich verstummen. Von irgendwoher vernehme ich eine Art Flüstern. Mit zwölf war ich zum ersten Mal an der Nordsee. Die Muschel, die ich an mein Ohr presste, klang wie das Meer. Ich konnte gar nicht genug bekommen von dem Raunen und Wispern. Mit dem gleichen Rauschen gleite ich in ein Vakuum aus gähnender Leere. Nichts ist in Ordnung. Gar nichts.

Mit sechzehn fuhren wir mit Fahrrädern überall hin. Zu dritt besaßen wir zwei Räder. Eine fuhr auf dem Lenker mit. Das stellte eine reichlich wacklige Angelegenheit dar. Es ängstigte mich immer, eines Tages runter zu fallen und mir sämtliche Knochen zu brechen. Aber es ging jedes Mal gut.

Die Dritte starb. Viel später und einfach so. Sie fiel nicht vom Fahrradlenker. Eine Gehirnblutung war schuld daran. Ihr Sterben dauerte eine Woche. Dann schalteten sie die Maschine ab. Die Zeit darauf zerrann in einer Art Dämmerzustand. Sie brachten einen weißen Sarg in die Kirche und spielten ihr Lieblingslied. Ein Handy klingelte mitten in der Zeremonie und die Zweite gluckste:

„Sie ruft an."

In unserer Stammkneipe bestellten wir drei Sekt und hielten einen Platz für sie frei. Als der Laden voller wurde, nahm jemand sich den Stuhl. Sie kicherte.

„Guck mal, er trägt sie weg."

Die Zweite hätte sich zu gerne totgelacht. Stattdessen vergaß sie ein Jahr lang das Leben. Ich fragte sie irgendwann und sehr viel später danach. Sie sagte:

„Mir hat nichts mehr Freude gemacht. Ich konnte nicht aufhören, an sie zu denken."

Und ich machte damals klaglos weiter. Köln verlangte mir zu viel ab, als dass ich hätte lange trauern können. Die Stadt und ihr Rhythmus haben mich einverleibt und emotional geläutert wieder ausgespuckt. Das rettete mir das Leben.

Heute bin ich sie. Ich sitze in dieser Wohnung und draußen scheint die Sonne. In mir herrscht Nacht. Schon seit Wochen. Glaube ich. Können auch Monate sein. Mutti erzählte mir, dass Julius Zander mich aus dem Feuer holte. Und dabei sein eigenes Leben riskierte. Sie erzählt mir viel in diesen Tagen. Unablässig und unverdrossen malen ihre Hände Wörter, die mich lebendig machen sollen. Ich schaue durch sie hindurch und bitte sie, ein andermal zu kommen.

Ich besuchte ihn im Krankenhaus. Zumindest habe ich es versucht. Mit einem geschmacklosen Sträußlein Nelken, das ich noch schnell in der

Krankenhausblumenhandlung kaufte. Er befand sich nicht allein im Zimmer. Helga Krause saß ganz nah bei ihm, kauerte auf einem wackeligen Stuhl, an seinem Bett. Hielt seine Hand und beide flüsterten. Er war blass und sah sehr klein aus in dem weißen Bettzeug. Doch seine Augen leuchteten und richteten sich unverwandt auf die Frau, die er eigentlich nicht leiden kann. Ich empfand nichts. Stand nur im Türrahmen und konnte nicht eintreten. Das Glück der beiden und dieser intime Moment, dessen Zeuge ich unfreiwillig wurde, waren zu viel für mich. So schloss ich leise die Tür und ging unbemerkt. Die traurigen Blumen gab ich der überraschten Krankenschwester.

Auf dem Weg nachhause fuhr mein Auto versehentlich zum Cook & Chill. Oder dem, was davon übrig blieb. Erst als das Gefährt bereits vor dem Haus parkte, bemerkte ich meinen Irrtum. Reglos verharrte ich eine Stunde vor den verbrannten Trümmern meiner Existenz. Mit beiden Armen hielt ich mich selbst umfangen, um nicht ineinander zu fallen wie ein Kartenhaus. Das Gebäude brannte fast vollkommen herunter, sogar die nebenstehenden Häuser verschonte das gierige Feuer nicht. Rußschwarze Geröllhaufen und ein gähnendes Loch, dort wo ich zuhause war. Ich fand mich seltsam hohl und empfindungslos. Irgendwo dazwischen muss ich mit gestorben sein.

Das Leben ist eine Hure. Ich hasse die Welt hinter dem Fensterglas. Ich betrachte sie lieber aus der Ferne. Und unterdrücke den Impuls, einen Blick nach gegenüber zu erhaschen. Stattdessen ziehe ich die Vorhänge zu. Wende mich ab und verziehe mich in den Schutz der Zeitlosigkeit im Halbdunkel dieser Räume. Zu Anfang klingelte das Telefon stündlich. Ich ging nie ran. Wenn ich die Welt vergessen will, soll sie mich auch vergessen. Geht weg. Lasst mich alle in Ruhe.

Nur Mutti kommt beharrlich jeden zweiten Tag vorbei. Ihre Hände haben das Reden aufgegeben. Sie belässt nunmehr bei verständnisvollem Schweigen und einem Teller Essen, den sie mir ebenso stumm vorsetzt. Sie geht schnell wieder, während ich still auf meinem Stuhl sitze und die dampfende Speise anstarre. Toleriert meinen Jammer. Vorerst.

Meine Küche ist sauber. Und leer. Leer wie mein Innerstes. Nur in der Spüle stapelt sich schmutziges Geschirr und daneben auf der Ablage die Pizzaschachteln. Pizza ist eine ausgesprochen tröstliche Angelegenheit. Sie ist heiß, würzig und trieft vor Fett. Am liebsten mag ich sie mit Anchovis und Oliven. Mit so einer Pizza gönnt man sich den Kalorienbedarf eines ganzen Tages. Kein Mensch braucht mehr. Und ich schon gar nicht. Essen ist ein lästiges Übel. Jeder Bissen schmeckt nach Pappe und ich kaue und schlucke nur der Form halber.

Am liebsten sitze ich reglos auf meinem Teppich auf dem Boden und stiere vor mich hin. Einmal sah ich exakt 60 Minuten lang dem Sekundenzeiger der Wanduhr zu und unterteilte im Geiste die Minuten in Sekunden. Das fand ich sehr inspirierend. Danach dachte ich über Kinderlieder nach und versuchte, sie zu singen. Ich kenne noch genau vierzehn Stück davon. Allerdings nur den Refrain.

Ich habe mal gelesen, dass Menschen verrückt werden, wenn sie zu lange auf Sozialkontakte verzichten müssen. Nun. Ich rede mit mir selbst. Sollte das der Anfang vom Wahnsinn sein, dann befinde ich mich offensichtlich mittendrin. Ich zucke die Schultern und stelle den kalt gewordenen Kaffee mit Milch in die Mikrowelle. Die andere Katharina Lehner hätte sich geschüttelt vor Widerwillen. Die Neue bleibt gleichgültig.

Ab und an klingelt es. Manchmal klopft auch jemand an die Tür. Ich mache nicht auf.

*

Am vierundzwanzigsten Kalendertag nehme ich mir vor, etwas Sinnvolles zu tun. Ungünstige Schwingungen blockieren mein inneres Gleichgewicht. Maßgeblich für diese Überlegung ist das Feng-Shui Buch, das ich beim Aufräumen in den staubigen Hemisphären meines Kellers fand. Nebst einer Packung Räucherstäbchen der Sorte Nag Champa in einer blauen Schachtel, deren Duft längst verdrängte Erinnerungen heraufbeschwört.

Vor etwa zwei Jahren machte ich die zweifelhafte Bekanntschaft mit einer mir bis dato fremden philosophischen Lehre. Schuld daran trug ein verheißungsvoller Aushang in meinem Studio, welcher einen Schnupperkurs Yoga anbot. Natürlich ist ein weltoffener, neugieriger Mensch wie ich stets zugänglich für spirituelle Impulse, die einen tieferen Einblick in das Selbst oder gar die Erleuchtung gewähren. Es lag nicht an dem überaus anziehenden Yogalehrer. Schon immer glaubte ich, dass im Leben der mittlere Weg der Goldene ist. Ich vermochte das bislang nur mangels Gebrauchsanweisung nicht so richtig umzusetzen. Vielleicht fehlte mir bis dahin nur die notwendige Haltung der Gelassenheit. Aber das konnte ich ja lernen. Im Internet habe ich vorsorglich die gängigen Mantras, Chakren und Körperübungen gegoogelt. Nicht, um den Trainer zu beeindrucken, indem ich mir einen Vorsprung vor den anderen Anfängern verschaffte. Sondern, weil ich mich wirklich auf den Weg der Selbstvervollkommnung begeben wollte. Zugegebenermaßen - mit einem transzendent durchdrungenen Mann an meiner Seite stellte ich mir meine innere Reinigung weniger mühsam vor. So besorgte ich mir neben dem theoretischen Wissen die geeignete Heimausstattung: eine Meditations-CD, besagtes Räucherwerk und einen reizenden Miniatur-Buddha aus Speckstein, den ich liebevoll „Sid" nannte. Im Onlineshop „Chakra your Mind" erstand ich ein hautenges Oberteil mit der wohl tönenden Bezeichnung „Ajunah" und eine dazu passende Hotpants „Anandha". In der buddhistischen Lehre hat jedes Ding einen Namen. Sogar esoterische Zahnpasta klingt wie eine bewusstseinserweiternde Substanz. Das finde ich bis heute niedlich. Ich räume ein, ich fühlte mich wie ein Playboy-Häschen, als ich so zur ersten Yogastunde ging. Zumal ich von wechseljährigen Hausfrauen im Schlabberlook umgeben war, die mich befremdet musterten. Ich platzierte mich ganz hinten, um nicht allzu sehr aufzufallen. Das war aber eher gewollt und nicht gekonnt. Die Farben blunaorange und veilchenlila kann man nicht übersehen, selbst wenn man sich Mühe gibt. Da muss man nicht mal Plüschhäschenohren aufsetzen. Ich fiel definitiv auf. Auch dem Yogi-Mann. Er holte mich während der Stunde nach vorne, weil ich mich so ungeschickt anstellte. Damit ich ihn besser nachahmen und meine Haltung im Spiegel korrigieren konnte. Ich durfte mir also selbst dabei zusehen, wie ich mich zum Deppen machte. Um seinen Ausführungen Nachdruck zu verleihen, drückte er beim Sonnengruß seine Hände dermaßen unnachgiebig auf meinen Allerwertesten und in mein Knie, dass ich kaum noch fähig war, zu atmen. Geschweige denn, in dieser umgekehrten Klappmesserposition das Gleichgewicht zu halten. Nach endlosen drei Minuten war ich puterrot im Gesicht und kurz vor dem Kollabieren. Und bei meinen Kurskolleginnen unten durch. Ich beanspruchte schlichtweg zu viel Aufmerksamkeit des begehrten Meisters. Das störte mich jedoch nicht weiter. Ich fand es cool. Schließlich lag seine Hand auf meinem Hintern. Weniger cool war dagegen das winzige Detail, das ich übersehen hatte.

Dieses Detail offenbarte sich mir in den Duschräumen, als mein Yogameister plötzlich splitterfasernackt neben mir auftauchte und in aller Seelenruhe den benachbarten Duschhahn aufdrehte. Spätestens, als ich seiner kompakten, aber eindeutig weiblichen Brüste ansichtig wurde, erkannte ich, dass dies keine zweifelhafte Anmache darstellte. Mein Yogalehrer war eine Yogalehrerin.

Danach verlor ich leider relativ schnell das Interesse an der esoterischen Lebenssicht. Bei genauerem, kritischem Hinsehen fand ich das Ganze dann doch irgendwie unheimlich und die Übungen im Nachhinein eher anstrengend als erfüllend. Die stummen Zeugen jener ersten und letzten Yogastunde verschwanden in besagtem Pappkarton in einer dunklen, verstaubten Kellerzelle. Nur von Sid konnte ich mich nicht trennen. Er hütet seitdem mein Gewürzregal und ich nenne ihn den Gott der guten Dinge.

Nach Feng-Shui soll ich meine Möbel nach bestimmten Regeln positionieren, so dass das Qi, also die positive Energie, frei im Raum zirkulieren kann. Wunderbar, denke ich, eine echte Herausforderung. Ich halte mich strikt an die Anweisungen im Buch. Größtenteils. Den Vorschlag, einen Zimmerbrunnen im Schlafzimmer aufzustellen, befinde ich als für meine Person ungeeignet. So beruhigend die Wirkung plätschernden Wassers auch sein mag, meine Blase neigt dazu, sich umgehend erleichtern zu wollen, sobald sie dieses Geräusch vernimmt. Und das Windspiel lasse ich mangels negativer Vorerfahrung aus. Das Gebimmel macht mich wahnsinnig, gutes Qi hin oder her. Ich hänge meine Bilder um, schiebe die Couchgarnitur durch das Zimmer, nehme die Rahmen nochmal ab und an die andere Wand. Ich brauche den ganzen Tag, um am frühen Abend entkräftet, aber zufrieden in meinen Lesesessel zu sinken. Und festzustellen, dass alles so ziemlich genau wie vorher aussieht.

Als Britta noch meine Freundin war, sagte sie mir immer, ich solle mir einen Plan machen. Und Prioritäten setzen, damit ich nicht haltlos durch das Leben mäandere. Nicht dass ich auf den Rat einer Verräterin etwas gäbe. Ihre ständigen Zurechtweisungen, mich nicht in die Angelegenheiten anderer Leute einzumischen, entbehren angesichts der jüngsten Vorkommnisse nicht einer gewissen Ironie. Mein Kontostand tendiert jedoch unaufhaltsam gen null. Einen Plan habe ich nicht. Nicht mal ein Konzept oder dergleichen. Beim halbherzigen Versuch, mittels einer Mindmapping-Skizze meine aktuelle Situation darzustellen, verliere ich innerhalb kürzester Zeit den Überblick. Stattdessen male ich Strichmännchen und fange an, mich zu sorgen. Allmählich taucht mein Bewusstsein wieder aus der Leere der Tatenlosigkeit auf. Hin oder her, irgendwie sollte es wohl tatsächlich weitergehen. Sonst nächtige ich demnächst kuschelig unter der Zoobrücke und erledige meine Morgentoilette im Rhein. Diesen Gedanken finde ich alles andere als prickelnd. Zudem hege ich Bedenken wegen meines Seelenheils. Ich beginne nämlich allmählich, mich zu langweilen. Die Tage dehnen sich zäh wie Kaugummi vor mir aus. Jeder Morgen ist ein verbissener Wettlauf zwischen mir und dem nicht vergehen wollenden Tag, den ich mit spontanen Aktivitäten füllen muss.

Ich meine, ich habe wirklich jede Menge über mich herausgefunden, allerhand wissenschaftlich relevante Theorien aufgestellt und selbstverständlich persönlich überprüft. Ich kann zum Beispiel in der Badewanne zwei Minuten und vierzehn Sekunden lang die Luft unter Wasser anhalten. Hundefutter taugt in Krisenzeiten nur im absoluten Notfall als Ersatz für Gulascheintopf. Selbst nicht mit Paprika, Salz und Pfeffer verfeinert. Ein Epiliergerät ist definitiv keine Alternative zum Nassrasierer, jedenfalls nicht für sensible Menschen und schon gar nicht an der Bikinizone. Eine Matratze ist multifunktional nutzbar. Am liebsten sitze ich im Lotussitz darauf. Man liegt auch bequem darin. Sogar quer. Oder andersherum. Ein Kopfstand funktioniert prima, wenn man die Beine an der Wand abstützt. Das fand ich sehr inspirierend, von den Kopfschmerzen danach abgesehen. Einmal habe ich mich spaßeshalber darunter gelegt. In so einem Bett kann man alles machen. Schlafen. Fernsehen. Lesen. Grübeln. Essen. Kaffee trinken. Vielleicht sollte ich den Rest meines Mobiliars einfach bei eBay verscherbeln. Und meine Yogaausrüstung gleich mit.

Heute stehe ich vor meinem Eisschrank, die Türe weit geöffnet. Ich hatte einst einen Lebensabschnittsgefährten, nennen wir ihn Peter, der konnte das nicht leiden. Er berief sich auf einen bekannten deutschen Komiker, der sich darüber ausließ, dass Frauen mit dem Kopf im Kühlschrank Zwiegespräche mit der Salami halten. Ich meine, haben Sie das Mal versucht? So eine Dauerwurst kann ein durchaus angenehmer Gesprächspartner sein und ist jedem beliebigen Hanswurst vorzuziehen. Sie widerspricht einem nie und ist von daher stets mit dir einer Meinung. Es gelang mir nie, Peter verständlich zu machen, dass ich sehen muss, welche Lebensmittel sich im Fach befinden, um darüber nachdenken zu können, was ich koche. Stattdessen schlug er mir die Tür vor der Nase zu und murmelte irgendetwas von Energiesparen und Vereisung. Ich könne ja auch vor geschlossenem Kühlschrank überlegen, was es zum Essen geben soll, schließlich sei ich mit ausreichend Intelligenz gesegnet, um mir wohl merken zu können, was ich am Morgen eingekauft hätte. Als ob das so simpel wäre. Ich ließ dann alle Türen, die ich finden konnte, offen stehen. Das fand Peter gar nicht witzig. Ich schon. Als er zum hundertsten Mal gegen die Kleiderspindtür gelaufen, über den Inhalt des Schuhschrankes gestolpert ist und sich den Kopf am Spiegelglas der Badvitrine angeschlagen hat, ist er wieder ausgezogen. Für seine Entscheidung waren offene Türen wahrscheinlich nicht maßgeblich, aber ich bin bis heute fest davon überzeugt, dass er jede potentielle Lebenspartnerin fragt, was sie von geschlossenen Türen hält.

Ich entscheide mich dagegen, zum Einkaufen zu fahren. Stattdessen bereite ich mir ein Sandwich aus dem kümmerlichen Restbestand des Vorratsschrankes. Irgendwann muss ich ja lernen, zu sparen. Sparen. Das Unwort des Monats. Mit Todesverachtung schmiere ich billigen Schmierkäse auf das trockene Brot und öffne ein Glas mit eingelegten Tomaten. Das Geschmackserlebnis ist wie erwartet kläglich. Ich kaue lustlos und spüle die Reste mit einer Cola herunter. Igitt. Angewidert schließe ich die Augen und stecke den letzten Bissen in den Mund. Sehnsüchtig denke ich an den leckeren Ziegenkäse-Toast aus meinem Lieblingscafé. Mit knusprigem Speck, Thymian und Honig. Zur Ablenkung betrachte ich die Tapete. Zähle Blümchen und lasse den Blick zur Küchenuhr wandern. Die neuen Batterien vermochten ihr nicht zu helfen. Ich kaue im Wettstreit mit dem Sekundenzeiger. Ich gewinne. Die Zeit zeigt mir trotzdem eine lange Nase und schleicht weiter.

Mein Anrufbeantworter vermeldete in den ersten Wochen jede Menge. Er verdingte sich als Stimmenimitator und intonierte Sascha, immer wieder Britta, Mutti, den Gemüsehändler und den Fleischlieferanten. Manche Stimmen kannte ich gar nicht. Einmal machte er Elroy oder James von der Bank nach. Ich habe rasch weggehört. Als das Gerät die Lust an der einseitigen Kommunikation verlor, fing der Briefkasten an, mit mir schriftlichen Kontakt aufzunehmen. Das fand ich äußerst praktisch, denn nun konnte ich mir sogar aussuchen, wann ich die Bemühungen der Menschen, die nur das Beste von mir wollen, ignorierte.

Auf meinem Schreibtisch stapelt sich die Post mittlerweile zu einem Stapel, der exakt 33,8 Zentimeter hoch ist. Ich habe das nachgemessen. Daneben steht ein kleinerer Haufen, auf dem ich die Briefe ablege, die besonders wichtig aussehen. Woran macht man eigentlich aus, ob ein Schreiben wichtig ist oder auch nicht? Ich persönlich suche mir Weine nach Etikett aus, wenn mich die Auswahl überfordert. Ähnlich halte ich es mit Buttersorten und Waschmittel. Bei Briefen kann man nach der Qualität des Umschlags gehen. Handschriftlich adressierte Kuverts mit bunten Marken sind meist privater Natur. Je klarer die Maschinenschrift, je minderwertiger das Papier und je mehr Stempel auf dem Umschlag, des do höher die Rechnung und desto größer der Ärger. Solche Schriftstücke packe ich auf einen Extrastoß hinter den Großen - außer Sichtweite.

Ziegenkäsesandwich mit geröstetem Bacon und getrockneten Tomaten

Man nehme:

2 Scheiben amerikanischen Vollkorntoast, extra weich,
2 Scheiben Frühstücksspeck,
Ziegenfrischkäse,
2-3 getrocknete und in Öl eingelegte Tomaten,
Butter, Honig und Thymian.

Zuerst brate man den Speck knusprig braun und lasse die Scheiben auf Küchenkrepp abtropfen. Währenddessen röste man die Brotscheiben. Wenn diese etwas abgekühlt sind, bestreiche man den Toast mit einer dünnen Schicht Butter und gebe auf die eine Hälfte etwas Honig und Thymian. Die andere Scheibe Brot großzügig mit dem Ziegenfrischkäse bestreichen. Nun belegen Sie das Ganze mit den restlichen Zutaten und beweisen Geschick im Stapeln ohne Kleckern. Zum Abschluss deckelt man das Sandwich mit der zweiten Scheibe Brot und spicke zur Sicherheit einen Zahnstocher hinein. Zum Verzehr benötigt man eine große Klappe und jede Menge Servietten.

28. Rechnung ohne Wirt

Louise von Stetten ist ungehalten. Nein, sie ist wütend. Wie konnte diese Katharina Lehner es wagen. Seit Wochen bringt sie nicht eine Zeile zu Papier. Sie findet einfach keinen Ort der Inspiration. Oh, sie hat es versucht. Mehrfach. Louise pilgerte von Café zu Café, in der Hoffnung, einen Platz zu finden, an dem sie ungestört arbeiten kann. Ihre schriftstellerische Tätigkeit besitzt ein ausgesprochen sensibles Naturell und reagiert äußerst empfindlich auf störende Einflüsse. Sie benötigt einen Raum der Sammlung, der Ruhe, der Einkehr. Ihre Bücher stehen auf den Bestsellerlisten und ihre verwöhnte Leserschaft stellt die höchsten Ansprüche. Sie kann es sich verdammt nicht leisten, eine Schreibblockade zu haben. Louise schreibt ausschließlich an Orten fernab des Mittelmaßes. Ihren strengen Auswahlkriterien müssen Atmosphäre, Menschen und Begebenheiten standhalten. Ihre Feder braucht ein ausgewogenes Gleichgewicht zwischen Harmonie und Unfrieden. In ganz Köln ist ein solcher Ort nicht mehr aufzufinden. Es ist zum Verrücktwerden. Louise schimpft vor sich hin. Den ganzen Tag ist sie nun schon auf ihren arthritisgeplagten Beinen unterwegs. Um festzustellen, dass selbst eine Bushaltestelle mehr Aura besitzt, als jedes beliebige Café in dieser Stadt. Erschöpft nimmt sie auf einer Parkbank Platz und starrt vor sich hin, bis sie wieder bunte Pünktchen sieht. Seufzend sucht sie in ihrer Handtasche nach dem silbernen Pillendöschen. Ihr Onkologe hatte sie entgeistert angesehen, als er das darauf angebrachte Bild eines Flusskrebses erkannte. Der Mann versteht nichts von Humor und Louises schon gar nicht, obwohl er sie seit Jahren behandelt. Sie durchwühlt die unergründlichen Tiefen ihres Täschchens. Eines ihrer schwarzen Notizbücher liegt mit jungfräulichen Seiten darin. Dieses Buch ist terminiert. So wie ihre Lebenszeit. Und sie kann kein Ende schreiben. Weil es das vermaledeite Cook & Chill nicht mehr gibt. Louise schluckt zwei Tabletten trocken hinunter. Sie sinniert vor sich hin und tatsächlich schleicht sich ein unvornehmer Fluch von ihren Lippen.

Es hilft nichts. Wenn es nur diesen einen Grund für die Leere in ihrem Kopf und die Wortlosigkeit in ihr gibt, dann wird sie diese Ursache eliminieren. Das Cook & Chill muss wieder her. Und zwar schnellstens. Auf welche Art und Weise auch immer.

Louise von Stetten webte ihr Leben lang ein wohlüberlegtes Netz an zweckdienlichen Beziehungen. Dabei machte sie nie einen Unterschied in puncto Sozialstatus. Mit einem Bäcker befreundet zu sein, nützt unter Umständen ebenso wie die Dankbarkeit eines Ministers. Sie erinnert sich an Linda Meininger und eine Bemerkung, ihr Mann sei Rechtsanwalt. Genau das braucht sie jetzt. Einen Anwalt. Der das umgehend in die Hand nimmt. Louise greift nach ihrem Mobiltelefon.

„Linda? Hier Louise von Stetten. Ich brauche einen Anwalt. Ja, mir geht es gut. Nein, es ist nichts passiert. Keinen Arzt. Linda!!!"

Der Wortschwall am anderen Ende der Leitung verstummt. Louise holt tief Luft, um die Übelkeit zu verdrängen.

„Wo befindet sich gleich die Kanzlei von Deinem Mann?"

*

Elfi Müller schaut auf, als die Glastür zum Vorraum aufgerissen wird. Eine leicht lädierte, wenn auch sehr vornehm wirkende ältere Dame steht vor ihr. Sie klopft ungeduldig mit ihrem Siegelring auf den Empfangstisch. Elfi hat keine Ahnung, wer das ist.

„Ich muss zu Dr. Hennemann."

Spricht es und macht sich aufs Geratewohl auf in Richtung Besprechungszimmer. Die Anwaltssekretärin springt sofort auf und stellt sich der Frau in den Weg.

„Haben sie einen Termin?", fragt sie verbindlich.

Ein abschätziger, ausgesprochen arroganter Blick trifft die Sekretärin.

„Natürlich nicht."

Die Stimme wird eine Spur herablassender und senkt sich gefährlich, während sich ihre Adleraugen an dem Kaffeefleck auf Elfis Bluse festkrallen. Manche Menschen schüchtern Elfi ein. Ein solches Exemplar steht soeben vor ihr.

Sie schluckt und stammelt einfältig:

„Ich frage mal nach, ob er im Hause ist."

Was mit einem vernichtenden „Selbstverständlich ist er im Hause!" quittiert wird.

Louise von Stetten marschiert schnurstracks in die Sitzung der Rechtsanwälte Dr. Hennemann und Partner. Elfi zuckt die Schultern. Es gibt Momente im Leben, da ist man einfach schuldfrei.

*

Dr. Johannes Hennemann bietet sich ein ungewöhnlicher und äußerst amüsanter Anblick. Im Türrahmen steht eine Vogelscheuche im Pelzjäckchen und herrscht die Anwesenden am Besprechungstisch mit einem:

„Wer ist Dr. Johannes Hennemann?“ an. Die Lady zeigt mit dem Finger in die Runde. „Hat es den Herren die Sprache verschlagen?“ raunzt sie und sondiert ihr Opfer.

Johannes räuspert sich. Ihr runzliger Zeigefinger richtet sich nun beinahe anklagend auf ihn.

„SIE sind das. Ihre Frau hat sie mir beschrieben. Und jetzt erinnere ich mich auch, sie gesehen zu haben. Ich brauche sofort einen Anwalt.“

Dr. Johannes Hennemann besitzt genügend Menschenkenntnis, um die Besprechung zu vertagen. Einer solchen Frau setzt man nichts entgegen. Höflich bittet er Louise in sein Büro.

Er schließt sacht die Tür und geduldet sich, bis Louise sich umständlich in den Besprechungsstuhl gesetzt hat, nicht ohne ihr vorher galant aus der Jacke zu helfen. Dann, sich vergewissernd, dass es der Dame an nichts fehlt (Kaffee? Tee? Wasser?), was abschlägig beschieden wird, nimmt er hinter dem Schreibtisch Platz. Er lehnt sich etwas zurück, schlägt die Beine übereinander und öffnet locker die Arme, um seinem Gegenüber Aufmerksamkeit und gefällige Bereitschaft zu signalisieren.

„Wie darf ich Ihnen behilflich sein, verehrte Frau ...?“

Ein schwarzes Notizbuch knallt auf seine Schreibunterlage.

„Louise von Stetten. Ich kann mein Buch nicht beenden.“

Johannes hebt leicht eine Augenbraue.

„Ich verstehe nicht …“

Louise rollt ungeduldig die Augen gen Himmel und seufzt.

*

Tatsächlich verlasse ich manchmal das Haus. Auch wenn es inzwischen üblich ist, sich von Schuheinlagen bis zu Medikamenten hin alles im Internet mit einem Klick zu besorgen, finde ich, bei Kippen und Brot hört das auf. In einer Großstadt befindet sich der nächste Kiosk entweder direkt gegenüber, oder zumindest an der nächstgelegenen Straßenecke.

Vorher stecke ich aber den Kopf zur roten Haustür hinaus und schaue prüfend erst nach links. Dann nach rechts. Es kann nämlich sein, dass Britta irgendwo rumlungert, um mich in einem günstigen Augenblick abzugreifen. Ihre Hartnäckigkeit ist rekordverdächtig. Fast täglich steht sie in Sünderpose an der Tür, um sich Absolution abzuholen. Ihre Zeit vertreibt sie sich mit Zigaretten und Zeitschriften, die sie demonstrativ auf dem Treppenabsatz liegen lässt. Einmal hat sie sogar aus Filtern „Sorry" auf die Fußmatte gepuzzelt.

Ich habe ihr längst verziehen. Im Lauf meines wochenlangen Einsiedlerdasein bot sich ausreichend Gelegenheit, ihre Worte sacken zu lassen und darüber nachzudenken. Irgendwie kam mir im Zuge der Selbsterkenntnis meine Wut abhanden. Wenn auch widerstrebend, gestehe ich ein, dass nicht alles, was sie sagte, an den Haaren herbeigezogen war. Okay. Vieles davon. Übrig blieb eigentlich nur der viel größere Schmerz, meine beste Freundin missen zu müssen. Ohne Britta fühle ich mich unvollständig. Allerdings finde ich es mehr als angemessen, sie ein wenig zappeln zu lassen. Die Kränkung steckt zu tief und suhlt sich begeistert in meinem Stolz. Mein schlechtes Gewissen verdränge ich. Obwohl es mir wie ein scheinheiliger Engel auf der rechten Schulter sitzt und mit moralisch erhobenem Zeigefinger mahnt, dass ich mit ihrer Freundschaft keinen Deut besser umgehe als sie mit meiner. Das gehässige Teufelchen auf der Linken hingegen schmollt und tippt sich bei dem Gedanken an Waffenstillstand und Vergebung unmissverständlich an die Stirn. Ich bin also noch nicht so weit. Entweder einigen sich die zwei Kontrahenten oder der eine pustet dem anderen das Licht aus. Solange es unentschieden steht, verharre ich in Reglosigkeit.

Ist die Luft rein, überquere ich die Straße und husche sofort in den Kiosk. Das ging bisher immer gut. Bis heute. Es kommt nämlich genau zum selben Zeitpunkt jemand raus, als ich hinein will. Der lauwarme Inhalt eines Pappbechers entleert sich über meiner Brust und ein Regen aus Bonbonkonfetti prasselt auf meinen Kopf. Ich starre erschrocken in Julias, nicht minder bestürztes Gesicht.

Das Vögelchen Julia. Schau an. Sie kam mir stets irgendwie kleiner und zarter vor. Sie hat ihre blasse Farbe gegen eine mondäne Sonnenbräune ausgetauscht und ihren Frisör gefeuert. Ihr neuer Haarstylist ist mutiger und malte Sonnenstrahlen in ihr Haar. Sie trägt eine enge Jeans, Schuhe mit Absatz und ein leuchtend türkisfarbenes T-Shirt. Das fade Brillengestell wich unsichtbaren Kontaktlinsen, deren Türkiston mit ihrem Oberteil um die Wette funkelt. Um ehrlich zu sein, ich hätte sie fast nicht erkannt. Doch die altbekannte, fahrige Unsicherheit, mit der sie jammernd an den braunen Flecken auf meinem Trägerhemdchen herumzupft, das sowieso nicht mehr zu retten ist, lässt keinen Zweifel daran. Die attraktive, fremde Frau ist mein Schneckenvögelchen.

Sie strahlt freudig, als sie mich erkennt. Was ein Wunder ist. Sehe ich mich im Spiegel, erkenne ich gar nichts.

„Oh Katta! Wie schön!", ruft sie und ignoriert netterweise meinen Aufzug in Schlabberripp und Jogginghose.

Mein Shampoo ist seit einer Woche alle. Ich benutze nicht mal mehr Wimperntusche. Einen Moment denke ich an Flucht. Blöderweise brauche ich zu lange. Vögelchen packt mich am Arm und führt mich nach draußen auf die schiefe Sitzbank in der Sonne. Ich hätte nicht vermutet, dass Julia eine derartig resolute Ader besitzt.

„Es tut mir so leid, dass ich dich bekleckert habe ...", sagt sie in einem etwas atemlosen Ton, dem mein lahmes Ich nicht die geringste Gegenwehr entgegensetzen kann, „bleib hier, ich hole eben schnell einen Lappen!"

Sprachs und hastet flugs von dannen.

Mein Körper erliegt bereits den warmen Mittagsstrahlen. Dieses Plätzchen ist wunderbar, selbst wenn es nur die Herbstsonne ist, nicht gar so intensiv, aber ausreichend, mein verwirrtes Seelchen zu streicheln. Ich schließe entkräftet die Augen und wundere mich, was verflucht nochmal, mit mir geschieht. Als ich eines davon öffne, das rechte, um genau zu sein, tritt Julia aus dem Kiosk, bewaffnet mit einem Tuch und zwei Bechern Cappuccino. Schweigend hält sie mir den Wischlappen entgegen. Zwar nehme ich ihn an, jedoch nur, um ihn achtlos neben mir liegen zu lassen. Auf meinen Brüsten prangt ein riesiger Kaffeefleck. Das ändert nichts an der Größe meines A-Körbchens und verwandelt auch billige Baumwolle nicht in Seide. Wen kümmert es also. Lieber starre ich frustriert vor mich hin. Als ich nach einer geraumen Weile vorsichtig zur Seite linse, betet Julia dort ebenfalls mit geschlossenen Lidern die Sonne an. Sie hat sich nicht angesichts meiner sozialen Unverträglichkeit klammheimlich verdrückt. Stattdessen lehnt sie entspannt auf der unbequemen Holzbank und lächelt in sich hinein. Weder bombardiert sie mich mit lästigen Fragen, noch spüre ich den geringsten Hauch von

Mitleid, welches mir mein nervtötendes Umfeld entgegenzubringen pflegt. Um ehrlich zu sein, macht sie nicht mal ansatzweise den Anschein, als ob sie überhaupt irgendetwas von mir will. Sie sitzt nur da. Eine Gefährtin des Lichts. Gerade überlege ich, ob mich ihre offensichtliche Gleichgültigkeit nicht doch irgendwie stört, als sie sich räuspert. Sie nickt, seufzt und murmelt:

„Großartig so ein Kaffee am Morgen."

Das war es auch schon. Sonst nichts. Nichts! Kein: Katta, was ist passiert, was ist aus dir geworden, wieso siehst du so vergammelt aus. Nichts. Nur ein banaler Kommentar zu einem Heißgetränk.

In mir taut etwas. Und mit der Schmelze kommt das, was ich tunlichst vermeiden wollte. Der Schmerz. Ich glaube, eine Träne läuft mir die Wange herunter und ich versuche, sie rasch und ungesehen fortzuwischen. Julia nimmt schweigend meine Hand.

Wir sitzen lange dort. Unser Gespräch beschränkt sich auf den Austausch weniger, belangloser Sätze. Julias unverfängliche Bemerkungen über das Wetter, die Frau, die vorbeigeht, die Sorte Arabicabohnen, die besonders gut schmeckt, den kleinen Spatz am Zaun, über die bunten Blätter der Linde vor dem Haus holen mich Wort für Wort ins Jetzt zurück. Ich brauche eine ganze Weile, um mich an das Lebendig sein zu gewöhnen. Es tut irgendwie weh. Plötzlich will ich nicht weiterhin hier rumhängen und so tun, als brüte ich dumpf ein Straußenei aus.

„Ich habe alles verloren."

Julia nickt.

„Ich weiß."

Diese Gelassenheit beeindruckt mich. Ein neuer Mensch, frei von Angst und Schüchternheit. Ihre Präsenz wirkt fast unheimlich.

„Wie hast du das gemacht?"

Eigentlich frage ich mehr aus Höflichkeit. Sie blinzelt kurz und wendet sich mir zu. Ihre hellen Augen sind so lebendig. Sie versteht genau, was ich meine.

„Ich habe gelernt, dass ich reden muss. Niemand kann auf Lebenszeit eine Insel sein."

Wie wahr. Etwas in mir regt sich seufzend.

Sie lacht mit einem Mal auf.

„Erst als meine Schwester vor mir stand, wurde mir klar, was mir die ganze Zeit fehlte. Wir haben geredet und geredet und geredet ... und plötzlich machte mir das Leben keine Angst mehr. Davor fand ich es sogar mühsam, morgens aufzustehen. Und dann diese endlosen Tage, die sich zogen wie Kaugummi ...", fast nachsichtig schüttelt sie über sich selbst den Kopf, „wie hielt ich das bloß aus!"

Ja. Wie halte ich das bloß aus?

Dann zieht sie mir vollends den Boden unter den Füßen weg.

„Ich bin diesem schrecklichen Frank beinahe dankbar."

Ich höre auf, meine Finger zu kneten und schaue überrascht auf:

„Meinst du das im Ernst?"

„Aber ja", Julia nickt eifrig, „er brachte mich vollkommen an meine Grenzen. Ich stand kurz vor einem Zusammenbruch. Dachte ich jedenfalls. Doch ich war viel stärker, als ich je vermutet hätte. Das half mir tatsächlich auf die Sprünge."

Es findet sich keinerlei Bitterkeit in ihrem Tonfall. Tatsächlich schnalzt sie mit der Zunge, nachsichtig und wohlwollend, als habe sich ein unartiges Kind einen Scherz erlaubt.

Ich überlege ernsthaft, ob ich sie über Frank Sanders wahres Gesicht aufklären soll. Und verwerfe den Gedanken sofort. Was nützt es noch, ihr von dem Komplott zu erzählen und dass nicht sie, Julia, sondern ich die Zielscheibe war.

„Egal wie oder was dahinter steckte ..." sie lächelt viel sagend, so dass ich kurz daran zweifle, dass sie die Verstrickung nicht ahnt, „es funktionierte."

Oh ja. Und nicht nur bei ihr. Jemand knipst mal wieder unabsichtlich eine Taschenlampe an und hält sie mir direkt ins Gesicht. Britta spricht mit Julias Stimme zu mir.

„Ich muss einiges erledigen ..." Ich klinge gar nicht so verzweifelt, wie ich dachte. Julia sieht mich lächelnd an und neigt ihren Kopf. „Natürlich. Wir sehen uns?" fragt sie.

„Wir sehen uns!" antworte ich. Ganz sicher.

Es ist beinahe die alte Katta, die Stunden nach ihrem Weggang die Wohnung betritt. Zuerst stecke ich das Telefonkabel wieder in die Buchse. Wähle Brittas Nummer und hinterlasse auf ihrem Anrufbeantworter eine Nachricht.

„Bevor du auf die Idee kommst, noch längere Wörter mit Zigarettenkippen zu schreiben und mich dadurch mitverantwortlich für dein vorzeitiges Dahinscheiden wegen Nikotinvergiftung machst: Wir sollten reden. Ruf mich an, oder nein, schau vorbei.“

Nun geht es mir bereits wesentlich besser.

Ich lasse bei Mutti durch klingeln und lege anschließend den Hörer auf, damit sie am Display ausmachen kann, dass ich wieder unter den Lebenden weile. Etwas planlos stehe ich inmitten meines Domizils. Nicht nur mein menschliches Umfeld, sondern vor allem mich selbst habe ich sträflich vernachlässigt. Die Bude darf man getrost als Saustall bezeichnen. Ich muss dringend aufräumen und einkaufen gehen. In meinem Kühlschrank herrscht dermaßen gähnende Leere, dass ich sogar die pinkfarbene Innenverkleidung der Fächer erkenne. Diese hässliche Farbe hatte ich tatsächlich völlig verdrängt. Naja, so voll gestopft, wie das Ding sonst ... igitt! Ganz da hinten steht ein verklebtes Marmeladenglas von Tante Almut. Sie leistet seit Jahren dem Meerschwein Gesellschaft, welches ich mit Chili ins Jenseits beförderte. Gott hab sie selig. Das Meerschwein auch. Ungefähr so alt müsste demnach der Inhalt des angebrochenen Behälters sein. Übrigens - ich esse nie mehr Pizza. Mein Bedarf reicht für zwei Leben.

Ich verpasse den Pizzakartons einen unsanften Tritt, sammele sie dann kurz entschlossen zusammen und schwanke voll beladen die Treppe zum Papiermüllcontainer herunter. Während ich die Pappen in den Container stopfe, blinzeln mir die vertrockneten Überreste von Felix ehemaligem Mitbewohner entgegen. Offensichtlich brachte er es doch nicht fertig, das tote Gewächs in die Biomülltonne zu werfen. Stattdessen stellte er den Topf kurzerhand daneben, in den Regen, wohl in der Hoffnung, dass ein Wunder geschieht. Der unerschütterliche Optimist ... Ich halte mitten in der Bewegung inne, starre die Pflanze an. Und lasse den restlichen Müll da, wo er ist. Rase zurück, hinauf, hinein in meine vier Wände. Endlich liegt klar auf der Hand, was ich tun muss! Und ich hoffe, dass diese Erkenntnis nicht zu spät kommt.

Fieberhaft suche ich nach meinem Mobiltelefon, das ich vor Wochen ausgeschaltet und unter das Bett geworfen habe. Es piept protestierend, als ich es an das Ladegerät andocke. Wenige Minuten darauf teilt mir meine Nachrichtenbox mit, dass ich sechsunddreißig ungelesene SMS erhalten habe. Auf meiner Mailbox liegen ungelogen einhundertdreizehn unbeantwortete Anrufe. Alle ausnahmslos von zwei Personen. Britta und F. Sander. Ich atme durch und ziehe kurzerhand den Vorhang vor dem Küchenfenster beiseite. Um reglos zu verharren. Die angehaltene Luft entweicht pfeifend meiner Lunge. Mein Herz schlägt mir plötzlich bis zum Hals und eine vage Ahnung flüstert in meinem Hinterkopf. Ungläubig und konsterniert greife ich nach meinem Fernglas. Das Fenster gegenüber ist leer. Und mit leer meine ich wirklich: Leer. Die Wahrheit springt mir schließlich wie eine unleidige Katze fauchend ins Gesicht. Und verpasst mir eine saftige Ohrfeige. Nicht nur das Fenstersims ist blank. Die gesamte Wohnung ist es ebenfalls. Aufgeräumt, ausgeräumt, weg. Langsam lasse ich die Arme sinken. Felix Sander ist ausgezogen.

Ich unterdrücke den Drang, zu weinen. Katharina, das verdienst du nicht anders. Mit einem Schniefen rufe ich mich zur Ordnung. Hasenherz jammert trotzig weiter. Ich streichle seine weichen Flügelohren und versuche, mich damit selbst zu trösten. Dieses Problem packe ich später an. Irgendetwas wird mir schon einfallen. Wenn alles gut geht, kann ich das bald mit Britta besprechen. Sie wird mir sagen können, ob wir eine reißerische Zeitungsannonce aufgeben oder lieber Autobahnbrücken mit Liebesschwüren beschmieren. Aber wahrscheinlich führt eine weniger plakative Aktion bei Felix eher zum Erfolg. Ich glaube nicht, dass er in dieser Hinsicht Verständnis für derlei Überschwänglichkeit besitzt.

Bisher habe ich noch jeden gefunden. Ich erinnere mich genau die Sternstunde meiner beruflichen Laufbahn, die Akte Meier gegen Meier. Der abtrünnige Exmann unserer Mandantin hatte sich elegant samt Porsche, Rolex und Hartz IV-Antrag bei seiner neuen Freundin eingenistet, um von dort aus seine Briefkastenfirma auf den Fidschi-Inseln zu betreiben. Okay, Letzteres ist rein spekulativ und ein klitzekleines bisschen übertrieben. Mit seiner Gattin, also Frau Meier, fühlte ich mich sofort auf einer Wellenlänge. Die war sich todsicher, dass ihr Ex, das miese Element, längst wieder über eine lukrative Einkommensquelle verfügte, die er selbstredend nicht angab. Natürlich zahlte er keinen müden Cent an die Mutter seiner zwei Kinder, von denen eines behindert war. Er ließ auch kein Futtergeld für das Kaninchen da. Ich fand die Sache zum Brüllen unfair. Ich mag Kaninchen. Wenn ich etwas ungerecht finde, werde ich sehr erfinderisch. Sollten Sie eine Vorstellung davon besitzen, wie viele Thomas Meier in Köln und Umgebung wohnen, können Sie sich vielleicht denken, dass es bereits eine Glanzleistung ist, den Richtigen herauszufinden. Intelligenterweise hatte Herr Meier die Kopie seiner Rolexrechnung zum Altpapier gelegt, wo Frau Meier diese in die Finger bekam, als sie den Hasenkäfig säuberte. Blöd für ihn. Gut für uns. Mittels charmanten Anrufs bei der Uhrenfirma notierte ich mir nur zwanzig Minuten später die neue Telefonnummer unseres Gegners. Beziehungsweise die seiner neuen Bettgefährtin, da sie das teuere Stück zufälligerweise gerade dort in Reparatur gegeben hatte. Ha.

Der spontane Gedanke, mich als Sachbearbeiterin vom Arbeitsamt auszugeben, stammt nicht von mir, sondern von Britta. Wem auch sonst. Ich rief also die Lebensgefährtin Herrn Meiers in ihrem Beauty-Studio unter dem fadenscheinigen Vorwand an, für eine Nachzahlung dringend die Kontonummer ihres Liebhabers zu benötigen. Möchte man Leuten Geld geben, bekommt man fast alles dafür. Und in dem für beide Seiten erfreulichen Gespräch erschlich ich mir von der vertrauensseligen Kosmetikerin die Adresse des geheimen Arbeitgebers Herrn Meiers, die ich angeblich verbummelt hatte. Sie verriet mir sogar stolz sein Bruttoeinkommen und seinen Herrenausstatter. Seine Lieblingsfarbe war übrigens azurblau. Genau in dieser hatte er seinen neuen BMW bestellt.

Noch am gleichen Tag ging eine Lohnpfändung an Herrn Meiers Brötchengeber raus. Und eine Fahrzeugbeschlagnahmung an das Autohaus. Das Bankkonto wurde mittels Pfändungs- und Überweisungsbeschluss gesperrt. Drei Wochen darauf erhielt unsere Mandantin aus dem Guthaben eine Überweisung in mehrstelliger Höhe. Eine Strafanzeige gab es als Sahnehäubchen hinterher. Mann, ich war sagenhaft. Frau Meier hat vor Glück geweint, vor allem, als das tolle Auto vor ihrer Tür stand. Selbst der Hennemann lächelte. Ich sage ja, ich finde jeden. Wenn ich will.

Da es hier aber nicht um Gesetzeswidrigkeiten, den Weltfrieden oder schnöden Mammon geht, sondern um meine persönliche Herzensangelegenheit, werde ich genauestens abwägen, was in Sachen Felix Sander zu tun ist. Und ob überhaupt. Augenblicklich muss ich Hasenherz jedoch zugunsten existenziellen Eigeninteresses vertrösten. Also stelle ich mich stattdessen vor den Schreibtisch. Den kleinen, fiesen Stapel zuerst. Katharina Lehner schiebt Unangenehmes niemals auf. Ich reibe mir die Handflächen und fasse nach dem ersten Umschlag.

Eine halbe Stunde später bin ich am Boden zerstört. Meine wirtschaftliche Lage ist ein wesentlich größeres Desaster, als ich annahm. In Zukunft werde ich nur noch mit Papiertüte über dem Kopf das Haus verlassen. Am besten ändere ich sofort meinen Namen und ziehe um. Nach Australien. Neuseeland fände ich genauso gut. Und ich wollte schon immer Blanca Blase heißen. Okay, Letzteres war ein Witz. Ernsthaft, ich habe überall Außenstände. Wirklich überall. Bei der Bank, bei Lieferanten, bei den Stadtwerken und bei der Versicherung. Und dank meiner untätige Selbstfindungsphase inzwischen auch bei Anwälten und Gerichtskassen für Mahn- und Vollstreckungsbescheide. Wenn ich mir die formellen Zahlungsaufforderungen hier so ansehe, ist mein Problem weitaus gravierender, als ich vermutete. Sogar im Kiosk ließ ich anschreiben.

Ich hatte bisher nie Schulden. Solange ich denken kann, arbeitete ich so viel, dass mir der Gedanke an finanzielle Mittel keine schlaflosen Nächte bereitete. Das übernahmen dafür mein mittelmäßiges Abitur sowie die stets abrupt endenden Liebschaften jener Phase, die ich gerne als die Folgeerscheinung meiner zeitintensiven Nebenjobs bezeichne. In puncto Fragestellung „Geld oder Liebe“ entschied ich mich immer für den Zaster. Der gab mir die nötige Sicherheit, die mir kein Kerl auf der Welt bieten konnte.

Nun aber realisiere ich, dass ich dermaßen in Schwierigkeiten stecke, dass ich nicht alleine rauskomme. Es hilft nichts, an verrauchten Träumen festzuhalten. Bares muss her, sonst lande ich am Ende auf der Straße. Ich brauche unverzüglich einen Job. Und einen Anwalt mit Haaren auf den Zähnen sowieso.

Es klingelt an der Tür. Erleichtert lasse ich die Rechnungen los. Sie segeln sanft auf den Stapel mit all den anderen Zeugnissen meines vernachlässigten Lebens. Ich spurte zur Haustür, reiße sie auf und will meiner Freundin in die Arme fallen. Stattdessen lege ich noch im Flug die Bremse ein. Das imaginäre Quietschen hallt in meinem Herzen nach.

In der Tür steht Felix.

Im ersten Moment möchte ich mit einem Lachen an seinen Hals springen. Die Entschuldigungen sprudeln aus meinem Mund und ich will sein verschwitztes Gesicht mit Küssen bedecken. Verzeih mir. Du bedeutest mir so viel. Doch irgendetwas hält mich davon ab. Ich bemerke seine abwehrende Geste. Und sehe in seine Augen. Sie glänzen erst erschrocken, dann schuldbewusst und ... grün. Enttäuscht lasse ich die Hände sinken.

„Hallo, Frank."

*

„Was willst du hier?"

Meine Stimme klirrt wie Eis. Er räuspert sich verlegen und tritt auf der Stelle.

„Ich hörte von ... dem Unglück. Es ... es tut mir echt leid", murmelt er und streicht sich fahrig die Haare aus der Stirn.

„Ach ja? Und?"

Ungeduldig schaue ich auf die Uhr. Mir rennt die Zeit weg. Frank gönne ich nun wirklich nicht eine Sekunde davon. Er macht einen Schritt auf mich zu, so dass ich unwillkürlich zurückweiche. Am liebsten würde ich die Tür vor seinem Gesicht zuschlagen.

„Kann ich mit dir reden? Ich bräuchte ... deinen Rat."

Seit ich Frank Sandor kenne, vernahm ich nie auch nur einen Hauch von Freundlichkeit aus seinem Mund. Ungläubig registriere ich seinen schüchternen, beinahe demütigen Tonfall und unterdrücke das Bedürfnis, nachzusehen, ob hinter ihm eine böse Überraschung lauert. Doch ich erspähe weder Presseleute noch einen Clown mit einem Eimer kalten Wassers. Er indes öffnet bittend seine Hände. Diese Geste passt nun wirklich überhaupt nicht zu ihm. Ich schüttle automatisch den Kopf.

„Nein!", denke ich. „Komm herein", sage ich.

Und könnte mich selbst verfluchen. Frank tritt in den schmalen Flur ein und sieht sich neugierig um.

„Kaffee?", frage ich automatisch und verwünsche meine Gastgeberallüren.

Er nickt dankbar.

„Gerne."

Zehn Minuten später sitzen wir schweigend voreinander. Frank hält seine Tasse genau in derselben Art und Weise wie sein Bruder, bemerke ich schmerzerfüllt und zwinge mich, in seinen Augen den bekannten, gehässigen Zug zu entdecken. Doch da finde ich nur Traurigkeit. Von daher rühre ich in meinem Milchkaffee und versuche, die unangenehme Stille bestmöglich auszusitzen. Zugegebenermaßen bin ich verwirrt.

„Melissa hat mit mir Schluss gemacht."

Er sagt das so leise und verzagt, dass ich glaube, mich verhört zu haben.

„Hä?", sage ich verständnislos, „wer ist Melissa?"

„Sie war meine Freundin. Bis ... mir die Sache mit Julia ein wenig ... entglitten ist."

Entglitten?! Ich verkneife mir, ihn darauf hinzuweisen, dass dieser Ausdruck wohl die Untertreibung des Jahrhunderts darstellt. Und was hat meine Julia mit dieser Melissa zu tun?

Er starrt auf seine Hände. Ich schaue ihn mit einem riesigen Fragezeichen im Gesicht an. Muss ich mir jetzt etwa Franks Liebeskummer anhören? Bemerkenswert, dass er überhaupt zu dieser Gefühlsregung imstande ist.

„Ich wusste das ehrlich nicht. Du warst schließlich diejenige, die ich auf die Palme bringen wollte."

Oh ja. Das ist dir allerdings gelungen, du Mistkerl. Ich schnaube abwertend.

Frank guckt tatsächlich zerknirscht.

„Tut mir leid."

Oho. Eine Entschuldigung, wahrhaftig. Ich verschränke die Arme vor der Brust und sehe demonstrativ zur Wanduhr.

Er lässt sich von meiner Ungeduld nicht einschüchtern. Stattdessen ergreift er meine Rechte. Leider kann ich sie nicht schnell genug wegziehen.

„Katta, glaub mir, ich zog meine Lehren daraus. Mein Opfer war unglückseligerweise die Schwester meiner Freundin. Was ich da veranstaltet habe, ging sowieso zu weit. Dass meine Verfehlung auch noch Julia traf, war unverzeihlich."

Bedauernd schüttelt er den Kopf.

Ich begreife nur langsam. Die gut aussehende Frau vor dem Frisörsalon fällt mir ein. Mit den Gesichtszügen, die mich an jemanden erinnerten. Julias Schwester. Natürlich, daher die Ähnlichkeit! Melissa. Franks Freundin. Oh Mann.

„Es war der pure Zufall, dass Melissa und Julia sich versöhnten und Julia dann selbstverständlich von dem Idioten im Kochkurs erzählte. Melissa musste wirklich nur A und B zusammenzuzählen. C war folglich mein Rauswurf ...", er stöhnt gequält bei der wohl unerquicklichen Erinnerung.

Ich betrachte den zerknirschten Frank abschätzend und ein ungewolltes Lächeln legt sich auf meinen Mund. Tja. Die kleinen Sünden ... und die großen erst recht.

Sieh an. Melissa beendete also die Beziehung. Gutes Mädchen. Sie besitzt offenbar mehr Charakter, als ich dachte. Und Julia sagte sie wahrscheinlich nicht einen Ton, um sie nicht noch zusätzlich zu verletzen oder gar in Verlegenheit zu bringen. Ich bin keine Heilige. In der Tat empfinde ich so etwas wie Schadenfreude.

„Das verdienst du nicht anders."

Die Worte flutschen raus, ehe ich sie überhaupt zu Ende denke. Sein irritierender Blick hält dem meinen äußerst geradlinig stand. Mir schießt in den Kopf, dass er Felix irgendwie doch mehr ähnelt, als ich dachte. Oder dieser ihm, wie man es sehen möchte.

Er nickt langsam.

„Ja, da hast du sicher recht."

Auf einmal kann ich ihm nicht länger böse sein. Dummerweise lässt sich nichts dagegen tun, auch wenn jetzt die günstige Gelegenheit wäre, ihm sein schändliches Benehmen nachdrücklich um die Ohren zu hauen. In seinen Augen ist der Verlust so offensichtlich. Er scheint wahrhaftig zu leiden. Wüsste ich nicht genau, dass besagter Mistkerl Frank Sander vor mir stünde, empfände ich Mitleid. Okay. Ich habe Mitleid. Ein wenig versöhnlicher beuge ich mich zu ihm vor.

„Warum bist du hier?"

Das frage ich mich wirklich. Angesichts meiner aussichtslosen Lage betrachte ich es als Ironie des Schicksals, dass ausgerechnet Frank meine Hilfe will. Ich bräuchte dringend mehr als nur einen rettenden Strohhalm, um mein eigenes Leben zu ordnen. Zumal ich keinen Schimmer davon habe, wie ich ihm helfen könnte.

„Ich möchte mich bei dir entschuldigen. Irgendwo muss ich ja anfangen", er grinst schief, „und du erschienst mir als das kleinste Übel."

Typisch. Ich schaue in Franks bittendes Gesicht, denke an Felix und daran, dass ich seine blauen Augen vielleicht nie wieder sehen werde.

Außerdem ist meine Existenz dahin, meine Freunde verloren, ich habe selbst null Ahnung, wie es weiter geht. Und jetzt soll ich erneut Großmut walten lassen. Gutes Karma zu erlangen wird einem nicht gerade leicht gemacht.

„Vergiss es“, winke ich ab.

Und wehe, ich komme dafür nicht in den Himmel.

Frank lächelt erleichtert. Und dann breche ich in Tränen aus.

In der nächsten Stunde lerne ich die wichtigsten Lektionen meines Lebens. Erstens, jeder macht Fehler. Zweitens, manchmal täuscht der erste Eindruck. Und drittens, man kann sich ändern, auch wenn man Frank Sander heißt. Er ist eigentlich ganz in Ordnung. Nachdem er mir geduldig und fürsorglich den Inhalt einer gesamten Kleenexpackung gereicht, meinen Rücken gestreichelt und seine Brust zum Anlehnen zur Verfügung gestellt hat, habe ich mich einigermaßen beruhigt. Mein haltloses Schluchzen ist auf das erträgliche Maß eines Wimmerns herabgesunken und es ist mir nicht peinlich, dass die Brust seines weißen Hemdes klitschnass von meinen Tränen ist. Zuerst stockend und schließlich wie ein Wasserfall sprudelt mein persönliches Desaster aus mir heraus, bis nichts mehr übrig bleibt, das ich noch erzählen könnte. Ich habe dem einzigen Menschen meine Abgründe offenbart, bei dem ich Trost am Wenigsten vermutete. Und es geht mir phantastisch damit.

Nun sitzen wir nebeneinander und Frank hält etwas unbeholfen meine Hand. Vor einigen Wochen hätte ich jeden ausgelacht, der mir dieses Szenario weismachen wollte. Ich kann es selbst kaum glauben. Stattdessen bin ich dankbar und unsäglich erleichtert.

Er schmunzelt, als ich den sinnlosen Versuch unternehme, meine Haare zu sortieren.

„Und jetzt?“, fragt er heiter.

„Was und jetzt?“

Unsicher schaue ich ihn an.

„Welchen Plan haben wir?“

*

Noch am selben Abend steht dann die Person vor mir, deren Anwesenheit ich mir am dringlichsten gewünscht habe. Britta sieht mich an wie ein verschrecktes Huhn. Eine dicke Krokodilsträne kullert aus ihren dunklen Augen. Sie lässt ihre pralle Einkaufstüte fallen und ein paar Zitronen rollen vor meine nackten Füße. Nur eine Sekunde später liegen wir uns schluchzend in den Armen.

„Es tut mir leid", jammert Britta.

„Und mir erst!", heule ich.

Frank reißt die zweite Kleenex-Packung auf.

Frank, Britta und ich kochen indisch. Ich hätte nie gedacht, dass Frank so gut darin ist, Sharuk Khan zu imitieren. Manche Leute tanzen ihre Sorgen einfach weg. Wir haben gleichzeitig dieselbe Idee. Zugegebenermaßen benötigen wir die enthemmende Wirkung zweier Flaschen Wein dazu. Kurzerhand rücken wir den Esstisch beiseite und hüpfen wie besessen in meiner Küche herum. Danach sitzen wir zusammen auf dem Balkon über Karlssons Dächern. Und reden. Wir reden viel. Wir reden lange.

Die Welt ist definitiv runder, als ich weit nach Mitternacht in mein schwankendes Bett steige. Um endlich tief und traumlos zu schlafen.

*

Ich brauche zwei weitere Tage, bis ich mich traue, meinen ehemaligen Arbeitgeber anzurufen. Am anderen Ende der Leitung meldet sich eine wohlbekannte Stimme.

„Kanzlei Dr. Hennemann, Frentzen und Partner, Müller am Apparat?"

Ich öffne den Mund und heraus kommt lediglich heiße Luft. Ich versuche es nochmal.

„Hallo?"

Ich bin heiser vor Aufregung. Das besitzt den Vorteil, dass Elfi mich nicht erkennt.

„Ich möchte Herrn Dr. Hennemann sprechen", krächze ich, und da sie als Nächstes fragen wird, wen sie melden darf, setze ich gleich gewichtig hinzu, es sei privater Natur.

Doch Elfi ist hartnäckig, gelernt ist gelernt. Eine gute Sekretärin lässt sich so leicht nicht überrumpeln.

„Wen darf ich melden?", zirpt sie freundlich aber unnachgiebig.

So nuschele ich undeutlich

„Leeeehner", in den Hörer.

„Ah, Frau Lehner. Einen kleinen Augenblick bitte, ich frage nach, ob er zu sprechen ist."

Ich fasse es nicht, sie kapiert nicht, wer ich bin. Leider freue ich mich zu früh.

„Frau Lehner ... er ist gerade ... KATTA? Bist DU das?"

So ein Mist. Das fehlt mir noch.

„Jahaaa ...", sage ich gequält und prompt ergießt sich ein Wortschwall über mich, der Gott sei Dank abrupt endet, als ich im Hintergrund einen energischen Barriton höre. Meine ehemalige Kollegin taktet sofort durch:

„Moment Katta, ich verbinde!"

Und weg ist sie.

„Frau Lehner, was kann ich für Sie tun?"

Hä? Ich bin verwirrt. Die Stimme am Apparat klingt kühl und distanziert und gehört eindeutig dem Dr. Hennemann, den ich vor langer Zeit begrub.

„Johannes ... Dr. Hennemann ... ich ..."

Eine Sekunde lang bin ich versucht, aufzulegen. Aber da ich schon mal dabei bin, mich vollends zu erniedrigen, kann ich mein Anliegen ebenso auch gleich loswerden. Also straffe ich die Schultern.

„Ich möchte meinen Job zurück ... wenn das geht."

Am anderen Ende der Leitung ist es still. Ich höre ihn förmlich denken. Mir klopft das Herz bis zum Hals.

„Schicken Sie mir doch eine formlose Bewerbung rein, Frau Lehner. Ich sehe dann, was ich für sie tun kann."

Noch während ich ein „Danke" stammele, registriere ich, dass er sich bereits höflich aber unverbindlich verabschiedet hat. Kurz darauf tönt ein unschönes Freizeichen in meinem Ohr. Allmählich beschleicht mich das Gefühl, wirklich ein wenig schizophren zu sein. Was passierte mit dem Johannes, der zwischendurch zutage trat? Oder habe ich mir das eingebildet? Überhaupt, die ganze Zeit des Cook & Chill kommt mir wie ein Theaterstück vor, das sich lediglich in meinem Kopf als Sondervorstellung abspielte. Ich seufze und dränge die Traurigkeit erneut zurück. Stattdessen wende ich mich der Zukunft zu. Und der Bewältigung dieser Unsummen, die ich Gott und der Welt schulde. Er will also eine Bewerbung. Keine Ahnung, wieso. Vermutlich hat er meine Akte verbrannt. Ich mache ein grimmiges Gesicht. So nicht, Herr Doktor. Sie wollen eine Bewerbung? Sie KRIEGEN eine Bewerbung.

Etwas unschlüssig drehe ich die kleine Visitenkarte in den Händen. Frank gab mir Felix neue Adresse. Dabei zwinkerte er und entkräftete meine Abwehr mit einer einfachen Frage.

„Warum wohl, glaubst du, wählte er dieses Motiv für seine Karte?"

Nachdenklich betrachte ich den winzigen Ausschnitt des mir wohlbekannten Schwarz-Weiß-Fotos. Meine sommersprossige Nase hinter dem Fernglas. Ja. Warum eigentlich?

*

Dr. Johannes Hennemann fläzt sich behaglich in seinem bequemen Ledersessel. Er wippt leicht mit dem linken Bein und verschränkt die Arme über der Brust. Er trägt Jeans sowie ein locker geknöpftes Hemd, seine nackten Füße stecken in Flip Flops. Ein breites Grinsen überzieht seine Miene. Er beugt sich zur Sprechanlage vor.

„Frau Müller, die Personalakte von Frau Lehner und die Akte von Stetten. Außerdem brauche ich das Handelsgesetzbuch als auch mein BGB, das der Frentzen auf der Damentoilette vergessen hat. In meinem Terminkalender finden Sie die Telefonnummer von Friedrich Busch, den Sie bitte umgehend zu mir durchstellen. Ach, wenn sie dann noch so lieb wären, einen Latte macchiato mit jeder Menge von ihren großartigen Schokokeksen hereinzubringen? Danke."

Elfi Müllers Schokotaler

Man nehme:

300 g. Butter,
300 g. feiner Rohrzucker,
2 ausgeschabte Vanilleschoten,
2 Eier,
1 TL Backpulver,
Salz,
450 g. Mehl,
100 g. Haferflocken,
200 g. gehackte Schokolade (Zartbitter).

Die Butter schmelzen und mit dem Zucker und der Vanille schaumig rühren. Das Ei unterschlagen, Mehl, Backpulver, Salz, Schokolade und Flocken unterrühren. Ein Backblech mit Backpapier auslegen, Taler formen und draufsetzen.

Im vorgeheizten Ofen bei 175 Grad 10-15 Minuten backen.

Jeden Samstag genießen Friedrich Busch und sein Lebensgefährte Jens Humboldt ein ausgiebiges Frühstück auf der Dachterrasse ihres exklusiven Lofts in der Kölner Innenstadt. Seit Friedrich kochen gelernt hat, ist er in der Lage, seinem Liebsten French Toast mit Speck und Früchten zu bereiten, was ihrer Beziehung äußerst zugute kommt. Jens Leibesumfang im Übrigen ebenfalls. Gerade lehnt sich Jens entspannt hinter seiner Zeitung zurück und liest Friedrich das Horoskop des Tages vor, und Friedrich schenkt sich noch ein Glas von dem frisch gepressten Orangensaft ein, als das Telefon nachdrücklich klingelt.

„Friedrich Busch?"

Er lauscht schweigend. Jens lässt den Stadtanzeiger sinken und zieht fragend eine Augenbraue hoch.

„Wir sind in einer halben Stunde in der Kanzlei."

Friedrich legt den Hörer beiseite und blickt seinen Lebensgefährten nachdenklich an. Der faltet bereits geruhsam das Blatt zusammen.

„Katharina Lehner?"

Auch Jens ist ein Mensch, der feststellt. Er fragt nicht. Friedrich nickt.

*

Ich habe meine erste und letzte Bewerbung vor sieben Jahren geschrieben. Mangels aktuellen Fotos klebe ich trotzig ein altes ein. Auf den Hüften tummeln sich fünf Kilo mehr und nebst den entsprechenden Hamsterbacken trage ich eine hässliche Brille, die mein halbes Gesicht verdeckt. Außerdem sieht man ein korrektes Hemd und eine spießige Perlenkette. Ich sehe aus wie Tante Almut. Während ich meinen Lebenslauf zu Papier bringe, ziehen die Stationen meines Lebens an mir vorüber. Dann komme ich in 2009 an und schlucke, als ich versuche, mit dem Stift das Wort Cook & Chill niederzuschreiben. Nach einem seitenlangen Lebensweg der kürzeste Abschnitt in diesem Formular. Aber der Glücklichste. Nach der schwungvollen Unterschrift hole ich tief Luft. Ich nehme mir ein neues Blatt, schiebe mir sinnierend einen Schokoladenkeks in den Mund und beginne grinsend mit dem Anschreiben:

Sehr geehrter Herr Dr. Hennemann,

mittels anliegender Unterlagen übersende ich Ihnen meine Vita nebst Zeugnissen. Ich möchte mich für eine Stelle in Ihrem Sekretariat bewerben. Bei meinem vorherigen Arbeitgeber habe ich jede Menge Mist gebaut und dann gekündigt. Im Zuge der Existenzgründung versuchte ich, mich neu zu orientieren. Nun zwingen mich wirtschaftliche Gründe, in meinem alten Berufsfeld erneut tätig zu werden. Ich ersuche Sie daher höflich, meine Dokumente zu überprüfen und mir eine zweite Chance einzuräumen. Ihre Lieblingsfarbe ist blau, Sie mögen Ihren Kaffee schwarz und ohne Zucker, lesen die Frankfurter Allgemeine und Ihr Schneider sitzt in der Rhongasse. Ich kann Ihre Hieroglyphen mühelos entziffern, da sie mir seit Jahren geläufig sind, und weiß, welchen Mandanten ich Ihnen am Telefon besser erspare. Außerdem lieben Sie meine Mandelkekse. Sie werden keine Bewerberin finden, die ähnliche Qualitäten aufzuweisen vermag. Bitte schenken Sie mir eine halbe Stunde Ihrer wertgeschätzten Zeit für ein unverbindliches Gespräch.

Mit herzlichem Dank im Voraus

und freundlichen Grüßen

Ihre Katharina Lehner (Katta)

Oh Mann. Klingt das formell. Ich grusele mich beinahe vor mir selbst. Mit einem erleichterten Seufzen schüttle ich die Keksкrümel vom Blatt und tüte den Brief ein. Es gibt nichts zu verlieren und ich vergebe mir auch nichts dabei. In der Kanzlei ging es mir nie wirklich schlecht.

Mein Magen knurrt wie ein verwöhntes Schoßhündchen, das wochenlang mit Pizza gefüttert wurde und unwillig nach Premiumfutter mit Vitaminen verlangt. Ich habe es definitiv wochenlang mit Pizza gefüttert. Abgesehen von dem indischen Abend mit Britta und Frank. Es wird auch in dieser Beziehung Zeit, den alten Rhythmus wieder aufzunehmen. Ich schlüpfe in meine Jacke, um einkaufen zu gehen.

Wenige Tage darauf sitze ich in vertrauten Räumen in der ungewohnten Rolle des Gastes, beziehungsweise Bittstellers. Ich schmore seit einer Stunde im Wartezimmer und warte auf das obligatorische Vorstellungsgespräch. Nicht, dass ich mich unwohl fühlen würde. Na ja, ein bisschen vielleicht. Doch da ich weiß, was dahinter steckt, gebe ich mich betont entspannt. In Rechtsanwaltskanzleien werden Strategien gefahren, die cholerische Klienten in die Schranken weisen, Verzweifelte beruhigen und Unsichere stärken sollen. Gegner lassen sich so überaus effektiv mürbe machen. Nur was bin ich? Freund oder Feind? Elfi begrüßte mich freundlich, wenn auch etwas betreten. Vermutlich nagt noch immer das schlechte Gewissen bezüglich ihrer unkollegialen Nummer an ihr. Jedenfalls bemühte sie sich geflissentlich, mir aus der Jacke zu helfen, sie sorgsam auf einen Bügel zu hängen und mir sofort einen Kaffee anzubieten. Sie brachte ihn mir mit Süßstoff, so trank ich ihn früher. Aus purer Gemeinheit verlangte ich Zucker. Das tat mir unverzüglich leid, als ich bemerkte, wie sie mit ihren rheumageplagten Knien in die Hocke gehen musste, um im alleruntersten Regal im allerhintersten Eck nach dem braunen Rohrzucker zu suchen, der nur speziellen Gästen und besonders „gewichtigen" Mandanten ab einem Gegenstandswert von 100.000 Euro vorbehalten ist. Also schenkte ich ihr ein winziges Mundwinkelzucken, das man mit viel Fantasie als Lächeln deuten konnte. Dann ist es so weit. Dr. Johannes Hennemann lässt bitten. Und ich lasse mir das nicht zweimal sagen.

„Frau Lehner! Wie schön, Sie zu sehen!"

Er kommt mir heiter entgegen und reicht mir die Hand. Ich bin verwirrt, was allmählich zum Dauerzustand wird. Entweder spielt Johannes Theater oder ich leide an Wahrnehmungsstörungen. Er behandelt mich tatsächlich wie eine Fremde. Oder eben wie eine ehemalige Angestellte. Aber nicht mehr wie Katta. Mit einem kleinen Stich nehme ich innerlich Abstand und begegne meinem Chef mit demselben unverbindlichen Schmunzeln, während meine Rechte schlaff seinen Händedruck erwidert.

Auf dem Tisch liegen meine Personalakte und die Bewerbungsmappe. Als er sich setzt und mir mit einer Geste zu verstehen gibt, es ihm gleich zu tun, schiebt er die Akte nebst den restlichen Papieren achtlos zur Seite. Er wirkt dermaßen unbefangen, dass er mir beinahe unheimlich ist. Johannes reibt sich die Nase. Früher tat er das, wenn er einem Mandanten mitteilte, dass wir gewonnen haben. Was ist das für ein perfides Spiel?

„Frau Lehner. Um ehrlich zu sein, habe ich Sie ein wenig angeschwindelt."

Ach ja?

„Sie sind heute nicht in einem Bewerbungsgespräch."

Ach nein?

„Ich beabsichtige nicht, Sie einzustellen, um es vorwegzunehmen. Denn ich glaube nicht, dass Sie für diese Kanzlei geeignet sind."

Na toll. Was mache ich hier?

„Sie wurden vorgeladen, weil ich eine Mandantin vertrete."

Oh Scheiße. Ein Gläubiger. Meine Bank. Der Gemüsehändler. Ich bin geliefert. Verraten und verkauft. Mieser Rechtsverdreher, von Loyalität keine Spur. Dr. Hennemann fällt mir in den Rücken und dreht dabei genüsslich den Strick um meinen Hals. Leider kommt meinerseits nur ein reichlich schwaches:

„Ach ja?"

Hinter mir öffnet sich die Tür. Die neugierige Elfi hat bestimmt gelauscht. Jetzt meint sie es gut und will was zu Trinken rein bringen. Ich halte tapfer meine Tränen zurück.

Dann sehe ich Louise von Stetten und verstehe überhaupt nichts mehr. Ich schaue von Dr. Hennemann zu Louise und von Louise zu Dr. Hennemann und versuche krampfhaft, mich an den möglichen Grund zu erinnern, weshalb Frau von Stetten mich verklagen sollte. Hat ihr das letzte Mittagessen nicht geschmeckt? Tatsächlich bemerke ich mit Erstaunen, dass sie neben ihm Platz nimmt und die beiden sich zunicken. Als ob es der Überraschungen nicht genügen würde, treten auch noch Bankmensch Elroy ... äh Jens und ... Friedrich (!?) ein. Reflexartig suche ich nach einem Fluchtweg. Leider bleiben die Neuankömmlinge in der Tür stehen und lächeln mich liebenswürdig an. Wohlgemerkt, in der einzigen Tür. Das Fenster ist zwar geöffnet, da wir uns jedoch im vierten Stock befinden, verzichte ich lieber darauf, die Action-Heldin zu spielen.

„Verschwörung!!!", will ich brüllen und kralle ersatzweise meine Fingernägel in die Armlehne. Stattdessen setzt mein Sprachzentrum aus.

„Meine Mandantin besitzt ein persönliches Interesse daran, das Cook & Chill wiederzueröffnen."

Guter Witz. Haha.

„Warum?"

Ich finde meine Sprache wieder. Nur in Einwortsätzen, aber immerhin.

Jetzt meldet sich Louise zu Wort.

„Ich kann nicht mehr schreiben. Ich benötige dazu diesen Laden und deshalb möchte ich, dass Sie den Betrieb umgehend aufnehmen."

Schreiben. Sie schreibt??? Mir dämmert etwas. Die vielen Bücher. Diese Blicke, die alles erfassen. Die ständigen Notizen. Ich blöde Kuh. Die Frau ist Schriftstellerin. Von wegen Einkaufszettel. Ich muss lachen. Es klingt wahrscheinlich ziemlich jämmerlich.

„Ich kann das Cook & Chill nicht eröffnen. Ich besitze keinen Cent. Stattdessen habe ich Schulden und brauche dringend einen Job."

Ein Seitenhieb für den verräterischen Anwalt, selbst wenn meine Stimme dabei an das Piepsen einer Maus erinnert.

„Genau deswegen kommen wir zusammen", schaltet sich Dr. Hennemann ein, „wir wollen Dir ein Angebot machen, Katta."

Ach, jetzt sind wir plötzlich wieder per Du? Allmählich gewinne ich Oberwasser, obwohl die Anspannung unerträglich wird. Ich lehne mich achselzuckend nach hinten und fläze mich auf meinem Sitz, so gut man sich eben auf einem unbequemen Holzstuhl rumlümmeln kann. Die Rückenschmerzen nehme ich gern in Kauf, wenn ich dafür lässig aussehe. Na, dann lasst mal hören, ich bin gespannt. Meine Coolness ist rein äußerlicher Natur. Meine Pumpe schlägt mir bis zum Hals und meine Hände werden feucht.

„Du willst doch deinen alten Job gar nicht zurück."

Will ich wohl.

„Und du möchtest dir auch nicht vorstellen, dich hier erneut von mir rumscheuchen zu lassen."

Allerdings. Da muss ich ihm Recht geben.

„Du gehörst ins Cook & Chill. Da ist Deine Seele."

Ja. Die ist verbrannt.

„Es liegt im ureigensten Interesse von Frau von Stetten, dass der Laden seine Türen wieder öffnet. Dazu bieten wir Dir eine Finanzierung im Rahmen einer stillen Teilhaberschaft an, die alle anfallenden Kosten für die Ausstattung und die Übernahme der ersten drei Monate Unterhaltskosten, also Miete, Nebenkosten et cetera betrifft. Die Formalia haben wir mit dem zuständigen Herrn bei der Bank besprochen", ein freundliches Nicken zu demselben an der Tür.

Ich traue meinen Ohren nicht. Argwöhnisch schaue ich die beiden an, die mich ihrerseits abwartend mustern. Dann drehe ich mich um und fange Friedrichs amüsierten Blick auf. Mein Gehirn läuft auf Hochtouren und mein Herz galoppiert wie eine verrückte Stute ins Nirgendwo. Ich greife nach meinem Wasserglas.

„Wo ist der Haken?", flüstere ich.

Frau von Stetten gehört nicht zu der Sorte Frau, die sowas uneigennützig macht. Sie ist überhaupt kein netter Mensch, wenn ich es mir recht überlege.

„Es gibt keinen. Zumindest keinen, an dem man sich erhängen könnte", schmunzelt Johannes.

Louise sieht mich immer noch schweigend und gewohnt finster an. Ihre Nervosität äußert sich lediglich daran, dass sie unablässig an ihrem Siegelring dreht.

„Frau von Stetten muss ein Manuskript beenden. Das kann sie nur im Cook & Chill. Sie möchte die Gründe nicht weiter ausführen. Um bei den Fakten zu bleiben, du stellst das Cook & Chill genauso her, wie es vorher war, sie beendet den Roman und mit der Veröffentlichung trittst du jegliche Rechte an darin beschriebene Personen und Handlungen an Frau von Stetten sowie den Verlag ab. Das wäre schon alles. Mit dem Druck des Titels erhältst du als Bezahlung für die abgetretenen Ansprüche die Übereignungsurkunde für das Geschäft, mit deren Übergabe sich Frau von Stetten aus der Partnerschaft zurückzieht. Dann gehört der Kochbuchladen ganz und gar dir."

„Wegen eines Buches? Und das soll sich für Sie lohnen?"

Ungläubig schaue ich Louise an. Jetzt vernehme ich tatsächlich ein Kichern im Rücken. Jens stupst Friedrich rügend an, der sich sichtlich bemüht, seine Gesichtsmuskulatur zu kontrollieren.

Louise hebt eine Augenbraue und schnalzt missbilligend mit der Zunge.

„Ich schreibe ausschließlich Bestseller", meint sie trocken.

29. Erntezeit

Mit dem Herbst kommen heimische Äpfel auf den Markt. Die Tage werden kürzer und schon gegen fünf Uhr abends wagt sich die Dunkelheit in die Gassen. Wenn die Sonne geht, dringt das erste Winterfrösteln empfindlich unter die Haut. Ich stelle die Heizung an und hole meine cremefarbene Lieblingsstrickjacke aus dem Schrank. Diese Jahreszeit ist mir von allen die Liebste. Die Bäume ziehen farbenfrohe Kleider an, das Tageslicht wird sanft und die Luft klar. Jeder Atemzug bedeutet eine Wohltat. Ich hauche kleine Nebelschäfchen aus der Lunge, die fröhlich in der Septemberluft herumspringen und Fangen spielen. Die letzten Getreidefelder vor der Stadt leuchten golden. Viele wurden bereits abgeerntet und für das nächste Frühjahr gepflügt. Ich erinnere mich an die Zeit meiner Kindheit am Bodensee. Als es dort noch nach Kartoffelfeuern roch und in den Weinbergen unzählige Helfer die Trauben pflückten.

In Köln mache ich ausgiebige Mittagsspaziergänge durch die Parks und bekomme Lust auf Apfelcrêpes mit Zwetschgenkompott. Ich denke an Federweißer und köstlichen Zwiebelkuchen mit Speck. Den Kaffee aromatisiere ich mit Zimt und Kardamom und im Cook & Chill stellen wir hübsche Lichter auf die Tische und schmücken sie mit bunten Blättern. Es ist eine reiche Auslese in diesem Jahr. Juli und August boten genügend Hitze und Regen für all das Gemüse und Obst. Die sommerlichen Auslagen auf den Märkten weichen den gedeckteren Tönen des Herbstes. Die Marktstände biegen sich unter Kürbissen jeglicher Größe, Form und Farbe. Pastinaken und Petersilienwurzeln, Rote Beete und Steckrüben, ein riesiges Angebot an Kohl und Kartoffeln, Möhren und dicke Sellerieknollen wetteifern miteinander um die Gunst der Kundschaft. Sogar der erste Glühweinstand traut sich bereits hierher.

Meinen Gedanken beschäftigen sich mit dem Herbstmenü, welches ab nächster Woche auf der Karte stehen soll. Unversehens liegt ein altes Kinderlied auf meinen Lippen:

Wenn der frische Herbstwind weht, geh ich durch die Felder.
Schicke meinen Drachen hoch, über alle Wälder.
Und er wackelt mit dem Ohr, wackelt mit dem Schwänzchen.
Und er tanzt den Wolken vor, hui, ein lustig´ Tänzchen.

*

Ich träume schon immer davon, mit einer Tasche voller Scheine in ein exklusives Autohaus hineinzugehen, um mir einen Neuwagen auszusuchen. Der Autohändler, den ich aufsuche, spielt mit seiner Hausmarke zwar weder in der Oberliga, noch ist das Fahrzeug, das mir vorschwebt, ein fabrikfrischer Sportwagen. Das von mir anvisierte Modell könnte man eher als „quadratisch, praktisch, sparsam" betiteln. Geld habe ich zudem nur auf dem Papier. Trotzdem fühle ich mich unbeschreiblich.

Unbeschreiblich finde ich übrigens auch den Verkäufer, der mich mit einem einzigen Blick in eine seiner kleingeistigen Schubladen steckt. Im Fernsehen sind diese Jungs alle untersetzt, meist bebrillt und in ihrer Ausdrucksweise irgendwie klebrig. Zugegebenermaßen wundert es mich, dass Mutter Natur den Mann mit einem durchaus sympathischen Äußeren segnete. Leider wirkt er einen Tick zu herablassend. Er braucht genau zwölf Sekunden, um mich in die Kategorie der Gebrauchtwagenabteilung herabzustufen, wo er meine Kragenweite vermutet. Womit er tatsächlich richtig liegt. Dabei habe ich mich heute extra in Schale geworfen. Aufbegehrend hebe ich das Kinn eine Spur höher und lasse mir die kleine Kränkung nicht anmerken. Fast wie von selbst streichen meine verräterischen Finger sehnsüchtig über den glänzenden Lack eines nagelneuen Geländewagens, während wir die Neuwagenabteilung durchqueren. Er verzieht keine Miene. Stattdessen nennt er mir eine undiskutable Zahl. Freundlich lächelnd überlege ich mir einen gehässigen Satz wie:

„Ach, den nehme ich dann zu dem Lieferwagen dazu. Gibt's den mit Lederausstattung, Klimaanlage und Minibar?"

Oder sowas wie:

„Mein Porsche langweilt mich, da wird es Zeit für was Neues …".

Am besten gefiele mir:

„Kann ich den bar bezahlen?"

Bedauerlicherweise versteht der Autohändler mein Grinsen völlig falsch. Und außerdem sah er mich mit meinem klapprigen Fiesta vorfahren. Dumm aber auch.

„Der hier müsste genau das Richtige für Sie sein."

Er klopft wohlwollend auf einen zwar sehr großen, jedoch ausnehmend hässlichen Transporter. Ich sehe ihn verständnislos an.

„Der ist weiß.“

Jetzt guckt der Verkäufer etwas begriffsstutzig.

„Ich verstehe nicht“, sagt er irritiert.

Ich ringe die Hände, um sie unversehens schlaff herunterbaumeln zu lassen. Mit weit aufgerissenen Augen und einem, wie ich finde gekonnten Wimpernschlag mime ich das Weibchen.

„Ich kaufe doch kein weißes Auto. Da sieht man ja jeden Schmutzflecken drauf.“

Ha! Hab ich´s dem großspurigen Kerl gegeben. Wir gehen zu dem nächsten Modell. Noch unansehnlicher.

„Der ist rot.“

Seine beflissene Fassade bröckelt. Er schaut mich an, als ticke ich nicht richtig.

„Rot macht aggressiv“, erkläre ich belehrend und verschränke trotzig die Arme vor der Brust.

„Dieser Wagen ist erst drei Jahre alt und in hervorragendem Zustand.“

Seine Stimme zittert leicht vor Ungeduld. Mein Mund verzieht sich schmollend.

„Mag sein, aber ich mag die Farbe trotzdem nicht.“

Gleich hab ich dich. Ich schüttle entrüstet den Kopf, als er auf ein schilfgrünes Ungetüm zeigt.

„Grün ist völlig unmodern, absolut undiskutabel“, flöte ich und setze zum Todesstoß an: „Also Schuhe würde ich mir in diesem Ton nie, niemals kaufen!“

Beinahe wäre mir ein Glucksen rausgerutscht. Mein Opfer besitzt keinerlei Kontrolle mehr über seine Gesichtsmuskeln. Ich hätte zu gern seine Gedanken gehört.

„Was ist denn mit dem da hinten“, zeige ich rasch auf einen himmelblauen Vito, bevor er die Contenance verliert.

„Der ist bereits so gut wie verkauft“, schnappt er genervt.

„Ach kommen Sie ...“, trällere ich fröhlich und tänzle hüftschwingend um das Fahrzeug.

Zwei Jahre alt, fünfzehntausend Kilometer, Sieben Liter Verbrauch, scheckheftgepflegt. Vor meinem geistigen Auge sehe ich den geschwungenen Schriftzug, der zukünftig auf den Schiebetüren prangen wird. Der Verkäufer setzt eine sture Miene auf und schüttelt den Kopf. Ich beschließe, ihn zu erlösen.

„Ich habe heute angerufen."

Er versteht nicht. Ich klopfe ihm auf die Schulter.

„Katharina Lehner. Der Wagen wurde für die Firma Cook & Chill & Catering reserviert. Wir können den Kaufvertrag dann direkt fix machen."

Um zu verdeutlichen, dass das Gespräch an dieser Stelle endet, schlendere ich grinsend zurück zum Empfangsbereich. Selbst mit zugewandtem Rücken spüre ich seine Verlegenheit.

*

Unterwegs fahre ich an der üppig dekorierten Schaufensterfront eines Blumenladens vorbei. Der Gedanke ist genauso schnell wie mein rechtes Bein, welches unvermittelt und ohne mein weiteres Zutun auf die Bremse tritt. Das entrüstete Hupen hinter mir überhöre ich geflissentlich. Stattdessen saugt sich mein Blick an einer riesigen Pflanze in der Auslage fest.

„Ich hätte gerne den großen Philodendron, der dort im Schaufenster steht."

Die Floristin sieht mich entgeistert an und schüttelt bedauernd ihren dunkelbraunen Haarschopf. Fasziniert betrachte ich die opulente Naturkrause. Mein Frisör Benno wäre entsetzt.

„Der ist leider nicht zu verkaufen. Ein privates Dekorationsstück", murmelt sie und steckt konzentriert eine langstielige, veilchenblaue Rose in einen Steckschwamm.

Ihre gespreizten Finger führen die Bewegung so exakt und sorgsam aus, dass mir spontan das Bild einer Chemielaborantin vor Augen steht, die mit hochexplosiven Substanzen hantiert.

„Nun ...", gemächlich blättere ich mehrere hundert Euroscheine auf den Tresen, „dann sollten Sie Ihre Verkaufstaktik überdenken. Ich bezahle jeden Preis."

Im Stillen danke ich Louise für ihre kleinen Lehren.

Ihre ungepflegten Haare fliegen hin und her, während die farblosen Augen unstet zum Fenster wandern und schließlich auf meinem eleganten Kleid verharren. Ich frage mich, warum naturbewusste Menschen um Farbe jedweder Art einen Bogen schlagen. Sie ist nicht hässlich. Ihre hoch gewachsene Figur besitzt Modelmaße, die sie leider unter einem grauen Leinensack versteckt. Dass sie sich gesund ernährt und Sport treibt, kann ich nur erahnen. Benno fände es himmlisch, sich ihr annehmen zu können. Ein wenig Wimperntusche hier, ein bisschen Lidschatten dort ... eine mahnende Stimme flüstert: „Lass es sein, Katta. Du bist nicht für sämtliche fehlgeleitete Menschlein auf diesem Planeten verantwortlich." Ich mache eine unwillige Geste und bedeute der ungefragten Intonation Brittas, zu schweigen. Die fahle Verkäuferin guckt nun doch etwas erschreckt.

„Meine innere Stimme sagt", wispere ich vertraulich und rücke noch näher, „dass ich diese Pflanze unbedingt besitzen muss."

Sie beugt sich misstrauisch zurück und sieht mich an, als wäre ich die Reinkarnation Jack the Rippers.

„Es ist quasi eine Angelegenheit auf Leben oder Tod", flüstere ich geheimnisvoll und sehe sie eindringlich an.

Es liegt kaum an meiner Überzeugungskraft. Um ehrlich zu sein, jage ich ihr wohl eher Angst ein. Die Scheine auf dem Tisch sind ausschlaggebend. Nun lächelt sie mich zwar freundlich, aber äußerst nachsichtig an. Kurzfristig fühle ich mich wie eine Fünfjährige. Immerhin macht sie sich daran, den Baum aus dem Fenster zu heben.

„Mein Lieferwagen steht direkt vor der Tür", rufe ich ihr heiter hinterher.

Natürlich schafft sie es nicht, den Philodendron vom Ausmaß einer alten deutschen Eiche auch nur drei Zentimeter vom Fleck wegzubewegen. Dazu muss ich erst den Jungs von der Kfz-Werkstatt nebenan mein Knie zeigen. Bei allem guten Willen gelingt es uns jedoch nicht einmal mit vereinten Kräften, das Ungetüm zumindest in die Nähe meines Gefährtes zu bringen. Und das trotz der wirklich präzisen Kommandos aus sicherer Entfernung, die ich den netten Herren zurufe. Im Nachhinein finde ich die Idee, das Gewächs von einem Kurierdienst verschicken zu lassen, sowieso viel besser. Zum einen zwecks der Unversehrtheit meines neu erstandenen Geschäftswagens und zum anderen wegen meiner eigenen Unzulänglichkeit. Ich traue mich nämlich nicht, mein Geschenk persönlich zu liefern.

Ich gestehe, meine Stimme zittert leicht, als ich der inzwischen reichlich derangierten, schwitzenden Blumenfrau die Adresse des Empfängers diktiere. Und anschließend kann ich es mir trotzdem nicht verkneifen, ihr einen glänzenden, roten Flyer in die Hand zu drücken.

„Cook & Chill - Bücher, Genuss, Kochschule und Catering. Der Laden, der Ihr Leben verändert" steht darauf. Ich zwinkere ihr verschwörerisch zu und registriere mit Genugtuung, dass sie das Flugblatt einer genauen Musterung unterzieht. Man wächst schließlich an seinen Aufgaben, verteidige ich mich halbherzig.

*

Vor dem Cook & Chill wuchten Friedrich und Sascha ein riesiges Holzschild aus Jos altersschwachem Transporter. Ich komme hupend kurz vor ihren Füßen zum Stillstand. Friedrich taumelt erschrocken unter seiner Last und das Schild schlenkert gefährlich nahe an meiner Motorhaube vorüber.

„Jungs, das macht ihr prima", rufe ich lachend.

Entnervt brüllt Sascha mir etwas Unflätiges zu und winkt mich hektisch zur Seite. Sein Gesicht färbt sich hochrot. Rasch lenke ich daraufhin das Auto in die nächstgelegene Parkbucht.

Wenige Augenblicke später stehe ich still vor der grün gemalten Fassade des neuen Ladenlokals und betrachte das frisch gedruckte Ladenschild mit dem geliebten Schriftzug. Hasenherz klopft mir wieder einmal bis zum Hals. Doch heute schlägt es Purzelbäume vor Freude. Es ist tatsächlich wahr.

In der Küche räumen Mutti und Frau Krause die Einkäufe in die Vorratskammer und sortieren die Regale. Überall blitzen moderne, verchromte Schränke. Diesmal konzipierten wir gleich vier stattliche Kochstellen und weitaus großzügigere Arbeitsflächen. Für die nächste Kochschülergeneration. Liebevoll nehme ich einen alten, rußigen Topf in die Hand und streichle sanft über den schwarzen Boden. Mein Blick begegnet dem von Mutti und ihr Zeichen sagt:

„Ich habe noch viele andere Sachen gerettet."

Ich werfe ihr eine Kusshand zu.

Nach dem Brand wurde Frau Krause ebenso obdachlos wie Julius. Wenigstens diesbezüglich ließ meine Versicherung Großmut walten und zahlte meiner ehemaligen Vermieterin zu meiner Erleichterung eine akzeptable Summe aus. Dennoch war es mir ein Anliegen, ihr die

Mansarde im Haus kostenfrei zu überlassen. Sei es nur, um mein schlechtes Gewissen zu beruhigen. Die Sorge, Julius anderweitig unterzubringen, verpuffte in dem Moment, als ich ihn dabei erwischte, wie er heimlich mit Hund, Sack und Pack auf Socken die Treppe zu Helgas Wohnung hinauf schlich. Meine amüsierte Frage tat er wie üblich mit einem mürrischen Grunzen ab und motzte mich an, dass er sich um sich selbst kümmern könne und mich das sowieso nichts anginge. Helgas jungmädchenhaft verklärte Miene genügte mir dann so oder so als Antwort. Mir gefällt der Gedanke, dass sie einander in Zukunft mit Geschirr aus eigenem Hausstand bewerfen. Grundlegend geändert hat sich nämlich nicht viel zwischen ihnen. Der einzige Unterschied besteht lediglich darin, dass sie sich nach dem täglichen, handfesten Krach versöhnlich in die Arme fallen, um wie Teenager zu knutschen. Ich bin mir diesbezüglich nicht sicher, ob ich den ursprünglichen Zustand nicht doch besser fand.

Frau Krause befindet sich seit ihrem Einzug allerdings häufiger in meiner als in ihrer Küche. Meinen Einwand, sie nicht bezahlen zu können, fegte sie mit einem fast schon beleidigten: „Mädche, ich well kein Geld nit!“ beiseite. Und servierte mir eifrig einen duftenden Eintopf.

Auch das Büro ist größer als mein ehemaliges. Ich schließe sacht die Türe hinter mir, halte einen Augenblick inne und betrachte die Einrichtung. Der Raum empfängt mich hell und freundlich und die gefälligen Möbel mit dem antiken Look schenken ihm beinahe etwas Erhabenes. Der edle Berber, ein Geschenk von Baabak, dämpft jeden Schritt und ich gebe dem Drang nach, meine Schuhe auszuziehen. Meine bloßen Füße versinken in dem weichen Teppich, prompt bekomme ich Gänsehaut. Ich befinde mich zweifelsohne im Arbeitszimmer einer Geschäftsfrau. Einer Barfüßigen zwar, aber eindeutig einer Geschäftsfrau. Ich komme nicht umhin, stolz zu sein. Es wird noch seine Zeit dauern, bis ich meine Korrespondenz und die Verbindlichkeiten geordnet und weitgehend in die richtigen Bahnen gelenkt habe. Doch auf dem Geschäftskonto liegt eine ordentliche Summe, und wenn ich gut haushalte und zusätzliche Kochseminare anbiete, dann müsste ich es schaffen.

Das Cook & Chill kehrte an einem regnerischen, stillen Septembermorgen ins Leben zurück. Glöckchen überlebte das Feuer leider nicht. Sein Nachfolger „Muh“, eine Schweizer Kuhglocke, gibt sich redlich Mühe, lässt allerdings die gewohnte Penetranz in der Stimme vermissen. Muh schellt tiefer, dafür häufiger. Meine Kundschaft blieb mir treu. Altbekannte Gesichter füllen den Laden und haben auch gleich neue mitgebracht. Soweit ich die Anmeldelisten übersehe, kommen diesmal zwei Kurse zustande, einer davon für Fortgeschrittene. Die vertrauten Namen auf dieser Liste entlocken mir ein schiefes Lächeln. Auf einem gesonderten Vordruck notiere ich handschriftlich die vorläufigen Anfragen aus der überquellenden Mailbox. Friedrich, der Webdesigner, entwarf für uns eine ansprechende Website und stellte diese ins Internet. Das Interesse an der Kochkunst boomt. Ich werde eine Auswahl daraus treffen und die übrigen auf die nächsten Kursabschnitte vertrösten müssen. Als ich in meinem Terminkalender blättere, fällt mir ein weißes, rechteckiges Kärtchen entgegen. Die feste Papierstruktur fühlt sich rau und zart gleichermaßen an und ich betrachte versunken die aufgeprägte Schrift. Die Nummer kenne ich auswendig. Jeden Tag nehme ich mir vor, Felix anzurufen. Um es auf den Folgenden zu verschieben. Das tue ich seit Wochen. Ich traue mich einfach nicht, so groß ist meine Angst vor ... was auch immer.

Der Drucker spuckt ein weiteres Anmeldeformular aus. Etwas geistesabwesend trage ich eine neue Schülerin in die Anfängerkursliste ein. Halte ein und vergleiche erneut den von mir niedergeschriebenen Namen mit dem auf der Anmeldung. Melissa Wagner. Sieh an. Julia rührt also kräftig die Werbetrommel. Ich lese die persönlichen Angaben Melissas genauer und verweile auf der eigenwilligen Signatur. Plötzlich kommt mir eine Idee. Ein breites Grinsen überzieht mein Gesicht.

*

Im Café bezahlt Louise ihre Rechnung und macht Anstalten, sich von ihrem Platz zu erheben. Sie gefällt mir heute gar nicht. Um die Nase herum ist sie ganz blass, die Wangen wirken fahl und eingefallen, dunkle Schatten liegen unter ihren trüben Augen. Besorgt lege ich die Seidenstrickjacke um ihre mageren Schultern und streichle unvermittelt über ihren Rücken. Das behagt ihr überhaupt nicht. Wie ein lästiges Insekt schiebt sie meine Hand beiseite und zieht die Schulterblätter zusammen. Hektisch packt sie ihr Notizbuch ein, womit sie meinen unbeholfenen Versuch vereitelt, ein paar der Zeilen zu entziffern. Zu gerne wüsste ich, was sie schreibt. Vor allem, worüber. In einer Art Übersprungshandlung wirft sie mir mit einem strengen Blick einige Eurostücke auf den Tisch.

„Stimmt so", sagt sie und rauscht von dannen.

Naja. So ist sie eben, murmelt mein gutes Ich und streicht die Münzen ein.

Sascha sitzt an der Theke und blättert konzentriert in einem Kochbuch. Dabei kaut er unentwegt auf einem Zahnstocher herum, während seine Lippen sich lautlos bewegen. Ab und an kratzt er sich am Hinterkopf. Er schaut nicht einmal auf, als ich ihm das Geld in die Schürze stecke.

„Was machst du da?"

Er zuckt erschrocken zusammen, so als bemerke er meine Anwesenheit erst jetzt. Schnell klappt er den Bildband zu. Zu spät. Ich sehe genau, dass ein weiteres Büchlein zwischen den Seiten des anderen versteckt liegt. Wortlos greife ich zu und ziehe das kleine Buch mit spitzen Fingern heraus. Auf dem Einband ist der Titel in Goldbuchstaben eingeprägt. Gedichte von Morgenstern. Nanu? Ich brauche eine Weile, ehe ich verstehe. Wieder einmal fällt mir ein Puzzleteil in den Schoß. Natürlich. Deshalb saßen Julia und Sascha dauernd tuschelnd in irgendeiner Ecke oder verzogen sich hinter die Regale. Und ich dachte, die zwei Turteltauben treiben unanständige Sachen in meinem Laden.

„Sascha?"

Begeistert wedle ich mit dem Gedichtband vor seinem verlegenen Gesicht herum. Er lächelt verkrampft und schüttelt abwehrend den Kopf. Ich schlage eine Seite auf und reiche ihm den geöffneten Band.

„Lies!", befehle ich streng.

Sascha schluckt. Zögernd nimmt er die Lektüre entgegen, hüstelt und räuspert sich. Mit dem rechten Zeigefinger fährt er über die Schrift und beginnt zaghaft, nachzulesen. Julia bleibt gebannt im Eingang stehen, ihre Tasche gleitet ungeachtet zu Boden. Stolz erwidert sie mein anerkennendes Nicken und reckt stumm den Daumen in die Höhe, während Sascha aus Buchstaben Wörter und stockende Sätze bastelt. Es ist die schönste und wahrscheinlich auch holprigste Lesung, die ich jemals gehört habe.

*

Heute ist ein großer Tag für das Cook & Chill. Durch das Feuer und die Schließung des Ladens schuldete ich bis dato meinen Kochschülern ihr versprochenes Kochfinale. Und genau das holen wir an diesem Abend nach. Jeder Teilnehmer erwartet seinen persönlichen Gast zu einem fulminanten Fünf-Gänge-Menü der Extraklasse als krönenden Abschluss des Kurses. Nicht nur meine Schüler fiebern dem Ereignis entgegen. Ich fühle mich wie kurz vor meinem Abschlussball in der neunten Klasse, als ich in einem bonbonfarbenen Monstrum aus Tüll auf meinen beleibten, schwitzenden Begleiter wartete, damit er mir die feuchten Hände reichte und meine Füße blau treten konnte. Mit klopfendem Herzen überfliege ich wohl zum hundertsten Mal die Gästeliste. Friedrich kommt mit Elroy, Pardon, Jens, Johannes natürlich mit seiner Frau Linda, Julia bekocht ihre Schwester Melissa. Saschas Mutter reist aus dem Bergischen an, Lukas und Vida bringen gemeinsame Freunde mit. Louise von Stetten ist der Ehrengast. Julius trägt die Schirmherrschaft über die passenden Tischweine und steht außerdem den Kocheleven in der Küche mit Rat und Tat beiseite. Helga Krause und Britta servieren die Speisen und bedienen die Geladenen. Ich achte darauf, dass alles wie am Schnürchen läuft, was in erster Linie bedeutet, dafür zu sorgen, dass mein Koch sein Temperament zügelt und keine Tränen fließen.

Olga sagt seit dem frühen Morgen Dreck und Staub den Kampf an. Sie wirbelt durch das Ladenlokal und singt dabei unverdrossen ihre russischen Wiegenlieder, begleitet vom eintönigen Greinen des Kampfstaubsaugers. Das Cook & Chill soll heute gemäß dem Anlass in besonders unvergleichlichem Glanz erstrahlen. Helga arrangiert die Blumen und poliert die Leuchter für die unzähligen Kerzen. Julius streitet lautstark mit dem Lieferanten auf dem Hof. Der arme Kerl wirkt unerfahren und kam bisher noch nicht in den Genuss der Bekanntschaft des kleinen Mannes. Ein bisschen schadenfroh registriere ich, dass des Zulieferers Gesicht soeben hochrot anläuft. Seine Waren sind zweifelsfrei von hervorragender Qualität, was sich leider im Preis niederschlägt. Doch mit einem Sternekoch bekommt er es vermutlich nicht allzu oft zu tun. Zweifelsohne findet Herr Zander genügend zu bemängeln, um die Kaufsumme zu drücken, denke ich grinsend. Ich möchte nicht anstelle des Gemüsehändlers sein.

Vor einigen Tagen ergriff ich endlich die Gelegenheit, Julius dafür zu danken, dass er mich aus dem brennenden Haus rettete. Wie und was damals genau ablief, bleibt mir und allen Beteiligten bis heute schleierhaft. Und er, der Einzige, der das beantworten könnte, will offenbar nicht darüber reden. Wie gewohnt macht der kleine Mann aus den Dingen, die ihn betreffen, ein Geheimnis. Seine Rauchvergiftung kostete ihn bis zur vollen Genesung zwei Wochen im Krankenhaus, wie mir meine ehemalige Vermieterin verriet. Ziemlich kleinlaut suchte ich ihn daraufhin in Frau Krauses Wohnung auf und bat ihn mehr oder weniger auf Knien, die Küche im neuen Lokal zu übernehmen. In seiner üblichen wortkargen Art ließ er meine Entschuldigungen und Dankbarkeitsbekundungen über sich ergehen, um mir sodann die Tür zu weisen. Erst als ich reichlich geknickt im Türrahmen stand, warf er mir ein „Bin dann morgen um zehn da" hinterher. Frau Krause lächelte nur.

Meine heutige Aufgabe besteht darin, die Tischkärtchen für die Gäste zu schreiben und kunstvolle Serviettenschwäne zu falten. Der kleine Pfefferminzevogel aus Kaugummipapier liefert mir die Vorlage. Es kommt mir wie Jahre her vor, als die Frau in der Bahn den Silberpapierschwan in meinen Schoß warf. Beinahe unwirklich.

Julia rief in der letzten halben Stunde dreimal panisch an. Zuerst vermochte sie sich nicht zwischen dem Lamm oder der Ente zu entscheiden. Da Melissa asiatische Gerichte liebt, entschieden wir uns letztlich für den knusprigen Wasservogel. Unsäglicher weise fand Julia in verschiedenen Kochbüchern nun ein thailändisches, vietnamesisches und koreanisches Rezept, dessen Auswahl sie erneut heillos überfordert. Ich schüttle nachsichtig den Kopf. Julias Lampenfieber wirkt total ansteckend, so dass ich selbst ganz hibbelig werde. Meine Aufregung bezieht sich allerdings weniger auf das Kochen, sondern vielmehr auf den Gast, den keiner erwarten wird.

Ich klemme den Telefonhörer unter das Kinn und gebe die Ziffernfolge auf der Tastatur ein. Wäre doch gelacht, wenn das nicht in Ordnung käme.

„Sander?"

Einen kurzen Augenblick bleibt mein Herz stehen.

„Frank?", frage ich vorsichtig.

„Katta! Was gibt's?"

Ich atme auf. Ob erleichtert oder enttäuscht, entscheide ich später.
„Hast du heute Abend schon was vor?“

*

Julia sieht phänomenal aus. Sie trägt ein hautenges, paillettenbesetztes Abendkleid und eine Hochsteckfrisur, in deren kunstfertiger Verflechtung ich eindeutig Bennos Handschrift erkenne. Eine lange, schillernde Locke umrahmt von jeder Seite ihr Gesicht, welches mit dem geschmeidigen Stoff um die Wette strahlt.

„Du bist umwerfend schön“, flüstere ich in ihr Ohr, als sie mich umarmt.

Hinter ihr schiebt sich eine schlanke, dunkelhaarige Frau durch die Tür. Aus der Nähe ist die Ähnlichkeit unverkennbar. Die gleichen Augen, die gleiche hohe Stirn.

„Hallo Melissa“, lächelnd reiche ich ihr die Hand, „schön, dass du da bist.“

„Toll, dich endlich einmal kennen zu lernen. Ich habe so viel von dir gehört“, viel sagend zwinkert sie Julia zu.

Ihre Stimme besitzt einen wunderbaren, samtweichen Klang. Melissa ist wirklich eine Augenweide. Und das offenbar nicht nur äußerlich. Ich kann Frank gut verstehen. Jetzt wird mir irgendwie übel. Die Ärmste hat ja keine Ahnung, wie enorm sie mich in der nächsten halben Stunde kennen lernen wird. Geht mein Plan schief, bin ich geliefert. Nervös schaue ich auf meine Uhr, die mich plötzlich an eine tickende Zeitbombe erinnert, und fange einen misstrauischen Blick von Britta vom anderen Ende des Raumes auf. Ich lächle unschuldig und wende rasch den Kopf, ehe meine Freundin meine Gedanken liest. Frank müsste jeden Moment da sein. Julias Schwester schaut mich immer noch liebenswürdig, jedoch leicht irritiert an. Mir wird bewusst, dass meine Hand nach wie vor die ihre umklammert hält.

„Ja ... ich habe von dir auch viel gehört ...“, stottere ich und verschränke die Arme vor der Brust. Vielleicht war es doch keine so brillante Idee, ausgerechnet heute Abend einen Kupplungsversuch zu starten. Blöderweise vermag ich meine spontane Aktion nicht mehr zu stoppen. Frank hat sein Mobiltelefon ausgeschaltet, wie ich vor einigen Minuten mit Entsetzen feststellen durfte. Weitere Gäste drängen in den Eingang, so dass ich gezwungenermaßen die Dinge laufen lassen muss. Also schicke ich ein Stoßgebet zum Himmel.

„Lieber Gott, das ist echt das letzte Mal, dass ich mich irgendwo einmische. Versprochen. Hilf mir bitte nur noch diesmal. Für Julia ... und Melissa und Frank ... und wenn ich schon mal dabei bin, wäre es sehr nett von dir, wenn Johannes ein gesundes Kind bekommt, du nach einem freundlichen Mann für Mutti Ausschau hältst und Sascha mit dem Gedanken anfreunden könntest, endlich eine Kochlehre zu beginnen ... okay, äh ... danke ..."

Mit einem breiten Lächeln wende ich mich Friedrich und Jens zu, die in edle Smokings gewandet auf mich zukommen, und pfeife anerkennend durch die Zähne.

„Jungs, wollt ihr auf den Empfang der Königin?"

Ehe ich es mich versehe, werde ich in die Luft gehoben.

„Du bist seine Königin", lacht Friedrich.

Jens zwinkert mir zu.

„Und, wie laufen die Geschäfte, Verehrteste?"

„Gut!"

Atemlos versuche ich, das Gleichgewicht wieder zu erlangen, als Friedrich mich endlich zu Boden lässt. Die nächste halbe Stunde beschäftige ich mich vollauf damit, die Gäste zu begrüßen, Glückwünsche und Blumensträuße entgegenzunehmen und die Herrschaften zu ihren Plätzen zu dirigieren. Britta trägt ein niedliches Schürzchen und ließ sich tatsächlich dazu überreden, ein weißes Häubchen aufzuziehen.

„Mannomann, siehst du zum Anbeißen aus!"

Ich kann der Verlockung nicht widerstehen, ihr auf den Hintern zu klopfen. Sie sieht mich tadelnd an und hält mir anklagend das Aperitiftableau unter die Nase.

„Dafür schuldest du mir etwas, Lehner", droht sie und weist mit einer Kopfbewegung zu ihrem Gatten. „Andreas ist wie paralysiert, seit er mich in diesem Aufzug gesehen hat. Er wartet nur darauf, mich in den Waschraum zu zerren. Wäre er nicht rein zufällig mein Ehemann, würde ich ihn wegen Belästigung anzeigen."

Lachend proste ich Andreas zu, der mit einem anzüglichen Seitenblick auf Britta das Siegeszeichen macht.

„Nun, wie man sich bettet, so liegt man ..."

Schnell ergreife ich die Flucht, ehe sie mich wüst beschimpft oder gar mit Häppchen bewirft.

Endlich sitzen alle und ich begebe mich zu meinem Platz an der Kopfseite der Tafel. Nach und nach schaue ich in jedes einzelne, erwartungsfrohe Gesicht. Ein wohliges Gefühl durchströmt mich. Das Cook & Chill erwacht tatsächlich wieder zum Leben.

Rechts von mir vertieft sich das Ehepaar Hennemann in eine angeregte Unterhaltung mit Louise von Stetten, die kerzengerade auf ihrem Stuhl thront. Dennoch drücken ihre strengen Züge Milde aus, während sie mit Johannes spricht. Der nickt zu ihren Ausführungen und streichelt gedankenverloren Lindas wohl gerundeten Bauch. Als er fürsorglich Orangensaft in ihr Sektglas gießt, lächelt Linda ihn selig an.

Sascha sieht gut in seinem neuen Anzug aus, auch wenn er mit dem engen Kragen seines schrill gemusterten Hemdes hadert. Auf seiner Nase perlen Schweißtröpfchen. Julia kommt ihm zu Hilfe, knöpft liebevoll den obersten Knopf auf und streicht ihrem Freund beruhigend über den Arm. Sie wendet sich an ihre Nachbarin, um das Brot weiterzureichen. Saschas Mutter ist eine kleine, quirlige Frau mit lebendigen Augen und beeindruckender Körperfülle. Sie wirkt mindestens so aufgeregt wie ihr Sohn, sprudelt dabei wie ein Wasserfall und nestelt ständig entweder an ihrem Rock oder an dem Tischtuch herum. Andreas hat sich irgendwo in Brittas Dekolleté verheddert und ich erspare mir die Deutung seiner Gedanken, die ihm allzu offensichtlich ins Gesicht geschrieben stehen. Zu meiner Linken sind Friedrich und Jens mit Julius in eine heiße Diskussion darüber verstrickt, ob man zum Fisch nun Weißwein trinkt oder auch Rotwein salonfähig wäre. Julius beendet das Streitgespräch rüde, indem er mit der üblichen, schlechtgelaunten Miene eine Flasche weißen Pinot Grigio auf den Tisch knallt. Ich grinse. Britta und Helga gönnen sich eine Zigarettenpause, indessen sie auf ihren Einsatz warten. Über der Geräuschkulisse angeregter Gespräche hängt Vida´s unvermeidliches Kichern wie eine fröhliche Melodie. Die jungen Leute machen es sich an der Stirnseite der Tafel gemütlich und probieren sämtliche Aperitifversionen durch. Ich atme tief ein, lasse das belebende Prickeln aus Zufriedenheit und Erwartung in mir nachklingen und erhebe mein Glas:

„Freunde. Bereits Casanova wusste: Jede Frau ist für gutes Essen anfällig. Und was für Frauen gilt, kann für Männer ja nicht schlecht sein.

Herzlich willkommen zur nachträglichen Eröffnung des Cook & Chill und zum lang erwarteten Kochfinale der ersten Generation frischgebackener Köche ...", ich wende mich meinen Schülern zu, „ ... die ich auch direkt bitte, ihr Werk zu vollbringen."

Applaus und lautes Hallo braust auf, Gläser klirren aneinander, während die Angesprochenen sich von ihren Plätzen schälen. Ich hebe die Hand noch ein wenig höher und fahre lächelnd fort:

„In diesen heiligen Hallen ...", und dann vergesse ich meinen Text.

Eine Bewegung lenkt meinen Blick zur Eingangstür.

Frank ist da. Und er ist nicht allein gekommen.

*

„Lieber Gott. Nein, so habe ich es wirklich nicht gemeint. Ich mag undankbar sein. Aber hättest du es nicht bei meinen Wünschen belassen können? Nie habe ich ein Wort darüber verloren, dass ich ausgerechnet am heutigen Abend meine eigenen Probleme zu ordnen gedenke. Was hast du dir nur dabei gedacht. Vor allem: Was hat sich Frank dabei gedacht? Als ich ihn einlud, meinte ich doch nicht, dass er Felix mitbringen soll! Was mache ich denn jetzt?!"

Noch wundert sich niemand über mein Zögern. Ich spüre förmlich, wie mir sämtliche Farbe aus dem Gesicht weicht. Langsam lasse ich mein Glas sinken. Frank lächelt selbstsicher und ohne das geringste Schuldbewusstsein. Felix hingegen sieht mich sehr ernst an. Der dunkle Anzug mit Fliege passt irgendwie gar nicht zu ihm. Er wirkt so ... falsch angezogen. Alle anderen warten ebenfalls darauf, dass ich mit meiner Rede fortfahre.

„Ähm ... ja ...", leider umnebelt mein Hirn sanfte Leere.

Stattdessen fällt mein Blick unseligerweise auf Julias Schwester. Melissa sitzt stocksteif auf ihrem Stuhl und starrt geradeaus. Offensichtlich hat sie die Neuankömmlinge durchaus bemerkt. Mir wird heiß. Und dann kalt. Ein leises Raunen schwillt an. In meinem Ohr höre ich Wasser plätschern. Die kleine Katta steht mal wieder am Beckenrand. Ich werde ertrinken. Das ist so sicher wie das Amen in der Kirche. Ich kann das kühle, schwappende Nass bereits an meinen Füßen spüren. Ergeben schließe ich die Augen. Es wird nicht funktionieren. Der Abend wird in einer Katastrophe enden. Ich bin tot.

Macht nix, Herr. Ist nicht deine Schuld. Ganz ehrlich - das habe ich mir selbst eingebrockt. Doch Gott erbarmt sich seinem abtrünnigen Schäfchen. Er wirft mir nachsichtig einen Strohhalm zu. In Gestalt eines Engels. Wie betäubt sehe ich aus dem Augenwinkel, dass Julia sich erhebt. Sich räuspert. Mich ansieht. Zur Tür sieht. Und ein breites, wissendes Lächeln auf ihren Lippen erscheint. Ihre Stimme tönt glasklar und unnatürlich laut durch den Raum.

„Da seid ihr ja endlich! Unser lieber Frank. Und ... Felix. Wie immer zu spät“, scherzt sie.

Ihr Pokerface ist sagenhaft. Fast augenblicklich entspannt sich die Stimmung. Die Gäste wenden sich einander zu und nehmen ihre Gespräche auf. Sprachlos werde ich indes Zeuge, wie Julia mit erhobenem Kopf auf die beiden zugeht, sich im Vorübergehen zwei Gläser vom Tablett nimmt und sie Frank und Felix entgegenhält. Britta spurtet geistesgegenwärtig in die Küche und kommt mit zwei Gedecken zurück, die sie unauffällig am Tischende an den frei gebliebenen Plätzen platziert. Mit hochrotem Gesicht schenkt sie mir ein leises „Okay.“ Als wäre es das normalste der Welt, fährt sie fort, die Vorspeisen aufzutragen.

Ich rutsche auf den freien Stuhl neben Melissa und fasse beherzt nach ihrer Hand. Sie zuckt zusammen. Dann erwidert sie zögernd den Druck meiner Finger. Ihr Blick richtet sich unverwandt auf Julia und die Sanderbrüder. Atemlos verfolgen wir so das Geschehen. Sie stehen zu weit weg, als das wir hören könnten, was gesprochen wird. Also verlasse ich mich auf mein Gespür und die langjährige Übung im Umgang mit Muttis Gebärdensprache. Ich sauge mich an Franks Lippenbewegungen fest. Dabei versuche ich hartnäckig, an Felix vorbei zu sehen.

„Er entschuldigt sich“, wispere ich.

Melissa nickt unmerklich. Ihr Puls ist unnatürlich hoch, ihre Wangen überzieht eine leichte Röte. Das gibt mir Hoffnung. Gleichmut verursacht kein Herzrasen.

„Jetzt sagt sie ... Vollidiot“, murmele ich.

Julias Schwester kichert.

„Das hört er ziemlich oft in der letzten Zeit“, grinse ich.

Konzentriert hänge ich an Julias Lippen und beuge mich unwillkürlich nach vorne, so dass ich beinahe auf dem Tischtuch liege.

„Und so etwas wie ... Ohrenschmalz?"

Hä? Was redet Julia da bloß? Melissa sieht mich fragend an. Okay, meine Lesefähigkeit mag vielleicht ein kleines bisschen eingerostet sein.

„Nein, sie meint ... ach ja", meine Miene erhellt sich, „er soll sich hinter die Ohren schreiben, dass er mit Frauen so nicht umzugehen hat."

Anerkennend schnalze ich mit der Zunge.

„Sie ist wunderbar", flüstert Melissa mit glänzenden Augen und lässt den Blick nicht von Frank. Erleichtert sinke ich rückwärts gegen meine Stuhllehne und knete meine verkrampften Fingergelenke. Unbewusst hatte ich meine Hände zu Fäusten geballt.

„Jetzt umarmen sie sich", bemerke ich unnötigerweise.

Melissa gibt sich unvermittelt einen Ruck. Ich zucke zusammen, als sie resolut ihre Serviette auf den Tisch schleudert.

„Entschuldige mich bitte. Ich glaube, ich bin an der Reihe."

Sie streicht sich sorgsam mit einer aufreizenden Geste die langen, dunklen Haare zurecht und ordnet ihr nachtblaues Kleid. Setzt ein strenges Gesicht auf und geht festen Schrittes auf Frank und Julia zu. Ich halte den Atem an. Melissa ignoriert ihren Exfreund, neigt sich stattdessen ihrer Schwester zu und umfasst sie liebevoll. Ihre Köpfe rücken ganz nah aneinander. Während sie beschwörend auf sie einspricht, werden Julias Augen immer größer. Sie schluckt und wirft mir plötzlich durch den kompletten Saal einen hilfesuchenden Blick zu. Sanft neige ich das Kinn und lächle sie aufmunternd an. Sie zögert kurz, dann strafft sie ihr zweifellos vorhandenes Rückgrat, lächelt zuerst Melissa und schließlich den zerknirschten Frank an. Erneut lehne ich mich zurück und lasse alle Anspannung endgültig los. Endlich ist die Wahrheit dort, wo sie hingehört.

Melissa indes wendet sich nun Frank zu, der merklich zusammenschrumpft. Na, der wird noch ein paar Mal zu hören bekommen, was die Damen von ihm denken. Fast tut er mir leid. Aber nur fast. Völlig ermattet fächle ich mir mit meiner Serviette Luft zu. Danke, Chef. Ich werde mich revanchieren. Bei Gelegenheit. Wenn's sein muss, gehe ich am Sonntag in die Kirche.

„Kann es sein, dass dein Finger schon wieder in fremden Töpfen steckt?"

Britta baut sich drohend vor mir auf. Ich lächle sie unschuldig an. Und nicke ergeben. Was sollte ich auch sonst tun? Lieber schiebe ich mir ein Lachshäppchen in den Mund und biete meiner Freundin ebenfalls eines an.

„Aber es funktionierte doch!"

Britta zuckt zusammen. Treffer, versenkt. Ich finde es sehr befriedigend, dass meine Anspielung auf ihre jüngste Verfehlung ins Ziel getroffen hat. Wer im Gewächshaus sitzt, soll bekanntlich nicht mit Gemüse werfen. Oder so. Britta wendet mir schnaubend den Rücken zu. Ihr Häubchen hüpft dabei beleidigt auf und ab.

Ein spitzer Schrei schallt aus der Küche, gefolgt von ohrenbetäubendem Poltern.

„Wieso hat mir keiner gesagt, dass die noch leben???"

Vida wollte sich nicht davon abbringen lassen, gegrillte Langustenschwänze als Zwischengang zuzubereiten. Es war klar, dass Julius dem arglosen Mädchen eins auswischt. Unauffällig erhebe ich mich von meinem Stuhl. Frank sitzt mit Melissa Händchen haltend in einer Ecke und Felix hat sich gottlob in Luft aufgelöst. Alle anderen beschäftigen sich mit Johannes köstlicher Gurkensuppe. Dankbar entschwinde ich durch die Flügeltür, um Seelenfeuerwehr zu spielen.

In der Küche remple ich versehentlich gegen Julius, der sich mit in die Seite gestützten Armen und hochrotem Gesicht drohend vor der schluchzenden Vida aufgebaut hat, während Sascha leise auf sie einredet. Ich greife kurzerhand nach einer Schürze und angle nach einem zappelnden Krebstier. Das kommt mir gerade recht. Grimmig sehe ich mich nach einem freien Kochtopf um.

„So, wo kann ich das Biest jetzt umbringen?"

*

Natürlich rührt Vida nicht eine der leckeren Langusten an. Bleich und mit den Nerven am Ende kauert sie auf ihrem Stuhl, kippt einen Wodka nach dem nächsten und mustert verächtlich die Teller der anderen. Die Gäste hingegen stürzen sich begeistert auf den Zwischengang. Nachdem ich mich versichert habe, dass die Ente im Ofen schmort, der Seeteufel in der Zitronensauce gart und mein Dessert im Kühlschrank seiner

Festigung harrt, schleiche ich mich ins Lokal und packe unauffällig das letzte Krebstier auf meinen Teller.

Meinen ehemaligen Nachbarn kann ich nach wie vor nirgends entdecken. Offensichtlich hat er sich tatsächlich aus dem Staub gemacht. Genussvoll schiebe ich den ersten Bissen in den Mund. Doch leider freue ich mich zu früh.

Felix rutscht neben mir auf die Sitzbank. Erschrocken zucke ich zusammen. Über den Sonntag reden wir noch, Boss! Grimmig spieße ich eine unschuldige Kirschtomate auf meine Gabel. Der vertraute Geruch schwindelt mir. Seine Nähe macht mich total konfus. Am liebsten würde ich entweder weglaufen oder mich auf ihn stürzen. Beides wäre unverzeihlich. Also fixiere ich stocksteif die Salatbeilage. Plötzlich steckt ein Kloß in meinem Hals. Es gelingt mir nicht, das lästige Tomatenstück herunterzuschlucken. Meine Hände schwitzen und meinen Puls kann vermutlich selbst das beste Herzfrequenzgerät der Welt nicht mehr messen. Wie immer in solchen Situationen vergesse ich mich.

„Sieh an. Der verlorene Sohn. Auch mal wieder da?!", fauche ich unvermittelt.

Trotzig zwinge ich die Minitomate in meine Speiseröhre. Es fühlt sich an, als verschlucke ich einen Golfball. Felix zieht verblüfft eine Augenbraue hoch.

„Die Frage gebe ich gerne zurück", kontert er charmant und verschränkt die Arme vor der Brust.

„Nicht bewegen", denke ich flehend.

Erneut wogt ein Hauch seines Parfums in meine Richtung. Ich versuche, flach und nur durch den Mund zu atmen.

„Na, immerhin bin ICH nicht weggezogen!", schnappe ich und puste mir eine widerspenstige Locke aus der Stirn.

„Du hast mich auch nicht hundertmal angerufen."

Das sagt er sehr ruhig.

„Weiß ich, wo du wohnst?!"

Ups.

„Fehler!", brüllt mein Hirn.

Ich beiße mir auf die unbedachte Zunge. Felix rückt näher.

„Ach wirklich?"

Jetzt ist seine Stimme ganz nah an meinem Ohr. Ich kann den zarten Lufthauch seines Atems spüren. Meine Haut reagiert prompt und jedes einzelne Härchen stellt sich bereitwillig auf. Oh nein, oh nein.

„Jemand hat mir einen Baum in den Flur gestellt. Du hast nicht rein zufällig etwas damit zu tun?“

Er starrt auf mein Ohrläppchen. Ich laufe knallrot an.

„Ich?! Wieso sollte ich auf eine solch blöde Idee kommen?“, murmele ich.

Das läuft hier vollkommen aus dem Ruder. Ich bin eindeutig nicht mehr Herrin der Lage. Schnell setze ich das Glas an den Mund, um das verräterische Zucken meiner Mundwinkel zu verstecken. Leider zittern meine Hände so, dass ich den Sekt verschütte. Die Tomate in meinem Magen findet das gar nicht witzig. Ich würge und der Paradiesapfel hüpft triumphierend auf das Tischtuch, als ich husten muss.

„´Tschuldigung.“

Eine Träne kullert über meine heiße Wange.

„Katta ...“

Er fasst mit sanftem Druck mein Kinn und zwingt meinen Blick in seine meerblauen Augen. Nie hätte ich gedacht, dass diese fünf Buchstaben tatsächlich eine Melodie besitzen. K-a-tt-ah ... Wenn Felix meinen Namen sagt, klingt es wie der Anfang eines Gedichts. Plötzlich ist alles so egal. Ein guter Zeitpunkt, zu sterben. Jetzt, sofort.

„Danke.“

Seine Lippen verschließen meinen Protest mit einem Kuss.

*

Finales Menü Cook & Chill

Aperitif: Sprizz, eine italienische Erfrischung

Man nehme:

0,1 l Prosecco,
2 dl Aperol,
6 Eiswürfel.
alles im Longdrinktumbler servieren.

Vorspeise: geeistes Gurkensüppchen

Man nehme:

1 Salatgurke,
1 Chilischote,
1 Bund Petersilie,
500 ml. Buttermilch,
2 Esslöffel Schmand,
3 Esslöffel Leinöl,
2-3 Esslöffel Zitronensaft,
Salz, Pfeffer, Dill.

Die Salatgurke schälen und mit der zerstoßenen Chilischote und der kleingehackten Petersilie im Mixer pürieren. Leinöl und Zitronensaft langsam zugeben. Dann den Schmand und die Buttermilch unterrühren. Mit Salz, Pfeffer und Dill abschmecken. Für etwa 2 Stunden ins Eisfach stellen.

Zwischengang:

Langustenschwänze an Mangoschaum und Feldsalat

Man nehme:

2 Langusten, (vom Fischhändler kochen lassen oder Tiefkühllangusten verwenden),
Olivenöl,
1 reife Mango,
3 Esslöffel Creme Fraiche,
1 Chilischote,
2 Limetten, Pfeffer und Salz.

Den Ofen auf 250 Grad vorheizen. Die Langusten der Länge nach halbieren und den Darm entfernen. Das Fleisch vorsichtig mit dem Messer aus der Schale lösen und wieder hineinlegen. Olivenöl mit etwas Zitronensaft vermengen und die Fleischseiten dünn bepinseln. Mit der Schale nach oben in einer Form ca. 10 Minuten im Ofen grillen. Herausnehmen.

Die Mango schälen und in kleine Stücke schneiden. Etwas Butter im Topf zerlassen und die Frucht im eigenen Saft unter Zugabe der zerstoßenen Chilischote und Zitronensaft 5 Minuten aufkochen. Abkühlen lassen und mit der Fraiche schaumig schlagen.

Danach die Langusten umdrehen, pfeffern und salzen und nochmal Öl nachpinseln. Im Ofen bei abgekühlten 170 Grad weitere 10-15 Minuten grillen. Mit dem Mangoschaum an Feldsalat servieren.

Erster Hauptgang: Seeteufel á la Cook & Chill

Man nehme:

400 g. Seeteufelfilet,
Butter und Öl,
1 Zwiebel,
1 Zitrone,
Honig,
0,2 ml Fischfond,
0,2 ml. trockenen Weißwein,
1 Messerspitze Safran,
1 Prise roten Pfeffer.

Die Zwiebel fein würfeln und in der Butter andünsten. Mit Wein und Fond ablöschen. Zitrone auspressen, zusammen mit dem Honig zugeben und einköcheln lassen. Den Safran im Mörser mit einer Prise Zucker feinmahlen und in den Sud einrühren.

Den Fisch waschen und trocken tupfen. Kurz in einer Pfanne von beiden Seiten anbraten. Dann in der Zitronen-Honig-Sauce einige Minuten im Ofen nachziehen lassen, nach Geschmack pfeffern. Mit frischen Bandnudeln servieren.

Zweiter Hauptgang:

Ente im Erdnussmantel an glacierten Möhren und Balsamico-Honig Creme

Achtung! Einen Tag vorher vorbereiten!

Man nehme:

Teile einer Ente,
5 Esslöffel Erdnussöl,
2 Esslöffel Zitronensaft,
100 g. Mehl,
2 Teelöffel mittelscharfen Curry,
Salz und Pfeffer,
175 g. Erdnüsse, gesalzen,
frische Korianderblätter,
2 geschlagene Eier,
Milch,
4-5 Möhren,
Honig, Balsamicoessig, Schmand.

Die Ententeile in einer Schüssel mit etwas Erdnussöl und Zitronensaft über Nacht marinieren, zwischendurch wenden.

Für die Panade Mehl, Curry, Salz und Pfeffer vermischen und das Fleisch darin vor dem Garen wenden. Den Backofen auf 220 Grad vorheizen.

Erdnüsse und Koriander mit 2 Esslöffel des gewürzten Mehls im Mixer klein hacken, die Erdnussmischung auf einem Teller verteilen. In einer Schüssel die Eier mit der Milch verschlagen. Die Ententeile nun in der Eimischung, dann in der Panade wenden. Das Fleisch kaltstellen.

Das restliche Öl aus der Marinade in eine ofenfeste Form gießen und diese im Backofen erhitzen. Die Ente dann nebeneinander hineinlegen, ohne dass sich die Teile berühren. Mit dem heißen Öl begießen und 20 Minuten im Ofen braten. Indessen die Möhren schälen und mit etwas Butter langsam schmoren, gehackten Ingwer und etwas Honig hinzugeben. Beiseite stellen. Die Ententeile im Ofen wenden und weitere 20 Minuten garen. Das Öl abgießen und nochmals 5 Minuten überkrusten. Auf Küchenkrepp abtropfen lassen

Für die Honig-Balsamico-Creme zirka 3 Esslöffel Balsamicoessig im Topf aufkochen, mit 1 Esslöffel Honig verrühren und 1 Esslöffel Schmand unterheben.

Die Ente mit den Möhren und Balsamico-Honig-Creme anrichten.

Dessert: Himbeertiramisu

Man nehme:

10 Eier,
500 g. Mascarpone,
1 Becher Schlagsahne,
Löffelbiskuit,
4 Tassen Espresso,
6 dl. Amaretto,
2 dl. Cognac,
Zucker, Kakaopulver,
1kg. frische oder tiefgefrorene Himbeeren.

Vier Tassen starken Espresso aufbrühen, mit ca. 4 Esslöffeln Zucker süßen und die Hälfte des Amarettolikörs und den Cognac hinzu gießen. Im Kühlschrank kaltstellen. Die Eier sorgsam trennen und das Eiweiß zu einem steifen Schnee schlagen. Das Eigelb anderweitig verwenden. Danach die Sahne schlagen. Anschließend den Mascarpone mit dem Eischnee und der Sahne vorsichtig verrühren. 4 Esslöffel Kakao hinzugeben, sowie den restlichen Schnaps nach belieben. Die Creme sollte nicht zu stark nach Alkohol schmecken und nicht zu süß sein.

Nun die Löffelbiskuits durch den Kaffee ziehen (Achtung, nicht zu weich werden lassen!) und eine erste Lage in eine Auflaufform schichten. Wechselseitig mit Creme, dann einer Ebene Himbeeren und wieder Kaffee-Biskuit bedecken, bis die Form gefüllt ist. Die Himbeeren können auch tief gefroren in die Form gegeben werden. Die letzte Schicht sollte die Creme sein, diese dann durch ein Sieb mit Kakao bestäuben. Für ca. 2 Stunden im Kühlschrank fest werden lassen.

30. Epilog

Louise von Stetten zieht eine gerade Linie unter das Schlusswort und setzt ihre Initialen neben dem Copyrightvermerk auf das Blatt. Mit einem zufriedenen Seufzen legt sie den Füllfederhalter zur Seite und betrachtet das fertige Manuskript. Das ist es. Sie hat endlich das Cook & Chill erfolgreich und authentisch für die Ewigkeit auf Papier gebannt. Mit all seinen erzählwürdigen Persönlichkeiten verwoben in einer köstlichen Geschichte. Die egozentrische Katharina Lehner, der grimmige Sternekoch, die überkandidelte Linda, die schüchterne Julia, der liebe Sascha, die verrückte Freundin, selbst Hund und all die anderen - sie haben ihren Figuren Leben eingehaucht. Und somit das letzte und wichtigste Werk für sie beendet. Sie wird nicht mehr schreiben.

Louise nimmt die Lesebrille ab und reibt sich die müden Augen. Die Krankheit zeigt sich in diesen Tagen unerbittlich. Sie fühlt sich abgeschlagen und matt. Ihre Glieder schmerzen heftiger als sonst und manchmal prickelt Taubheit in den Gelenken, besonders aber in den Beinen. Oft schwindelt ihr so, dass sie es immer seltener schafft, sich aus dem Bett zu erheben. Trotz der späten Stunde drängt es sie, das Dokument sofort ihrem Verleger zu schicken. Sie wehrt sich bis heute standhaft gegen diese neumodische Erfindung des Internets. Gutes griffiges Papier begleitete sie ihr Leben lang. Bis zum Schluss sollte das so bleiben. Sie schraubt den Verschluss auf das betagte Werkzeug. Wer schreibt heutzutage noch von Hand. Doch ihre Rohfassungen brauchen kaum lektoriert zu werden. Louise von Stettens Romane sind in dem Kopf der alten Dame längst druckreif, ehe sie überhaupt die Worte auf die weißen Seiten fließen lässt. So gesteht ihr langjähriger Herausgeber es ihr zähneknirschend zu, dass er alle sechs Monate einen Packen handgeschriebener Bögen erhält. Sie schiebt das mit einer Kordel versehene Manuskript in einen festen, braunen Umschlag. Sodann setzt sie in klaren Buchstaben die Adresse ihres Verlags mit dem Vermerk „persönlich – Terminsache" auf das Kuvert. Ein heftiger Hustenanfall schüttelt sie und sie ringt nach Luft. Kleine, rote Tröpfchen benetzen ihr Taschentuch, das sie achtlos auf den Boden wirft. Dann müht sie sich in ihren Mantel und bringt die Versandtasche zum Postkasten.

Louise sitzt an diesem Novemberabend noch lange in ihrem verschlissenen Lehnstuhl. Ihr Gesicht ist entspannt, zufrieden lässt sie den letzten Faden ihrer Geschichte los. Vorsichtig nippt sie an dem eleganten Likörglas. Sie betrachtet ihre blassen Finger mit den Blutergüssen und den geschwollenen Adern und Knoten. Seufzend erhebt sich die Dunkelheit aus den Ecken, um sich über den Raum zu senken. Die farbigen Muster der Tapete verblassen zu Grautönen. Stille legt ihre Hand auf die Flächen, dämpft jeden Laut. Louise schaltet den Ton des Fernsehers auf stumm, um ihrem eigenen, rasselnden Atem zu lauschen, während ihre Augen sich allmählich verschleiern. Über den Bildern der Sendung flimmert ein fiebriger Achtmillimeterfilm mit den Stationen ihres Lebens. Von irgendwo vernimmt sie Lachen, vertraute Stimmen. Louise von Stetten nickt ein. Ein Stöhnen entringt ihrer Brust und prallt gegen die Fensterscheibe wie ein verirrter Vogel. Sie wacht nicht mehr auf.

*

Louises Beerdigung ist genau so, wie sie es sich vorgestellt und vermutlich auch darüber geschrieben hätte. Sie wäre begeistert gewesen angesichts der Fülle morbider Klischees. Es regnet in Strömen. Die Temperatur fiel in der letzten Nacht gen null. Die Kälte knistert auf das Blattwerk der Beileidskränze und dem schlichten, grauen Marmorstein. Und nur wenige schwarze Menschen mit schwarzen Schirmen verharren an dem Grab, zittern und schaufeln tapfer Erde in das dunkle Loch, in dem Louise ungeduldig darauf brennt, dass sie uns alle los wird. Da liegt die vornehme, stets etwas hochmütige Alte, die mich auf jede erdenkliche Weise und bis zuletzt immer bis ins Mark verunsicherte. Louise mit den klaren, schilfgrünen Augen und dem spottenden Mund, der sich viel zu oft herabzog.

Heute weiß ich, dass es nicht das Leben ihr Leid zufügte. Sondern, dass der Schmerz ihre Realität bedeutete. Dankbar denke ich an die Frau, die mir aus Eigennutz versehentlich das Dasein rettete. Nimm es mir nicht übel, Louise, dass ich nicht weine. Aber ich verspreche Dir, Du wirst mir fehlen.

Als ich aufschaue, bemerke ich, dass Johannes und Linda neben mir stehen, beide formell in dunkler Kleidung, wie sich das gehört. Ich trage einen bunten Wollpullover unter meinem Regenbogenschirm. Ich bin sicher, mein Aufzug hätte Louise gefallen. Aus dem Kinderwagen tönt leises, unwilliges Wimmern. Linda beugt sich über das Gefährt und zieht die Regenhaube sorgsam etwas höher. Sie lächelt mir zu und schmiegt sich schutzsuchend tiefer in Johannes Schulterbeuge. Er reicht mir eine Plastiktüte. Ich schaue ihn traurig an und er nickt bloß. Drehen sich um und gehen.

Ich bleibe frierend im Regen zurück. In der Hand halte ich einen Umschlag und daraus lugt die Kopfzeile eines amtlichen Schriftstücks hervor. „Übereignungsurkunde", steht da. Ich wende mich noch einmal dem schlichten Grabstein zu, bevor ich mich auf den Weg nach Hause mache. Nach Hause ins Cook & Chill.

Baabak wartet vor dem Friedhofstor, um seine ewig nasse Kundin abzuholen. Ich steige erleichtert ins Taxi.

*

Im Laden erwartet mich eine umfangreiche Paketsendung aus einem großen Verlagshaus, das sich neuerdings mit der Rubrik „Kochen und Genuss" beschäftigt. Sie drängen alle begeistert auf das lukullische Schiff, dessen Segel sich im Wind der Kochlust blähen.

Obenauf liegt ein Buch, das mir sofort ins Auge fällt. Auf einem Schwarzweißfoto sieht Louise mich tadelnd an. Unwillkürlich greife ich mir ins Haar, um die Strähne, die sich aus meiner Hochsteckfrisur gelöst hat und mir keck ins Gesicht hängt, ordentlich hinters Ohr zu schieben. Um Louise Genüge zu tun. Ein wenig zittrig nehme ich den Titel mit der Rückseite nach oben in die Hand und lese den Klappentext unter dem Bild.

Das perfekte Gericht möchte den Menschen ganz, mit seiner Lebensgeschichte und seinen Erfahrungen. Es bringt uns immer wieder an persönliche Grenzen, bereitet uns unvergleichliche Freude oder unsäglichen Kummer. Ein gutes Essen braucht aber vor allem Herz und Seele. Nur die Liebe bietet jenen einzigartigen Geschmack, der vollkommen ist.

Und um Liebe geht es hier. Um nichts anderes.

Dann betrachte ich den zweifarbigen Umschlag. Da steht es. In klaren Lettern:

„Ausgerechnet Soufflé!“

ein Roman von Louise von Stetten.

Rezepte:

Kapitel 1: Verboten simples Mousse au Chocolat
Kapitel 2: Crème brûlée: Tabouleh mit frischer Minze
Kapitel 3: Indisches Hähnchencurry mit Masala
Kapitel 4: Muttis Rouladen
Kapitel 5: Mango-Lassi
Kapitel 6: Köstliche Vollkornspaghetti auf gegrilltem Gemüse, Frau Krauses Zwiebelkuchen (tarte a l´ óignon)
Kapitel 8: Tomaten-Kokos-Suppe mit Limettenblättern
Kapitel 9: Afrikanischer Lamm-Couscous
Kapitel 10: Linseneintopf
Kapitel 11: Coq au Vin „La Varenne", Mac Chill – der ultimative Cheeseburger
Kapitel 13: Minestrone (Italienische „dicke Suppe")
Kapitel 14: Wildschweinrücken an karamellisierten Feigen
Kapitel 15: Zanders gefüllte Eier
Kapitel 16: Omas Aprikosen-Käse-Kuchen, Espresso Nocciola
Kapitel 17: Kattas Bauernbrot
Kapitel 18: Dorade sizilianische Art
Kapitel 19: Ratatouille
Kapitel 20: Das einzig wahre Sushi
Kapitel 22: Sorayas Safranhuhn mit Berberitzenreis
Kapitel 24: Käsesoufflé, wie Julias Mutter es liebte
Kapitel 27: Ziegenkäsesandwich mit geröstetem Bacon und getrockneten Tomaten
Kapitel 28: Elfi Müllers Schokotaler

Kapitel 29:
Finales Menü Cook & Chill
Aperitif: *Sprizz, eine italienische Erfrischung*
Zwischengang: *Langustenschwänze an Mangoschaum und Feldsalat*
1. Hauptgang: *Seeteufel á la Cook & Chill*
2. Hauptgang: *Ente im Erdnussmantel an glacierten Möhren und Balsamico-Honig-Creme*
Dessert: *Himbeertiramisu*

Danksagung

Während der Arbeit an diesem Buch fühlte ich mich zeitweise himmelhochjauchzend und zu Tode betrübt. Daher gilt mein Dank vornehmlich all denjenigen, die mich ertrugen und mir meine Launenhaftigkeit verziehen haben.

Besonders aber gilt mein Dank meiner Freundin Christina, die mich mit ihrer Begeisterung für die Protagonistin Katta immer wieder aus meinen Selbstzweifeln riss und mir bis zum letzten Satz Mut machte, an mich zu glauben. Ein Riesendank gilt meinem Lebensgefährten Michael, der mich mit seinen genialen Ideen aus den Handlungssackgassen geleitete und mir half, am Boden zu bleiben; natürlich Kim und Luna, die mich zu ausgiebigen Spaziergängen inklusive Stöckchenwerfen zwangen, damit mein zermartertes Hirn ein wenig Sauerstoff erhielt. Nicht zuletzt verdankt das Werk meiner liebsten Cecile und ihren orthografischen Kenntnissen den letzten Schliff. Ihr seid toll.

Einige Köln-Inspirationen verdanke ich dem gemütlichsten und freundlichsten Ort der Stadt: dem Café Sehnsucht in der Körnerstrasse in Köln-Ehrenfeld. Ich bin sicher, Louise von Stetten hätte sich genau dieses Lokal ausgesucht. Liebe Grüße an Monika Linden, ihr Team und besonders David für sein Suppenrezept. Es hat mir immer viel bedeutet, mit Euch zu arbeiten.

www.sehnsucht-koeln.de

Weiter meinen verbindlichsten Dank an Horst Lichter für die freundliche Erlaubnis, einen Ausspruch von Ihnen abkupfern zu dürfen.

www.horst-lichter.de

Claudia Winter

Claudia Winter ist Diplom-Sozialpädagogin an einer Schule. Die Tochter gehörloser Eltern schrieb schon als Kind Gedichte und Kurzgeschichten. „Ausgerechnet Soufflé“ ist ihre erste Romanveröffentlichung. Sie lebt in Limburg an der Lahn mit ihrem Lebensgefährten und zwei Hunden und arbeitet derzeit an einem weiteren Roman.

Heul doch!
Claudia Winter

Barbara Aichinger
Unmöglich!
Liebesroman
AAVAA

Berna Kleinberg
Keine
Ehe
nicht

Silke Ellenbeck
Julian
Australische Familiensaga

Dunja Wegmann
Der
Daker
Gladiator wider Willen
Historischer Liebesroman
Band 1

Ellas Welt
Zerknitterte
Gedanken
free edition

Schwanzgesteuert
Die nackte Wahrheit über die Spezies ‚Mann'
Roland Lieverscheidt

Bianca Kaletta
Im Kino der nie gesehenen Bilder
FILMTHEATER
Roman

Die Mondblumenpflückerin
von Germaine Angelique Wittemann

Sigrid Lenz
Ein Hoch auf die Weiblichkeit
Roman

AAVAA

VERLAG

www.aavaa.de